谨以此书献给那些背井离乡，进京寻梦，

为改变自己命运而默默奋斗的人！

北漂十年

一个外地青年的北京梦

钟华 著

当代中国出版社
Contemporary China Publishing House
2019年·北京

图书在版编目（CIP）数据

北漂十年：一个外地青年的北京梦 / 钟华著 . -- 北京：当代中国出版社，2019.11
ISBN 978-7-5154-0956-6

Ⅰ . ①北… Ⅱ . ①钟… Ⅲ . ①长篇小说－中国－当代 Ⅳ . ① I247.5

中国版本图书馆 CIP 数据核字（2019）第 170716 号

出 版 人　曹宏举
策划编辑　陈　莎
特约策划　文钻图书 · 傅兴文
责任编辑　陈　莎　周显亮
封面设计　蔡宏仓
出版发行　当代中国出版社
地　　址　北京市地安门西大街旌勇里 8 号
网　　址　http://www.ddzg.net　邮箱：ddzgcbs@sina.com
邮政编码　100009
编 辑 部　（010）66572264　66572154　66572132　66572180
市 场 部　（010）66572281　66572161　66572157　83221785
印　　刷　济宁华兴印务有限责任公司
开　　本　787 毫米 × 1092 毫米　1/16
印　　张　18.75 印张　366 千字
版　　次　2019 年 11 月第 1 版
印　　次　2019 年 11 月第 1 次印刷
定　　价　39.00 元

目录

一、初到

城市生活绝非你想象的那么美好，只可能比你想象的还要糟糕。

你说，咱们这么做，是不是有些太冒失了？女友筱悦有些不安地对我说。

此时，我们正站在北京站的站台上，等着我的哥们儿欧阳来接我。现在是11月份，没想到北京会这么冷，我不由自主地跺了跺脚。

我和筱悦是从老家来北京打工的，她从我们市里的师专刚刚毕业，来之前，镇里给了名额，让她去教书。要知道，这是铁饭碗，在我们那儿，这样的工作很多人打破头都要抢着上。而我，则已经在镇里教了三年书，因为我专科学的是农林，因此资格不够，只是个民办教师，工资不高，正想辞职。

知道她的工作安排后，我便动员她和我一起去北京。我告诉她，我的一个高中同学欧阳现在在北京一家公司做事，听他说工资能拿到800块（20世纪90年代末，这个工资算不错了），不如去找他，按我们的能力，挣不了800块还挣不了500块？

筱悦也算是答应了，于是我给欧阳打电话。电话里，欧阳显得有些为难，但还是答应我，来吧，想来就来吧，来了再说，办法总比困难多。就这样，我和筱悦来到了北京。

其实一下车，我也有些后悔。一来这毕竟是第一次离开家乡，难免心里有些伤感，看哪儿都不对劲儿。二来欧阳会不会来？来了之后，他会说些什么？我心里也有些虚，况且身边还带着筱悦呢！

可既然来了，就没有回头路了。我知道，这时候不能怕，最起码不能让筱悦看到我怕。

现在再看，那时候真是够胆儿肥的。

欧阳来了，看得出他的高兴有些勉强，但我顾不了许多，上前给了他一个熊抱。他使劲拍了拍我的背，算是回答。筱悦显得有些怯生生的，但看到我的笑脸，她也笑了笑，应该是稍微放下心了吧。

出了站，一大帮司机围了过来。上哪儿？有车，便宜，走吧，我这车好。我想搭腔，欧阳拉了拉我，低声说，别搭理他们，宰人。咱们到前边的路口拦车。

那时的北京站，出租车管理还不是很规范，很多人将车停在广场边上，漫天要价，明明20块就能到，张嘴就50块，还不还价，你不坐有人坐，一天逮着两个就够了。不像现在，管得严了，只能到固定的地方打车，而且人都聪明了，不好骗了。

出租车上，我给欧阳递上一支烟，欧阳摆了摆手，说戒了。我很诧异，上学的时候他抽得最厉害，半夜没烟的时候甚至找过烟屁股抽，怎么说戒就戒了呢？

欧阳笑笑，没说话。他不抽，我也不好意思再抽了。

我问他，工作忙吗？

还行吧，不算很忙。

我这才想起，光顾问他忙不忙，还不知道他做什么呢。

哦，在一家药品公司。

推销？

对，业务员。

这800块的工资，管吃管住吗？

欧阳笑着说，还管吃住？想得美。

我和筱悦对视了一眼，有些失望。800块按说不算少，可是如果吃住都不管的话，这800块还能剩多少呢？

也许是怕我们失望，也许是出于别的原因，欧阳接着说，不过只要不浪费，北京的吃住也花不了多少钱。

我不由自主地摸了摸了兜，那里有我和筱悦所有的积蓄，总共500块，心里有些酸。

看那儿，这是昆仑饭店，这是燕莎，北京的高消费场所。欧阳指着外面的建筑说。

我抬头看，朦胧的夜色中，几栋巨大的建筑映入眼帘。

筱悦显得很兴奋，看着霓虹灯，轻轻地哇了一声。我暗暗掐了一下大腿，疼，嗯，没错，这不是做梦，我真的来北京了。

我轻轻拍了拍筱悦，筱悦冲我点点头。

没高兴多久，霓虹很快从身后褪去，我们的车向东走，灯光越来越暗，到后来，索性连路灯都没了。

我问欧阳，是这儿吗？

欧阳指了指前边说，再有两里地吧。

车七拐八拐，在一个胡同口停了下来。

付车费的时候，我和欧阳发生了一些小争执，但还是欧阳付了。

我们的行李不多，只有两个小包，欧阳和我一人拿一个，走向一间平房。我这才看清，不是没有路灯，有，但是灯光太暗了，甚至看不清脚下的土路。抬眼看远方，我们刚刚路过的昆仑饭店和燕莎友谊商城，那里灯火通明。我不知道，就是这短短的几千米，竟要走那么久。

一间低矮的平房前，欧阳站住敲门。

屋里有人？我问道。

对，婷婷，我女朋友。

女朋友？他怎么没跟我说起过啊？这么小的房子，我们可怎么住啊？

我心里一沉。

门开了，婷婷没有看我们，而是迅速转过身，我们没有看到她的脸，却觉得她很不高兴。

欧阳有些尴尬地说，进，进，进。

都到这份儿上了，难道还能转身走开吗？我厚着脸皮说，好，好。

小屋大概有十几平方米，虽小却很整洁，床是最大的家具，然后是简易衣柜、放电视的桌子和一个吃饭用的小圆桌。

欧阳，不好意思啊，给你们添麻烦了。

欧阳知道我这话是说给婷婷听的。他看了看婷婷，冲我和筱悦说，都是兄弟，客气什么，快坐。

婷婷这才回头，像是突然发现了我们似的问道，他们是……

是我的同学，这是他女朋友，跟你说过的。

哦。婷婷装出一副恍然大悟的样子，笑了笑，知道了，快坐吧。

晚饭是火锅，这是我第一次知道涮羊肉是怎么回事，虽然后来吃过很多次，但在我的记忆里，没有一顿的味道比那天晚上的好。

北京这地方，冬天就爱吃这个，暖胃。欧阳边给我夹菜边说。

嗯，是挺好吃的。筱悦附和着。

我知道，她也在尽力缓和气氛，让自己不至于显得太难堪。想到这儿，我心里有些隐隐作痛。

透过热腾腾的雾气，我看了一眼对面坐着的婷婷，她很漂亮，是那种真正的漂亮，即使不化妆也很惊艳的那种。一刹那，我大概明白了欧阳为什么看起来那么怕她。

多吃点儿啊。婷婷说。

来，欧阳举起酒杯，欢迎你们来到首都，我代表首都人民，哦不，是首都的外地人民，欢迎你们。

我笑了笑，喝了口二锅头。

一团火从喉咙里直烧到胃里，我打了个激灵。

欧阳看着我，坏坏地笑，小子，你以为这是啤酒呢？

我撇撇嘴，这酒怎么那么烈？

窗外不知道什么时候刮起了大风，欧阳起身，把窗帘拉上。听着外面的风啸，在屋里吃着火锅，这种感觉，的确很温馨。

可是饭局总是要散的，吃完了怎么办？

一会儿我们俩去那边住，让筱悦跟婷婷住这儿。欧阳好像看出了我的担忧，冲我指了指外面，不远，出了门就是，我一同事的地儿，他出差了。

哦，我如释重负地点点头，和筱悦对视了一下。

大约9点的时候，我们吃完饭，安顿了筱悦和婷婷，我和欧阳来到相邻不远处的他同事家。

一样的平房，一样的简陋，只是一个人住，显得更乱。我和欧阳两人都喝了点儿酒，有些晕，尤其是我，洗了脚就上床躺下了。

欧阳，我借着酒劲问，你那个婷婷是干什么的？

什么也没干。

什么也没干？

对，没工作。

辞职了？

对。

哦。我闭上嘴，不好再问下去。

她是四川人。我不问，欧阳倒自己说上了。她以前是饭馆的服务员，老板挺不是东西的，想吃她豆腐，让她给打了一耳刮子。那时跟我还算熟，就跑我这儿来，说她没地方住，我就让她住下了，我在这儿跟这个同事挤一起住。上个月她病了，我请假照顾她，她病好了，我们就住一起了。

有种。我拍了拍他的肩。

短暂的沉默后，欧阳轻轻来了句，还没呢。

我们都笑了。

小子，北京不是那么好混的，做好心理准备吧。欧阳拍了拍我。他是笑着说这话的，看似轻描淡写，但我知道，这才是他最想告诉我的。

有找工作的地方吗？我翻身坐起来。

有。欧阳笑了笑，睡吧，明天先休息一下，后天我带你找工作去。

那我得先租间房吧？

不用，我这同事出差得十来天呢，等你找着工作再租房也来得及。

说着，欧阳拉灭了灯。

欧阳，谢谢你。

行了，欧阳轻笑，睡吧。

第二天早上感觉天还很黑的时候，我听到有动静，睁眼一看，欧阳已经起床了。

这么早啊？我有些诧异。

上班的地方远，没办法，得早点儿走。

我看了看床头的闹钟，刚5点。

今天我去点一卯就回，早点门口就有卖的，中午等我回来吃饭。说着，欧阳出了门。

我看着还黑乎乎的窗外，发现对来北京做什么，自己竟没有一点儿想法，这未免有些可怕。想着自己未知的前途，还有女友筱悦，我再也睡不着了。我转身趴在床上，点燃一支烟。

大概7点多的时候，天已经亮了，我起身，来到门口。

昨晚回来的时候，感觉旁边是一条河，现在看清了，没错，是河，不过里面流着的显然不是河水，而是带着腥臭味泛着灰色的泡沫，细闻起来，还有臭味。河道边是一大片平房，有些还是新盖的，用的差不多都是不知从哪儿扒来的旧砖。已经有卖烤白薯、糖葫芦的人陆续从这些房里出发了。还有几个小孩儿，正沿着河道，背着脏兮兮的书包去上学。从他们的穿戴看，应当是外来务工人员的孩子。他们去哪儿上学啊？但愿学校是正规的。

旁边不远，搭着一个简易帐篷，上面涂着两个大字：早点。

原来在电视里看城里的生活，一水儿的灯红酒绿，高楼大厦，一个个西装革履，真是好啊，但当走近了才发现，城市生活绝非你想象的那么美好，只可能比你想象的还要糟糕。

筱悦也已经起来了，我让她把早点给婷婷带过去。筱悦接过，轻声对我说，你能不能跟欧阳说说，晚上让咱俩住一起？

怎么，心急了？我逗她。

筱悦的脸一下子拉了下来。

没事儿吧？我忙换了语气。

筱悦叹口气，算了吧，没事儿。咱们什么时候找活儿去？

明天，欧阳带我去。

我也去。

我点点头说，好。

筱悦转身要走，我拽住她，真没事？

筱悦没说话，拨开我的手，走了。

我知道，肯定是婷婷为难她了，筱悦性子要强得很，她越是不肯说，就越是有事。得抓紧找个工作，找个地方安顿，离开这儿，要不她俩闹起来，我和欧阳都不好看。

所以中午欧阳回来的时候，我拉住他说，欧阳，明天可一定要去啊，不管什么工作都行。

月坛公园。

以前来北京的人可能记得这个地方，当时这里是人流量比较多的人才交流市场，逢二、四、六招聘，门票3块。

我想到了人可能会很多，但没想到会这么多，不免有些发晕。

人多吧？欧阳问我。

不是一般的多。

这算少的，多的时候根本就挤不进去，欧阳说。

我边挤边看，那一张张跟我差不多年纪的脸，有的阳光，有的阴暗，但更多的是焦急。我有些后悔来北京了，在家虽然挣得少，但起码吃饭、住宿不用担心，在这儿，真有种被抛弃的感觉。但我不能退，为了筱悦我也不能退。

转悠了半天，我挑了两个，一个是商场招售货员，另一个是电器公司招推销员。筱悦也找了一家，是保险推销员。挑这样的公司，我和筱悦也是商量过的，一来是门槛不太高，我们的把握大；二来是这几家公司貌似都有工作餐，这样可以省下点儿钱。当然，我并不知道保险做起来那么难。如果知道的话，绝不会让筱悦去做的。商场那家让下午去面试，欧阳给我指了路，我让他跟筱悦先回去，拿着欧阳帮我办的月票上了车。

当时的通工月票，25块。

进门的时候，我很小心，生怕哪点让对方觉得不顺眼。后来我知道，不论我怎么做，结局都一样。

你应聘什么来着？

售货员。

以前做过吗？

没有，不过，我可以学。

对方抬起头，像看外星人一样盯着我。

你学什么专业的？

我……我是学农林的……

农林？哪儿的学校啊？

我说出了我的学校，对方笑着摇摇头，大专？

我说是。

不好意思，我们只招本科以上的。接着，他有些气愤地拍了下桌子，开始嘟囔，这老高怎么什么人都往公司划拉啊？

他无奈地看了看我，对不起，我们不需要你，你走吧。

就这样，路上花了60多分钟，真正谈话却不到60秒，我的第一次面试就这样结束了。

出门的时候，我才觉得有些脸红，到底是大城市啊，就是牛，一个售货员都要本科生，我来凑什么热闹啊！

为了避免第二天再出现这样的尴尬，我给那家电器公司打了个电话，问他们是不是对学历有要求，对方说没有，我这才稍稍放下心。

回去后，我跟筱悦他们说对方招满了，搪塞了过去。晚饭是炒菜加米饭，知道我吃不惯米饭，欧阳还特意买了几个馒头。

欧阳，晚上让他们俩住一起吧。正吃着饭，婷婷说。

我和筱悦对视了一下，明白她不想让筱悦跟她睡在一张床上。不过这样也好，筱悦也不用再受她的气了。

欧阳想了想，看向我。我点点头。

好啊，把你们俩分开也不好。欧阳起身，在衣柜里翻开了。不一会儿，他拿出一块被单。

一会儿你们过去，把这个铺上，把他的单子撤了吧。

筱悦脸红了一下。我笑笑，接了过来。

婷婷有些不满地敲了敲盘子，赶紧吃饭吧。

我和筱悦躺在床上，我紧紧地搂着她，两人都没有说话。良久，我感到胸口凉凉的。那是筱悦的泪。

不哭宝贝，我轻声说，明天就好了。

我想我妈了。

我心头一酸，把她搂得更紧了。

来北京之前，她和她妈吵了一架，虽然我们的恋爱关系早就公开化了，但毕竟没有结婚，她放弃工作跟我来，她妈是不同意的。

窗外又起风了。保佑我吧，不管是哪路神仙。

第二天早上，我跟筱悦一人拿着一张地图出发了。尽管昨晚欧阳在地图上把我们要去的地方标了出来，路线也都说了八遍，但真正走的时候，还是绕了不少圈子。等我找到那家电器公司的时候，已经11点半了。

好在没有跟对方约定时间。我来到人事部，门口已经有好几个人在等了。我不知道怎么办，就问边上的人，应聘是在这儿等吗？

是啊，先去前边拿张表。

我走上前。果然，一位小姐递给我一张表说，先填一下。

我没带笔，问她，能借一下你的笔用用吗？

小姐很痛快地递给我，拿去。

在填工作经历的时候我犯了难，总不能说自己在老家是当老师的吧？算了，空着吧。

我把表递给那位小姐，您看行吗？

小姐笑笑，拿过去看了一眼，脸色变了。

你是外地的？

嗯。

我们不招外地人。

什么？

我们不招外地人。

哦，我尴尬地转过身，好像被人剥光了衣服站在街上一样，感觉很是羞辱。我鼓起勇气，看了眼那几个还在等待的人。我永远记得他们的表情，不是鄙夷，也不是幸灾乐祸，而是冷漠，彻底的冷漠。我快步走了出去。

在路边，我找了个地方坐了下来，点了支烟，看着眼前的车流，心里一阵阵酸楚。我他妈这是干什么啊？跑几千里地来这儿受白眼来了？凭什么？凭什么？太不公平了！我狠狠地抽了口烟。可是，我又有什么呢？高学历？没有。本地户口？没有。职业技能？没有。我整个人一激灵，可不，我什么都没有。那人家凭什么用你？凭什么要对你客气？想到这儿，我像是一下子被人打趴在地，连沮丧的力气都没了。

我活了二十多年，竟一下子成了废人。

我不知道是怎么回去的，一路上脑子浑浑噩噩的。

欧阳大概看出我的难受，说别着急，找工作就是这样，有的工作看上咱，咱还看不上它呢。我只有苦笑。

筱悦回来了，与我不同，她带回来了一个好消息，她被录用了。那家保险公司在西八里庄，试用期工资700块。我不敢想如果筱悦也没被录用，我的心情会有多糟。

为庆祝筱悦找到工作，也为自己提气，我特意买了瓶二锅头。我有点儿喜欢这酒了，不上头。那晚我们喝得很尽兴，欧阳也很高兴，婷婷的不快好像也少了些，也许是因为筱悦找到工作，我们就快要离开了吧。不过，我的心里总隐约有一丝不安，因为我还没有找到工作。

睡觉的时候，筱悦跟我商量，搬到西八里庄附近去。当然可以，我没得选。

你也别太挑了，筱悦说，不管什么工作，先干着再说。

我心里一沉，想告诉她，不是我挑，而是根本没有挑的机会，但忍了忍，还是没有说出口。

嗯，我轻轻地拍了拍她，睡吧。

筱悦把头凑过来，我搂着她，看着她慢慢睡去。

我却没有睡意，心里在盘算着找个什么样的房子，这500块钱该怎么个花法，越算心里越紧张。

窗外，起风了，一阵又一阵。

我和筱悦离开了酒仙桥，搬到了西八里庄。不是楼房，也不是平房，是地下室。16平方米，月租200块，还算便宜。看着除了一张床外什么也没有的陈设，我心里一阵阵泛酸，我这是图什么呢?

我买了一床被子，50块。其他的床上用品都是欧阳送的。

搬来后的第一个晚上，我和筱悦来北京后第一次做爱，很久，很舒畅。筱悦显得很疯狂，像是要把我吃掉。我也放开了，现实，先滚一边吧。

完事后，筱悦死死地搂着我，像是一只寻求保护的小猫。我轻轻地拍她的背，哄着她入睡。

不要离开我。筱悦轻轻地呢喃。

不会的，我永远不会离开你。我轻声说着，同时心里又开始沉重起来。

不行，明天，我一定要找到工作。

我听说六里桥那儿有个劳务市场。筱悦像是看穿了我的心思，轻声地说，你明天可以去那儿看看。别给自己太大压力，能找着合适的就干，再说，我也上班了，用不着发愁，大不了我们还可以回家。

知道了，没事儿。我故作轻松地拍了拍她，心里却冒出一个念头，回家？还有脸回去吗？

第二天早上，天还没亮筱悦就走了。我睁着惺忪的睡眼看了看表，5点半。赶紧起吧，无论如何，今天一定要找到活儿干。我不是人才，但还可以做苦劳力嘛。

我慌里慌张地起床洗漱。地下室的卫生间是公用的，四个水龙头，两个蹲位，住过的都知道，赶上高峰，能把你憋死。

好在住在这个地下室的绝大多数是坐台的，她们的工作时间跟我正好相反，所以我不用担心。担心的是筱悦，她说这地方太脏了，有钱赶紧搬走。

我印象较深的，一个叫玲玲，一个叫阿美，阿美是玲玲的姐姐，两个人经常吵架，很凶的那种，吵完后跟没事儿人一样。

有关她们的故事，后面会慢慢讲，先说我去六里桥的事吧。

那会儿的六里桥劳务市场还没有成型，多是一些搞装修和装卸的，骗子很多。但对于我来说，一切都是陌生的，而且生存的压力压得我急需一个出口，所以当那个操着南方口音普通话的大胡子问我想找什么活儿时，我说什么都行，我有一把子力气。

对这样的回答，大胡子多少有些意外，看了看我的身份证和学历证，有些诡异地笑了笑，说，我有一装修的活儿，缺个小工，看你挺聪明的，你不嫌脏的话，就来试试吧。

工钱呢？

放心，他说，一天30块，亏不了你。

食宿呢？

管吃不管住。

正好，我心里一阵狂喜，太好了，怎么说也算有个活儿干了。

快中午的时候，我跟着大胡子来到了西单附近的一个单元房内，已经有四五个人在忙了。普通的家庭装修，看那样子是刚开始忙活，都是些力气活，无非是搬东西，把老化的墙皮刮了，或者往楼上搬施工的物料。几个人看我来了，均面无表情，各干各的。中年人把我带到一个瘦弱的男人面前，告诉我这人是廖工，让我跟着他干活，少说话。

我忙不迭地点头，还不忘给廖工递上根烟。

廖工摇摇头，不耐烦地一把推开，不抽！接着，他顺手扔过来一把腻子刀，去，把卧室的墙皮给我刮了！

晚上回去的时候，因为衣服已经脏得不成样子，我一路都没敢抬头，直到回到地下室，我才稍稍缓过点儿劲儿来。说实话，心理上有些不适应，原来站在讲台上为人师表，现在一下子成了苦力，原来找到工作的狂喜逐渐被失落掩盖。可如果不做这个，你又能做什么？算了，北京又没求着你来，活该。

筱悦看到我，先是一愣，接着大笑，再接着，眼角明显有泪要涌出。我赶紧把话题岔开，去，赶紧给我找身换洗衣服来，这身要废了。

保险太难做了。吃饭的时候，筱悦突然来了这么一句。

难做？什么意思？

没什么社会关系，在这行里真的很难做。筱悦说，我怕我坚持不下去。

别啊，现在我们的任务是先站住脚，还没有选择的权力。我说，也许过几天就好了，凡事都不是那么容易的。你这么聪明，一定行。

这话，更像是对我自己说的。

真的？筱悦笑笑，我知道，我也只是发发牢骚，其实这行做好了还是挺有前途的。放心吧，为了你，我也会坚持下去的。

我一阵心酸，筱悦，我也会坚持的。

但有些事，不是你坚持就能赢的，如果方向不对，越坚持越麻烦。

你原来是当老师的？大概是我来装修队第四天的时候，廖工突然问我。

是。

哦。廖工若有所思地点点头，然后指了指门外说，走，出去抽根烟。

怎么回事？他不一向挺严肃的吗？这样的一反常态让我有些摸不着头脑。

你赶紧走吧。出了门，他的第一句话更让我迷惑。

为什么？

你别问了。廖工显得很紧张，总之在这儿干，你是一分钱也拿不到的。已经来过好几个了。

我一下子愣住了，不会吧，我……我虽然不会技术活，可力气总是出了吧？怎么能不给我工钱呢？

别说了。廖工有些不耐烦，我看你老实，才好心告诉你，你赶紧走吧，再在这儿，干也是白干，瞎耽误工夫。

不行，我一时怒起，我得问问他去。

问什么啊？廖工一把拉住我，你这不是把我也卖了吗？

那我这几天的力气呢，白出了？

廖工摇摇头，唉，好汉不吃眼前亏，趁他现在没找你的茬儿，你走了最好。我们是技术工，他不敢得罪，只能欺负你这样的，让你白干活，到头来一分钱也不会给你的。

他……他敢？这儿是北京啊，不会吧？

哼，北京又怎么了？你又不是皇亲国戚，凭什么不能骗你？廖工一脸的不屑。

不是有……《劳动法》吗？

一看你就是没出过门的。廖工叹了口气，你怎么那么幼稚，还《劳动法》，你知道劳动局在哪儿吗？

我有些懵，同时，脑子里迅速转开了圈。不行，我已经做了好几天了，就这么走了，太不甘心。

行，我走。我说，不过，我得跟工头打个招呼。

好吧，随你。廖工有些无奈，直摇头，大概有些后悔跟我说这些话，来了一句，不过，我可什么也没跟你说啊。

我使劲点点头，放心吧，我绝不会说的。

出乎我的意料，当我告诉大胡子家里有事，干不了的时候，他很爽快。想走？可以啊，走吧。我当然不能就这么走了，我提出了我最关心的问题。

那……我的工钱能结一下吗？

嘁！大胡子一脸的不屑，与原来判若两人。还工钱？你就这么走了，我还得再找人去，我的损失找谁要去，你还想要钱？我还想跟你要钱呢！滚蛋！

可我好歹也做了几天了，又不是没干活。再说了，我们的工钱是按天算的，我出一天工，你得给我一天钱啊。

懒得跟你废话。大胡子不打算再理我，扭头欲走。我下意识地上前一把抓住他，你别走啊……

干吗干吗？大胡子眼睛瞪得溜圆，一把把我推到地上，你想找揍是吗？

我的委屈和不满一下子涌了上来，我抄起旁边的管钳，瞪着他。你也太欺负人了吧？

你想干什么？大胡子有些意外，可能想不到我会这样。想打我吗？好，来，冲这儿来，来啊！说着，他走上前来，指着自己的头，一点儿也没有怕的意思。

打吗？

打了你就输了。

我知道我不会下手，这点儿事不至于，我还没冲动到那份儿上。这是个混蛋，我不能跟他一样。我没那个资格。

可是，我这几天难道真的就白干了？

嗯，白干了，你就认命吧。在回去的路上，我边走边想，越想越觉得委屈，越委屈越觉得没力气，最后，我索性坐在路边，不再走了。

我没有哭，只是想不明白，都是外地人，做着最下层的工作，干吗还要欺负比你弱的人？

我也是后来才慢慢明白，除了只能欺负比你弱的人之外，越是底层的人，有时候可能越狠心。这个团体里，丛林法则显得更为突出。

我没敢把实情告诉筱悦，只是说自己因为不小心被老板开了。我宁肯让她生气，也不肯让她伤心。

还好，她虽然也有埋怨，但很快就平复了。没关系，我们可以慢慢来，筱悦说，这个不行可以再找，反正这几天我在保险公司也摸着点儿门道了。

我知道她在安慰我，但这个时候，我还能说什么呢？

晚上，我开始盘算起这几天的花销，发现拿来的钱已经所剩不多了，不由得一阵紧张。如果钱花没了，活儿也没找到，我该怎么办？难道去偷，去抢吗？我不由得一激灵。不行，我必须得挣钱，在这里活下去，堂堂正正地活下去，大胡子那样的混蛋都能活得下去，而且还挺滋润，我为什么就不行？

第二天，我没出去，欧阳来了。

他是想来看看我在这儿过得怎么样，适不适应。其实没什么适应不适应的，除了适应，你别无他法。我把这几天的经历告诉了欧阳。

还好，人没事就好。欧阳听了，愣了半天，给我来了这么一句。

这也叫好吗？

欧阳没说话，沉默了一会儿，看得出，他有些纠结。

这样吧，欧阳说，我们公司现在正招人呢，要不明儿我跟我们头儿说一下，看看能不能进去。

我眼前一亮，啊？有这事？你怎么不早说啊？

咳，这活儿不好干，你刚来，我怕你受不了这份苦，其实原来我就想让你来我们这儿的，可又想，要是能找着别的活儿最好，实在找不到，就去我们公司……不过，我可不能打包票。

放心，只要能让我干活，什么样的苦我都能受。我这是真心话，来之前的所有幻想在这些天里已经完全破灭，如果能让我工作，哪怕是掏粪，我想我都会去的。那种“我真没用”的感觉太折磨人了。

那我明天去公司就跟我们头儿说一下。

太好了，我一下子抓住欧阳的手，好兄弟，谢谢你啦。

二、终于上班了

别管小鞋大鞋，有的穿总是好事。

我相信老天是有眼的，总会在你得意得忘乎所以的时候来一棒子，让你知道你是谁，也会在你潦倒得一塌糊涂的时候拉你一把，让你觉得自己还有点儿用，不必想怎么去死。

在筱悦上班后的第十天，我和欧阳来到了他上班的公司。

听欧阳说，你在老家是干老师的？项军把背往椅子上靠了靠，伸了个懒腰，问我。

他是欧阳公司的老板，有着一副胖得极不标准的体形，脸上戴着副近视镜，这也是后来我对戴眼镜的人有点儿心理抗拒的主要原因。

是。我小心地回答。经过了前面的两次面试和一次打击，我已变得很谨慎。

民办的？

嗯，民办的。

教几年级？

跟班吧，三年级到五年级都带过。

嗯。他沉吟了一下，不错嘛。

谈不上。我赶忙说。

教什么的？

语文。

在镇里教书，工资应该很高吧？

就170块，还一年发一次。我实话实说，如果这是我第一次面试，也许不会这么说的。

有点儿惨。项军嘬了下牙花子。不过当老师挺光荣的，我年轻的时候就想过，不过我学历低，没办法。他接着说。

咳，也不是那么回事，看在哪儿当了，要是公办的，还好点儿，要是民办的……

有个屁用，是吧？项军话锋一转，把我填写的简历扔到桌上，看着我。

我不知道他想要的答案，只是下意识地点点头。

要不是欧阳举荐你，我不会用你的，明白吗？项军身子往前倾了倾，趴在桌上，看着我。

我又点点头。

项军笑了，脸上浮现出一丝让人捉摸不透的表情。嗯，没错，就是捉摸不透。

我是问你明不明白。

明白，明白。我忙说。

你明白什么？他又问。

我一下愣住了，没想到他会问这样的问题，那一刻脑子嗡了一下。

怎么回答？说承蒙你看得起欧阳，我十分感谢？还是说看来欧阳在你这儿做得不错？抑或说看来你对欧阳和我都有成见？

明天开始，来上班吧。项军正了正身子，很是严肃地告诉我。

谢谢。我起身，想跟他握手。

项军头都没抬，一个月试用期，底薪1000块，一个月后没有成绩，你就得滚蛋。我这儿不养闲人。

我伸出的手又缩了回来，我知道了。我转过身，拉开门，准备出去。

嘿，他叫住我，别迟到。

我点了下头，退出门去。

欧阳在办公室，看到我，摊开手，意思是问我结果怎么样。我伸出手，握成拳头，冲他比了比。

北京的秋天来得快，去得也快，还没来得及感觉一下秋天的凉爽，气温便倏地一下降到了只有几度。

后来我总结出来，北京的季节只有两个，一个是热天，一个是冷天，热天半年，冷天半年。这些年看过来，很多人跟我的看法相似。

这是家药品公司，说白了就是卖药的，但绝不简单。我们买到的药，无论是从药店还是医院买的，只要是药准字号的，大都不是厂家直接供的，而是由一些医药批发公司供给。药厂只能给到批发公司，他们没有权力直接进医院或者药店。价格更是让人吃惊，成本价只有两块多的药，加上出厂价给药批，药批再加上批发价给药房，三倒两倒，到你手里的时候，能卖到20多块就已经算便宜了。

很吃惊吧？别着急，我说了，这还算便宜的，还有卖到100多块的呢。所以我现在有点儿小病，基本都不去医院，自己在药店买点儿药，能应付就应付过去了。

公司里除了项军外，还有十几个业务员，另外还有一个业务经理，叫林晓，比我大两三岁吧。当欧阳把我介绍给他的时候，他正在忙。

林经理。欧阳叫他。

林晓回过头。我看到一张棱角分明的脸。

这是新来的——欧阳还没说完，林晓就打断他，知道了，先把产品说明给他，让他熟悉熟悉。

我和欧阳讪讪地退出来，欧阳拿过一沓资料，先看看吧。

我坐在一个不知道是谁的办公桌前，摊开资料看了起来。不管怎么说，我上班了。我心里一阵阵地激动。但看着看着，我有些高兴不起来了，那么多的分子式，那么多的专业术语，怎么弄啊？

我来到欧阳边上，指着其中一个分子式，这是什么啊？

欧阳抬起头，看了看，不知道。

不知道？

你就弄明白个大概意思就可以了，不用钻得那么细。咱们要花的工夫不是在这上面。

我似懂非懂地点点头。

我回到办公桌前，刚坐下就被人给喝了起来。

是你坐的地儿吗？声音很低，但很清晰。

我抬头看，一个嘴巴有点儿地包天的人站在我面前，并把包甩到桌上。

我有些不满，站起来，瞪了他一眼，心里说，至于吗？

林晓也听到了，我看见他转过头看了一眼，又马上转过去，装什么也不知道。没办法，我是新人，能怎么样？忍吧。再说，人家也没说别的。

那人叫王俊东。后来我知道，他跟林晓是一伙的，工作时叫林经理，私底下都管林晓叫老大。

办公室里没有闲着的桌子了，我左右看看，有些窘，想拿着资料去楼道里看。

没地儿坐就坐我这儿吧。说话的是丛丽，也是业务部的。她长得不高，但皮肤不错，一笑还有两个小酒窝。

我有些不好意思，不用了，我出去看就行。

不用，她一笑，拿起包，我正好要出去。

那……谢谢啊。

她刚要出门，项军推门进来。人都在吧？

林晓忙抬头扫了眼，都在。

项军打个响指，开会。

前面我说过，公司是负责终端销售推广的。流程是这样：先做工作，让医院从药批进我们厂家的药，药进了医院后，再由我们负责给大夫做工作，告诉他们每支针剂提成多少钱，怎么结法，这就是所谓的“政策”。并以此来推动销售，让大夫尽量给患者用我们推荐的药。

这中间，最难的是第一关，就是如何让医院从药批填单子提货，除了必须是医保目录里的药品，还得有科室主任级别的人提出申请，再由药房主任或主管副院长审批，大点儿的医院还有自己的药事会，大家都同意了才能进药。中间有点儿问题，你就等吧，仨月俩月是它，三年两年也是它。

进了医院也不是万事大吉了，跟人一样，药品也先得有几个月的试用期，当然不是指临床试用，而是说销量，当连续几个月（一般是三个月）达不到某个量时，就得清出去，由别的药品填充进来。也就是说，你必须在药品进入医院后马上采取行动，让大夫尽可能多地用你的药，否则前期的工作等于白做。

那么，是不是说只要药品进了医院，只做大夫的工作就可以了？当然不是，大夫只是管开药，但如果开出来药房没有也是白搭，所以药房主任的工作还得做，而且，不光是药房主任，甚至药房里拿药的小丫头都得不时用小恩小惠贿赂贿赂。如果光顾着做大夫的工作而忽视了药房主任，你的药离清出药房也就不远了。这不，现在有一个二甲医院刚刚进了我们的针剂，但业务员去做工作后还是没有销量，因此这家医院的药房主任打算把药全部清退了。

项军开会，除了一些日常工作的安排，重点就是这个。

怎么办？他问林晓。

怎么办？他是老板，能不知道怎么办？

我让王俊东去过了。

去过？好多人都去过呢，他们的挂号室现在还有人呢。项军不紧不慢地说。

这事儿赖我。王俊东一脸的焦急。主要是我管的医院太多，而且这两天不是兑费用嘛，所以去的次数少。

嫌多啊？项军看着他。王俊东的汗都快流下来了，不是那个意思，项总……

项总，林晓顿了顿，我有一些想法。

你说。项军扬了下眉。

那是家二甲医院，科室也没几个，病房也不多，我觉得将来销量可能上不去。所以，是我授意小王多注意大医院的。

啪的一声轻响，项军拍了下桌面，并在上面摩擦了几下，长吸了一口气。我觉得吧，人不能光吃肉不喝汤，要不早晚有一天得噎死，对吧？他看似轻描淡写地说，但我看到王俊东的头低了下去，林晓的脸色也不好看。

大医院是好，销量也高，可要死也更容易，别看安河医院是个二甲医院，你们知道它的门诊量多大吗？

林晓摇摇头。

功课都没做，就说销量上不去？项军声音虽小，却明确地表达了他的不满。

林晓的脸色更难看了。王俊东有些着急，项总，我下午就去。

不用了，项军指着我，新来的，你……你叫什么来着？

萧坤。我不敢怠慢，赶紧答道。

你去，这家医院你来负责，知道地儿吗？

我老老实实地摇摇头。

欧阳，你告诉他地儿，明天去。你，王俊东，跟着他一块儿，交接一下。

王俊东很不情愿地点了点头。

还有事吗？项军拿起桌上的烟和打火机。

有。丛丽举起手。

哟，小丽啊，项军立马换了副笑脸，什么事儿啊？

新来的这个还没办公桌呢，您什么时候给安排一个啊？

什么？项军看看我，又看看丛丽，从鼻孔里笑了笑。

丛丽眼一瞪，项总……

你要不说，我还真给忘了。下午让前台给弄一个桌子。就这样吧，散会。

大家都起身离开，我感激地看向丛丽，发现她已经出屋了。王俊东收拾起笔和纸，狠狠地敲了下桌子。

我开始有点儿担心，一上来就碰上这么个事，看王俊东的样子估计他要给我小鞋穿。不过很快我就释然了，算了吧，我正光着脚呢，别管小鞋大鞋，有的穿总是好事。反正我要吃饭，我要生活，我要挣钱，能忍就忍。

我很客气地冲他点点头，起身走了出去。

下班的时候，欧阳特意跟我一起走。他提醒我，王俊东是个浑不吝的主儿，顺着他点儿就成。

我说没事儿，放心吧，咱图的是挣钱，又没想跟他置气。

那就好。欧阳看看表，我得赶紧回了，婷婷有点儿发烧，我得回去给她做饭去。说着，他冲我挥了挥手，转身跑了。

如果评比这个世上对自己女人最好的男人，我一定会投欧阳一票。不，还得拉着筱悦一起投。但如果我知道后来发生的事，我一定会为他不值。

晚上，我去筱悦的公司接她。公司在阜成路，是座刚落成的大厦。刚上班的她还在培训期，经常晚归。

在公司门口的一个角落，我找了个地方坐了下来，迅速给自己算了一笔账。来时带了500块，加上点儿零钱，算600块吧。房租200块，已经花了，这些天买这买那，又花了200多块，只剩下100多块了。我们还要吃饭啊，一个月，怎么坚持啊？我意识到我得跟欧阳借钱了。但你来北京的一切都是人家帮你的，现在连吃饭钱都让人家帮，也太浑了吧？我感到我的脸有点儿发烧。

可是不找他，我又能找谁呢？我又认识谁呢？我有点儿慌了。把所有可能的方法都想了一遍。预支工资？好的老板也许可以，可是项军……算了吧。再换个工作？管吃管住的？不行。这个机会很好，我得扛下来。

我开始算，一个馒头是2毛5，四个是1块，刨去50块的其他花销，50块能买200个馒头，要是一顿饭吃两个的话……正想着，筱悦出来了，干吗呢？

她的发型变了，长长的头发盘在脑后，倒是挺好看的，可能是公司统一带她们去理的吧。

没事儿，等你呢。筱悦笑笑，走过来，很自然地挽起我的胳膊。

一路上，筱悦不时跟我讲着培训时的趣事，说她认识了一些新朋友，觉得这几天一下子长大了许多。

对了，你吃饭了吗？在小区门口，筱悦突然问我。

没，没呢。我有点儿紧张。

那你想吃点儿什么？不用管我，我吃过了。

我随便，吃俩馒头就行了。我随口就说。想到刚才自己还在数馒头，我不禁苦笑。

那哪行啊？你那么壮，俩馒头顶多够塞你牙缝的。

筱悦忽然停住，钱不多了吧？

我尴尬地点点头。

筱悦不说话了，她叹了口气。

没事儿，我笑笑，拍拍她，车到山前必有路。

筱悦扭过脸去，眼泪吧嗒吧嗒地掉下来。

我最受不了这个，这比让我一顿就吃两个馒头还难受。

别哭啊你，我上前搂住她。怎么了？这不挺好的嘛，咱俩都有工作了，而且还有自己的住处。

筱悦推开我，径自走向地下室。我暗暗下了决心，欧阳啊欧阳，看来不让你帮忙是不行了。

那天晚上，筱悦破天荒地没有让我搂着她睡，而是一个人面朝墙壁，用被子蒙着头，看也不看我一眼。我知道，她心里在想事。

早上，我坐414路，到公主坟，再倒1路、4路去上班。

很多朋友都对自己肥胖的体形发愁，买药，报健身班，要我说，根本不用花那些冤枉钱。告诉你一个最省钱的办法，坚持一个月，肯定能减肥，比吃药跑步强多了。这个办法就是——挤公交车，而且是早晚高峰的车。

我第一次感觉到人群的可怕就是在车上，四周全是人，压得你喘不过气来，想动动不了，车身一晃，你最好乞求自己不会被甩倒。如果甩倒，想站起来估计是不可能的。414还好点儿，1路，4路，唉，不提也罢。

现在的公交车好像好多了，不过地铁又来劲了。

进公司的时候，我开始想怎么跟欧阳开这个口，是直接说好点儿，还是委婉一点儿，让他察觉到。可是，他毕竟家里还养着一个没上班的，要是他说没钱怎么办？我吃点儿苦没关系，可这样一来，欧阳得多难受啊。我越想越多，以至于林晓叫我都没听见。

萧坤，叫你呢！丛丽冲我吼。我抬起头，发现林晓正很不乐意地看着我。

我忙起身来到他面前，林经理，找我什么事？

林晓瞪了我一眼，掏出一小沓钱。这是2000块的备用金，用完了再来找我。

我有些发懵，您的意思是……科室主任的公关费？

林晓笑了，这是第一次看见他笑。难道还是让你花的啊！

我接过来，没忘点了点。对，谢谢林经理。

林晓没接我的话。我转身要走时，他来了句，别忘了发票。

行，一定。

我回到自己的办公桌，再次摸了摸口袋里的钱，心中不由得一阵狂喜。我掐了掐自己的大腿，嗯，没错，是真的。

事隔多年后，我和林晓提起这事，我说你知不知道当初你等于是救了我一命啊。林晓已经喝高了，有些迷糊，冲我乐，你丫美什么啊，本来应该给你发3000块的，那1000块让我收了。

上午10点左右，我和王俊东两人来到了郊区的安河医院。安河虽说是二甲医院，其实比很多三甲医院都大，病区就有十几个，之所以评不上三甲，是因为政策不允许。至于具体是哪方面的政策，我也不是太懂，但它就是定了性了，这么些年还是个二甲。

首先要见的是药房范主任。范主任是个女的，四十多岁，胖胖的，戴个眼镜。见到王俊东进来，扫了一眼，来了一句今天不是接待日。

王俊东点头哈腰的，弄得我也不敢直腰。对不起啊范主任，我今天是来交接一下，以后——

交接？范主任从鼻孔里冷哼了一下，你来过几次啊？

王俊东有点儿气短，不好意思，这边以后是他负责。

我忙上前，递上名片。那上面，我的联系方式只有公司的电话。

范主任根本没接，淡淡地来了句，放桌上吧。

王俊东想说些什么，但张了张口，还是没说出来，气氛很尴尬。

范主任把眼镜往下扒了扒，看了看我们，问道，没事了吧？

王俊东愣了下神，没事了，没事了。

范主任看都不看一眼，说了句，那还不走？

我和王俊东两人刚出范主任办公室的门，王俊东就骂上了。当然是那种低声的骂，很难听，基本上把范主任的所有女性亲属都问候了。我心想，好在项军不知道这事，要是知道了，肯定也会问候王俊东的所有女性亲属的。等我们走到医院门口，他的气也稍稍平了，我就问他，其他科室的人不见见吗？

不用了，你自己去就行，王俊东说，我跟他们都没见过面。

我有点儿傻了，这都行啊？

也许是看出我的忧虑，王俊东又多说了两句，我市里管的医院那么多，这儿又那么远，没怎么过来。不过你也不用担心，这儿要做好了，销量也挺大的。没事儿我先走了。

我想说先别走，跟我一起见见各科室主任也行啊，我一个人去，又是新手，万一说错了话怎么办？可一出口，却是另一番话。那好，你走吧，我自己来就行。

王俊东愣了下，上下看看我，也许是不相信我这么容易就让他走了，连留都不留。

这可是你自己说的啊，将来林经理问起来，你可别说我没帮你。

得了便宜还卖乖。我笑笑，行。

看着王俊东上车走人，我心里的气才猛地涌出来，明摆着是给我下马威呢。不过想到上午刚刚领到的2000块，我的气愤又在刹那间消失了，又不给他打工，管他呢。进！我还不信了，给他们送钱呢，怕什么？

我挺了挺胸，直起腰板，重新走进了医院。

那时进病区不像现在的有些医院那么严，还得先登记，探视时间还有规定，只要硬着头皮往里闯就行了，只要你穿得不是很破，没人拦你。正因为如此，医院里才发生了很多盗窃案，相比之下，现在还是要好些。当然，对于医药代表则相反。

这家医院有十一个病区，分别是皮肤科一个，内科三个，外科四个，妇科一个，肿瘤科一个，骨科一个。我们的药是抗生素类针剂，皮肤科、妇科和肿瘤科用得都不是很多，其他的八个病区则基本上都能用到，尤其是外科，病区和病员最多，用量也最大。

我花了一下午的时间在病区里面转悠，却没有去见一个科室人员。到下午4点多的时候，我把里面的地形和病区的分布都熟悉了，同时，也想了一套见到主任们的说辞。

我先来的内科一病区，主任是个秃头，我拿出名片，介绍了自己的身份。当时有点儿脸红，但还好。如果有熟人在旁边，我恐怕还说不了话。

见我进门，秃头主任有些惊讶，但不是我以为的那种惊讶。

你们怎么才来？

嗯？我有些纳闷。

秃头主任很是不满，你知道我用了你们多少药了？

不知道。

300多支了，你们再不来人，我就真不用了。

啊？哦！您放心，不会让您白用的。我们都是每月底统计数字，次月的5号发费用，到时候一定兑现。

我心里放下了一块石头，同时也厌恶起眼前这个医生来。这是我们以前在书里、电视里看到的那种救死扶伤的医生吗？扯淡！

你们的药当初还是我提议用的，好嘛，进来了就没人理我了，我还琢磨着你们公司是不是要黄了……

秃头可逮着出气筒了，把我好一通数落。

好，说吧，没事儿，从今天起，我百毒不侵。

他大约说了有10分钟，总算停住了，这中间我一直赔着笑。

你还别不信，我前天开始就已经用别的厂家的药了，你看……说着，他从办公桌边的墙上拿下一沓病历，指着上面的字，你看，这是我开的，这也是我开的，一天就多少呢。这搁以前，我可都是用你们的药啊。

我们错了，不过从今以后就好了，我来管这块儿。

秃头的气看样子也消了些，行了行了，我也知道，你是打工的，不容易，要说有问题，也是你们公司的上层有问题。不过，你回去可以告诉他，别小看我们郊区医院，我们的用量也是很不错的。

是是是。我一个劲儿点头。

秃头语气更缓和了，你去药房范主任那儿了吗？

我去了。

她对你什么态度啊？

不怎么好。我只得告诉他实情。

嗯。秃头点点头，你啊，得赶紧做做她的工作，她对你们那是相当不满，主要是你们不会来事儿。

经过这一阵，他已俨然把我看作自己人了。

那我等接待日的时候来找她吧。我说。

你傻啊？他有些着急，还等接待日呢？接待日得多少人过来啊？人多眼杂，她能要你东西，或者跟你出去吃饭吗？

我……我一时不知该怎么说才好。

你这样。他往我这边凑了凑，范主任喜欢一些胸针、发卡之类的小物件，你没事儿先给她买一个那样的东西。别舍不得花钱，要不，等她把你们的药清出去，再进可就难了。

我忙不迭地点头，心说，那么好打发啊，一个胸针就可以了？

别买那种大路货，秃头接着说，最好是进口的，别太贵，一千多的那种就行。

什么，我没听错吧？一个胸针这么贵？但我什么也没说，还是点了点头。

不久之后，我想明白了，秃头也不知道所谓进口的胸针和发卡的价格，他那是胡诌的。他只不过是提醒我，如果送东西，不要送寒碜的。那一个下午，我就见了秃头一个内科主任，但是很巧，把前因后果都弄清楚了，下一步就好做多了。

出了医院，我打了欧阳的BP机（估计现在的小年轻都没见过这玩意儿），我说，欧阳，咱们都先不回家，我想请你吃饭，大餐。

欧阳笑笑说，快算了吧，等你挣了第一笔工资再说吧。

我有点儿不死心，但想想也对，来日方长，不急于这一时。

晚上，我和筱悦回到地下室，我偷偷把钱放到床上，装作不经意地一掀被子，哇，看，这是什么？

筱悦回过头，愣了下，但随即欣喜地把钱拿起来。

哪儿来的？她问我。

你猜。

你预支的工资？

不是。

那……是找欧阳借的？

也不是。

筱悦的脸沉了下来，那是哪儿来的？

我不能再扛了，赶紧把来龙去脉说了。

太好了，筱悦这才转忧为喜，老公，我也告诉你一个好消息，我签单了！

哦？好事啊。

当然是好事啊，筱悦看起来很兴奋，这可是我的第一笔生意。已经走了好几个了，我是留下来的人里第一个出业绩的。

这么说，这真是好事。

那是，虽然提成不多，可我觉得这个行业真的可以磨炼人。

好啊，那我们就一起努力吧！

嗯，筱悦沉吟着，看来老天爷还是有眼，没忘了帮我们，我们一定要努力啊。

我忙点头，放心吧。说着，我拿出两张来，放进她兜里。她笑笑，把剩余的钱小心地收好，放到我的包里。

那一刹，我想起《东邪西毒》里，欧阳峰看到洪七公很用心地数铜板，说，我知道这种人，我知道不会留在我身边太久，不禁有些好笑。

做好这些之后，筱悦上床，主动搂住我。从她的呼吸我知道她需要什么。我腾出手，拉灭了床头的灯。

三、被打

应该算工伤，可是不能报销啊。

一件事如果开头很顺利，给你的心理暗示就会非常积极，让你有干劲去努力做。从这方面讲，我够幸运。

这家郊区医院，在秃头主任的指引下，我陆续认识了其他科室的主任，除了一个外科主任对我爱搭不理之外，其他科室基本都明确表示可以合作。妇科和皮肤科因为用量少，放弃了。

也许有的朋友不太相信，还指引？的确如此。那个年代不像现在，管得并不严，曾经有一次兑费用，我看到两个主任在一起聊天，没敢说话，他们倒主动问我，是不是送钱来了？就在这儿给我们吧。一点儿都不避讳。大概也是因为这种作风，后来才出的事吧。

但还有一个问题，药房范主任那里该怎么办？虽然有人用药，暂时保住了名额，但她的工作不做，保不齐哪天就突然给你清出去，前期的这些工作全都白做了。

按秃头主任的话，给她送胸针？算了吧。我想起了林晓。

第二天开完晨会，我跟林晓说了这事。

林晓看了看我，歪着头，想了想，问，她有耳洞吗？

我闭上眼回忆了一下，说有。

那就送个耳坠吧。

我说，银的耳坠也没多少钱啊，她会不会……

哼，林晓笑了下，看我像看个外星人。

谁让你送银的？白金的！不过别超500块。我有点儿懵，白金的？我见都没见过，竟让我买来送人。

后来我才知道，按照这家医院的规模和当前的紧急程度，买个几千块的金项链都不为过，白金耳坠也就几百块钱，林晓可能另有想法。

我说过，我很幸运。

给范主任送耳坠的时候，她正一个人在办公室里接电话。我进来，轻轻把门关上，等她打完电话。

她看见我显得很冷淡，自顾自地聊。我趁机看了看她的耳朵，嗯，看样子是银的，款式跟我挑的这款也差不多。

范主任。看她放下电话，我凑了过去。

她身子往后一仰，干吗？今天不是接待日啊，你怎么又来了？

没事儿，我就是路过，想来看看您。说着，我把装着白金耳坠的盒子推到她面前。

你这是干什么？她有些紧张地看看门。

哦，没什么没什么，一件小首饰，您看，我也不太会挑，也不知道您喜不喜欢。

拿走拿走，快！我不要。说归说，但她的手在桌子下面根本没动。

拿走？拿走我不完了吗？

我往前一推，范主任，以前吧，我们有做得不对的地方，您多担待点儿，不过我保证，以后我们不会犯错误了。

唉，你啊。范主任的脸色缓和了。其实根本不用弄这些。她拿起盒子，打开抽屉，看都没看，就把盒子扒拉到抽屉里。

我们都不是特别矫情的人，范主任说，不过，你那个前任业务员太不会来事了。

是是是，我一个劲儿点头。

哪有药进来了连面也不照的道理啊？你前头那个业务员太不像话了。算了算了，不说他了。你不错，小伙子，好好干吧，以后有什么事儿你也不用常来，打我电话就行。

是，范姐，我趁热打铁，把您电话给我一个吧。

范主任告诉我电话，又问我，哎，你有BP机吗？

我一愣，忙说没有，上一个刚坏了。

哦，回去让你们公司给配一个，这么好的业务员哪儿找去，是吧？

谢谢范姐。我嘴上这么说着，心里别提多别扭。

到这一步，这家医院的工作才算告一段落。一个月后算销量，这家医院总共用了2000多支，光科室主任的回扣就拿了1万多块。这样的规模，算是比较好的。数据也能说明问题，王俊东所辖的一家大型的三甲医院，一个月也就3000支，这是他销量最好的医院。

这期间，我买了个BP机，是那种最早的摩托罗拉的数字机，嗯，是用平了账的公款买的。工资？不多，1000块，提成是一支1块，但扣了1000支的销量，说是任务，所以，我拿到手的是2000块，虽然有些不忿，但想到自己还花了不少公款，也就平衡了。嗯，我承认，不只是平衡，更多的还有庆幸。

开月度会的时候，项军的火气特别大。

说说，说说，他指着报表，怎么回事啊？

王俊东虎着脸，不说话。林晓点点头，唉呀，小萧的工作做得的确不错，没想到量这么大。

是人的问题，还是医院的问题啊？

林晓咬了咬牙，当然是人的问题，人的问题……

小王现在有多少家医院啊？

12家。

忙得过来吗？

还行。王俊东不知道项军葫芦里卖的什么药。

还行？哼，那就是不行！项军的声音猛地提高了。

王俊东有些吃惊，抬头看着项军。从明天，不，从今天起，把你的A类医院全都交给萧坤。

那……那我就剩5家医院了。

5家？你还嫌少啊？再这样我一家医院都不给你！项军的表情近乎狰狞，老板的本来面目是不是都这样我不知道，但他，绝对是我见过的最刻薄的老板。

王俊东像霜打的茄子，一下子泄了气，低头不语。林晓觉得他有必要说句话，于是低声说，项总，小王一直做得挺勤恳的，您看是不是……

勤恳？他是真勤恳吗？你当我瞎子啊？

林晓有点儿丧气，不说话了。

我说过，项军接着侃，我这儿不养闲人。也别觉得你们特委屈，你们平常做的那点儿事我全知道。钱，不是不让你们花，但别光想着往自个儿兜里揣，该用到正处的时候得用到正处。

我听到这儿，觉得脸上火辣辣的，但又一想，不对，他应该说的是林晓和王俊东他们，当下又坦然了些。

会开到中午才散，这时我才注意到欧阳没来。我问丛丽，见到欧阳了没有。丛丽说欧阳的女朋友病了，他陪她去输液了。

哦，我有点儿失望，想起跟欧阳说过发了工资请他吃饭，我打了欧阳的BP机。

回过来电话，欧阳有些疲惫，说你还想着这事呢？得了吧。我说，那哪儿成啊，我必须要感谢你，等着，我一会儿就去。

放下电话后我要走，丛丽拽住我问我去哪儿。

我……我小声地说，我去欧阳那儿。我可以对她说实话。

别去了吧，下午我还有事要你帮忙呢。

哦，什么事啊？

嗯，丛丽有些慌，也没什么事，就是整理一下东西吧。

明天再弄不成吗？我觉得有些好笑，我找欧阳有事呢。

丛丽一跺脚，行了行了，你走吧，要走赶紧走。

我有些纳闷，这丫头今儿是怎么了？

一路这么想着，我下了楼，来到门口。

王俊东正在马路牙子上坐着，看我出来，咬牙切齿地冲了过来。我还不知道怎么回事，他就冲到了我面前，一拳打在我脸上。我感到眼前一黑，接着星光四射。这还没完，他又冲我肚子上来了一脚。

我相信，如果光明正大地打，他绝对不是我的对手，但这是偷袭。谁想到他会下这么重的手呢？我一下子摔倒在地上，一手捂着脸，一手捂着肚子呻吟起来。他还没完，嘴里骂骂咧咧地冲我踢开了。也许是看我倒地了吧，他踢得倒不狠。

我看见一旁有同事过来把他拉开了。我挣扎着想起来，但没一点儿力气了。于是索性躺在地上，侧着身，捂着鼻子，让血从手指缝里流出来。

以前看电影、电视上两个人对打，打了半天也没人躺下，觉得人都很能挨打，原来不是那么回事，如果打的是地方，一下子你就起不来了。但我没想到我是以这种方式了解这个事实的。

过了一会儿，我听见有人跑过来。

萧坤，萧坤，没事吧？声音很焦急，是丛丽。

哟，怎么了这是？声音里透着点儿幸灾乐祸，这是林晓。

我试着坐起来，睁开眼。嗯，能看见东西，没事儿。

丛丽又气又急，忙用纸巾给我擦脸。我夺过纸巾，说，我自己来。

我听出声音变味了，拜那一拳所赐。

让你跟我一块儿收拾东西，你偏出来，唉。

原来她知道。

可是，我就是今天不出来，明天、后天呢？他们总能找着机会收拾我啊？想到这儿，我有点儿恨丛丽，你怎么也不提醒我一声啊？

林晓蹲下来，左右看看，谁干的？跟谁打架了？

呵呵，跟谁打架了？丛丽都知道的事，你能不知道？装？好，那咱们就装。

我说没事儿，跟人发生点儿口角，让人揍了。

那人呢？

人呢？你说人呢？

丛丽不解地看看我，又看看林晓，你们说什么呢？这不明摆着是王俊东干的吗？

林晓一怔，看向我。我摇摇头，说不是，没他的事。

什么？丛丽很惊讶。我站起来，说没他的事，是我跟别人打的架。

丛丽不满地哼了一声，起身走了。

林晓倒轻松了，问我，用不用让我跟你一起去医院啊？

我揉了揉肚子，走了两步说，不用了，应该没什么事。

那你打车回家吧，下午别上班了，回去好好休息休息。说着，林晓掏出100块钱，塞给我。

这算什么？医药费？我心里那个恨啊，扒拉开他的手，来到路边，伸手打车。

这时我才看见路边已经围了好多人，一个个看着我，像是看动物园里的猴子，眼神怪异得很。

下午，我回到地下室，简单洗了洗便上床睡了。我得好好让肚子休息一下，还真怕他踢坏了我的某个脏器，那就不好玩了。

外面，玲玲和她姐姐阿美又在吵架，这姐儿俩，真服了她们了。

大概5点的时候吧，有人打我的呼机，我不想起，但怕是大夫找我，还是起来跑到一层的小卖铺回了个电话。

你让王俊东打了？声音很急，是欧阳。

我笑了，消息传得还挺快，问他，谁告诉你的？

别管谁说的，是不是真的？我说是。

你打算怎么办？欧阳问。

咱们找个机会，一起揍他一顿怎么样？我想逗逗欧阳，笑着说。

奇怪的是，那边沉默了。

欧阳，怎么了？怎么不说话？

不行，咱们报警吧。打人毕竟是犯法的。

我心里说不出是什么滋味，酸酸的，又泛点儿苦，一时无言以对。

怎么样啊？欧阳有些着急。

我勉强笑了笑说，不用了，跟你逗着玩的，没事儿，他没把我怎么样，就是打得鼻子出血了。

真的没事儿？

真的没事儿。我故意干笑了两声。

放下电话，我看了看呼机的时间，差不多了，该去接筱悦了。

筱悦已经转为正式员工了，工资1200块，作为保险公司的福利，还给上了保险，这让她有了点儿城里人的感觉。最近一直在加班，也是，刚开始工作的，可能都比较积极吧。

我鼻子上基本没外伤，里面的血都凝成块了，但因为还肿着，我没有像往常一样在大堂里等她，而是在最早待过的大门外等。

如果回去筱悦看见我的伤，问我是怎么回事，我该怎么说呢？说实话？不行，那肯定让她担心，但也不能说得太假，算了，就说挤公共汽车让人打了。对，这个说法应该靠得住，现在天天都有因为坐车打架的。想好了这些，我心安了许多。

有风吹来，我不由自主地竖起领子。现在快12月底了，北京正是隆冬。

隔着落地玻璃窗，我看到筱悦出来了。这时，从后面跑来一个男的，长得挺帅气，穿着西服，一看就知道也是保险公司的人。他跑到筱悦身边，从兜里掏出一样东西递给筱悦。筱悦忙一个劲儿推辞，那人说了一句话，筱悦竟接下了。从筱悦的口型看，还说了声谢谢。筱悦红着脸冲那人挥了挥手，出了转门。那人走了两步，站住，回头看着筱悦的背影，若有所思。

干吗啊？这可是有主儿的！我努力压制着冲上去的冲动，走上前，拉起筱悦。筱悦好像还没从刚才的情境里缓过神，没怎么跟我说话。也许是天黑的原因，她压根儿没看见我肿着的鼻子。

我问她，今天怎么样啊？

挺好啊。

没什么事要告诉我的？

什么事啊？没有啊。

那，我不能再装了，刚才在门口那人是谁啊？

他？筱悦明显有点儿慌张，没谁啊。

没谁？这是有事啊！他给了你什么东西？我语气加重了。

筱悦猛地站住，生气地白了我一眼，你管不着！说着，她转身想走，被我一把拉住。

你给我站住！我声音挺大，连自己都吓了一跳。

那男的到底是谁？

筱悦急了，从兜里掏出一个小包装盒，使劲儿扔在地上，看，看！

我捡起来，是一盒化妆品。

他敢送这个？他是你什么人啊？啊？

筱悦的眼里闪着泪花，今天是我生日，你都忘了！

筱悦挣脱我，头也不回地走了。我猛然明白过来，愣在那里，刚才的愤怒一下子烟消云散。我不知所措。筱悦走远了，我还站着。

给她道歉？得了吧，我今天刚挨了打，心里正不爽呢。不理她？也不行，那可是我未来的老婆，孩子他妈啊。

我知道刚才那个男的送她东西肯定别有用心，可谁让他知道筱悦的生日，而我忘了呢？就算是别有用心，现在也不是讨论和生气的时候。我迅速做了个决定，买蛋糕去！谁让我是男的呢！于是，我没跟着筱悦，转身去了商场。

回到地下室的时候，玲玲正好要出门，看到我，来了句，帅哥，今儿你生日啊？

我说不是，是我媳妇生日。玲玲鼻子里哼了一声，冲我不屑地笑笑，走了。我推门进来，发现筱悦已经头冲里躺下了，但我知道，她肯定没睡着。我把蛋糕放下，搓了搓手，扒拉她的头发。起来吧宝贝，你看我给你买的什么？

她用力推开我的手，用被子蒙住了头。以我的经验来看，这个时候放弃了，只能使矛盾更深，唉，硬着头皮上吧，头都磕了，还差作个揖吗？

我接着晃她，宝贝，起来吧，这两天事儿太多，我真的把你的生日忘记了，对不起。

你能记得什么？筱悦没好气地来了句。

嗯，开口就好，就怕棉花墙，你再怎么说，没一点儿回应，那才可怕。

是是是，我什么都不记得，唉，真是猪脑子。晚饭没吃饱吧？我就知道，你肯定留着料，等晚上吃蛋糕呢，对不对？

你可不是猪脑子吗？筱悦终于扭过头，看了我一眼。

我笑笑，起来吧，Look，蛋糕。

可能是看到我的鼻子了，筱悦的脸色一变，你脸怎么了？

哦，脸啊？你猜呢？

筱悦直起身，满脸关切，是不是让别人打的啊？谁干的？

我笑笑，没事儿，在车上争座，跟人打架，唉，没想到对方是两个人，挨了一拳，就成这样了。

唉，要是说一个人打的，也太丢人了吧。

那你怎么没报警啊？

跟欧阳一样的幼稚。我摇摇头，报什么警啊？顶多问一些话，能怎么样啊？不过他们俩也吃亏了，两不相欠。

我摸摸，筱悦手伸上来，疼不疼啊？

能不疼吗？你倒是轻点儿啊。我心里说。

我忍着酸疼，不疼，没事儿，这连皮外伤都不算。

工伤。筱悦"哧"地一下笑出了声。

是啊，我说，应该算工伤，可是不能报销啊。

筱悦搂着我的脖子，老公，我想吃蛋糕了。

我来给你切。我忙把蛋糕拿过来。

我就在床上吃。

得寸进尺。

好好好，没问题，我拿张报纸垫上。

寒冷的冬夜，北京的一间地下室里，一对异乡男女坐在床上吃着生日蛋糕。外面，寒风凛冽，万家灯火。

早上一到公司，项军就把我叫到他的办公室。

昨天怎么回事？

我早已想到他会问，瞒是瞒不住的，我说我让人打了。

让人打了？呵呵，他不置可否地笑笑，是打架吧？

一定是林晓跟他说了什么，不过对此我并不介意。

我说是，是打架。

你挺牛啊？他晃了晃身子，你这副小身板还打什么架啊？你能打过谁啊？

这话不应该跟我讲吧？什么意思啊？

行了，我也说王俊东了。他把手里的铅笔一扔，出门在外，你们图的是钱，以后别这样了。

我咬了咬牙，是，项总。

我出了门，心里这个气啊，明明是王俊东打的我，在他那里竟成了斗殴。

一定是林晓说我的坏话了，你不挺聪明的一个老总吗？怎么这时候那么糊涂啊？可转念一想，他就是一个老总，又不是我的兄弟哥们儿。再者说，也没出什么事，和和稀泥，也许是最好的解决方法。

我还真没想让他把王俊东开了，那样的话，我就没有报复的机会了。

回到自己的座位，我开始整理东西，不远处的王俊东正和昨天拉他的同事聊天，不时放肆地大笑几声。

我知道，他们那是笑给我听的。

我站起来，来到林晓身边。林经理，什么时候交接啊？

交接？林晓抬起头，有点儿愣神。

对啊，项总不是让王俊东把他的A类医院都转给我吗？

哦，林晓像刚刚想起来似的眨眨眼，你们俩去能行吗？

当然可以啊。

林晓大概没料到我回答得这么干脆，一时语结，不知该怎么接话。

俊东，你过来一下。他叫王俊东。

王俊东大摇大摆地走过来，干吗啊？

你找时间，把A类医院跟萧坤交接一下。

王俊东乜斜着眼看了看我，从鼻子里哼了一声，我什么时候都有时间，看他了。

我今天就有时间。

我说的是事实，除了郊区安河医院外，我只有两家小医院可跑，弄得那些大夫现在一见我去就犯愁，哎呀，今天没卖几支，能用的我们一定给你用，你别老来行吗？

那，你们今天就去？林晓有些犹豫。

对了，我刚想起来，今天还有事，得去趟王大夫那儿，恐怕交接不了。王俊东说完，挑衅似的看着我。

我冷冷地看了他一眼，没说话。

哦，这样啊，那就算了吧，明天吧，别拖时间太长了。林晓说完，像是解脱了，转过身，看也不看我们。

我强压下怒火，回到自己的座位上。

告诉项军？看他刚才的意思，指定是一顿臭骂，算了，就等他一天。

欧阳这时凑到我跟前，仔细地看了看我的鼻子。

嗯，还好，不是太严重。欧阳点点头，真的没事儿？

我笑笑，没事儿，放心吧。

欧阳叹了口气，抚了抚我的肩膀，小声地说，他们人多，咱俩打不赢啊。

我心头涌起一阵热流，眼泪差点儿掉下来。我一句话也说不出来，还能说什么呢？

我拍拍他的手，算是感谢。

上午我没出去，在公司整理了一些财务上的东西。

在给林晓报销单的时候，他退回来两张，说是不合格，而以前都是这么填的，一直没事。

看来，一个人在表现得软弱的时候，谁都想骑到你的脖子上试试。吃中午饭的时候，丛丽一反常态，坐得离我远远的，看都不看我一眼。我意识到，这都拜王俊东那一拳一脚所赐，如果我不能尽快解决这件事，在公司里，将来会有更多的人欺负我，或者看不起我。别说什么法律啊，法制啊什么的。我们都知道，一个人的尊严的建立，并不是或不完全是靠那些东西的。本来，我想等到交接完再说，但看样子，不能等到那时候了。于是，下午我出去了，但不是去医院，而是去了医院旁边的杂货铺。

我买了一把刀。

当天晚上，欧阳来了。我有点儿意外。筱悦今天又加班，暂时回不来，我和欧阳找了个饭馆喝酒。

欧阳问我，你怎么跟筱悦说的啊？

我说我告诉她自己在公共汽车上跟人抢座，打起来了。欧阳苦笑了一下，喝了一大口酒，呛住了，不禁咳了起来。

我问他婷婷的病怎么样了？我们自从搬过来，也没回去看过，她不会怪我们吧？

她没什么事儿，怪什么啊？说句不好听的，还巴不得你们不去呢？欧阳笑笑，她的病早好了。

那就好，好了就能上班了。

上班？欧阳摇摇头，哎呀，你不提还好，提起来我是一脑门子的头疼，好的工作人家不要她，次点儿的工作她又不愿意干，我都不知道拿她怎么办好了。

啊？这我倒有些意外，那你没劝劝她？

劝了，不管事儿。其实吧，我也不是说她非得上班不可，但问题是再这么下去，她人就废了。再说咱又不是大富之家，总得吃饭吧？我挣的那点儿钱全花她身上了。

不至于吧？我笑笑，你来公司早，应该攒不少了吧？放心，我现在能顾得住自己，不会找你借的。

欧阳的脸色一下子暗淡下来，又喝了一口酒，问我，知道我为什么不愿意一开始就介绍你来公司吗？

为什么？

你觉得我们这活儿光明吗？欧阳郑重地问。

这话怎么说呢？有什么不光明的？我们是凭本事吃饭，又不偷又不抢的，怎么了？

我觉得，这比偷和抢还缺德。

为什么这么说啊？我大概猜到他要说什么，但还是有点儿好奇。

你看啊，欧阳伸出一个手指头，其实咱们自己知道，这药就是青霉素类药，青霉素多少钱一针？几毛钱！现在换了个名称，提提纯，就敢卖到几十块！去医院看病的有多少个富人啊？不是所有人都用得起这药的，可咱们给大夫钱，让他们可劲儿用，本来花十几块就能治好的病，现在得翻十倍，有时候想想，自己干的活儿就是谋财害命!

我有点儿愣怔，一时没反应过来，但我承认，他说得有点儿道理。

还有，欧阳又伸出一个手指头，因为咱们的药纯度高，单位剂量也高，所以效用很明显，看着很好是吧?

我点点头，是啊。

可是，人体是有耐药性的，明明用20万单位的剂量就能治好的病，现在用400万单位给你治好了，那下次，再想用20万单位的剂量就不行了，只能比400万单位还高。我们这一代是这样，没关系，关键是这种耐药性还能遗传给下一代，你说，这不是混蛋吗?

我有点儿傻了，我只想到欧阳可能会说前面的，但没想到欧阳竟说了这番话。

可又能怎么样呢?大趋势是这样，我们作为个人，又能改变什么?再说了，你不干，有的是人干。你说的那些也对，可现在就这样啊。

欧阳无奈地点点头，是啊是啊，现在就是这样，能怎么样?每次去医院兑费用，看到大夫笑呵呵地从我手里接钱，我就在心里骂了他们祖宗十八代，缺德玩意儿!

那这么说，应该敬那些没用我们药的大夫喽。我开玩笑。

敬个屁，欧阳骂道，刚开始我也以为他们洁身自好呢，后来才知道，他们用的是别的公司的药，比我们的提成高而已。

我举起杯子，算了，别想这些了，这些工作总得有人做吧?

欧阳举杯，跟我碰了下，你少喝点儿吧，鼻子的肿还没完全消呢。

我点点头，心情复杂地把杯中酒一饮而尽。

第二天，王俊东、林晓和我一起去一家专科医院交接。其实，王俊东本来并不想去，是项军问起林晓，林晓顶不住了，才让我和王俊东去办交接。

出门的时候，项军看到了，冲林晓嚷嚷，5家大医院交接，你这个业务经理不去跟着，难道想让我去?

林晓脸色难堪地连声说，我去我去。

这样，我们三个才走在一起。

医院很大，病区也很多，比郊区那家医院地方大多了，毕竟是全国性的医院。我跟林晓和王俊东先来到了外科一病区，主任姓李，很年轻。

李主任很爽快，说你们的药我这儿用得少，一个月顶多200支，你们愿意给就给，不愿意给，我也没办法。

林晓听了，马上反应过来，上个月您用的，还没给您呢吧?

李主任笑了，上个月？三个月的费用都没给了。

林晓的脸色变了变，问，您这三个月一共用了多少支？

李主任想了想，大概不到500支吧！

好，林晓说，就按500支吧，费用我明天让新的业务员给您送过来。

那当然好了，不过，我话说头里，你们的药我估计用的量不会太大，但该用的时候，我肯定会用的。

我们还能说什么呢？出了李主任的办公室，林晓一脸的铁青，王俊东大概知道理亏，不敢说话。

但这还只是个开始。

外科二病区的白主任是个矮个儿的中年男人，一脸的猥琐样，我当时想，他这样的人也能当大夫？

白主任得知我们的来意后，急切地问王俊东，那你答应给我的空调还给吗？

林晓听了一愣，白主任，这是什么时候的事儿啊？

说了俩月了，要不我也不会用你们的药。怎么，他没跟你们公司提？

提了提了，林晓连忙点头，不过，现在是冬天，空调是不是有点儿早啊？

所以啊，我要的是冷暖的，你不知道，我住的那是老楼，冬天供暖老是不足，弄得我特难受。

哦，好，这事儿我回去催一下吧，不过白主任，说实话，您也别太抱希望。

这话什么意思？

林晓笑笑，我们老板太抠，不过，你放心，我一定会尽力争取的。

从外科二病区出来，林晓说，不转了，走，我请你们吃饭去。

王俊东一直低着头，偶尔抬头看我，满眼的怨色。

哦，这事儿还赖我？

沸腾鱼庄。

我一直不喜欢吃鱼，烦鱼刺，不得已吃过几次，也有卡过喉咙的时候，所以后来吃的时候就非常小心，完全没有吃饭的乐趣了。很好奇竟有那么多人喜欢吃鱼，貌似那些做鱼的饭馆后来都做大了。

林晓爱吃鱼。

我们三个第一次坐在一起吃饭，这种感觉很微妙。林晓原来跟王俊东挺好的，但我估计看了他的工作后，心里已经对他产生芥蒂了。不过，那也比我跟他的关系近。

鱼上来了，从点菜到上菜，中间我们极少说话，我想，林晓不是没话，只是不好意思当着我的面说罢了。

我才不管呢，这是我的工作，我就当什么也没看见。

你这医院怎么弄得这么差呢？林晓终于憋不住了，喝下一杯啤酒后，问王俊东。

没那么差，是这些大夫混蛋。王俊东辩解道。

一个差可以理解，怎么我看的都这样呢？你也别太黑了，让项总知道了，麻烦就大了。林晓说着，也不看我，或许是没当我存在吧。

黑？我黑什么了？我接过来的时候这些医院也有问题啊，我处理过的问题你们怎么不看看呢？项总也是，现在销量都不好，又不是咱们这一家，非让我把医院让出去。让出去也行，非得让给这个新来的。

林晓止住他，哎，别这么说。那声音听着，好像说自己的小孩儿，哎，别对人不礼貌。

我说，你说话文明点儿好吗？

林晓没说话，王俊东笑了，文明点儿？老子还就不文明了！

我说，你打我，我吃亏，是因为我没防着你，因为我没想到你是这样的人。不过，我告诉你，你要再说脏话，我就要动手了。

王俊东看看林晓，又看看我，乐了。他伸手摸我的头发，哟，长脾气了啊？

我不再犹豫，抄起桌上的啤酒瓶，朝他的脸上挥去。

王俊东，不，包括林晓可能也没想到我下手会这么快。

瓶子破了，王俊东“啊”了一声，捂住了脸。

我站起来，扔掉剩了一半的啤酒瓶，又抄起一个新的，冲他头上砸去。

血顺着王俊东的头发流下来。

林晓冲过来，你干什么，住手！

我拿着全是茬子的啤酒瓶，指着林晓，你别过来，这是我跟他的私人恩怨，我不想伤着你。

屁话，你给我放下！林晓脸红脖子粗的。

我没理他，蹲下来，一把揪住王俊东的头发。

你妈的！王俊东大骂，声音带着哭腔。

看着我，我说。

王俊东捂着脸，不放手。

我说放手，要不然，我可开了。

王俊东慢慢放开手，鼻子里的血直往外冒，但眼睛没事，能看见我。

那就好，我心里想，不严重。

现在你骂我没关系，我说，因为我打你了，但要是以后再无缘无故地骂我，我还会揍你。你有人的话可以找人来，我就烂命一条，只要你不把我弄死，我就弄死你。

其实现在想想，这些都是没用的废话，真要有这个心，不说也行，说了，对方还可能觉得你色厉内荏。

我把啤酒瓶朝他的旁边狠狠地摔下去，玻璃碎片四溅。林晓过来，我忙又抄起一个瓶子，怕他要下手。但他没有，而是俯下身，挽起王俊东，有事没？

王俊东的头上、鼻子都在出血。他勉强爬起来，坐下，拿餐巾纸擦拭。

餐厅的人来了，冲进来三四个，怎么了？

林晓忙摆摆手，不好意思，喝多了，喝多了。

餐厅的人见怪不怪，这瓶子可都得算钱啊。

好好好，没问题。

听了这话，我把瓶子放下了。

林晓看看我，吼了一句，还看什么？赶紧送医院！

有时候回头想想，自己当时可够鲁的。迎面打击很容易出事，毁容是最起码的，真不知道自己当时是哪儿来的狠劲，大概是王俊东的所作所为已经把我给逼急了，我顾不了许多。也许是因为我兜里还揣着刀，有胆子，如果放到现在，我绝对是下不去手的，唉，到底是年轻啊。

好在医院不远，就在边上。外科一病区的李主任看到我们，吓了一跳，怎么了？

打架了，让瓶子砸得。林晓扶着王俊东坐下。

李主任给他止了血，看了看他的鼻子，又看看头。

头晕不晕？

有点儿晕。

李主任伸出一根手指头，你盯着我的手指头别动。

王俊东照他说的做了。

嗯，没大事。李主任看了看他的眼睛，先把头上的伤口包扎一下，来吧。

两人进了里屋，我跟林晓在外面等着。他不说话，我也不说话。

我点了支烟，看见自己的手上全是血，我说我得去洗洗。

在洗手间的时候，我的心里才开始后怕，我打人了？要是他回头找人报复我怎么办？我可是除了欧阳之外没有别的朋友了，还有，他的伤情严重不严重？要是有后遗症，我是不是还要赔钱啊？我越想越害怕，越想越担心，甚至开始后悔动手了。可已经这样了，打都打了，没有回头路了。爱咋咋地吧，大不了不干了。

很奇怪，我竟从头到尾都没想到可能会因此进局子，现在想来，也很奇怪。

大概半个多小时后，王俊东出来了。头上扎着个绷带，脸上还带着血迹。

林晓过去看看，怎么样？疼吧？

王俊东不说话，看着我，行啊，看不出来，你小子够狠的。

我说是你逼我的，其实我也不想这样。都是一个公司的，咱们真没这个必要。王俊东苦笑了一下。李主任吃惊地看着我们，怎么，你们小哥儿俩打架打得啊？

林晓不好意思地笑笑，闹着玩呢，说急眼了。李主任摇摇头，我们赶紧退了出来。

这事没完，在医院走廊上，林晓说，我会跟项总说的。

我说行，您就照实说吧，是我该担的责任我会担的。

其实这就是面子话，我拿什么担啊？刚刚的包扎费还是林晓掏的。

我心情一下子沉重起来。值得庆幸的是，王俊东没受重伤，只是脸颊被啤酒瓶的碎玻璃碴扎了下，至于头上，缝了两针，也无大碍。但是他肯定得歇两天，上不成班了。

回到家里，我没跟筱悦说起这事，怕她担心，不过她还是看出我有心事，让我给敷衍了过去。

明天到底还去不去公司啊？我躺在床上想，如果王俊东找人在公司门口报复我，我该怎么办？去了，公司开除我，我该怎么办，还能不能要回我半个月的工资？

这样胡思乱想着，到了后半夜，我想通了：如果他要报复，怎么也躲不开；如果开除我，就开除吧，但不能不去公司，毕竟是欧阳介绍的，我不能混了，不能让欧阳跟着也不能混了。

想清楚了这些，我感到很轻松，马上就入睡了。虽然如此，早上来公司的时候，心里还是有些惴惴不安，不知道将会面临什么样的结果。

跟上次一样，项军又把我叫到他的办公室。

我拿定主意，不顶撞，不反驳，不生气，问他，项总，什么事？

土匪！强盗！

项军声音很高，吓了我一跳。我明白，林晓肯定都跟他说了。

身手那么好，你怎么不去拍电影呢？啊？项军指着我的鼻子，面目有些狰狞。

我低下了头，轻声说，项总，对不起，给您惹事了。

少来，别跟我套近乎。项军在办公室里来来回回地踱着步子，说吧，你想怎么办？

我说您找人接我吧，我会尽快交接清楚的。

噢，你惹事儿了，就想一走了之？想得美！

我有些摸不着头脑，那……您说怎么办？

你把人打伤了，还问我怎么办？项军还是很恼怒。

我脑子飞快地转着，这家伙不会把我送派出所吧？

这月工资扣了，赔小王的医药费。项军口气缓和了些，声音放低了。有没有意见？

我忙点点头，没意见，没意见。

尽快把他的医院接过来，别再给我惹事，如果再惹事，马上给我滚蛋！

是，我还没回过劲儿来，这就行了吗？

怎么？你还想怎么着？项军瞪了我一眼。

谢谢项总，我的眼泪差点儿下来，谢谢项总。

行了，别以为我是向着你，我是不想把事情闹大，明白吗？

明白，那我也要谢谢你。

少来，项军轻斥，出去。

我走到门口，项军叫住我，等等。

我回过头，看着他。

收着点儿，别那么狂，知道吗？

我用力地点了一下头。

很久以后，我明白过来，不是项军想帮我，是他想帮自己，那时公司的整体业绩已经在下滑了，能干的人不多，而幸运的是，我是其中之一，在王俊东和我之间，他肯定是想留我的。当然，这一切都是建立在我没有把王俊东打得很惨的基础上的。

我回到自己的座位，丛丽凑过来，听说你把王俊东打了，是真的吗？

我没理她，自顾自地收拾东西。

别不理我啊，哎，我问你话呢。丛丽拍了我一下。

我说没打，就是发生了点儿口角。

还装呢，打了就是打了，你早就该这样，丛丽乐了，我觉得你也不像那么窝囊的人。

我心里有点儿别扭，怎么，打人就不窝囊了？

中午一起吃饭啊，丛丽乐呵呵地走了。

我无意中看了一眼林晓，他正用一种异样的目光看着我。

是不是他觉得我应该走人，但没有走？我低下头，不看他。

过了一会儿，我听见大声说话的声音，像是抢白，又像是吵架。

我抬起头，看见林晓从项军的办公室里出来，脸色通红。

我猜，他可能是去找项军，让他开了我，但没有得逞吧。

既然是这样，我就好好干吧，工作保住了就好，至于工资，扣就扣吧，还有备用金呢，怕什么？

欧阳刚进来，看到这种情形，有些吃惊。不一会儿，他走过来，低声问，丛丽说你把王俊东打了，是真的吗？

我点点头，不严重。欧阳惊讶地看着我，有点儿不相信，真事儿啊？

我说是真事儿，还扣了我一个月工资赔他呢。

那你呢，没再伤着吧？我笑笑，没有。

跟上次一样，欧阳拍了拍我的肩膀，转身走开了。

事情好像就这样过去了。几天后，王俊东也来上班了。

人真的是很有意思，从那时起，王俊东连正眼看都不敢看我一眼了，原先跟他一起玩的所谓朋友，也有意无意地在疏远他，更别提跟他一起报复我了。

我没有让他跟我一起跑剩下的几家医院，都是自己去的。当然，林晓也去，不过他后来没有跟我进去过，都是在外面等着，我只是回来把有关的情况跟他汇报一下。

他的态度一直冷冰冰的，对王俊东也是，完全没了以前的那种热乎劲儿。但我知道，这是两种截然不同的冷淡，对王俊东，他是知道没有利用价值了，而对于我，他是想赶我走而不能得逞。

这不由让我惴惴不安。

四、住的问题

回来的路上，筱悦显得很高兴，指着布偶说，这个是你，那个是我。

我说，他们真好，不用办暂住证。

马上要过年了，公司的业务也渐渐好转，虽然很难，但在我的经手下，接过来的几家医院在销量上都稳定了下来。项军说到做到，扣了我的一个月工资，但提成都发了，不到7000块吧。实际销量要比这高一些，但他以销量统计溢出为由，扣了一部分，做过医药销售的都应该知道。

不过，这已经让我很高兴了，要知道，在乡下，这差不多相当于我好几年的工资！

在旧货市场，我花200块钱买了一台二手的电视机，把剩下的钱存了起来，把卡交给了筱悦。筱悦愣了半晌，来了一句，咱们结婚吧。

我调着电视信号，笑了，傻帽儿，这么没出息啊，着什么急，咱这才刚开始，再攒攒。

我又不让你用八抬大轿娶我，够回去摆席的就行了。

那这也不够啊，我说，再等等吧。

当晚，我从外面买了几个菜，准备等筱悦回来一起开开荤。刚进了地下室，玲玲喘着粗气迎面跑上来，别进来，查暂住证的来了。

中间的过程就不说了，反正电视被没收了。

我怕筱悦回来之后再说这事会刺激她，决定去接她，准备在路上编个谎把这事圆过去。但没想到的是，我又看到了上次送筱悦礼物的年轻人。

不同的是，这次两人有说有笑地一起出了门口，下了台阶。

我忍着怒火，问筱悦，刚才那人是不是上次送你礼物的那个？

是啊，筱悦说，我们经理，姓赵。

经理？看着筱悦的不加掩饰，我有些释然，要是经理还好说些，关心下属嘛。

我说咱们家的电视坏了，让我给卖了。

怎么坏了？昨天刚买的。筱悦有点儿急。

我说买的也是二手的，不过谁想得到质量那么差呢？

那算了吧，筱悦说，反正我也不喜欢看电视。

要是跟她实话实说，她会不会蹦起来啊？我这么想着，跟她来到天桥上。

虽然是晚上，天也很冷，但摆摊的人还是不少，让人一下子能感觉到生活的艰辛。筱悦显得很高兴，蹲下来，挑起小玩意来。

她看中了一对布偶，问，这一对多少钱？

看摊的是一个老太太，大概有六十了吧，说18块。

筱悦有些不满，便宜点儿吧，10块给我怎么样？

老太太忙摆手，说这个价我进货都进不来，这么着，你要是10块钱能进来，我有多少要多少。

那12块吧，就这么多钱了。

老太太快哭了，姑娘，我真不挣钱。

我忙掏出20块，说18块就18块吧，我买了。

哼，你倒真大方，筱悦说。

回来的路上，筱悦显得很高兴，指着布偶说，这个是你，那个是我。

我说，他们真好，不用办暂住证。

王俊东终究还是离开了公司，是主动辞职的，可能觉得颜面扫地，也可能是无利可图，也许两者皆有。对于我，谈不上是好是坏，但对公司应该是好事吧。

林晓还是看我不顺眼，在备用金的发放和报销上卡得格外严了，但这种东西，如果想钻空子真的是太容易了，我只要比平时小心一些就可以了。再者说，我管的医院都是大医院，用的钱也多，他也没有做得太绝。

我潜意识里隐隐觉得，我跟他早晚得有一场仗要打，但我没想到这个时间会来得这么快。

2月，快到春节假期了，一天早上，项军把我叫到办公室里，把门关上，然后给我倒了杯茶。

我有些不安，从未受过这种礼遇，他要干什么呢？

我想提你做业务主任。项军一字一顿地说。

公司里，项军是老板，林晓在他一人之下，下面大概有十来个业务员，分管不同片区，其他是财务等职能部门，还从没听说过业务主任一说。我有点儿纳闷。

谢谢项总，您能说得具体点儿吗？

做林晓的副手，但是你自己管一片区域，明白这个意思吗？

哦，我心里琢磨着，是不是说我名义上是林晓的下级，但实际上享有跟他一样的权力？

这是个过渡，如果你做得好，就跟林晓一样，如果做得不好，你恐怕连业务员都不能做了。

我点点头说，明白了，谢谢项总对我的信任，可我……能行吗？

你要不行，就没人能行了。别跟我这儿磨磨叽叽的，给个痛快话。

我笑了，说，有您这话，我还怕什么，行！

那好，春节后，我会宣布这条消息，现在，跟任何人都不要说，好吧？

好。

去吧。

出了门，我握住拳头，挥了挥。不过我马上发现，我高兴得太早了，刚才光顾着高兴，连我的工资、提成什么的都没提，这不扯吗？

要不再回去问问他？

快算了吧，我不想招骂，也不想破坏我的好心情，再怎么说，应该不会比现在差吧？

我来到欧阳身边，拍拍他，中午我请你吃饭。

我也去啊，丛丽凑过来。真没办法，什么她都能听见。

过年还回去吗？在饭馆里，欧阳问我。

我摇摇头，不回去了，给筱悦的父母寄点儿钱，算是表表孝心吧。再说，也刚来，再回去，太费劲了。

欧阳点点头，也是。

筱悦挺漂亮的吧？丛丽在一旁问，声音听着有点儿酸味。

我还没说话，欧阳插了句，当然漂亮了，比你漂亮多了。

滚，丛丽骂了他一句。我问问怎么了？还不让问了？

我说让问，让问，筱悦没你漂亮。怎么说也是小地方来的，哪儿比得了你这本科生啊。

别提什么本科生啊，丛丽有些不乐意，你才本科生呢，你们全家都是本科生。

欧阳饭差点儿没喷出来，你干吗呢？谁惹你了？

我笑笑，问欧阳，你过年打算怎么过？

我？欧阳想了想，要不咱们一起过吧。

我说那就这么定了，咱们找个饭店，去大吃一顿，然后去K歌。

那么没出息，就知道吃，丛丽说，别忘了带上我啊。

我说你不回家啊？

丛丽摇摇头，我没家。

我一愣，没想到她会说出这样的话来。

你爸虽然结婚了，但怎么说他也把你供到大学毕业——

住嘴，跟你有关系吗？吃你的饭！欧阳还没说完，丛丽就打断了他。

我大概明白了是怎么回事，端起酒杯，跟欧阳碰了下。

干杯。

晚上接筱悦的时候，她有些不高兴。我以为是电视机被联防队抱走的事让她知道了，赔着笑脸小心问她，怎么了？

我想家了。筱悦声音很低，听得出，她很伤心。

是啊，能不想吗？怎么说也是个姑娘家，我一个大老爷们儿有时候想起家来都难受，更别说她了。

我劝她，宝贝儿，我也想家，可现在咱们刚来就回去，是不是有点儿太那个了？

我知道，筱悦说，可我就是想家。

我抱着她，说没事儿，我跟你一起想。

其实，那会儿我并不是真的想家，只是想让筱悦感觉好受一点儿。

要不，今年过年让我回去吧。

我说那怎么行？这一路上人那么多，万一有个闪失……

没事儿，我能行，筱悦有些着急，再说了，我们公司放假放到十五呢。

啊？那么长的假期啊？我有些不知该怎么说，随口来了句，那你回去我不反对，可是票还不知道能不能买到呢。

唉，那有什么啊？票还不好买吗？筱悦一下子兴奋了起来，大不了多花点儿钱买高价票呗。

要是她知道高价票高到什么程度，绝对不会说这话的。

我有点儿后悔吐了这个口，说这样吧，到时候我看看，如果能买着票，你就回去，买不着，咱们一起在这儿过年好不好？

好，这可是你说的啊，不能不算数。

我说那当然。

要是知道买一张票难到什么程度，我绝对不会说这话的。

虽然项军说过了春节再宣布我的任命，但好像大家都已经知道了这事似的，看我的眼神都不一样了。当然，也跟我看他们的眼神不一样有关。

首先是林晓，他的眼神更毒了，以前见面还互相打个招呼，现在基本连这个礼节也省了，都是有事说事，没事儿就没话。我曾想过修复我们之间的关系，但碰了几次钉子我就放弃了，又不是靠他吃饭，我没必要天天巴结着他。他的想法我也猜过，一来是我让他们的所谓“集团”吃过亏，二是这么下去，我大有取而代之之势，而且，后者实际上是最根本的，所以，他肯定会想方设法地排挤我。

我不怕王俊东，但老实说，我有点儿怕林晓，他毕竟是我的顶头上司，比王俊东手段不知高了多少。

但怕有什么用？我一遍遍告诫自己，兵来将挡，水来土掩，没有过不去的坎儿。

其次是欧阳。很奇怪，这次他没有问我消息的真伪，还是一如既往，只是有时候会看到他的眼神有一丝忧伤。会不会是因为我后来居上，让他产生了挫败感？我不得而知，不过，他不问，我也不会说，就是项军宣布了，我也不会当他是下属，他永远是我的好朋友、好哥们儿。这样的关系，不会因为你的职位改变而发生任何变化。

至于丛丽，她鬼马精灵，看样子是早就知道了，但她没有捅破这层窗户纸，我想，更多的原因，是因为她不想给我造成太大压力吧。

就是在这样的战战兢兢中，放假了。

我要做的第一件事就是买票。我原来想在小区门口的售票处买，但是很奇怪的是它关门了，理由是没票。

没有办法，我只好坐地铁来到了北京站。

那是我第一次感慨中国人多。广场上、售票厅内，凡是能站人的地方全站满了，一眼看过去，全是黑压压的人头，那种情形绝对让你过目不忘。

我排在队尾，看着队伍蚂蚁似的往前爬。冬天啊，在屋里你不觉得，可如果让你在外面一站两个小时，那无疑是一种折磨。我的脚和腿都快冻木了，只好一会儿踢踢腿，一会跺跺脚，好让自己感觉好一点儿。

我心里有点儿埋怨筱悦，唉，你要不张罗着回家，我就不用受这个罪了不是？

可那是老婆啊，虽然没结婚，可她已抛下一切跟了你了，你连个冻都受不起，像什么样子？我这样自我安慰着，终于轮到我了。

我捏着钱递过去，报了我要去的地方。

没票。

什么？我以为听错了，又报了一遍。

售票员烦了，没票，没听见啊？下一位！

我排了两个小时，你一句话就给我打发了，那哪儿行啊？

我把往前挤的人扛了一下，问售票员，二十五的没有，二十六的也行。

跟你说了，没票。

那二十七的呢，二十七的也行。

那你明天再来吧，今天不放二十七的票。

我气得头有点儿发胀，出了队伍，抽了支烟。明天？明天还是没票怎么办？

我心说不行，就这样回去，筱悦肯定觉得我没尽力。

不行，一定要买到票。越是难买，我越要买到！北京站不行，我去南站！

唉，那时候，哪知道什么联网不联网啊，真是天真得可以。不过，很奇怪的是，这么一闹腾，我竟不感觉冷了。

到南站的时候，是晚上9点多。

这是我第一次到南站，感觉跟自己县城里的车站差不多（此时还是改造前的南站）。不，准确点儿说，应该比我们县城的车站更次，我们那儿的车站，灯比这儿还亮一点儿。这里不光灯暗，还到处都是摆摊的，总之一个字，乱。

我无暇顾及这些，直接进了售票厅。

我得承认，有时候，硬件建设跟软件建设是成正比的，这里的售票员比北京站的售票员嗓门更高。

没票！

我说北京站没票，怎么你这儿也没票？

旁边有人笑，说老弟你是第一次买票吧？

我说，有区别吗？

那儿没票，这儿也没有，这都是联网的。

我还想问些什么，售票员扯着嗓门喊，一边儿去，别影响人家后面的买票！

在南站的一家小吃店，我要了瓶二锅头，那个闷啊。唉，算了，我已经尽力了，就这样跟筱悦说吧，想家归想家，实际情况在这儿摆着呢，回不去有什么办法？我带着酒意给筱悦打了传呼，说宝贝儿，票买不到啊，人太多了，我怕明天来还是这种情况。

筱悦很失望，那算了吧，实在不行，你就回来吧，别冻坏了身子。我说，我再想想办法吧，还有几天呢，你别着急。

放下电话，我心里一阵悲愤，但又有什么办法？所有想回家的人都面临跟我一样的困境，可也没见有几个人回不了家的。

我掏出钱来，问公用电话的女摊主，多少钱？

4毛。摊主接过钱，压低了声音，问我，你想要几张啊？

我没反应过来，什么要几张？

你不是要去××的票吗？

我说是啊，你有？

你想要几张啊？得，问题又回来了。

我说就一张，一张就得。心里竟莫名地生出一阵紧张。

几号的？

二十五的最好。说实话，我心里对这个时间没抱多大希望。

她算了下，那得300块，行吗？

回我们那儿的车票，平常买也就120块，如果放在往常，我肯定会不屑地摇摇头走开，可是现在，我像是在沙漠里突然看到了一汪清泉。

行啊，可以，你有票？

有。

我买，给我吧。

别着急，你在这儿等会儿啊。摊主打了个电话。不一会儿，又来了一个女的，看长相应该是她妹妹，手里攥着一张票。

给，300块啊。

我忙把钱递给她，拿过票来，在灯下看了看。嗯，的确是二十五的。

那女摊主笑，放心，我们是在这儿做生意的，能给你假票吗！

废话，如果不是看你在这儿做生意的，我能那么轻易就把钱给你而后验票？

我点点头，嗯，也对，谢谢了。

女摊主乐了，下次有需要，还来找我啊。

回到家里，筱悦已经躺下了，我故意叹了口气，没说话。

筱悦本想说话的，但看我这个样子，也不说了。

我有点儿失落，心想不能再这样，要是再这样，她指不定会崩溃，要么是我崩溃。

我拿出票，Look，这是什么？

筱悦没反应过来，等看清楚是一张火车票，她立马跳了起来。

耶！她兴奋地接过票，二十五回，二十六到家，太好了。谢谢你老公。筱悦上来搂住我的脖子，亲了一口。

唉，要是没买回来，是不是这一口就没了？

女人，是不是都这样啊？

筱悦走了，我送她上的车，很高兴她没有因为我无法跟她同行而失望。

我一下子成了孤家寡人，有点儿兴奋，也有点儿失落。

玲玲问我，哟，帅哥，媳妇回家了？

她老叫人帅哥，刚开始听着还挺顺耳，现在听着有点儿烦了。

我说是啊，你想陪我了？

玲玲指着我的鼻子，你老婆回来，我非把这话告诉她不可。

我笑笑，说点儿正事啊，你们歌厅消费一次多少钱啊？

那得看你有多少钱了。

我说我真没去过，过年的时候想跟朋友一起去玩儿，跟我说一下吧。

玲玲笑了笑，说其实你要不叫小姐的话，一二百块钱就够了。

我们也不会叫啊，我说，都是有老婆的人了，谁敢啊？

呸，你快算了吧，那些叫小姐的不都是有老婆的？你们男人啊，没一个好东西！

我招你惹你了？我说，别老拿这话说男人，男人不是好东西，也是叫你们女人给惯出来的。

玲玲笑了，说你真的要去啊？

当然了，还有其他的人……我算了算，三个人吧。

那好，我可以让老板给你打个折，如果你们没有小姐的话，我可以陪你们。

我说我没钱，掏不起小费。

想得美，我是说陪你们坐坐，你当我什么？瞧你那样儿，给我钱我还不见得陪你呢。

我服了，女人说起狠话来，比男人厉害多了。

那就这么定了，我说，不行就后天吧，明天我跟那几个朋友说一下。

我心里想，嗯，你要能陪陪我们正好，要不，就我跟欧阳、婷婷、丛丽，指不定会出什么事呢。老婆不在，我更不能给自己制造这个机会。

第二天，项军宣布放假了。我正意外，刚二十六啊，项军又说，过了年，初三就开始上班。

合着一样，吊起来打，放地上打，疼反正早晚要受的。

散会后，项军把我叫到他的办公室，递给我一个信封。

这是……

你的红包，不要跟别人讲里面是多少钱。

我一阵狂喜，哇，天上掉馅饼了。太好了！

我拿着红包来到卫生间，打开看了看，1000块。

1000块就1000块，就当是补了我扣的那个月工资吧。我心想，反正是大年三十打着的兔子，有它也过，没它也过，唱歌去！

走出卫生间的门，正好林晓也进来了，无意中瞄了眼他的上衣口袋，里面鼓鼓的，少说也得有五六千。

刚刚有的好心情让他这么一比，一下子全没了踪影。

这还不算，办公室里，丛丽拍了一下我，哥们儿，我领了红包了，2000块，中午请你吃饭。

我说不，我请，不光请你吃饭，还请你唱歌，你去不？

丛丽愣愣地看着我，不去才怪！

于是，在某个冬日的歌厅，有了这样的一幕：两个男的带着两个女的，包了一间房，另外，还有两个小姐坐在旁边。跟玲玲一起的，是她的姐姐阿美。

欧阳有点儿不乐意，我说没事儿，这是我的邻居，也是朋友，再者说，就是因为她们才打的折。欧阳这才不说话了。

出乎我的意料，婷婷倒是一点儿也不介意，还跟玲玲姐妹俩有说有笑的。这让欧阳也有点儿意外。

就是丛丽意见最大，说我有病。

歌从下午唱到晚上六七点钟，我们四个人出来吃饭。玲玲两人要上班了，没有跟着出来。

在歌厅大堂，我第一次见那么多的小姐，一个比一个年轻漂亮。

吃饭的时候，欧阳来了句：我想明年辞职，不干了。

为什么啊？我很纳闷，虽然他挣得没我多，但相对也不少，怎么能说不干就不干了呢？

婷婷的脸一下子耷拉下来，你就想着你自己，也不考虑考虑我。

我怎么没考虑你了？这么长时间我一直不敢辞，不就是因为考虑到你没上班吗？要不然我早不干了。

那你干什么去啊？我怕婷婷再吵，忙插话。

欧阳叹口气，我想开个小饭馆，她老不让。

我笑了，开饭馆，你会做饭啊？

这有什么啊？别忘了，我爸在老家就是开小吃店的，他那一套我打小就会。

可不，他爸的小吃店开了好多年了。

那也不行啊，我说，你爸那是在老家开的，现在咱们在北京，房租、水电都那么贵，要很多钱呢。

这个我早算计好了，跟你说实话，我攒得也差不多了，大的开不起，就开个小的，就我跟婷婷两个人忙，问题不大。

我可不跟你干那活啊，婷婷白了他一眼，我嫌脏。

好，欧阳笑笑，那就招个服务员，两个人忙活，够了。

可是，为什么啊？我还是有点儿迷糊。

因为我不想再挣这种钱了，欧阳说，我比不了你们，心理承受能力差，有时候想想，晚上都睡不着觉……

就你清高，就你是好人！婷婷嚷嚷，清高能当饭吃啊？

欧阳不满地瞪了她一眼，婷婷扭过头去，不看他。

我跟丛丽对视了一眼，什么话也说不出来。

吃完饭，欧阳跟婷婷两个人走了，丛丽突然提出去我的住所看一看。

我心里直犯嘀咕，不让她去，显得自己心里有鬼；去吧，也不好啊，出了事怎么办？本来就是孤男寡女，现在又天寒地冻，最容易制造借口往一块堆靠。我暗暗祈祷，你可别引诱我，我可不是柳下惠。

怎么，你不会还藏着一小秘吧？

既然你这么说，得，走吧。

地下室里的灯光不是很好，我和丛丽一前一后走到我的门前，我拿出钥匙。

看归看，可不准笑啊。丛丽笑了笑，开门吧。

我打开门，刚走进来，还没来得及开灯，丛丽就从后面把我抱住了。

最担心的事情还是来了。

我说丛丽，别这样好吗？

丛丽用脚把门踢上，头抵在我的后背，我喜欢你。

我有点儿懵，没想到她会这么直白。我说我有女朋友了，这样不好。

我不管，她死死地抱着我，你们又没结婚，我有权力追求你。

别啊，你这不是把我往绝路上逼吗？

虽然筱悦刚走，但毕竟年轻，再加上喝了点儿酒，冲劲儿一下子上来了。

我转身抱住她，丛丽立刻把嘴凑了上来。

我们倒在床上，相互探寻着，近乎疯狂。

我不得不承认，男人有时候挺不是东西的。

正当我们有进一步动作的时候，我的呼机响了。

跟很多恶俗电视剧的桥段一样，它响得真不是时候。

刚开始我没理它，但听那样子，还是急呼。我摸索着摁下，一看，是老家的电话，估计是筱悦。

我有点儿清醒了，挣脱丛丽，我得出去回个电话。

丛丽有些无奈，点点头说，我等着你。

真是筱悦，她告诉我已经到家了，家里一切都好。

我穿得不是很多，再加上屋里还有一个女人，心里有些急，说那就好，没事儿我回去了。

筱悦显得有些委屈，你说话怎么这样啊？我挺想你的，爸妈也都问你呢，说你怎么没跟着回来。

我心头一热，刚才的欲火一下子跑没了。我说，其实我也想回去，不过是你走了以后才想的。

筱悦那头沉默了，过了一会儿，她说，我会尽快回去的。

再次回到地下室，我坐在床边抽了支烟。丛丽也穿好了衣服半靠在床上。我们都没说话，气氛一下子变得有点儿尴尬。

谁的电话？丛丽问。

筱悦。

丛丽点了点头，明白了，要不，我回去吧。

我说太晚了，就别走了，你就在这儿睡吧。

不好吧？丛丽竟显得有些羞涩。

我轻轻搂住她说，没什么，咱们俩什么都不做就好了。

丛丽把头抵在我的胸口，什么也没说。

第二天，我们睡到10点多才醒，两人竟都有点儿不好意思。

在送丛丽出门的时候，正好赶上玲玲上卫生间，看我跟丛丽两人一起出来，一下子愣了。丛丽还跟她打招呼，早啊玲玲。

玲玲傻了似的冲我们挥了挥手，嗯，你们也早。

我心说坏了，这下跳进黄河也洗不清了。不过想想，如果没有筱悦打的那个传呼，还真不好说。

回来时，我走过玲玲的门口，她突然打开门，瞪着我看。

我说怎么了？有事儿？

玲玲摇摇头，叹口气，什么话也没说，用力把门给撞上了。

以前她对我说男人没一个好东西的时候，那是因为她还把我当成一个好东西，现在她什么也不说，我知道完了，我在她心目中的形象算是彻底完蛋了。

春节到了，本来我想在饭馆里边吃边看电视的，但没想到小区附近的饭馆全关张了，于是，我来到了欧阳家。婷婷还是一副不冷不热的样子，还好，我习惯了，只顾跟欧阳喝酒聊天，没怎么看她。

吃饭的时候，欧阳问我，丛丽喜欢你，你知道吧？

哦，是吗？我心里有点儿发慌，不会的，你开什么玩笑。

谁跟你开玩笑，欧阳说，我是提醒你，你是有女朋友的人了，可别陷进去。

我好整以暇地点点头，是啊是啊，不会的，我有那心也没那胆啊。

你真的想好辞职了？我想转移话题，忙问他。

嗯，我正在找门脸房，估计过了年就有信儿了。

婷婷在一旁生气地瞪了他一眼，你那点儿手艺也叫本事啊？你要能开成的话，全世界都是富豪了。

我说对啊，别着急，过了年我可能要提业务主任，看看能不能给你分几家好医院，能多挣点儿。

我知道，欧阳笑笑，谢谢你，你的好意我心领了，不过我真的不想做这个了。

你这么说，让我觉得自己挺不是东西的，我说，不就是一工作嘛，没必要那么认真。

管不了你们，可我能管得住自己，欧阳有一丝伤感。

我问，你从谁那儿听说我过了年要升职啊？

公司里都知道，还能谁说，当然是林晓呗。欧阳叹了口气，过了年，你可得小心啊，项军是看你可用，用你来制衡林晓的，省得他独大，将来有点儿什么事不好对付。

我有些不解，能有什么事啊？

别忘了，我们是医药公司，靠什么运转的？还不是行贿？这事儿说大不大，但如果真有人追究，也小不了。林晓在这儿工作有些年头了，公司里传闻项军要给他一部分公司的股份，但现在好像不提这茬了，就这么搁下了，如果有一天项军突然过河拆桥，把林晓踢了，你说林晓能甘心吗？

我听得有点儿头大，这水挺深啊！

正想着，婷婷对着电视喊，赵本山，赵本山出来了……

五、拉皮条的

项军把丛丽给安排过来了。她那边的工作，倒换了一个新人来做。我问项军，这样做太麻烦了吧？你以为我想啊？项军很是不平，是人家非要调过来的。我脸一下子红了，像是光溜溜地站在他面前。

公司初三上班，但实际上直到初七人才陆陆续续地到齐，项军不以为意，晚来就晚来吧，好像这都在他的意料之中。

也就是初七，他把我和林晓叫到他的办公室，当着我的面，跟林晓说要提我做业务主任。

我本以为林晓早就知道这事儿，已经有心理准备了，但他的反应出乎我的预料，甚至项军本人估计也没想到。

不太妥吧项总，林晓说，现在公司的业务员不多，也就十几个，我完全可以领导得过来，如果再把萧坤提上来，我怕——

你怕什么？怕你的威信降低？项军打断他，这事儿年前我不是跟你说过了吗？你当时怎么没提啊？

那时候我还没想好。林晓回答得不紧不慢。

这哪是没想好啊，分明是想当项军面将我的军，让我下不来台。可是，你让项军的面子往哪儿搁啊？胆子可够大的。不过看样子项军也顶多是无奈，并没有表现得很愤怒。

公司的架构现在不太合理，很多地方都要动，不过现在我不想大动。项军的话绵里藏针，加一个业务主任，一来可以协调你跟其他业务员的关系，二来树立了一个榜样，让大家也都有个奔头，你说呢？

既然您都已经定了，我服从就是了。

好吧，项军被噎了一下，那就这么定了。我再说一下，就从属关系，你还是比他高一级，只不过你们的业务各自独立。

林晓点点头，嗯，明白了。他向我伸出手，恭喜你。

我忙伸出双手，跟他握了握，林经理，谢谢你对我的照顾，我会继续努力的。

不用谢我，林晓摆摆手，要谢谢你自己吧。话音还是不紧不慢，毫无感情色彩。

这是真正的对手，我心里暗暗叮嘱自己，千万别让他抓住什么把柄。

下午开会的时候，项军正式宣布了这个消息，能看出来，丛丽跟欧阳是由衷地高兴，其他有几个估计也是早就知道这事，并且要划归到我的辖下，使劲儿地鼓掌。

不过，我的心里沉重却大于喜悦。

开会之前，项军告诉了我我的待遇，工资提500元，提成比例不升反降，原来一支提一块钱，现在一支两毛，不过是我所辖的全部医院的提成。我粗略算了一下，也就是说，我要保证我所辖的医院每月销售不能低于3万支，才能跟我现在的收入大概相当。

我所辖的医院大多在南城，用量原本就很低。老实说，这个难度很大。我甚至有点儿后悔自己接下了这个活。果然是再怎么算计，也算计不过老板。

不过既然已经答应了，就硬着头皮上吧。

首先，是摸底。我跟着六个业务员，把他们辖区的所有医院走了一遍，先大致有个了解。南城的医院看似不少，但每个月的用量很低，主要是因为大医院少，患者相对北城的也较少。其次，是工作做得的确不到位。以前，林晓管着所有的人，但更偏重北城一些大医院的维护和开发，对于南城，他没有用多大的力气。

欧阳分在了我的组，他本来想辞职，我劝他先一边上着班，一边找门脸房，什么时候找到什么时候辞，他同意了。

大概忙了十多天吧，我把南城的所有医院大致走完了，我算了一下，现在的销量顶多也就不到两万支，这样下去肯定是不行的。

我请他们六个人吃饭。我说弟兄们，我知道你们有很多人不服我，没关系，我理解，如果换作我是你们，我也跟你们一样有想法。不过，既然项总把这一摊交给我了，我就得负起责任来，不服我没关系，你们背后说我、骂我都行，不过先把活儿干好了。你要能把自己那一摊的销量弄上去，你们指着我的鼻子骂我我都认，但是如果过了一阵子销量还是上不来，你们别怪我心狠。

几个人反应一般。我想起他们中间有之前跟林晓关系不错的，觉得话可能有点儿重，于是又说，不管以前怎么样，既然咱们有缘分到一个组，就是兄弟，我会尽我的全力帮你们的，帮你们也就是帮我自己。

欧阳举起酒杯，说来吧，为了我们共同的目标，我们敬萧主任一杯。

几个人相互看看，忙也举起杯子。

我知道他们的想法，不过没关系，想是一回事，做是另外一回事。再说了，你们也别不乐意，我比你们还冤呢。

不过这种想法很快就被改变了。

一天早上，项军把我叫到他的办公室，拿出一沓钱来，这是1万块，是你这个月的费用。

我心里一惊，是我自己的费用，还是我们这个组的费用？

你自己的。你们组里的，报销票给你，你去财务报。

我努力让自己镇静下来，拿过钱说，嗯，好的。

对了，项军说，注意点儿你的那几个手下，尤其是小郑，那小子每个月的费用总是冒。

小郑是林晓的人，估计以前是林晓照顾得狠了，让项军不满意。

我说行，没问题。

知道怎么花这些钱吗？项军又问。

我笑笑，还能怎么花，请他们出去旅游、吃饭呗。

那怎么行？项军摇摇头，女的呢，给点儿小恩小惠没多大问题，男的，你应该知道他们最感兴趣的是什么吧？

明白。我给了他一个心照不宣的笑容。

项军笑笑，点点头，明白就好，别太过火就行。只要对工作有利，你自己灵活掌握，但是在现有的销量下，最好别超支。

我要走，项军来了一句，你有本儿吗？

车本儿？

对。

没有。

哦，项军有点儿失望，抽时间赶紧学一个去。

出了办公室，我心里有点儿兴奋，又有点儿沉重。兴奋的是费用一下子给了这么多，我的活动余地更大了；沉重的是，按项军的说法，我以后可能就成了一个拉皮条的了。

我想，在这方面，林晓肯定没少做，只是我们不知道罢了，这点上，他做得很隐蔽，我应该跟他学，尽量不让手下的人知道。

至于车本，是得学一个了，林晓整天就开着公司的车上下班，听项军的意思，学了本就应该给我配车了。

这笔钱很快就派上了用场。

南城一家中医院，销量一直不大，但很平稳，可能是因为看到新人接手，想给个下马威吧，药房的钱主任竟说要退货。

进去的时候挺难的，花了不少钱，如果这时候退，想再进去，花的钱可能会更多。

我约他，说钱主任，洋桥附近新开了一家海鲜城，晚上我请您吃饭。

海鲜？钱主任笑笑，那有什么可吃的。

我说您别急啊，我还没说完呢，海鲜城旁边还新开了一家洗浴中心，吃完了我们一起去转转。您可一定得赏脸，我票都买好了。

其实哪有，不过是让对方感到自己的诚意罢了。

钱主任沉吟了一下，嗯，让我想想啊。

真会装。我心里骂了一句。

不出所料，不一会儿他电话就打过来了，说去，不过还要再带一个人。

我说行，没问题，多带几个也没问题。

他带来的是一个科室主任，也是他的同学，我们三个人在海鲜城吃了个饭。

席间，我们都喝了点儿酒，他是开车来的，但还是照喝不误。那个时候还没有《交通法》，只是法规，所以酒后开车的人很多，也都没当成一回事。

其实我最讨厌跟不相识的人一起吃饭，我主张有事说事，能办则办，不能办拉倒，酒桌上认识的多是利益关系户，实在无趣得很。可是看来国人都比较热衷此道，很不幸地，我也慢慢沉沦了。而且我很快发现，酒桌还真是个微妙的地方，不相识的人，可能几杯酒下肚便可称兄道弟，热情如火。

这俩人也不例外，喝到差不多的时候跟我吐了实话，兄弟，不是为难你，是你们给我们的回扣太少，上海一个厂子跟你们一样的药，费用是你们的两倍，我没法弄啊。

我说，他们的费用跟我们比，我们可能是差一些，但他们兑现往往很不及时，而且政策还老变，这咱们都知道，可我们不会有这样的问题，一个是厂子大，二是费用兑现绝对及时，不会让您心里没底。再说了，费用虽少，咱们不是可以从其他方面找补嘛。

科室主任点点头，说也对。哎，他冲药房主任说，我刚想起来，你们家那热水器最近不是刚坏吗？让小萧给你换一个，也算是个意思。其实他们的药，患者反映还是不错的，名气大，也都愿意用。

我忙说，没问题，这点儿小事包在我身上了。

药房主任笑笑，行，这事儿就先告一段落吧，这个话题今儿就先说到这儿，我们喝酒。

我说咱们少喝点儿，一会儿还有节目呢。

两人哈哈大笑。

回头说筱悦。

初十吧，筱悦回来了，我去接的她。她可真行，家里的黑米、小米拿了好几个袋子。我说你有病啊？你不嫌沉我还嫌沉呢。

筱悦有些委屈，我妈怕你在北京吃不上这些东西，非要我拿的。

我赶紧拎起来，我错了我错了，我有病。

回到地下室的时候，正好碰见玲玲，筱悦破例跟她打了个招呼。

玲玲很高兴，嫂子你回来了？

刚说完，她看看我，脸色一下子沉了下来，没跟我搭腔就走开了。

怎么回事啊？你得罪她了？回到屋里，筱悦问。

我得罪她？我凭什么得罪她啊？我笑笑，极力掩饰自己的惶恐。

算了，筱悦打开包，看看我从家里捎的酸菜。

我一把把门关上，亲上去，我什么也不看，就想看看你。

筱悦嗔笑着，别闹，大白天的多不好。我上下其手，得了吧，难道你就不想？

筱悦的呼吸渐渐急促了起来，任由我抚摸。

这时，我的脑海中竟浮现出丛丽的面容来，真是怪事。

完事后，我搂着她，抚着她的头发说，告诉你一个好消息。

什么？升主任啊？这你不都说过了吗？

我说不是，咱们要搬家了。

啊？筱悦兴奋地看着我，你找好地方了？

没有，不过这小区里出租房多得是，七八百块钱租一个二居没问题。

你还想住这个小区啊？

习惯了，再者说也便宜，离你上班也近，不用再熟悉路线了。

也好，筱悦说，咱们现在的钱虽然不多，不过租个这样价位的房，应该还是可以的。

我笑笑，放心吧，哥哥我有钱。

得了吧，筱悦哼了一声，你别忘了，你那钱都是公家的，可尽量别瞎花。人家不查你不要紧，要真查起来，你就笑不出来了。

我搂紧她，这是我的事，你就等着住进楼房吧。

房并不难找，那时候中介还不多，大多都是房主跟小卖部里的人打个招呼，或者干脆自己贴一个启事就行了。

大概是在我第一次带主任们去找小姐之后没几天吧，我们搬进了楼房。还是在这个小区里，750块一个月，没有押金，一次付三个月的房租，三楼，南北通透，有60平方米吧。不过格局还行，小两居，有两个卧室，里面除了能洗澡做饭，还有个电视。

筱悦跟我都很兴奋，当天晚上我喝了不少酒。

筱悦问我，你哪来的钱啊？我说公款，你就别管了。

她有些害怕，你可别乱花，让人告你个贪污就麻烦了。

我随口说，告我？哼，谁告？谁敢告？

刚说完，我猛然明白过来。哦，怪不得林晓敢那样跟项军说话，项军还显得低声下气的，林晓肯定也做过不少这样的事，原来，大家已经是一条绳上的蚂蚱了。

这不由得让我心中一惊。

接下来的两个月是比较快乐的日子。在这两个月里，我的业务量稳步增长，虽然还没有达到三万支，不过我已经不太在乎了。

另外，我学会了开车，拿了车本。项总给我配了辆普桑，是从车行租的，不过，对我来说足够了。

筱悦所在的保险公司发展迅猛，在城乡仓储超市附近盘了座楼，开了家分公司，筱悦因为工作表现不错，被调到那家公司做了督导。我每天下了班就开车去接她，如果碰上加班或者我有应酬则另说。

我不知道的是，她原来所在公司的那个赵经理，是跟她一起调过去的。

拿到车不久，欧阳告诉我，他找到门脸房了，让我一块儿参谋参谋。我们俩开车来到了酒仙桥，那儿有一条街，两边都是简易的彩钢房，冬凉夏暖。

我说这儿开饭馆行吗？没多少人啊？

你看看，欧阳指着房里那些做小买卖的，我不用卖过路客，这些人就够我忙活的了。

那些人有开小卖部的，有做门窗的，还真是，没有一个饭馆。

我说那不见得吧，这些人挣钱都很辛苦，谁还下馆子吃啊？

我那不是饭馆，欧阳纠正我说，我那是小吃店，专门针对这种人的，干净，花不了多少钱，但吃得饱。

我笑笑，没说话。

其实欧阳辞职干这个，我还真不怎么看好他，因为我不相信他能吃得了这样的苦，放着好好的赚钱道不走，非得给自己找这罪受。我觉得，更多的原因，除了他自己的性格外，可能还有一部分原因是冲着婷婷去的。他想让婷婷忙起来。

我想好了，欧阳说，我当厨子，婷婷当服务员。

婷婷乐意吗？我问他。

欧阳苦笑着摇摇头，她同意也得同意，不同意也得同意，再这么下去，人就真废了。

我说行，你打算投多少钱？

房租一个月1000块，设备什么的也没多少钱，下来有2万块就够了。

我说，那也不少啊，怎么会那么多？

主要是房租，要求一交就是一年。

哦，我明白了，这么算倒不多。我说缺多少，我给你拿。

不用了，欧阳乐了，你那也是公款。我也攒了点儿，虽然不多，不过开这个应该够了。你的钱，到我真有困难的时候再借吧。

我还能说什么？干吧，我支持你。

欧阳走后，他的空缺本来是想新招一个人来顶上，没想到项军把丛丽给安排过来了。她那边的工作，倒换了一个新人来做。

我问项军，这样做太麻烦了吧？

你以为我想啊？项军很是不平，是人家非要调过来的。

我脸一下子红了，像是光溜溜地站在他面前。

也不知道怎么了，她跟林晓最近老是不对付，两个人见面就吵。项军接着说，换换也好。

哦，原来如此，我暗暗点了点头，心情稍微好了些。她的脾气太坏，其实这也是我不太愿意用她的原因，我往回补了补。

她那就是小孩子脾气，顺毛捋。再说了，女人嘛，说两句好听的就能哄过去，业绩上去才是王道。

唉，项总啊，你要知道我们俩之间的事，还不得拍桌子骂娘？

出了办公室，丛丽走过来，冲我笑笑，一脸的得意。那表情，好像马上要逮到猎物了一般。

我说你别美，欧阳那一摊不比你原来的容易，地方也远，你得有心理准备。

你别小看人，丛丽说，论资格，我可比你老多了。

这倒是实话。她来公司一年多了，从哪方面讲，都比我更符合晋升的条件，刚开始我还有点儿纳闷项军为什么不提她，带着大夫去了几趟洗浴中心之后，我渐渐明白了。

还有一个更重要的原因是丛丽性子烈，项军知道她不会掉下去。如果换成一个会玩手腕的女人，肯为大夫主动献身，说不定早就把林晓顶下去了。这种人我不是没见过，在医药界有很多。

我说好吧，这可是你自找的，怪不得我。

我尽量用开玩笑的语气跟她说话，想努力冲淡我们之间的那种微妙气氛。我告诉自己，老萧啊，你是有主儿的人了，可别瞎想啊。

可还有另一个声音在说，女人嘛，不就那么回事，谁比谁高尚多少？剥光了躺床上都一个样。

我被自己的想法吓了一跳。

开会了。在会上，项军把我负责的片区狠狠说了一通。我有点儿纳闷，不对啊，虽然上升得比较慢，但时间短，任务重，从完成情况来看已经不错了。

不过，我很快就明白了他的用意。

林晓啊，说完我这边，他看看林晓，你那边最近也不行啊，怎么回事？

林晓想了想，可能跟季节有关系吧，现在不冷不热，得病的少。

我心说大哥，你找个什么理由都行，这显然站不住脚啊。

项军不满地瞪了他一眼，你信吗？

林晓叹口气，有点儿满不在乎，怎么说呢项总，我该做的都做了，该花的钱也都花了，是，我承认量没上去，不过也没下来啊，我觉得应该是市场饱和了。

饱和？那我们的竞争对手为什么比我们卖得好？项军声音不大，但听得出，跟训我相比更严厉。

林晓干脆不说话了，玩弄着手里的铅笔。屋里一时变得很静，项军有点儿下不来台，他这样的一个人，碰到这样的时候不多。

我赶紧岔开话题，项总，其实我们的竞品走得也不好，药批那儿我看了，还是没追上我们。

“啪”的一声，项军重重地拍了下桌子，让在场的人都惊了一下。

等追上来就晚了！项军显得很愤怒，这才是他本来的样子。你们不是不知道，原来只有美国的一家和上海的一家跟我们争，现在，广东、河北、吉林都出来了，他们一针的价钱比我们低，可回扣跟我们差不多，全国市场马上就得重新洗牌，总部现在给逼得正在商量着要不要降价呢，你们还一点儿紧迫感都没有。这么下去，我看不要做这行算了！

话是冲我说的，其实大家都知道，是给林晓听的。

林晓的脸色微微变了变，想说什么，但忍住了。

老实说，项军说得很有道理，我们这种针剂原来很金贵，是因为国内生产的厂家不多，但如今这个时代，要做到一家独大很难，自从去年年底，北京的各大医院药批陆续出现了来自其他省市的同类型药品，价格一个比一个低，给的回扣也跟我们相似，这种情况下，他们的药要好销一些。我们现在的量主要还是靠关系在维持，如果真的给逼得降了价，大夫拿的回扣少了，用谁的药就真的很难说了。打个比方，一个人在原公司的工资是3000块，老板给他降到2000块，这时，另一家公司给他1800块，多数情况下，他肯定会去另一家公司的。

所以说，市场跟人生一样，谁都不会永远牛。

看来林经理跟项总有矛盾啊。去医院的路上，丛丽这样喃喃自语。

关你什么事啊，我说，管好你自己就行了。

我？丛丽笑笑，我当然能管好自己了，要不，我可能早就让某人得手了。

我当然知道她指的是什么。哼，我揶揄她，那是我定力好。

气氛好像一下子变得融洽起来。

当上主任的感觉不错吧，丛丽逗我，是不是应酬比以前多了？

是啊。

是不是回家比以前晚了？

是啊。

是不是手头更宽裕了？

是啊。

那……是不是给大夫找过小姐啊？

是……不是！

红灯，我踩下刹车，看看她，又好气又好笑，你都听谁说的？

你当我三岁小孩子啊？丛丽白了我一眼，我没你想象得那么纯洁。

没有，我说，可能林晓有，但我真的没有。

没有你紧张什么？丛丽说，再说了，你就是找过，也很正常啊。

我说没有就是没有，你这人怎么这样啊？我摆出一副受委屈的样子，你爱信不信。

绿灯了，我踩油门就走，不看她。

瞧你那德行，丛丽乐了，跟你逗着玩儿呢，那么认真干吗？

我摇摇头，你啊，真是拿你没办法。

我开着车，心里一阵乱。世间有些事，真是打死也不能说的。

当天晚上，那家医院的内科主任要我请他们吃饭。

不是一个人，是5个人，包括一个实习生。

这里还要同情一下实习生。很多人觉得学临床的学生进医院实习是天经地义的，但实际上，进医院跟进大学一样难，甚至更难，除了有医院肯接收你，还要给院方交不少钱，不比你的学费低，而且除了正常的实习操作外，几乎包办了科室里最脏最累的活儿。

扯远了。

我们在一家东北饭馆吃的饭，对方5个人，加上丛丽和我，一共7个，我要了7瓶啤酒。

一个主治医师看看丛丽，小丛是吧，来，我敬你一杯。

哪儿是敬啊，分明是挑衅。丛丽笑了，好啊，谢谢李医生，先干为敬啊。

说着，她一口把杯里的酒全喝了。

那个李医生看得有点儿傻了，想不到这么能喝啊，再来一杯怎么样？

好，今天我舍命陪君子，我先干了，你随意。说着，她又一杯酒下肚了。

李医生拦住了她，算了算了，不喝了，你的心意我领了。

没事儿，丛丽还来劲了，今天能认识大家，我真的很高兴，以后还请大家多多关照啊。话还没说完，她又倒了一杯。

这样下去一会儿就倒，我拦住她，这一杯，我来吧，我敬大家一杯。

酒桌上就是这样，你越让酒，劝的人越来劲，索性上来就把对方震住了，也就没人敢再劝你。

当晚，我们喝了10瓶啤酒，丛丽一个人喝了4瓶，怎么劝也劝不住，跟他们挨个儿碰。这些大夫们都很爱惜自己的身体，喝酒就图个乐，根本不多喝，每次都是抿一小口，她倒好，一杯接一杯地干。

送走那些人，她就晕了，在车上一个劲儿地自言自语。好在她还知道自己的家在哪儿，我给她送到楼下，她跟一个女孩合租了一个二居。

我把车停好，来到后头扶她下车，刚一伸进手，她一把把我拽了进去。

还没来得及反应，她的唇就贴了上来。

太猛了吧！大姐，你倒是给点儿提示啊。

我胡乱地挣扎着，说行了行了，到家了，别让人看到，不好。

突然，她松开了我，用手捂着脸，不说话了。

又怎么了？我问她。

她不答话，但能听到她的抽泣声。

受不了这个，我说别哭啊妹妹，让联防的看见，我就完了。

她含混地说了一句话。我问你说什么啊，我听不清楚。

她抹了把泪，起身下车。我追过去，没事吧？你刚才说什么？

她转过身，眼里还有泪。我爱上你了，她说。

这算什么事啊，我心里说，该主动的时候不主动，不该主动的时候瞎主动。

可谁让她喝了那么多酒呢？也许就是因为喝了酒，她才会这么说吧。

我把她扶上楼，说你好好歇着吧。明天可以不用去公司。

出了小区的门，我还在想，原来对丛丽的那种怜惜，怎么会越来越少了呢？难道是因为身份变了？

我给筱悦打了个传呼。不久前，我刚买了一个手机，1390号段，西门子的，细长的那种，但很厚。

筱悦说，你回来吧，我已经到家了。

进门的时候，筱悦在看电视，看见我，有点儿爱搭不理的。

没事儿吧？我凑上去。

又喝酒了吧？筱悦扭过头去，跟你说过多少遍了，你就是不听，喝酒就别开车，这么下去早晚得出事儿。

我有点儿扫兴，但又无话可说。看着电视，不知道该怎么辩驳。突然，电视黑了。

我转头一看，原来是筱悦把它给关了。

我们结婚好不好？筱悦看着我，眼神有点儿迷离。

刚提没多少日子，现在又提，我心里有点儿急。不是跟你说了嘛，现在挣的钱不多，再等个一年半载的，把孩子的奶粉钱挣出来再结婚多好。再说了，咱们俩结不结婚，现在有什么区别？

看得出来，筱悦很沮丧，把遥控器一扔，回卧室睡去了。我拿起遥控器，重新摁开电视。过了好一会儿我才意识到，我怎么跟筱悦说这样的话？怎么可以这么跟她说话？

不错，我是变了，是有点儿跟以前不一样了。

欧阳的饭馆正在装修。说是装修，其实就是铺一下地板革，把后厨跟前厅打个隔断。我去的时候，他正跟一个请来的工人打隔断。

我左右看了看，问，婷婷呢？

欧阳摇摇头，人家不愿意干。再说，也没什么她能干的。

我捋了捋袖子，来，需要我干什么，尽管说。

真来啊？欧阳笑笑，来，帮我把灶抬进来。

忙活了一个上午，大活儿基本完了，师傅也撤了。

欧阳从旁边的小铺买了两瓶啤酒，我们俩坐在地板革上喝了起来。

你们什么时候结婚啊？我问他。

结婚？欧阳笑了，有点儿悲凉。我现在感觉我们的感情有气无力的，能不能维持下去都难说，更别提结婚了。

不对啊，在她危难的时候你收留了她，这么长时间也是你养着她，你们的感情应该更好才对。

不对，欧阳摇摇头，人是最容易变的，也许谁都可以面对突如其来的危难挺身而出，但并不是所有人都能忍受生活的琐碎和平淡无奇。

你丫写诗呢？我捶了他一下，别文绉绉的了。你是不是说婷婷不想跟你过了？

那倒也不是，欧阳欲言又止，说我干吗，谈谈你和筱悦吧。你们打算什么时候结婚？

一下子问到了我的痛处，你倒是换个时间啊，前两天才刚因为这个闹得不愉快。

我说结不结婚，我们俩也没什么区别，再说了，我是想攒够了钱再结也不迟。

好女人得抓紧，欧阳说，你要真想对她好，跟她结婚得了。

不见得吧，我说，你要没钱，岂不是坑人家吗？

人家都不在乎，你在乎个毛啊，欧阳笑了。再说了，现在这社会，你有手有脚，就是穷，能穷到哪儿去？

这话把我给噎住了，我没法回答他。

我举起瓶子，就你嘴会说，喝酒吧。

晚上上床的时候，筱悦把被子掖得紧紧的。

我扒开一角，钻进去，搂住她说，宝贝，想来吗？

筱悦不说话，而是踹了我一脚，又推开我的手。

我有点儿气，不就说过两句气话嘛，至于这样吗？

我起身拿出另一床被子，气呼呼地盖在身上。哼，我也有。

六、没有人是无辜的

就让他拿我当枪使吧，就是当枪，我也要当一杆明晃晃要人命的枪。

总公司监察部的人来了。

平时他们也来，大都是做做样子，吃吃喝喝，完事儿抹嘴开溜。我们常说，他们来就是改善生活的。不过从项军的紧张神色来看，这次好像不太一样。

后来我知道，这是因为公司费用超支了。销售不好的时候，这是不能容忍的，公司想抓几个典型杀一儆百。因此，我总结出一个道理来，公司业绩好的时候吧，大家是你好我好一团和气，一旦业绩不好了，尤其是公司有重大人事调整的时候，你就小心着点儿吧，平时看着和气的，很可能就是在背后捅你刀子的那个人。

几个人拿着从总公司复印过来的报销单据和没有来得及报销的单据在小屋里待了两天，列了三个人分别谈话。

这里面有丛丽、小郑，还有一个是我。

丛丽相对简单，她有一张发票给弄丢了，找了一个过了日期的发票抵上了。这点林晓给她做证，把这事给扛下了。

我，则是因为多张发票都出自同一地方，这是在林晓手下犯过的一个错误。当时买的很多东西、吃的饭，都没有发票，顶多是收据，我就固定在一个烟店开发票。经常在他那儿买烟，再稍给点儿好处费，发票很容易开，当时是征得林晓同意的，他也是睁一只眼，闭一只眼，没太管这事。当上主任后，我知道这样做将来会很麻烦，就开始换地方要发票了。

监察部的人当然明白这里面的事，这事大家心知肚明，但如果真要拿到台面上讲，你再有理也是站不住脚的。而且，问题还在于，林晓说他不知道这事。

我心里骂，这不是把我往绝路上逼吗?

我来到林晓的桌前，压住火说，你真的不知道这事?

林晓点点头，有的我记着呢，有的的确忘了。

那你不能说不知道这事啊。

林晓站起来，我怎么说是我的事，你要真没问题，跟他们说明白就是了。

没问题? 能没问题吗? 我感到一股寒意从后背窜了上来。

这事说大不大，说小不小，但现在看来，来者不善。

我说林经理，你这么说未免太让人失望了。

林晓看了看我，笑笑，我知道你在想什么。你记住，我不是小人，如果我想整你，早就整你了，不会等到现在。这个事放平常我是能说的，但现在不行，我只能保一个，丛丽那儿我已经说过了，再出面，只能把我自己搁进去，明白吗？对了，还有最重要的一个原因：我对你没好感。

这几句话，句句说到我的痛处，让我一下子没了再说下去的勇气。

回头想想，他的确没有整过我，这点上他算是个君子，但如果说他没有过让我走的念头，恐怕连他自己都不信。

算了，实话实说吧。

在小会议室，对着监察部的三个人，我反而一下子平静了下来。

我告诉他们，这些票据是我在一个地方找的，因为很多消费只有收据没有发票，要想平账，不这么做就只能买假发票，你们在总部只看票据，但其实我们在下面很多事都需要变通。

其中一个不屑地笑笑，怎么回事我们都知道，你不用跟我们讲这些理由，我们还想听听其他的。

其他的？贪污，能说吗？开玩笑。

我耸耸肩，没了，你们如果觉得我撒谎的话，可以调查我。

出了会议室，我的心才开始怦怦地狂跳。

他们会怎么办？罚款，降级，还是开除我？

我脑子里飞快地想了几种最可能出现的情况，发现其实大不了就是开除，如果敢弄出格，那我就去卫生局举报去，弄个鱼死网破。

唉，那时候真幼稚。

丛丽凑过来，老萧，告诉你一个秘密，你可别跟别人说啊。

秘密？我笑了，什么秘密？

丛丽趴到我的耳朵边上，这次总部来查账，是因为有人跟公司举报项总了。

啊？我一愣，真的？

丛丽装出一副若无其事的样子，走开了。

我回想了一下，可不，自从那帮人来，项军就显得很紧张。他是分公司的头，我们下面的人手脚都不干净，他就更别提了。之前丛丽提过一次，说项军每次做工资表都多做出七八个人的来，那些工资还不都划到他的账上去了？

可项军是我的靠山啊，我想，他可别倒，要是他这次倒了，我肯定也悬。

想到这儿，我突然想到，如果举报的事是真的，那么谁会从中受益？

林晓。我突然发现，这次查账竟偏偏没林晓的事，他肯定处心积虑地在准备这件事。

太可怕了。我想，林晓啊林晓，你不是不想整我，你是想连锅端啊！

为了证实我的想法，我开始留意林晓跟项军两个人。

可不，林晓对项军很冷淡，看那样子，他就像马上要把项军拿下了似的，而项军表现出的则是愤怒多于恐惧。

如果真是林晓举报的，项军肯定也知道了。

两天后，公司开会，当着监察组的面，项军宣布了这次检查的结果：丛丽没事，我因为报销票据不合格，被罚1000块，限期上交，而小郑，也是因为票据问题，被开除了。

我一边为小郑悲哀，一边暗暗庆幸，总算没大事，罚就罚吧，以后可得注意了，只要这次能扛过去，再不会犯同样的错了。

我也有点儿纳闷，项军是怎么扛过去的呢？

不久后就有了答案。

可能是监察组走的第三天吧，项军把我叫到他的办公室。

罚钱没觉得冤吧？项军上来就直奔主题。

不冤，我说，一点儿都不冤。

知道为什么监察组突然来访吗？

我摇摇头，不知道他想说什么。难道有人举报是真的？

有人举报我们，项军用手指了指我和他。说“我们”的时候，他还特意加重了语气。

我有点儿受宠若惊，同时想，看来真是林晓。

你在公司这么久，我很少问你钱是怎么花的，对吧？

是。

知道为什么吗？

您对我放心吧……

呵，你太高看自己了，项军笑笑，我说过，你们的那点事儿我全知道，睁一只眼闭一只眼。是因为你把事儿给办了，还办得不错，这就行了。

我点点头，不敢说话了。

本来，总部的意思是把你开了，我给拦下了，在公司这么些年，熟人还是有几个的。项军说，本来嘛，也不是找你的茬，是找我的茬，冲我来的。现在你应该知道那个人是谁了吧？

我又点点头。

那就好，项军说，所以你记住了，你是我的人，咱们应该站在一边，明白吗？

我听着有点儿别扭，明白。

下一步，我想让你把北边的大医院接过来，不过，直接去接手不大好。公司最近不是刚上了一个新品种嘛，北京地区由你来负责临床推广，借这个机会，把那几个大医院渗透一下。

到这时候我才听明白，林晓举报了他，想把他拿下，没得逞，他想报复林晓，但又怕林晓给他来个鱼死网破，下不来台，所以，项军想通过我以新品推广的名义慢慢把林晓的医院全都接手过来。这样既不激化双方的矛盾，同时，也可以让林晓尝一尝钝刀子割肉的滋味。

我脑海里出现了一幅这样的画面：项军和林晓两个人拿着枪，子弹都打光了，双方僵持着，这时，我提着刀出现了。

我说行，项总，我明白你的意思。

别吵架，有事儿往我身上推，明白吗？

明白，放心吧，我不会留给对方什么把柄的。

那就好，项军点点头，希望我没看错人，出去吧。

很长一段时间之后我才知道，项军为了摆平这件事，花了6万多块，除了请监察组的那三个人吃喝，还一个人塞了2万块。

果然，没有一个是无辜的。

我忽然想起了丛丽的话，她说林晓只举报了项军，项军却说他举报了我们俩。

难道项军拿我当枪使，让我来对付林晓？还是真的林晓举报了我们俩？要不查账怎么会查到我呢？

也不对，项军既然能把这事摆平，肯定查不到他头上了，但还得找个替死鬼交差，所以才会找到我头上。会不会是项军故意这么安排，除掉一个无关紧要的小郑，好让我领他的情，死心塌地地帮他办事？

算了，别想了，什么可能都有，不管怎么说，如果这次不是项军，我肯定给拿下了。就让他拿我当枪使吧，就是当枪，我也要当一杆明晃晃要人命的枪。

欧阳的饭馆开业了，我去的时候，人还不是太多。

他在挡板后头忙活着，看见我来很高兴，冲婷婷说，给他拿个饮料。

可能人多，不好意思对我冷淡，婷婷冲我点点头，算是打了招呼，我说不用，我带着水，不喝你们家的，太贵了。

欧阳笑笑，从后面出来。他穿着围裙，有点儿脏。想想在公司里做伪白领的那个整整齐齐的欧阳，我心里突然有点儿发酸。

生意怎么样？

凑合吧，刚开业，生意还不是太好，不过能维持。

维持什么啊？婷婷在一边不满起来，你光算房租水电了，咱们两个人的工资你怎么不算？要是算上这个，这个店就是赔的。早跟你说不行，你偏不听。

欧阳脸色有点儿变了，婷婷也精，知道说得多了，忙跑到后面烧水去了。

我说别着急，刚开始还不都是这样？能维持下去我觉得就算是盈利。

我也是这么想，欧阳说，你看现在这几个人都是回头客，我觉得我做的东西味道还是不错的，关键是时间，再有一两个月大家都知道这儿了，客流肯定能上来。

我朝婷婷的方向指了指，她能受得了吗？

欧阳撇了撇嘴，慢慢来吧，歇习惯了人都会变懒的。

我笑笑，是啊，慢慢来吧。心说，不是歇得，都是你给惯得。

你来，有事儿吗？

有，我说，我想尝尝传说中的担担面，看看好不好吃。

好，欧阳拍了我一下。卖别人4块，卖你，8块。

我没有跟欧阳说公司里的事，我知道他的性格，你说他也不会关心，既然当初他选择了走，就不会再留恋那里的一切，当然，除了我之外。

吃完饭已经下午4点多了，好长时间没去接筱悦了，今天有点儿时间，我想去她的新单位看看。

走的时候，我跟欧阳说，缺钱的话，你打个电话就行。

欧阳没有推辞，痛快地说，行。

离城乡仓储超市不远，就是筱悦所在的保险公司。我把车停在超市门口，本来想给筱悦打个传呼，后来一想算了，先进去看看吧。

这个举动让我很是后悔。

楼很气派，我在大堂的沙发上坐下，随意拿起一张报纸看了起来。

这时，我听见一男一女有说有笑地从电梯口走出来。

两人显得很亲密的样子，男的还帮女的拽西服。一开始我还以为是一对情侣，后来才感觉不对。

那女的，是筱悦，那男的……等等，那不是筱悦提过的赵经理吗？

我一时有点儿发懵。筱悦看见了我，也愣了两秒钟。

萧坤？筱悦叫我，你怎么来了？

平时她不这么叫我，可能是当着同事的面，不好意思叫我阿坤或者老公。

可我听着怎么那么别扭，我没好气地说，是啊，您挺忙吧？

筱悦缓过劲儿来，哼，说吧，来什么事儿？

我没理她，径直走到姓赵的跟前，这位是……

姓赵的忙伸出手，略显尴尬地笑笑，你好，我姓赵，赵西风，是她的同事。

我们经理，筱悦忙打圆场，我跟你常说起的那个赵经理。

哦，我装作恍然大悟，伸出手，跟他握了握，你好，我叫萧坤，筱悦的男朋友。

知道，常听筱悦提起你。听那意思，我反倒一下子成了一个外人。

你们有事就先聊吧，我正好要出去一趟，不陪你们了。赵西风说着就要往外走。

筱悦叫住他，赵经理，不是咱俩一起去的吗？你等我一会儿。

明目张胆！我轻咳了一下。

赵西风看看我，不用了，这事儿一个人去就行了，也不是非你去不可。你男朋友来了，你们就在这儿聊会儿吧，别去了。

筱悦有点儿失望，看看赵西风的背影，问我，有事吗？

我挠挠头，没事儿就不能来看看你？

我正上着班呢，有事儿回家再说呗。

我想请你吃饭，怎么样？

筱悦盯着我看，你没安什么好心吧？

哼，我没安好心？也不知道是哪个王八蛋没安好心！

就是想请你吃饭，咱们俩好久没在外头吃了。

等我一会儿吧，筱悦看看表，我上去安排一下。

回到车里，我把刚才的事情回忆了一下。

筱悦为什么看到我会发愣？那个赵西风为什么会显得有些尴尬？两人为什么跟情侣似的亲密，有说有笑的？

真乱啊！我脑子里嗡嗡的，狠狠地拍了下方向盘。

是不是吃醋了？吃饭的时候，筱悦突然来了这么一句。

我没防备，什么意思啊？我听不懂。

装都不会装，筱悦哼了一声，你是不是看我跟赵经理在一起不爽啊？

我？我没有啊，就是有点儿意外。

意外什么？他现在是这儿的总经理，我是他点名调过来的。我们就是工作关系，没别的，你可别想歪了。

哪能呢？我喝了杯水，掩饰自己的不安。

还哪能呢？看你的眼，火都快出来了，你什么样的人我能不知道？

好好好，我狠狠地把杯子放下，你既然要说，我就问个明白。当初他调你过来，你为什么不跟我说？

这是我的工作，我的事啊，没必要跟你说得那么清楚吧？再说了，你也没问啊。

嘴还真硬。那好，我接着问，你们刚才从电梯出来的时候，为什么那么亲密，跟一对儿似的，你怎么说？

哼，我就知道，筱悦冷笑，看看，狐狸尾巴露出来了吧？还说没吃醋？

得，她又有理了。我闷头吃饭，不再说话。

行了，筱悦给我夹了一块肉，别瞎想了，我们就是工作关系。

回去的车上，我还有点儿郁闷，没怎么理筱悦。筱悦倒是不时偷偷看看我，然后自己一个人抿着嘴笑。

我突然想到人常说的要珍惜你拥有的。在你身边的这个人，天天跟你吃在一起，睡在一起，你也许根本没觉得怎么幸福，但如果她真的要离你而去，跟另一个人生活，那种痛苦却是实实在在、刻骨铭心的。

当天晚上，我要了筱悦，而且格外有力。

完事后，她躺在我怀里，轻轻地掐我。我说，筱悦，我真想跟你要个孩子。

筱悦说呸，你想得美，婚都没结，要什么孩子？

可是我不想结，起码现在不想。

公司新上的品种，是他啶，一种治疗烧伤的抗生素。跟原有的品种相比，它更有指向性，就是烧伤科或者外科的大夫。

妙就妙在，它一样得经过药房主任和各科室的审批才能进入医院，跟原来的品种一样。其他公司的做法，通常是谁负责这个医院，所有的品种就都归这个人负责。但事出有因，项军才换了一种做法，让我全权处理。

林晓不是傻子，他很明白，第一局他已经败了，现在是项军在反击他，如果弄不好，自己会很危险。

他得有所反应。

例会快结束的时候，项军问，还有什么要说的没有？

林晓没说话，只是拿眼看了下自己的部下。

我有问题啊项总。李子举手示意。

说。

咱们那个他啶，进我的医院，为什么不让我管啊？

李子是林晓的人，他这么说，肯定是林晓授意的。

还怎么让你负责？项军一句话就给顶了回去，你也不看看自己的销量，还好意思问？

李子的脸一下子红了，大概没想到项军会这么说他，讪讪地低下头。

其实不是说他，我知道，这是说给林晓听的。

那我呢，项总？大胖问，他也是老员工，管着几家大医院，做得也算不错。我这儿的医院关系还行，萧主任负责科室，我没意见，可是药房那块儿，是不是由我来做工作更好一些？

不行，项军斩钉截铁地说，还是萧主任来做，这样政策上的东西也好把握些。

那药房主任那儿也不能两个人都去啊，丛丽跟着来了一句，多浪费啊。

嗯，项军沉吟了一下，我也想到这块儿了。这样吧，新开发的医院就不说了，老医院可能有重复的，药房主任那儿的工作都由萧主任管，你们该干吗干吗，把科室的工作做好就行了。

得，这一下，把路都给堵死了。

林晓大概没想到项军做得这么决绝，有点儿发懵，坐在那儿一句话也说不出来，脸色铁青。

这样做，也能让林经理抽出时间和精力来把原有的品种做好，项军接着说，我想林经理也是比较愿意这么做的。好了，没别的事就先这样，散会吧。

行，让人反应的时间都没有，打了林晓一个措手不及。

散会后，林晓就进了项军的办公室，大概待了有半个多小时后，出来了，脸色还是不好看。

我知道，他想扳过来，没戏。

白主任四十多岁，算是比较传统的人，不喝酒，不抽烟，也不嫖。

嗯，如果他要不赌的话，应该算是个完美的男人。

我知道他好这口，所以事先在郊区的一家宾馆订了房，约他来。当然之前有过几次交流了，否则，以他的身份，他才不搭理你呢。

我去可以，不过我得带几个人去，白主任说，你等着，我打个电话。

我说行，只要是您信得过的人，我都欢迎。白主任笑了，随手抄起电话，约了两个人。

晚上，我们就在宾馆自己开的鱼庄吃的饭。他们三个人开一辆车，我自己开一辆车。我不爱吃鱼，但我不得不承认，这个地方的虹鳟烤得还不错。白主任看样子很兴奋，我想这种兴奋跟我请别的主任嫖的时候他们的兴奋是一样的。

他带的两个人，一个是平头，另一个脸上有很多麻子，暂且管他叫麻子吧，两人的岁数都跟白主任差不多。

酒桌上他们讲了一些自己的往事，让我大开眼界，看来都是有故事的人啊！

牌局就不说了，诈金花，谁都会玩的。

我输了4000块，项军告诉我，只要不超过5000块，怎么玩都行，算上包房、吃饭，差不多了。这些钱跟现在的牌局比起来一点儿都不多，可那时候，也可以了。

这家大医院的药房工作从此就由我来接手了。

其实说白了，只要你肯拉下脸来，把自己不当人看，医院的工作是比较好做的。当然，你得有一定的知识积累，什么都得懂点儿，要不坐在一起说起话来，说不到一块儿去就麻烦了。

不过几年下来，也真遇到过几个好医生。

一个是我从王俊东手里接过的那个传染病医院内科的一个大夫，大概有五十多岁吧，头发花白，去他那儿做工作，从来没给过我好脸色，冷冰冰的，爱搭不理，给回扣也不要。于是我找他手下的一个女大夫套近乎，那个女大夫跟我说，他没骂你啊？我说没。她笑了，说，那你算不错了，他骂走好几个厂家的人了，你还是识相点儿，别再来了，我们主任不会滥用药的，再来的话，难保他把你也轰出去。

我听了，心下默然，以后再没找过他。

还有一个，是白主任所在医院的一个老专家，外科的，大胖曾说如果能把他的工作做通了，那销量最起码能涨一半。我去拜访的时候，看到他的诊室外面贴了个条子，上面写着“医药代表禁止入内”。

我没当一回事，这种面上的活儿谁都会做。没承想当他知道我的身份后，脸色当时就变了，指着门口，厉声喝道，出去！

我灰溜溜地出来了，心说你就横吧，少挣多少钱啊你？但我心底里，对这样的医生是真正崇敬的，他们代表着医生的良心，把命交给他们，放心。

林晓刚开始还时不时地找项军理论理论，但过了一阵子就不再找了，知道说了也白说。可能是想开了吧，有时候见面的时候，他甚至还会跟我打个招呼。他的平静反倒让我有点儿不适应。虽然我们没有过正面冲突，但其实我已经把他当成对手、敌人了。

我找项军，说我有点儿担心，虽然现在药房主任的工作我接过来了，但临床这块儿还没有怎么动，将来不好监控。

项军笑了，别担心，只要渠道能保住，终端的大夫，谁给他肉吃他跟谁好。事实证明他是对的。

过两天太原有个会，你、大鹏跟丛丽一块儿参加，项军说，你通知他们，自己也准备一下。

什么会啊？

一个新品交流会，总部让找人去看看，别人去我不放心。你去遛一圈，搜集一下竞品的情况，回来给我写份东西。

每年，全国各地都有这样的交流会，对于很多新品厂家来讲，这就是一个业务洽谈会。而对于我来讲，其实就是变相的休假。项军不用明说我也知道。

我说好的项总，我会尽快赶回来。

同时，我也有点儿纳闷，为什么让丛丽跟我一起去呢？是不是他看出了些什么？

也不像啊，如果是的话，他为什么还要安排我的另一个手下大鹏跟我一起去呢？监视？

算了吧，我笑自己，看来你真的心里有鬼。

我来到丛丽跟前，说，准备一下吧，过两天咱们去一趟太原。

干什么啊？丛丽有点儿纳闷，但明显看得出她很高兴。

出差呗，我故意轻描淡写，还能干什么啊？

还有谁？

咱们这个部门的全去，我逗她。

她眼中的光亮一下子黯淡了下去，唉，去那么多人呢？

这小丫头片子，肯定没想好事。

下午，我早早地来到筱悦公司门口，等她下班。经过了上次的教训，我意识到，越是煮熟的鸭子越容易被别人抢走，千万不能掉以轻心。我没进去，买了份报纸在车里边看边等她。大概快6点的时候，我看到筱悦出来了，等等，后面还跟着一个，是那个赵西风。

怎么办？打不打她的传呼？

我心里怦怦直跳，迅速做出一个决定，不打了，跟着他们，看看他们到底能做什么。

赵西风让筱悦在路口等着，自己转身去了楼后。筱悦在路口，看样子有点儿犹豫，不时地看看表。

她终于来到电话亭边，我一阵紧张，不会是给我打电话吧？

果然，我的电话响了，我接起来说，喂，谁啊？

我！筱悦没好气地说，你不用来接我了啊，我一会儿直接回去了。

好，我心想，还好你直接说不让我来接你，要是你问我在哪儿，我可能还招架不住呢。

放下电话，我一想，也不对啊，平常她上来就问我在哪儿，今儿来这么一句，直接就把我堵回去了，是不是要跟姓赵那小子一起去哪儿乐呵？

我心里那个气啊，火腾一下就上来了。好，我倒要看看你们能搞什么鬼。

一会儿，赵西风开着车出来了，是一辆蓝色的斯柯达。筱悦钻了进去，两人往南走了。

我发动了车，跟在后面，心说，你们别让我抓住什么把柄。

到了航天桥，斯柯达奔右拐，那是西八里庄方向，我租住的房子就在那个小区。哦，我有点儿明白了，是不是要送筱悦回家啊？可送筱悦回家，轮得着你吗？正想着，在进小区的路口，斯柯达停下了，筱悦下了车，跟赵西风挥手作别。

车开走了，筱悦一个人走进小区。我一下子明白了过来，他是顺路捎筱悦回来的。我舒了一口气，全身一下子放松下来，再看手心，全是汗。

我把车停在路边，点了支烟，暗暗笑自己小心眼。

回到家，我装作无意地问筱悦，怎么回来的？

筱悦想了想，坐车呗，还能打的啊？

121路？我问，那条线的终点就在小区前头。

对啊，筱悦回答得很自然。我的心里却猛地一紧。看来，并不是完全没事儿啊。

过两天我出差，可能要去趟太原。

去几天啊？

不知道，大概三四天吧。

好啊，注意点儿身体，听说那边挺干的。

搁在往常，她肯定会撒娇，说出这番话，估计筱悦自己都有点儿意外。

我说行，你自己在家不害怕就行。

怕？我能怕什么？又不是三岁小孩儿了。筱悦笑笑。

七、出轨

大家谈事之所以喜欢去洗浴中心，很大一部分原因是因为在那儿大家都光着身子，赤裸相对，不用担心对方兜里装着窃听器算计你。

太原，某宾馆。

我跟大鹏、丛丽三人包下了两间房，交流会要开两天，不过我一天都不想参加。我跟大鹏说，你去吧，搜集一下资料。

怎么搜集资料啊？大鹏问。

我说傻啊，拿彩页，能拿的尽量拿回来，尤其是竞品的。

大鹏恍然大悟，对啊，行，交给我吧。

等大鹏走了，丛丽冲我笑笑，那我们呢？

你说呢？我故意凑近她，想逗逗她。

丛丽一下子慌了，你想干吗啊？大白天的，不好吧？

那有什么？干那事还用分白天晚上啊？

丛丽脸红了，你……你什么时候变得那么流氓啊？

我摆出一副无辜的表情，看场电影怎么就流氓了？

丛丽明白过来，捶了我一拳，你太坏了。

那天看的是《诺丁山》，休·格兰特和茱丽亚·罗伯茨的片子，很舒缓。

我回忆了一下，最近一次看电影还是在老家的时候看的露天电影，在北京，想看的时候没钱，有钱的时候，却没有时间看了。说实话，我对看什么片子没什么兴趣，主要是喜欢坐在电影院里的感觉。丛丽看得泪眼汪汪的，我却在想着别的事——筱悦，难道她跟那个赵西风好上了？不大可能，现在应该不会，如果有事，按筱悦的脾气，肯定会告诉我的。可她为什么又对我遮遮掩掩的？我以为跑到太原来，对这事会稍微放下一些，没想到还是放不下。丛丽呢？她对我有意思，我知道，而且看她刚才的表情，好像对我们之间发生点儿什么也早有准备。筱悦既然可以对我隐瞒一些事情，我为什么不能呢？况且，丛丽也不丑，身材甚至比筱悦还好。

事后，我曾反思自己为什么会那么做，除了本身是雄性动物之外，还有一个重要的原因，就是我们都在外地，身边没有了熟悉的环境和人，道德感自然也就下降了。

我承认，从看电影的时候开始，我已经心猿意马了。

晚饭是在一个山西菜馆吃的，在北京吃过很多次刀削面，却第一次吃到正宗的，除了面做得地道，菜码（拌在面里吃的菜）就有好几样，当然，少不了一碟醋。

丛丽乐了，说将来找老公可不能找个山西的。

我说怎么了？

他老爱吃醋怎么行？

那你准备找个哪儿的老公？我问她。其实，已经是在预热了。

丛丽不说话，拉下脸来，知道还问。

回到宾馆，我借口参观一下，来到了丛丽的房间。丛丽坐在床头，暖暖的灯光打在她的脸颊上，让她显得很是温柔。我拿着遥控器，努力控制自己的情绪，告诫自己还有一个同事呢，让他回来知道这事儿就不好了。

丛丽轻笑，说你紧张什么？

哪有，我怎么紧张了？

还说没有，腿肚子都哆嗦呢。

她这一说，我才发觉，可不，真有点儿哆嗦。

我心里暗骂自己，真没出息。

丛丽站起身，慢慢走过来，我有点儿莫名地心慌，说干吗啊？

她一把把遥控器抢过来，关上电视，坐在我身边。

我说这样不太好吧……

你说话的声音都变了，骗谁呢？丛丽趴到我的耳边，轻轻地说。

唉，既然这样，那算了，我就不装了。我转过身，一把把她搂到怀里，疯狂地亲吻了起来。

像很多俗套的电视剧演的一样，手机这时候突然不合时宜地响了起来。我们俩迅速分开，那感觉像是有人闯进来。

是大鹏。我说你干吗呢，还不回来？

我想跟您请个假，大鹏说，我碰上一同学，晚上就不回来了。

同学？哼，这小子精着呢，肯定是早就看出我跟丛丽的关系了，故意不回来。

可你能说他的不是吗？我装作考虑，问他，哦，也行，那你什么时候回来？

明天早上8点半吧，大鹏说，谢谢萧主任啊。

真会来事儿，我挂了电话，看看丛丽，说，他晚上不回来了。

丛丽没说话，有点儿愣神。我抚着她的肩，说怎么了？

丛丽抬起头，你真的想好了吗？

想什么啊？

我可不是好女孩儿。丛丽的声音很低。

我一把揽过她，我也不是个好男孩。

世间的很多事物，比如婚姻，比如爱情，如果没法驾驭的话，还是让它老老实实待在原地就好。一旦放它出来，后果便由不得你了。

那两天，我和丛丽几乎变成了疯子，也许真是第一次尝试这种激情，即使回了北京后，我们还有些恋恋不舍。

不过，她不舍的是我的心，我不舍的，只是她的身体。

项军看到我的第一句话是，哟，度假回来了？

我有点儿没好气，好歹我们也是出公差啊，问候一下都没有。

我拿出资料，把大致的情况跟他讲了讲。

行，就这样吧，项军说，告诉你一个不好的消息。

不好的消息？

对，项军说，降价了。

我有点儿没反应过来，咱们的药降价了？

嗯，项军点点头，所以，费用也要降，砍一半。

啊？我一下子愣了，要砍也少砍点儿啊？怎么一下子砍那么多？

没办法，公司的统一政策，我也犯愁呢。

砍一半，就意味着要比原来多卖一倍，才能拿到原来的提成额度，账谁都会算，这种情况，对于那些大夫来讲，很麻烦。

林经理呢？他什么反应？

跟你差不多，项军点上烟，我已经开过会了，这两天跑勤点儿吧，跟大夫说清楚，另外，也把他们的销量统计一下，省得到时候弄混了，不好算。玩也玩够了，你这周末就别歇了，给一些销量好的大夫做做工作去。

怎么做反正钱都是降了，我点点头，说没问题。但我高估了自己的能力。

回到家，筱悦已经做好了一桌饭菜等着我。

想到丛丽，我心里有点儿愧疚，但想到赵西风，我又释然了很多。吃饭的时候，我故意跟筱悦提结婚的事。我说前两天你爸跟我打电话，问咱们俩什么时候办事呢。其实根本没这回事，她爸恨我恨得入骨，绝不会打这个电话，但我也相信，如果说他打电话给我催婚，筱悦肯定会信以为真。

果然，筱悦问，你怎么跟他说的？

我说不急呢，等我们挣够了钱再结婚也不迟。

筱悦笑笑，吃菜吃菜。她想岔开话题。看样子，她是不想继续这个话题了。

她不提，我更不想提，我只是想看看她的反应，好以此揣测她跟赵西风进展到什么地步了。

我有点儿担心了。

晚上上床，我故意问她，想我了吧？来。

筱悦扭过脸去，得了吧，今儿没兴趣。

噢，合着得你有兴趣的时候再说，那我成什么了？

我也扭过去，很生气。

这股气，直到第二天我来到公司还有。我跟自己说，今天放松一下，不去医院了。

刚要出门，丛丽凑上来，去哪儿啊？

现在再看她，我没有了前两天的激情，可能是因为又回到了熟悉的环境了吧。

我……去朋友那儿，有点儿事。

那我能去吗？

去什么去？今天把你的那两家医院大夫回访一下，降价了你又不是不知道。

你不用安排我，我自己知道怎么办。丛丽噘了一下嘴，走开了。

以前她跟我说话的态度可不是这样，我有点儿后悔跟她上床了。

婷婷看到我，只是点了下头，就算是打招呼了。

有日子没来了，店里的人很多。我看了看表，刚11点，还没到饭点儿呢，看来生意不错。

隔着挡板，欧阳跟我说话，人太多了，不跟你聊了，我先做饭，你随便坐啊。

哪儿还有地儿坐啊，我说得了，我给你打下手吧。

欧阳笑了，没事儿，不用，还有婷婷呢。

婷婷听了拧着眉头，哼了一声。

我知道她不乐意，唉，没想到她还是这样。

我说婷婷你歇着吧，我来。

不好吧？婷婷没有拒绝的意思。这让欧阳说不出话来。

我端起欧阳递过来的盖饭，冲着饭桌上的人问，盖饭，谁的？

到下午两点多吧，人总算少了。欧阳擦着汗从里屋出来，给我扔了根烟。

你牛啊，我说，生意不错啊。

他笑了，不错是不错，可我费了老劲了。

怎么，这有什么费劲的？

欧阳喝了一大口水，忙不开啊。

我说也是，你的地儿太小。

不是地儿小，地方要是大，恐怕还没这人气呢，是人手不够。

你们俩还忙不过来？我有点儿纳闷。

唉，别提了，欧阳摇摇头，人少的时候还行，人多了还真够呛。

你别提什么招人啊，婷婷在一边插话，这才好转几天啊，请个人就算是白忙活了。

欧阳一下子给噎得无语了，端起茶杯又喝了一口水。

请一个人也没多少钱吧？我说。

欧阳看看我，又看看婷婷，大概800块就行。

那还得管饭呢？婷婷说，这你算了没有？

咱们是开饭馆的，吃的东西又不用算利润，再说了，能吃多少啊？欧阳反驳，但话语还是轻轻的。

那我不管，婷婷有点儿气，反正我不愿意。

说完，婷婷站起来，行了，你们俩在这儿聊吧，我回去了。

等婷婷出了门，欧阳长叹一声。我笑了，指了他一下，有事瞒着我呢你。

欧阳点点头，对，没错儿。

怎么回事？说说，我听听。

她整个儿就是一甩手掌柜，欧阳说，买菜、做饭、刷碗、扫地全是我的活儿，她也就是帮忙端端菜，有时候桌子都不擦，再不请人，我就得趴下了。

那么严重？这我倒没想到。

我骗你干吗啊？欧阳苦笑了一下。

那得请，不请怎么行？

是啊，可你看她那态度。欧阳撇了下嘴。

那你就跟她说，她要能干的话，那就不请。

欧阳沉吟不语，半晌后，摇摇头。

月底的时候，报表上来了，业绩很差。很明显，降价对于我们的打击是致命的。项军有点儿不太相信，瞪着眼把报表翻了好几遍。看看，看看，他说，这就是你们的工作！

林晓漫不经心地剪着指甲，不接茬。我有点儿忍不住了，说不至于吧？怎么会下降得那么厉害？

你当那帮医生是什么啊？项军压抑不住自己的怒火，还真把自己当人看了？一个比一个孙子！

项军很少在开会的时候说脏话，看样子是真急了。这一点我很佩服他，再怎么说，他把业绩看得很重，是个敬业的人。

说吧，你们有什么办法？

大家你看看我，我看看你，没一个人说话。

林晓，你先说说，有什么办法没有？项军冲林晓说。

林晓咂咂嘴，这个，不好弄，只能加强大夫的跟踪回访了，多做工作吧，我想他们会慢慢理解的。

项军沉着脸，看看我，萧坤，你说呢？

我想了想，我觉得林经理说得挺对的，眼下能做的工作也只能是这样了，对于我来说，还有一个可做的，就是把新品做好。

项军的脸色更难看了，现在我们的竞争对手很多，尤其是上海的那家，可他们的提成跟我们的差不了多少，项军顿了顿，我不管你们用什么方法，半个月后，我要见到成效，要是还是这样，你们干脆就不要做了。

看样子他是真急了。不过，趁这个机会把林晓拿下也未尝不是件好事。

我偷偷瞄了眼林晓，奇怪，他竟抿着嘴角轻笑。

中午吃饭的时候，丛丽非要跟我坐到一起，她已经没有什么顾忌了。

我低下头，边吃边跟她说，你怎么又来了？

怎么？跟你一起吃顿饭，你紧张什么？

现在在公司，人多眼杂的，我说，咱们俩最好是保持点儿距离。

丛丽盯着我半晌，来了一句，你未婚，我未嫁，咱们就是在一起又怎么了？我都不怕，你怕什么？

我怕什么？哼，我怕的多了。我说行，就当我没说，吃饭吧。

丛丽凑上来，压低声音，你老实告诉我，你是不是想玩玩就算了？

像是一把刀子，直接逼到我的脖颈处，我感觉浑身凉飕飕的。

我下意识地白了她一眼，净瞎想，吃饭吧。她端起盘子，哼了一声，转身坐到另一张桌旁。

我脑子迅速地转着圈，她不会是想跟我有进一步的发展吧？如果是那样，还真不好弄，虽然筱悦现在跟我闹着别扭，但要选结婚的对象，肯定还是她，我可不想跟丛丽结婚，我太了解她了，她控制欲太强，偶尔相处还行，日子久了肯定不行。

那你为什么当初还要跟她上床？

我想起丛丽当初说的话，“我可不是好女孩儿”，狠狠地捶了一下自己的头。

项军发了狠，一天两三遍地打电话问我的位置，我知道得收收心了，跟着业务员跑了好几家医院，大概弄清了情况。

上海的那个竞争对手竟然在不知不觉间进了好多家医院。原来我们的价格高一些，提成也高，他们的价格和提成都没我们的高，所以竞争优势不明显。但现在整个儿倒过来了，他们的价格和提成没变，我们一下子成了劣势，再加上他们也一直在做工作，此消彼长，我们的销量自然就下来了。

我纳闷的是，他们是怎么做的，竟然如此迅速。

跟大夫聊了一圈，说实话有点儿丧气。

大部分的大夫都说，现在上海的这个是患者要求用的，他们也没办法。我知道这是扯淡，但暂时也没有更好的办法。所以一个礼拜下来，我的收获甚微。

转机来自第二周。

从一家二甲医院出来的时候，一个主治医师拉住我，你是××公司的吗？

是啊，你是……

我叫王勇，他伸出手，主动跟我握了握，是外科的。

他很年轻，我有点儿诧异，很少有大夫跟我们主动联系的。我问，有事吗？

王勇笑笑，有点儿不好意思，你们公司还招人吗？

哎哟，这个我还不太清楚，我得问问领导。谁想来啊？

其实招什么啊，这时候裁人都还来不及呢。

是我，王勇脸有点儿红。

你？我一愣，是真的愣了，你现在多好啊，怎么想要做我们这一行啊？

王勇摇摇头，好什么啊。你又不是不知道，我们那点儿工资够干什么的啊？就是有厂家的来，好处也都是上头的人拿了，我们顶多过年过节的时候能给个仨瓜俩枣的。

他说的这是真的。除非是屈指可数的几家大医院，一般的医院，医生的工资都不高。混到主任级别的还好些，有灰色收入，工资反倒成了点缀。主任级别以下的，要是主任有良心，除了给你下达任务外，每个月还能给你点儿奖金；要是碰上狠的，光下任务没有奖金，就靠那点儿死工资生活，还真不如我们过得好。

我点点头，心里有了底。可你没做过，我们这行挺苦的，你行吗？我笑着问他。

咳，他苦笑了一下，能挣钱不就行了吗？再说，我那么多同学都在医院呢，做起工作来肯定比外面招的人强。

嗯，我回去跟公司问一下，如果是你来，应该问题不大。

那太好了，你记下我的呼机号。王勇显得有些迫不及待。

我边记边想，不行，光我觉得这是好事还不行，得看项军的意见。

什么？项军显得有些不耐烦，这个时候了，我开人还来不及呢。

我有点儿意外，说，那行，我明儿给推了吧。

等等，项军想了想，你让他来公司吧，我见见他再说。

事情进展得很快，四天后，王勇就来上班了。他来的第一个任务，就是把原来自己所在的医院销量搞上去。

不服不行，跟猎人相比，还是狼最熟悉狼群的规律。不知王勇怎么搞的，可能是晓之以理，动之以情，也可能是连哄带骗，反正他原来所在那家医院很快就用上我们的药了。

这让项军有点儿喜出望外，在会上特意表扬了王勇，说他工作勤劳，有方法，让大家多跟他学习。

王勇却一个劲儿摆手，不不不，我是新人，应该跟你们学才对。

其实大家都知道，没有他原来在那家医院的背景，怎么勤劳也没戏。

晚上，我特意请他吃饭，跟他说了我们现在面临的情况，对手太强，我们受打击了。

王勇皱了皱眉，我的同学现在基本上都在医院，不过最高也就是个副主任，没什么实权。不过我倒有一个想法。

你说。

我认识的人就那些，可他们认识的人多啊。他们认识的人还有认识的人呢。

我就是这个意思，我说，我开车带你去见人，只要能办事，请客吃饭送礼，你尽管招呼。

王勇乐了，行，萧主任，听你的。

他的嘴很甜，时不时就叫我萧主任，这让我心里很舒服。真聪明。

接下来的两个月里，我跟他，当然也还有其他同事，把我所辖的医院又跑了个遍，收获颇丰，除有几家医院的确不占优势外，其他的失地陆续都收复回来了。

让大家感到意外的是，林晓负责的北区不仅没有追上来，反而有所下降。这让项军感到非常恼火，他把我叫进他的办公室。

最近有没有觉得林晓哪儿不对劲？

我不知道他指什么，没有啊。

那我问你，跟药房主任接触的时候，有没有听说过什么？

您是指什么呢？我干脆直接问他。

好吧，项军看看外面，声音放低了，有人说林晓在外面兼职。

啊？兼职？哪家公司啊？

当然是咱们的竞争厂家啊，他还能卖吃的去？

我猛然想起，几个星期前去一家林晓负责的医院拜访药房主任的时候，他曾问我你们跟上海这家是不是一个厂家的，可能那时候林晓就已经以上海那个厂家的身份走过了。

如果事情属实，我不知道项军会怎么对付林晓，但我知道，林晓已经成功地让项军吃了一个哑巴亏。而我，则一下子成了一个笨蛋。

我心里乱乱的，来到筱悦的公司前在车里等她。这阵子一直很忙，有日子没来接她了。

我没有进去，而是打了筱悦的呼机，留言告诉她我在车里等她。

这阵子她越来越不对劲儿，话很少，就连那件事也是一个月难得有一次了。这样下去是不行的，我想，在没有抓到事实证据前，就当什么事也不存在吧，只要她肯真心跟我好，反正结婚是早晚的事。

不久，电话响了，是筱悦，她告诉我，让我先回去，她要晚点儿回去。

会不会又是那个赵西风？我的火腾地一下子上来了。

我下车，走了进去。

公司里，我没看到筱悦，我问一个工作人员，筱悦在哪儿上班？

您是说筱经理啊？那人指了指电梯旁边的一间办公室，在那个房间。

筱经理？升官了？没听说啊？

我来到办公室门前，隔着门上的玻璃，看到筱悦正在里头跟一个打扮时尚的女孩说话，看样子是她的下属。

我推门进来，筱悦看到我有点儿诧异，你怎么进来了？

我还不能进来是怎么着？我左右看看，哟，就你一人啊？

你什么意思啊？筱悦冲那女孩使了个眼色，女孩知趣地出去了。

晚上准备去哪儿啊？我坐下，点了支烟。

筱悦冲过来，一把把烟给夺过来，指了指墙上的牌子，上面写着：禁止抽烟。

你没有想告诉我的事吗？

没有，赶紧回家去，我一会儿还有事呢。

她的态度让我火冒三丈，你跟我吼什么吼？不就是想跟那个什么赵什么风约会吗？

我不太会吵架，一着急就语无伦次。

你，你混蛋！筱悦急了，你再给我说一遍！

说一遍，说十遍我也敢说啊，你晚回去，是不是想跟那个赵西风约会去？

你给我滚！筱悦声音里有哭腔。

你用不着这么委屈，咱们俩现在这种状态，跟他不是没有关系，你当我傻子啊？

筱悦愤怒地瞪了我一眼，趴在桌子上低声地抽泣起来。

我重新拿出烟，刚要点，门开了。赵西风走进来，看到我，一愣。

我直愣愣地盯着他，不说话。他倒没事儿人似的冲我点头致意，然后又指了指筱悦，你们，这是……

我说我们两口子吵架呢，没你事。

很显然，这句话让他很不好受，他笑笑，这是工作场所，最好是……

我点上烟，没理他。他叹口气，别抽烟好吗？这是工作场所。

我说你管不着，我就抽了怎么着吧？

赵西风摇摇头，走向筱悦，拍了拍她，筱悦，你没事儿吧？

她是你碰的吗？你把手拿开！我冲他吼。

筱悦抬起头，一脸的泪水，你给我走！

走？哦，我走了你们好接着卿卿我我？我要是不走呢？

萧先生，现在这种情况，您最好还是回去吧！赵西风声音不大，但口气不容商量。

如果没有前面的那些铺垫，我肯定什么都不说，扭头就走，但现在不行。

我要是不走，你能把我怎么样？我挑衅似的问他。

你胡搅蛮缠！筱悦怒了，保安，保安！

行啊，自己的老婆，竟然叫保安来赶我走。

可能是我们的声音有点儿大，早就有保安在门口转悠了，一听这话，立马冲了进来。

我站起来把烟扔掉，行，筱悦，有本事你别回家，回家咱们再说。

保安可能听出来我们的关系，本来是凶巴巴的样子，一下子有点儿不知怎么办好了。

筱悦指着门外，你滚！

我心里凉凉的，低着头走了出去。

当天晚上，筱悦很晚才回来，我们都没说话。

我坐在沙发上，一支接一支地抽烟，筱悦躺在卧室的床上，半天没动静。

我搬了个小凳子，来到卧室门口，说，你不想跟我说点儿什么吗？

筱悦翻了个身，转过脸去不看我。

大概沉默了几分钟吧，筱悦扔过来一句，你是不是觉得我跟赵经理有一腿？

我没回答，算是回答吧。

差一点儿，筱悦说，不过是我主动的。

贱货！我心里骂，同时自己也吃了一惊，这可是筱悦啊！

接着，我的心莫名地痛了起来，感觉一股力量在拉着它不断往下坠。

想知道为什么吗？

我还是不说话。

自从你上班，尤其是最近几个月，有几次是在家吃的晚饭？又接过我几次？筱悦坐了起来，我知道你辛苦，想体贴你，可是你回来连句话都没有，倒头就睡。还有好多次，你晚上都不回来过夜，我没问你在哪儿过的。我想你起码应该会告诉我吧，可你没有，到现在都没有。你还当咱们俩是两口子吗？

我想起跟按摩女纠缠在一起的画面，低下头不敢看她。

是，我承认，赵经理喜欢我，几乎天天接送我上下班，可他是君子，从来没有对我动手动脚。筱悦接着说，要是没有你，我可能真的会跟他在一起，可我们俩从小一块儿长大的，太亲了，亲得让我有时候分不清咱俩到底是兄妹还是夫妻。

我的心更痛了。

你没发觉吗，我以前老催你结婚，现在都不怎么提了，就是你提起来，我也不接话了，你知道因为什么吗？

我摇摇头。

我也不知道为什么，筱悦苦笑了一下，就是觉得再提这个好像有点儿好笑，以前我觉得可能真是钱的问题，现在我不这么想了。

那你的意思，是不是想跟我分手？我声音很平静，平静得让我自己都很意外。

我不知道，我不知道怎么办，你说呢？你告诉我。

我站起来，走到床边，坐下来，伸手揽住她。筱悦，对不起。

筱悦苦笑了一下，头抵在我怀里，没说话。

我知道，裂痕已经产生了，而且是很大的一道裂痕，如果我不想办法尽快修补，我们就真的完了。

我不想跟她分开，不想。

第二天，开车去公司的路上我还在想，如果可以，我以后要尽量早点儿回去，跟她一起吃晚饭，一起散步，一起睡觉，筱悦，我不想失去你。

但我很快发现那是奢望。一到公司，就听到一个爆炸性的消息，林晓辞职了。不，准确点儿说，是林晓把公司炒了。

项军快气疯了，在屋里不停地踱步，嘴里骂骂咧咧的，以至于我走进来他都没注意。

我说项总，听说林晓辞职了？

项军拿起桌上的一张纸，甩得哗哗响，是，一张纸就把我打发了！

我拿过来一看，是林晓的辞职报告。

批了？

批？批个屁！照面都不打。

那他的工资什么的都不要了？

还要什么？你知道他去了哪儿吗？

我隐隐猜到了，不会是上海的那家吧？

你这会儿那么聪明？啊？早些时候这脑子都干吗去了？

我讪讪地低下头，梦想成真了。

他的医院现在你都能接手吗？项军气呼呼地问。

能啊，我说，本来药房那儿一直在做工作呢。

你还有脸说？项军头一歪，让他在眼皮子底下把我们给卖了你都不知道！

是，真是有点儿把我们卖了的感觉。这家伙，真够狠的。

我会尽快做工作，把损失给补回来。

项军无力地坐下，摇摇头，不说话了。

看来林晓主动离职他是真没想到，在他的计算里，他应该跟林晓明刀明枪地干一架，打得林晓头破血流，然后一脚把林晓踩在脚下，让他一万年也翻不了身。没想到林晓釜底抽薪，走了。这相当于在他摆开架势准备开打的时候，被林晓打了一闷棍，他当然有点儿接受不了。

林晓也真够可以的，递上一封辞职信说不来就不来了，你倒是给我个缓冲的时间啊。

但这就是战场。

我来不及多想，紧赶慢赶，又把所有的医院走访了一遍，安抚情绪，处理遗留问题。等到开口问的时候，这些主任也好，主管院长也好，才跟我挤牙膏似的透露了一些林晓的情况。

原来，他早就开始暗中跟上海那家药厂接触了，可能也就是让我分管新品前后，他开始以上海那家药厂驻北京办经理的名义跟这些人接触。他的保密工作做得很好，而这些人也乐得有人争着给他们好处，你问他们，他们都不见得说起这事，你不问，他们就更不会提了。

这让我恨得牙根痒，一点儿职业道德都没有啊。可转念一想，他这么做，虽然很意外，却也在情理之中。在公司里一再受排挤，新人抢位，跟上司不和，前途暗淡，搁谁都会走，而且，这种方法能给项军最直接的打击。

要是我，可能也会这么做。

在月度总结会上，项军宣布，我直接顶替林晓的位置，还管南区，北区由王勇负责。但因为王勇刚上来，怕分管不过来，单独把几家大医院择出来分给了我，由我来监管。

我曾经想过这么一天，但没想到这么快，也没想到竟然是以这种方式接替了林晓。

我的工资涨到了2500块，费用实报实销，提成则是拿全公司的，每支一毛。这样算下来，我一个月少说也能挣1万块。当然也不是那么好拿的，以后属于我的时间恐怕会更少。

所以说，有了坏事的时候，多往好的方面想想，从长远来看，说不定真是好事。

晚上回家的路上，我特意买了束玫瑰花，又买了瓶红酒。一直不爱喝这玩意儿，但筱悦喜欢。

筱悦有点儿诧异，说不对啊，今天不是你生日啊？

怎么？非得生日才能浪漫一把啊？我把花递给她，来，今晚上萧经理请筱经理喝酒。

筱悦乐了，哦，闹了半天，你升职了啊？

我说不仅是我升职，你升职我还没祝贺你呢。

筱悦刚刚升为理赔部的副经理，正的就是那个赵西风。

好啊，喝就喝，谁怕谁啊？筱悦捋了捋袖子，咱们划两拳怎么样？

于是，在这个风清月明的夜晚，我跟筱悦两个边喝边划，愣是喝掉了半瓶干红。

后半截，我有点儿受不了了，拿出桌边放着的二锅头，说不行，这酒太没劲了，干脆我来白的，你来红的。

有那么一会儿，我甚至忘记了赵西风、丛丽等人的存在。

我多想这样的幸福能够一直维系下去。

我多想这样的欢乐能够一直维系下去。

如果没有后面发生的事，可能用不了两年，我们肯定会在北京买了房子，然后回家把婚结了，在北京做一对平凡的夫妻。

但，这都是如果。

八、弄出人命

我开着车，穿行在北京的夜色里，看着旁边闪烁的霓虹，心情灰暗到了极点。

一天会后，我刚出公司门，丛丽就把我拉到一边，显得很紧张。

我说怎么了？什么事？

我怀孕了。

什么什么？我听得有点儿发愣，你什么了？

丛丽跺了跺脚，显得很焦急，我怀孕了！

我看着她的眼睛，想弄明白，她这么说是想告诉我她想请假，还是想说那个孩子是我的。

唉，我可真不是东西。

怎么办啊？丛丽急得有点儿想哭。

旁边有同事经过，我忙冲他点点头，好掩饰自己的慌张。

先上车吧，我说，到车上再说。我拉着丛丽急匆匆地上了车，心怦怦地跳，嘴也有些发干。

我问她，你真怀孕了？

丛丽都快哭出来了，声音也有点儿变调，是！是啊！

我慌乱地挂上挡，开了出来。

搞出人命了，这可怎么办？我可没想现在要孩子，最主要的是，我没想跟她要一个孩子。

想想那几夜的狂乱，我肠子都悔青了。

我迅速地制订了几个方案：一是给丛丽钱，先把孩子打下来再说；二是如果丛丽闹的话，我就想办法让她辞职，然后找个地方，让她安安静静地把孩子打下来。

我猛然想到，光顾着琢磨怎么打掉孩子，完全没考虑到丛丽的想法。

于是我轻声问丛丽，你打算怎么办？

我怎么办？丛丽鄙夷地瞪了我一眼，你的孩子，你问我怎么办？

我有些生气，你也真是，不是安全期为什么也不说一声啊？

你说什么？丛丽明显火了。

行行行，我说，这孩子不能要，打了吧。

你说不能要就不能要了？你怎么那么大脸啊？

女人啊，上床前和上床后的差距怎么就那么大呢？

那你想怎么办？我说。

我想生下来。丛丽冷冷地说。

好像一盆冰水从头浇到脚，我说不行，肯定不行。

为什么？怕你老婆知道？

废话。我火了，知道还问。

哼，我就知道，你只是想跟我玩玩，丛丽恨恨地说，你真不是东西！

让她这么说我，我心里好受了一些。那你到底想怎么办？

我不知道，反正我就是不想打了他。

我把车停在一个商场前，摇下窗户，点了支烟，倒霉啊。

不行，我得劝劝她，一定要劝她把孩子打掉，要不然我的生活就毁了。

我抓住丛丽的手，语调尽量温柔，多长时间了？

丛丽想了想，快三个月了。

我叹了口气，咱们不是不能要，但问题是现在不能要，你还小呢，我的事业也刚刚起步，再说，我跟筱悦现在的情况你又不是不知道……我，真的是没招啊。

丛丽不说话，眼睛怔怔地望着前面。

我轻轻地拍拍她的手，你想想吧，我不勉强你，如果你想毁了你的生活、我的生活，那你就生下来，我不怕养他，但如果你现在生的话，我肯定不能养你。

丛丽冷冷地瞪了我一眼，打开门下车。

我追出来，丛丽，你去哪儿？

你管不着，她转过脸，我又不是你的什么人。

我拉住她的胳膊，这儿大庭广众的，别闹好不好？

你放开，丛丽看着我，像看一个不认识的人。我有点儿害怕，松开了她，你想干什么？

让我一个人静静。丛丽说，你别跟着我。

那我哪放心啊，我犹豫着跟在她后面。

我没那么傻，丛丽回过头，放心，我不会自杀的。

我努力地盯着她，想从她的眼睛里看出什么信息，但那里面什么都没有。

晚上，我给筱悦留了言，说有应酬，直接去了欧阳处。

一个扎着小辫的姑娘迎上来，你好，要点儿什么？

我马上明白过来，请人了。什么都不要，我来找欧阳的。

小辫姑娘怔了一下，冲我笑了笑，老板，有人找你！

欧阳探出头，看见我后摆了摆手，算是打招呼。

后面又进来三四个人，我赶紧往边上站了站。

小辫姑娘招呼着那几个人往里走，并给我递来一个凳子。

谢谢，你叫什么？

宁玉洁，你叫我小宁就行。

宁玉洁，我心里想，哼哼，有点儿意思。你不会有个姐姐叫宁冰清吧？

对啊，她一愣，你怎么知道？你认识她？

不认识，我猜的。我忙跟她解释。

她笑笑，露出整齐洁白的牙齿。

人太多了，大概到快8点的时候吧，人少点儿了，欧阳才出来。

我俩一人开了一瓶啤酒，对着瓶吹。

宁玉洁这个小姑娘挺机灵的，我说。

欧阳乐了，嗯，多亏她了，要不损失就大了。

我知道他什么意思，那……婷婷呢？

在家待着呢，什么事也没干。欧阳的口气明显有点儿不满。真不知道拿她怎么办。原来还过来，现在一天在这儿待不了两个小时。

本来，我是想跟他说说自己的事儿的，不过看这样子，他比我也好不到哪儿去。算了，不说了，这种事太不光彩了。

你跟宁玉洁两个人在店里，婷婷倒也放心啊。我跟他逗闷子。

欧阳笑着摇摇头，行了吧你。说正经的，我想过些日子再开个分店，大一点儿的。

行啊，你打算干连锁啊？

连锁没敢想，不过这生意的确不错，我现在一个月能赚这个数呢。

欧阳说着，伸出大拇指和食指。

8000块？我有点儿吃惊。

可不，欧阳显得很骄傲，主要是这钱干净，赚起来踏实。

我点点头，不错，接着干吧。还是那句话，缺钱的话招呼一声。

我俩碰了下瓶，各自喝了一口。

你打算什么时候结婚啊？欧阳冷不丁地来了这么一句。

结婚？我苦笑，再等等吧，不急。

还不急呢？都奔三的人了，别拖了，再拖人家筱悦该不乐意了。

是啊是啊，我说，不就是想将来能风风光光地娶她吗？别说我了，你呢？

欧阳沉默了一会儿，咱们俩不一样，你是不想娶，我是人家不想嫁。

哦，那我问你，你是真想娶吗？

欧阳愣了愣，如果她要嫁，我肯定会娶。

回到家里，我没搭理筱悦，倒头就睡。

筱悦有点儿纳闷，走过来摸我的额头，没事吧？

我能说我跟别人在外面快有孩子了，所以不敢看你吗？我扒拉开她的手，有点儿困，先睡了啊。

其实我一点儿也不困，满脑子想的都是怎么劝丛丽把孩子给做了。

想了大半夜，我总结出来，无论你怎么想，首先要通过丛丽这一关，必须要做通她的思想工作，否则一切都免谈。

这夜，我失眠了，以至于到公司后王勇都能看出我的黑眼圈。

没睡好吧，萧经理？王勇一脸的坏笑。

我说滚蛋，你想什么呢？

我看看丛丽的位置，她还没来。怎么回事，今天不来了？但我来不及多想这些，今天我们约了一个医院的主任和大夫们去登山，不能耽误了。

公司对医院按销量的多少划定公关政策：用量多的大医院，科室主任可以出国旅游，我曾经安排一个主管副院长去了趟美国，当然，全程都是总公司办的；次一点儿的，是国内旅游，像什么牡丹花会啦，杭州西湖啦，一年怎么也得去七八次；对于销量一般，但也不能得罪的，我们一般就是京郊游打发了。

这是我第一次来香山，以前总是听说，现在终于来到它跟前了。

我有点儿失望，唉，这也叫山？我们老家那儿跟这差不多的都叫坡。

这个问题我曾经想了好久，直到后来，我看到房地产商的广告，一个小水塘愣说是湖，一片小树林愣说是森林氧吧，我立马释然了。

药房主任家的小孩儿欢呼雀跃，一路小跑地上去，我在后面陪着药房主任和两个副院长，一路说说笑笑。

不过我的心思却不在这儿，这一路我都在想，丛丽呢？丛丽今天去哪儿了？

这个问题很快就有了答案。

我们是下午回的，我没有回家，而是开车来到筱悦的公司。

我看了下时间，差不多该下班了，于是打了她的传呼。出乎意料，不一会儿筱悦就出来了。

我打开车门，笑着冲她招招手。

奇怪，筱悦的脸色阴沉沉的，不会受那个姓赵的欺负了吧？

这么想着，我走上前去，怎么了宝贝？

滚！筱悦骂道，眼圈跟着红了，谁是你宝贝？

我有点儿发懵，怎么了？吃枪药了你？

丛丽今天来找过我，我都知道了！你还跟我装？

如果给人一生所经历的尴尬时刻排个序的话，我想，这个应该排在第一位。

我脑子里嗡的一下，这个混账女人！她她她，她竟然告诉了筱悦！

看来，她早已暗地里对我的一切了如指掌了。我的后背凉飕飕的。

筱悦从我的脸上读出了信息，她点点头，哦，看来是真的了。

得，连撒谎的时间窗也给关上了。

这么一想，我的心情反倒平静了下来，真的，很平静。

我说对不起，她说的是真的。

筱悦眼泪一下子就下来了。

最怕女人哭了。我低下头，不知该怎么办。

筱悦扭过头，转身就走，我上前拉住她的手。

放开，筱悦回过头，表情严肃。

我马上松开手，她往前走了两步，站住，回过头冲我冷笑了两声。

什么意思啊？

晚上，我没有回家，而是开车去了丛丽处。

去的路上，我用世上最恶毒的字眼把她骂了一万遍，我在想，如果见了她，非用大耳刮子扇她不可。

但也只是想想。

进门的时候，丛丽正在床上躺着，两眼无神。她的室友大概看出我们之间的关系，开门后就识趣地走开了。我走到她跟前，尽力压着火气，你今天去找筱悦了？

丛丽坐起来，头一扬，是。

打男人，我敢打，因为力量相当，但对于女人，我还真下不去手。

你非要搞得咱俩都身败名裂才满意是吗？我忍不住骂道。

你当个多大的官啊？还身败名裂呢？丛丽冷笑了一声。

我一屁股坐下来，很是无奈。

想到这样一个女人，从开始的纯情到现在的出格，而且，她肚子里还怀着我的孩子。我不由一阵阵心紧，这叫什么事儿啊？

你到底想怎么样吧？我说，事情已经到这份儿上了，我真没什么好怕的了。

你不用管了，我自己的事，自己处理。

什么话？我问你孩子的事。

哼，我想通了，你想要我都不会给你的，我肯定会打掉的，这点你放心吧。

她的痛快让我有些出乎意料，真的？

你挺高兴的吧？丛丽说，是不是觉得一下子轻松了许多？

轻松才怪。你都跟筱悦说了，打不打，似乎显得已不是那么重要了。

随你怎么想，我说，需要多少钱吧？

不要。丛丽毫不犹豫地脱口而出。

不要？我没听错吧？做流产手术得用钱啊。

丛丽笑了，笑得让我有点儿毛骨悚然，你是不是觉得有了钱什么都能买？

唉，为什么总有人问这种愚蠢的问题？

我说你什么意思？

没什么意思，我不用你的臭钱，丛丽摇摇头，你不是个男人。

这话捅到了我的痛处，我一下子泄了气，一句话也说不出来。

我要睡觉了，你赶紧走吧。丛丽一边说，一边把被子盖上。

没想到事情的发展竟然是这样，我完全没想到。

在筱悦那里，我失掉了做男友乃至丈夫的尊严，而在丛丽这里，我甚至连男人的尊严也失掉了。

失败，真失败。

我开着车，穿行在北京的夜色里，看着旁边闪烁的霓虹，心情灰暗到了极点。

第二天，丛丽没来公司，项军问起，我说她有事，要请几天假。说话的时候，我的心怦怦乱跳，生怕他看出些什么来。

还好，他没察觉，点点头，行，你带王勇把他的医院熟悉一下，多跟他聊聊。

毕竟王勇是刚上来，项军还不放心。

我说行。

在一个红灯前，王勇拿出一个打火机来，递到我面前，萧经理，以后别用一次性的打火机了，容易爆。

我拿过来一看，ZIPPO？

咳，我一个亲戚从美国给我买的，我又不抽烟，你拿去用吧。

小子，送礼都不会让你感觉不舒服，到底是做这行的料。好，我收下了。

我知道，刚上来，很多人不服我，其实我也有点儿心虚。萧经理，以后你得多指导指导我，有什么不对的地方你就说。

没事儿，我说，有不明白的你就问我，你其实做得也不错，原来管的那些医院弄得多好。

瞎猫撞上死耗子了，王勇笑笑，运气，运气。他的态度一等一的谦卑，让我很受用。

我拍拍他的肩膀说，兄弟，别太谦虚了，你有能力，项总才让你上来的，当初我比你惨多了，不也挺过来了吗？别怕，有困难我们一起冲。

这话说得我都差点儿被感动，王勇也挺了挺脸，谢谢萧经理，我会努力的。

这话传达的信息很丰富，首先，他是告诉我，虽然分管北区了，但不会跟我分庭抗礼，不会意图在办公室里跟我平起平坐；其次，他认可我是他的经理、直接管辖人，以后他会听我的。

瞧，人的眼睛总是那么容易被蒙蔽。

上午去的这家医院是个二甲医院，今天恰好是药房主任的接待日，从办公室门口排出大概四五十米，站着一排人，全是医药代表，不知道的人，还以为这儿是麦当劳的外卖窗口。那景象，用“壮观”二字形容再合适不过了。

跟药房主任关系的优劣，可以从会谈时间上看出一二。时间短的，不超过5分钟的，基本上就是关系次的。如果在里面待20分钟还不出来，那关系基本可以断定很铁。当然，也有例外，不过很少。

我看看这阵势，知道再等下去也是白等。这个主任脾气不好，一过接待的时间立马撵人，照今天的人数看，轮到我们的时候，早过了接待的时间了。

我说走，咱们先去病房看看吧。

人要顺的时候，摔一跤都能捡到钱，要是不顺的时候，捡到钱也得让你摔一跤。

刚进外三科病房，主任的脸就耷拉下来了。最烦你们这种人，他的语气很轻蔑，国家的医疗体系都是让你们这帮人给搞乱的。

不对啊，我们现在跟他合作着呢，什么时候变得这么有正义感了？

今天来干吗啊？提前兑费用？他问。

我忙解释，不是，今天顺路拜访一下，看看有没有什么我们能做的。

没事儿别找我，又不兑费用，来干吗啊？走走走！

一定是昨晚跟老婆吵架了，或者是没做爽。这种人，是典型的吃饱了就骂厨子的主儿。

我冲王勇使了个眼色，两个人讪讪地退了出来。

本来心里就有事，再让他这一捣乱，我的心劲儿让他给弄没了。

走吧，我说，这家医院今天先不走了，去别的医院吧。

萧经理，王勇说，别跟这种人一般见识，就冲他那态度，也用不了咱们多少药，这种人，爹不亲娘不爱的，不搭理他就行了。

我冲他笑笑，谁叫咱们吃这碗饭呢。

车刚开到医院门口，一个人突然冲我伸手示意。

我一个急刹，定睛一看，愣了，那个人是林晓。

我停了车，下来，冲他笑了笑。林晓走过来，向我伸出手。

他的郑重让我有些不知所措，我伸出手跟他握了握，有事吗？

林晓笑了，有时间吗？走，一起吃个便饭。

我回头看看车里的王勇。让他一起去吧，林晓说。

我的脑子飞快地转着，不去，显得太怯了，去吧，他要跟我说些什么呢？还有王勇呢，他在旁边听着合不合适呢？

我正在犹豫，王勇下了车，萧经理，你们有事你们聊吧，我还得去另外一家医院呢。他冲林晓点点头，走了。

这人，真有眼色。

来我们公司怎么样？果然，在饭馆里，刚一坐下，林晓就来了这么一句。

我有点儿别扭，你怎么觉得我会去呢？

因为你是明白人，林晓给我倒了杯水，我没拦他，现在没有必要客气。

这话怎么说呢？

不错，监察部的人是我叫来的，林晓顿了顿，但你知道为什么吗？

我不想知道，我说，跟我没多大关系。

其实能不想知道吗？为什么啊，差点儿把我给踢了。

以前，我跟项军关系非常好，林晓说，虽然是上下级，但跟哥们儿一样，不过后来我发现，他身为公司的高层，贪污得厉害。

林晓喝了口水，工资表是他做的，每个月他都会多做五六个人的，那些人的身份证是我帮他找的，这是其一；咱们的费用，每个月他都说紧张，其实跟总公司那儿，每个月他都瞒报、谎报。光这两项，一个月下来就起码2万块的进账。开始他还让我帮忙，后来都是自己弄了。

那也不至于找人算计他啊？我说，再说，你拿的也不算少。

林晓点点头，笑了，没错，如果就这样下去，其实也没什么，我们毕竟是下属，拿的也不是我们家的钱。问题是自从你升了主任之后，他就一门心思地想把我赶走，好让这些事彻底成为秘密。

我想起了当初提我的时候林晓和项军的谈话，这样一想，事情就很明朗了。

怪不得，我说，你也是从那时候起开始兼职的？

林晓笑而不答。现在这家公司，因为上市不久，肯花钱，很多东西都摆在明处，只要你肯干，钱少不了。最主要的是，在这儿，我说了算。

我猛然想起一个人来，王俊东现在是不是在你那儿？

他摇摇头，没有，他倒是来找过我，让我给推了。

为什么？

我想你比我更清楚吧？林晓盯着我。

我没理他。

你是不是觉得现在在公司挺顺的，哪儿也不想去？

是啊，我说，既然到哪儿都是做药，那去你那儿跟留在这里有什么区别？再说，人跟人不一样，项军可能会那么对你，但我相信他不会那样对我。

林晓看着我，你错了，既然他敢那么对我，也一定会那样对你。在公司里，他唯一在乎的只有他自己。

我有点儿想乐，现在这社会，讲究的是合作，没你说得那么恐怖。

是，林晓点点头，可能是没有那么恐怖，但绝不会像你说得那么理想。

我喝了口水，心想，是该走的时候了。

怎么样？林晓问，考虑一下吧，你可以不用回答我。

其实，我说，我对你兼职的事很看不惯，没有职业道德。另外，我现在就可以回答你，我不想去，也不想跟你合作。

说完，我起身离席。

走出好几步，我还能听到林晓轻轻的一声叹息。

这件事我没有跟项军说起过，我明白，一旦跟他提起，他肯定能猜到林晓都跟我说了些什么。我不想走林晓的老路。

但事实是，我说不说都是一个样。

筱悦好几天都没搭理我了，无论赔礼道歉也好，默不作声也罢，她都不理。我很识趣，每天晚上都抱着被子去客厅睡。

我很别扭，但也想开了，如果筱悦就此与我分手，那就分手吧，我肯定不会说什么，都是自找的，活该。

晚上下班，有应酬还好说，没有应酬的时候，我开始害怕回去，害怕见她。

我这几天没有接她。她说我的车脏，有股骚味。

我知道她在骂我，但我无力反驳。

丛丽请了半个月的假，说是回老家办事，但我明白，她是在调理身体。我已经不太恨她了，相反，还有一些过意不去，毕竟她怀的是我的孩子。

我买了些补品，去了她的住处。她的室友打开门，一脸的不屑，干吗啊？

我来看看丛丽，我说，不知道她现在怎么样？

哟，她一扬眉，这时候知道关心了？早干吗去了？

这是你管的事儿吗？我有点儿生气，她在家吗？

在，她抱着胳膊，不过她不想见你。

唉，算了，反正形象已经毁了，那就别装大尾巴狼了。我赔着笑，不进去也行，你把东西拿给她吧？

她往里看了看，丛丽，东西还留吗？

我站在门外，没听清丛丽说了什么，只听见了“不要”两个字。

我说好歹已经买了，你就拿进去吧。

不要！你没听明白啊？

我还想说话，门已经被她“嘭”的一声给关上了。

我愤愤地踢了一下。

小姑娘一点儿也不示弱，马上打开门，你再踢一下我就报警，你信不信？

我把东西扔到屋里，行了，你也别吓唬我，我这就走。

我刚走到楼下，小姑娘就拎着两个垃圾袋和我刚买的那些补品跑出来，当着我的面，都给扔到了垃圾筒里。

我快疯了。

人在这种时候，总是需要找一个出口来缓解自己的情绪。我想大概也是这个原因，娱乐业才那么发达吧？

也就是在这个时候，我喜欢上了赌博。

民间常见的赌博形式，无非就是老虎机、扑克和麻将。对于老虎机，我不感兴趣，它是程序，既然是程序，人肯定就能做手脚，扑克又相对简单，不够刺激，而麻将，讲究技巧、运气。当然，还有最重要的一点，它可以打发时间，所以我最喜欢。

第一次玩是跟一个骨科的大夫，晚上请他吃完饭，他提议玩一玩，我同意了。

他带了两个朋友，一个是小平头，另一个是他女朋友。在家的时候，我玩过这个，农村冬天没什么娱乐，除了喝酒就是玩这个，所以我早就会了。

我心情不太好，心想，对不起，你不是主任，我不能让着你了。

玩的是5块10块的，北京麻将，坐庄翻倍，推倒胡，还带翻金的。

从9点玩到3点半，他们三个一共输了980块。

不错，我赢了。

散场的时候，明显看出大夫和他的女朋友很不高兴。我当作没看见，爱爽不爽，又不是我求着你玩的。

小平头倒显得很大气，一个劲儿埋怨自己手臭，并跟我约好过两天再玩。

反正筱悦也不搭理我，公司的事情我也不想多管，玩儿就玩儿呗。

小平头是典型的北京人，会侃，夸人的时候嘴里跟抹了蜜似的，甜得发腻，骂人的时候跟机关枪似的，那火力，绝对是重型的。不过不管怎么说，我们除了在一起玩牌，没有实质的利害冲突，倒也相安无事。我赢了请他吃饭，他赢了请我吃饭。久而久之，反而成了无话不谈的朋友。

在接下来的一个多月里，我和筱悦维持着这样半死不活的状态，我每天除了上班、应酬，就是和小平头混在一起玩牌。

现在想想，之所以去玩牌，可能跟筱悦不搭理我有关系，有点儿破罐子破摔了。不过还算不错，我没怎么输，虽然牌技一般，但运气很好，几乎每次都能赢点儿，多的时候千把块，少的时候也有百十块。

有一次，我们去洗浴中心，跟小平头聊起我的事，他显得有些为难。我说这事是不是挺难办的？

小平头冲我笑笑，哥们儿，我说错了你可别怪我啊。

你说，这有什么怪不怪的？

女人嘛，小平头的话让我多少有些吃惊，你越是上赶着追她，她越觉得自己特高贵，你不搭理她吧，说不定她还会回过头来追你。

我没吱声，不知道怎么接这茬儿。

姓丛那娘们儿就是一傻帽儿，他接着说，甭理丫就得了。你屋里那个，要我说，爱怎么样随她去，不用太在乎，天下的女人多得是，男人有钱了，什么样的女人找不来？

我有些无语，他说话向来很糙，但我也承认，他的话有一些道理，这让我心里多少好受了一些。不知道是受了他的影响，还是自己真的也这么以为，到后来，比起玩牌来，筱悦跟我的事情倒真的显得不是那么重要了。

我承认，那段时间，很是浑浑噩噩。

丛丽来上班了，这让我多多少少有点儿奇怪，依她的性格，怎么会选择继续留在公司呢？换作是我，早就辞职不干了。

可能是我心里有鬼，总感觉她看我的眼神怪怪的。虽然实际上她什么也没做，什么也没说，跟我说话反而比以前更平和。

会不会是准备要报复我啊？在我最不防的时候来一下？

晚上，我特意请丛丽吃饭，想弄清楚她到底是怎么想的。丛丽显得很从容，还跟我聊工作的事，说哪个医院的大夫应该送礼了。

我说今天咱们不谈公事，就我跟你，咱俩聊一聊。

我们俩？丛丽笑笑，你觉得还有什么可聊的吗？

你说呢？从你请假到现在，你什么也不跟我说，好心送你东西，还让你给扔出来了。好歹我们也曾经有过那么一段，关心一下你也不行吗？

这话说完，我从心里鄙视了一下自己，真假。

谢谢，用不着，丛丽说，我现在挺好的，身体恢复得也还行，你不用操心。

她越是这样，我心里越紧张。你想没想过换一个工作？我小心翼翼地问她。

丛丽又笑了，换一个工作？为什么要换啊？我做错什么了吗？

勾引上司还不算错事吗？我说那倒没有，不过……

不过，你看见我就不得劲儿对吧？丛丽说，是，公司里有人大概能看出来咱们俩的关系，但是这件事，他们肯定没一个人知道的，你紧张什么？

她没明说这件事是什么，但我知道，她是指打胎。

哪能呢？我强掩紧张，我是怕你有心理阴影。

我？没有，真的没有，丛丽说，再说，如果要换，也应该是你换工作才对。

为什么这么说？

论时间，我比你早，论性别，我是女的，你也应该让着我，对不对？

我笑笑，只要你能放下，我就放心了。

丛丽笑着，眼泪突然流了出来。我一愣，好好的，你这是怎么了？

她放下筷子，拿过餐巾纸，擦了把泪。没事儿没事儿，她说，真的没事儿。

那一刹那，我心里很不是滋味，来，快吃菜吧，都凉了。

回去的路上，我在想，她的眼泪是什么意思呢？

她还爱着我？别开玩笑了，恨我都来不及呢，还有这心思？苦？嗯，大概是这个意思，可这事儿一个巴掌拍不响，赖不得别人，我有不对，但你也不对。

我来到家门口，推开门，奇怪，筱悦不在。开始我以为她是加班了，以前也有过这种情况，没在意，于是打开电视在客厅等她。

快10点了，还没有动静，我有点儿烦躁，到卫生间撒了泡尿。

洗漱台上，筱悦的牙膏和杯子都不见了。

我心里一下子慌了。

我有些狐疑地打开衣柜，这才发现，她的衣服竟都拿走了。

我脑子嗡的一下，真的走了？去哪儿了啊？哦，怪不得前几天不理我，那时候就开始在给自己找地方了吧？

虽然我有准备，但这一刻真的来临的时候我还是很崩溃。

我来不及细想，下楼开车就往她的公司赶，一路上不停地呼她。

快到公司的时候，电话终于响了，是筱悦。

你在哪儿呢？我音调都变了。

我在单位，还能在哪儿啊？筱悦冷冰冰地说。

你走怎么也不跟我说一声呢？

还有必要吗？

废话！我吼道，有你这么干的吗？

哼，筱悦冷笑了一声，反问道，有你这么干的吗？

我挂断电话，好吧，快到了，到地儿再说。

还没到公司，远远地就看见筱悦站在门口。车没停稳，筱悦就走过来。这让我的心气一下子没那么冲了，反而有些心虚。

我没敢下车，筱悦走过来，打开车门主动坐了上来。我想说话，但突然不知道说什么好，点了支烟，抽了起来。

你干吗？筱悦声音很平静。是不是还想进去闹一次？

筱悦，我自知理亏，所以尽量让自己平静下来。再怎么说，咱们不能老这样啊？我承认，我错了，我混蛋，我不是人，可……可事情毕竟都过去了，咱们的日子还得过啊，是不是？

筱悦叹了口气，你觉得，破了的镜子真的还能重圆吗？

这种问题没法回答，怎么说都有错。我选择沉默。

我们还是先分开一阵子吧。请原谅我的不辞而别，筱悦说，让我在单位住些日子，等有一天我们都想通了再说。

那我们现在这算什么？我说，算分居还是算分手？

随你怎么想吧，反正这段日子我不想再跟你在一起。

没等我缓过神来，筱悦就下了车。走了两步，她又转回来，扔给我一张银行卡。

这是你的卡，里面的钱我没动，都还给你。

那里大概不到10万块，是我在公司连贪带挣的钱。我曾经想过怎么用它来改善我和筱悦的未来，但现在看来，一切都变得那么可笑。

我不知怎么回的家，想想今晚发生的事，我想起一句话来：没有最糟，只有更糟。对，就是这种感觉。

筱悦去单位，肯定跟那个赵西风有关，这么说来，我基本没什么机会了。

放在过去，我还可以趾高气扬地找他理论一番，甚至大打出手，不过现在，我一点儿勇气也没有。

男人在这种事上犯错，真的是罪无可恕吗？即使他真的意识到自己错了，真心悔过，也于事无补了吗？在一段熟悉的人生与一段未知的旅途之间，女人真的愿意选择后者，而且无怨无悔？

我躺在床上，没有开灯，身体仿佛陷入了无尽的虚空，不停地往下跌。直到一声铃声把我惊醒。我打开手机，借着荧光看，是小平头。

干吗？我有气无力地问他。

哪儿呢？小平头显得很兴奋，三缺一，快点儿过来。

我冲他哼了一声，滚！

九、分手

很多残酷的事情，当你身临其境、人在其中的时候，偏偏觉不出残酷来，只由它如一汪清水，静静地淌在心池。待到有一天年华老去你才发现，不知不觉间，它早已酿成了酒，喝一口，便足以烈得你泪流满面。

第二天，我刚到公司，项军就把我拉进他屋里。他一贯的做法，有事就把我拉到他办公室。

这些天看你有气无力的，是不是出什么事了？

看出来了？可不，有点儿眼力的都能看出来。

我说没事儿，就是家里有点儿事。

哦，项军点点头，你家里的事我不管，也管不着，不过在公司里，你得打起精神来，这么些人看着呢。王勇也得你帮忙，别让我失望。

我点点头，项总，对不起啊，这些天是有点儿走神。

别跟我来这套，项军又恢复了平常的刻薄，赶紧把你的活干好就行了。

是，没问题。

对了，我要出去的时候，项军问我，听说林晓是在上海那家公司，你知道这事吗？

不知道才怪。但如果张嘴说知道，那不是等于说我有事瞒着你吗？

听说过，不过我还不太确定。

项军嗯了一声，出去吧。

上午，我去北城，王勇的两个下属大李和大姚因为顺路，搭我的车一起走。两个人都算是老人了，大李来的时间更早些，但因为人老实，业务一直做得不温不火。大姚则稍晚些，比较聪明，话也多。

在车上，我们聊起业务来。都是年轻人，聊着聊着就刹不住车了。

大李说自己那个医院的一个外科主任，那叫一个死性，怎么说都不用药。

我说这么看那个大夫还算合格吧。

合格个屁！大李骂了句，看见女代表，哈喇子都快流出来了。

他说得没错，这种大夫很多，极其无耻。

大姚来了句，那就带丫去找个小姐啊。

大李不自然地笑笑，那哪儿行啊？咱们不能干那事。

大姚乐了，怕什么啊，这事儿萧经理都干过。是不是啊，萧经理？

我脸上有点儿挂不住，笑笑，瞎说，谁跟你说的？

王主任啊，我们上次吃饭……大姚还想说什么，大李瞪了他一眼，他赶紧闭上嘴。我从后镜里看到了。

得，吓着他了还，我有点儿想笑，咳，这都哪辈子的事儿了，谁还记得这些？

就是，那是开玩笑，大李说，都是说着玩的。

这世上，有很多事情是可以去做，但不能明说的，拉皮条只是其中之一。对于男人来讲，说他拉皮条，比说他嫖娼还让人丢脸。

这王勇，你怎么跟谁都说啊？

我给王勇打了个电话，隐晦地告诉他，以后这种事最好不要跟手下人讲，如果他们用这招，尽管用好了，但没有必要明说。王勇表现得很后悔，一个劲儿跟我道歉。

对不起啊萧经理，那天喝多了随便聊了两句，谁也没想到他会当着你的面讲啊。对不起对不起。

他的态度反倒弄得我不好意思起来。我说没事儿没事儿，知道就行了，毕竟这种事不光彩，以后不要提了。

我以为这事说完也就完了，根本没往心里去。

但我错了。

筱悦不在家，那个租住的房子就不能称其为家了，我懒得回去，于是，我来到了小平头的家。

我曾经问他是做什么工作的，小平头没有回答，后来才告诉我，他是东跑跑、西跑跑，哪儿有钱他就去捡。开始我不明白，渐渐才清楚，他就是北京人说的那种“拼缝儿”，大到建筑工程，小到门票返券他都做。而且，北京做这行的人还很多。

跟往常一样，他叫了两个朋友，江河和陈建国，都是他的哥们儿，老在一起玩，跟我也算熟。

有一点儿很奇怪，怎么那么多叫建国的呢？

刚坐下，江河就嚷嚷，咱们今天晚上来点儿大的怎么样？

我说5块10块的就不小了，你想玩多大的？

陈建国说，要不10块20块的？

嘁，江河一脸的不屑，那也算大？

你是想玩50块、100块的吧，小平头笑笑，你有多少钱啊？够输吗？

那你别管，江河说，我哪怕卖裤衩呢，有本事你赢啊。

我想了想，说不大好吧，5块10块的大家图个乐，50块、100块的是不是有点儿那个了？

其实我才不怕呢，以前总陪大夫玩，一晚上也几千块的输赢，没什么。

我完全忘了，那是工作，花的是公司的钱，而现在，哪怕是输一块钱，也是自己的。

有什么啊？江河撺掇，你要是怕的话，就凑个手，输赢没你事。

我怕？我笑笑，都是老爷们儿，我怕什么啊？来来来。

江河很高兴，你看，人家萧坤都同意了，你们呢？

小平头跟陈建国两人看了眼，谁怕谁啊？来！

三个小时后，江河的2000多块就跟他说拜拜了。

我赢了1000多块，陈建国赢了3000块，剩下的是小平头输的。

江河很丧气，像斗败的公鸡一样低着头一个劲儿抽烟。

没办法，谁让你手臭呢？再说了，主意是你出的。

陈建国还在他的伤口上撒盐，怎么样？你丫傻了吧，没钱了吧，不会真去卖裤衩吧？

江河狠狠地瞪了他一眼。陈建国抽出200块，扔给他，呶，拿着打车吧。

江河噌一下站起来，滚，再贫，信不信我抽你丫的！

行了行了，不就玩玩吗，至于这么大脾气吗？小平头站起来，又冲陈建国说，你嘴就不能干净点儿？不就赢点儿钱嘛，看把你美得。

陈建国悻悻地点点头，行，就当我没说，我走还不成吗？

走？没那么便宜，请我们吃了饭再走。

陈建国不乐意，那萧坤还赢了呢，怎么不让他请啊？

人家没跟你一样。小平头说，一句话，你请不请？

行，大爷的，陈建国说，我请，请还不行吗？

我在一边看着他们笑，傻啊，呵呵，真是，一个牌局，人性的弱点就全都出来了。

我还不知道，这里面最傻的那个恰恰是我。

对，就是我，他们演得太好了。

今天开周会，到公司的时候，我发现大姚看我的眼神怪怪的。跟他打招呼，他也爱搭不理的。我有点儿纳闷，但没往心里去。

会议由项军主持，在布置完日常工作后，他问我，你还有事吗？

我摇摇头，没有。

那好，项军说，王勇，你来宣布吧。

王勇点点头说，有的同事可能已经看出来了，今天大姚没在这儿。

我一愣神，咦，就是啊，大姚哪去了？来的时候还看见他了呢。

原因呢，很简单，就是报销票据出了问题，花了不该花的钱。王勇接着说，在这里呢，我首先要跟大家道个歉，因为是我的直接下属，我管理不力；其次，我也提醒其他同事，希望大家以此为戒，不要犯类似的错误。

我的脑袋嗡了一下，开了？这事我怎么不知道？再怎么是他的下属，也是公司的员工啊，这事我怎么能不知道呢？

接下来的话，我没怎么听进去，满脑子都想着这事。

我回忆了一下，票据出问题？谁的票据没有问题？要查的话，早应该全都开了。

哦，是不是因为上次我给王勇打电话说大姚乱说话的事？王勇怕我生气，找个理由给他开了？这是你做主的事吗？一厢情愿！

我的火腾一下子上来了。

刚开完会，我就来到项军的办公室。

开人的事，我怎么不知道？我没有寒暄，上来就问项军，语调中满是怒气。

哦？项军愣了下，王勇没跟你提吗？

没有！我更生气了，这算什么嘛！

他倒是跟我说了。算了，项军换了副口气，说话有点儿软了，大姚是王勇的下属，开不开是他的事，你管他干吗啊？

不对啊，我说，怎么说我也还是业务经理呢，这么大的事为什么不经过我呢？

什么事都得经过你吗？项军的脸一下子耷拉下来，是不是我昨晚上吃的什么饭，喝的什么酒，都要经过你呢?!

我心中一凛，坏了，激怒他了。

不是，项总。我不敢表现出生气或者高兴，前者找事，后者又太假。我说，我没别的意思，可这事我事先应该知道。

应该的事多了。项军小声嘀咕了一句，声音又缓和了下来，小萧啊，你现在的任务是把自己的业务搞上去，管理上，管好你自己手底下那几个人就行了，王勇这边，我看他管得还行，让他自己弄吧。年轻人，总得给他发展的机会嘛，对不对？

这句话的信号很明显，意思是现在王勇跟我各管南北一摊，谁也不比谁高级了。

老实说，我曾经想过有这么一天，但没想到这一天来得这么快，而且是以这种方式宣告来临。我心里有些懊悔，如果不追着项军问这事，非要给自己讨一个所谓的公道，也许这一天不会这么快到来。

出了办公室，王勇赶紧凑过来，萧哥，你没生气吧？

笑面虎，我脑海里涌出一个词。他肯定不知道，就在刚才，因为我的头脑发热，他已经暗中升了一级。可对这种口气、这种笑脸，我虽厌恶，但的确生不起来气。

记得鲁迅说过，我向来是不惮以最坏的恶意来揣测中国人的。跟他一样，我大概也属于此类人吧。这个弱点，我至今没有改掉。

我笑笑，生什么气啊?

很抱歉没跟你提，我还以为项总跟你说了呢，这事怪我。王勇还赔着不是。

来，你出来一下。本来我不想再提的，既然他说了，我就得有所表示。

我们来到门外，我问他，是不是因为上次我打电话说大姚，你才把他开了?

不是，王勇说，大姚的确是有问题，那个事儿算是小事。

那就是说，那个事也的确是个事了。

行了，反正也开了，就这样吧。我拍了拍他的肩膀，以后你的事，跟项总说就行，不必经过我。

萧哥，别啊，王勇有点儿急，你这是什么话?我来公司都是你介绍来的，你这么说不是打我脸吗?

脸?你还有脸啊?我想了想，算了，人家给你台阶下了，再不给面子，未免也显得太小气。得了吧，我不是那个意思，真的，我跟项总刚才商量过了，你这边的事可以自己处理。

那也不行，我明显看到王勇表情变了一下，我才干多少天啊，以后这边的工作您还得多帮帮我。再说了，北城不少的工作都是您做的，我还有不少跟您请教的呢。

一口一个“您”，我有点儿受不了了。行行，别客气兄弟，我说，有事你尽管说就行了。

去医院的路上，我回忆了一下今天的过程，如果王勇真是因为大姚的嘴不严开掉的他，那很明显，他是在讨好我，同时，也在惩戒自己的下属；如果的确是因为大姚贪污而开掉的他，那他也通过这件事树立了自己的威信，同时用这件事从项军那里试探了自己的权限。

他没想到的是，他得到的比他想象的还要多。我意识到，无论他怎么跟我甜言蜜语，这一局，他都赢了。这件事，这种感觉，多么的似曾相识。

这期间，我回了一趟老家，开着车回去的。有句话叫富贵不还乡，犹如锦衣夜行，说的就是这种暴发户的心态。

我还真以为自己富贵了。

说起中国农民，用得最多的词就是勤劳朴实，统治阶级为了更好地治理占人口最多的阶层，赋予了他们一个貌似完美的品格。

其实，勤劳是够勤劳，朴实倒未必。恨人富、笑人贫、小肚鸡肠、喜欢内斗这样的性格在他们身上表现得同样明显。与之相比，不讲卫生这样的小事真的不值一提。

可放眼望去，国人又有多少不是这样呢？

家里的人见到我都很高兴，因为我们那儿出来的人少，他们也急于了解外面的世界。但我除了自己的工作，其他基本闭口不谈。

筱悦的父母见到我，问，筱悦怎么没回来呢？

我说她太忙了。

你们俩可真行，各回各的，她父母有些生气。

生气就生气吧，难道让我说筱悦是发现我跟别的女人有了孩子，跟我分居了？那他们还不得气疯了？

母亲脸上感觉很有光，那几天见人就乐。

农村家里招待人爱用酒，一般都会喝到把你灌醉为止，所以，回去的几天里，我基本天天都是醉的。但我喜欢这种感觉。

有朋友问我，可不可以带他出去一起干，让我推了。我跟他说实话，外面挺苦的，不是人受的罪，能在家里待着就在家里待着好了，最起码不用发愁吃饭，钱嘛，多挣多花，少挣少花。

朋友不信，哼，你光想着自己发财了，不管哥们儿了。

我说我这是出去了，如果给我重来一次的机会，我肯定就守着那个小学，拿那点儿钱得了。

呸，谁信啊，朋友端起酒杯，喝酒。

你爱信不信。我心里说，其实我自己都不信。说真的，我有点儿喜欢上了那种生活，我是觉得，他们去了，不见得比我混得好。现在发发牢骚，总比到时候骂我强。

多少年后，我又忆起我说过的这句话，不禁苦笑。

是的，如果真的可以重来，我情愿待在那个小镇里，过着和父辈一样的平淡生活。虽然也会苦，也会有很多不如意。

几天下来，我的虚荣心得到了很大的满足，也暂时忘却了北京的烦恼，除了一件事。

一天，我刚回家，看到筱悦父亲母亲都在。

母亲的脸有些阴沉，看我回来，指了指椅子，坐下。

我心里一紧，坏了，不会是他们知道我的事了吧？

但我不能表现出来，我试着给筱悦的父亲递了支烟，他接过了。

嗯，只要肯接，就没多大的事。

我说什么事啊？

筱悦的父亲不说话，看向筱悦的母亲。

那我说，筱悦母亲拢了拢头发，你们打算什么时候结婚？

哦，是啊，什么时候结婚？筱悦也经常这么问我。

可她那儿我都没回答，怎么可能告诉你们呢？我说这事我得跟筱悦商量商量。

好好的闺女，没结婚就跟你跑了，这事得有个说法啊。

你情我愿的事，你让我给你说法？怎么个给法？

你们的意思是……

这样吧，你把礼钱先下了吧，回头我再跟筱悦说说，你们一起回来把婚结了。

礼钱就是彩礼，下了礼钱就算铁板钉钉了。

哦，说了半天，是来要钱的！筱悦都不肯用我的钱，你们凭什么要啊？再说了，现在我跟筱悦还不知道怎么样呢？我稳了稳情绪，说伯父伯母，这事儿是不是等下次我跟筱悦回来的时候一起说——

不行！筱悦的母亲打断我的话，上次的事过去就过去了，再怎么说你们现在在一起，我认了，不过这次不行。

那您也不能背着筱悦要钱啊？我来了一句，这事筱悦得知道，要不我不能给。

我刚喝完酒，借着酒劲儿说的，平时恐怕不敢。

看来，如果运用得当，酒有时候也算个好东西。

筱悦的父亲叹了口气，唉，跟你说了，这事等筱悦回来的时候一起说，你偏不听。

嗯，两个人意见还不统一。

那他们俩要是不一块儿回来呢？

筱悦的父亲火了，那就当我没生过这个闺女！

说着，他站起身，扭头就走。我这个准岳父脾气很倔，但说实话，我挺佩服他的。

筱悦母亲瞪了我一眼，跟在他屁股后面一颠一颠地走了。

他们这一走，反倒让我有些失落。是啊，那是人家的姑娘，义无反顾地跟你走了，你却什么也没给她的家人留下。你算个什么东西啊？

可我总不能再去给你送钱吧？

筱悦，筱悦，我心里喊着，我该怎么办？

缺钱吗？我不缺，最起码，给他们的钱，有。

筱悦一句话，哪怕不说话，只要她在，我一定给，屁都不放一个。

可她没在。或者，是我在潜意识里拿这个当借口？可能永远也不会有答案了。

在我还没有想好怎么给筱悦的父母回话的时候，项军给我打来了电话，玩美了吧？

没有没有，我正准备往回赶呢。

那就赶紧回来。公司里一大摊事儿呢，项军不满地嘟囔，你还挺悠闲。

我请假的时候，你可是批了的，我心说，这么长日子跟你没日没夜地干，哪怕是头驴，也得歇口气吧。

有那么一阵子，我很好奇，项军这样的人，吃公司的，拿公司的，为公司尽力办事是应该的，但为什么对手下人的要求那么苛刻。项军还好些，但有的连下属的私生活都巨细无遗地询问，像极了书本里描写的那些地主老财，混蛋得很。

当初我曾算过，如果坐车来回的话，是三百多块，如果开车的话，有五六百块钱也就足矣了。

没想到，五六百块是个零头，加上路桥费，一共花了一千五六百块。

但这点儿钱跟后来的事比，显得微不足道。

降工资了。

不光降工资，提成、费用都跟着降，再降一半，说是政策性调整。

工资降得少，影响也最小，做过医院的都知道，费用和提成才是最主要的收入来源，这一下子把你兜里的钱掏出去一半，恐怕谁都不乐意。

没办法，不知不觉间，别的药厂的同类产品已经进入了各个医院，原来只有上海的和一家国外药厂算是对手，好，现在起码有五六家了。普通商品市场竞争的最直接反映就是产品降价，但这是药品，国家有关部门下了文它才肯降。这是与普通商品不大一样的地方。

与普通商品一样的地方，就是那句老话，羊毛出在羊身上，降价了，营销费用也得跟着降。这对患者来说是好事，但对于我们这些人来讲，是坏事，真是坏事。

滑稽的是，我们这些人总有一天也会得病的，也会用上这些药，甚至是自己卖过的药，我们现在竟然还在恨它降价。是谁造成了这样的尴尬局面？

项军很恼火，还让不让人活了，这么下去还不得去喝西北风啊？

我说没关系，咱们不是还有他啶吗？那个没降就行。

我已经经历过一次降价，所以对这次降价的反应并不很强烈，只是在盘算自己的收入。

那管个啥用，项军说，就一个烧伤科用，能有多大量啊？

项军有些泄气，靠在椅背上愣神。

我觉得关系不大，王勇说，我看了，有的比咱们降得还狠呢。

屁话，项军说，还有卖5毛钱一针的药呢！

他这人就是这样，一不顺心，谁都没好话。王勇大概让他这样说的时候少，脸有点儿变红了。活该，我心想，让你精。

看来，我们得另想出路了。项军说，前一阵子回总公司开会，他们跟我提过，现在恐怕得加快速度了。

什么啊？我问，是不是又上一个新品？

嗯，项军说，不过不是走医院的，OTC，走药店。

OTC，是Over The Counter的简称，意思就是非处方药，主要靠药店卖，我们常见的药品广告，绝大多数都是OTC类产品。

做药店是一个新的渠道，新，既意味着希望，也意味着陌生。如果我是刚来到这家公司，我肯定会选择做OTC类药品，因为与医院相比，它操作起来要相对简单，没那么复杂。

可我是老人，我可不想因为一个未知的产品抛却现有的关系网。很明显，王勇也不想。

你们俩谁愿意做呢？项军问，歪着脑袋看着我跟王勇。没人说话，气氛一时显得有些尴尬。

总得说点儿什么吧？

王勇看看我，又看看项军，项总，这个领域没做过，不是太熟啊。这是纯市场化动作了，跟咱们现在做的不大一样啊。

哦，你们还想让我从市场上招人是怎么着？公司在北京就这一个分公司，想都别想，项军说，你们别认为说这药上来就是楞推，全国都打广告呢。

可咱们的人都没这么操作过啊。王勇看项军说话了，有点儿兴奋。

有什么啊，比谈医院还难？项军瞪了他一眼，看看你们手下人的业务，别以为他们整天做些什么我不知道，我当业务员那会儿，你们恐怕小学都还没毕业呢。总共就那么些医院，有什么可跑的？正好，利用这个机会改改他们的惰性。

那谁来负责这一块呢？我问，声音很快，尽量掩饰着自己内心的不安。

嗯，项军想了想，你是老人了，对医院比较熟悉，让王勇来吧，王勇的业务交给丛丽打理好了。

项总，王勇笑了笑，很不自然，您能不能让我再想想？

想什么？项军有些不满，这是命令，你听我的就是了。

王勇把话咽了回去，有些丧气地低下头。

我心里叫，哦耶，我赢了。

如果当时我知道公司的大方向，我肯定会为自己的愚蠢而羞愧。可是我不知道。用句俗点儿的话说，这个世界，唯一不变的就是变化。

我很高兴，当天下午就打电话叫了小平头一起喝酒，一直喝到晚上。

王勇啊王勇，我心说，你明白了吧？关键时刻，项军选择的是我，而不是你。这种感觉直到回家的时候还在。可是我忘了一件事，一个人。

筱悦回来了。

我有些诧异，毕竟一个多月了，回头想想，这期间我竟没有去找过她，真佩服自己。可是，你为什么不去找她呢？

筱悦也问，你为什么不去找我？

她的声音有些走调，身子像窗外的落叶，不住颤抖。

我想说，因为我觉得咱俩没戏了，你不可能再原谅我了，所以我没去找你。我还想说，不去找你，是怕惹你生气，那毕竟是在你单位，我已经在那儿出过一次丑了，不想再丢脸。当然，还有一个阴暗的理由，你都已经跑到单位跟赵西风在一起了，我还去个什么劲啊。可我一句话也说不出来。

看来，咱俩真的完了。筱悦说，我原来以为我在你心目中很重要，现在看来，什么也不是。

我听着，心一个劲儿往冰窟里掉。

我还想着给你机会，我真傻。筱悦的泪终于还是没有止住，扑扑地往下掉。还青梅竹马呢，真是笑话。

我想，如果换成今天，我可能，不，是一定会死乞白赖地央求她，跟她说好话，赔不是，直到她回心转意。但事实上，当时我什么也没做，什么也没说，就是那么坐着，抽着烟，听她说话，感觉着幸福像细沙一样，一粒粒地从指缝中溜走。

我真傻，我们真傻。

大概一个多小时后，她把东西收拾好了，站在屋里，这儿看看，那儿看看，像是在作诀别。

这次是真的，跟以前的每次吵架都不同，这次是真的。我这么想着，往事一幕幕地在脑海中浮现，泪水不争气地掉下来。这是我来北京后的第一滴眼泪，我从没想过会因为筱悦而流。

她走近我，轻轻地抚着我的头，以后少抽点儿烟吧，对身体不好。

我扭过脸去，不看她。

好久之后，我听到门被撞上的声音，像是从另一个世界里传来。我再也忍不住，抽泣起来。

男人啊，为什么在面对事业的时候可以不择手段，而在面对自己女人的时候，却宁愿选择无动于衷？

筱悦的离开加上公司的事让我很头疼。不是精神上的那种疼，而是真正的生理疼。

疼得很。

只有打麻将的时候，我才能真正感觉到一丝轻松。我可以什么都不用想，只顾眼前的这些牌。

我们还是玩50块、100块的，也不知道是手气的原因，还是我不在状态，我开始输了。今天1000块，明天2000块，后天3000块地输。但我不以为意，筱悦跟我分手了，我痛苦，我烦，输了怕什么？只要能让我心情好点儿就行。再说了，我还能挣呢。

项军食言了。王勇调去OTC部门后，马上从外面招了四五个人，还有两个是刚刚从营销类院校毕业的大学生，由王勇负责管理，还给他配了一台车。

我想这也应该，毕竟是新的渠道，谁都没做过，这样弄方便，要是换了我，恐怕早就闹上了。在这一点上，我很佩服王勇。

他倒也真能干，没怎么有过怨言，整天拿着产品出去跑。回来还跟自己的那帮组员讨论进展，商量对策。

我有点儿好笑，这么煞有介事，有什么用嘛，你还真以为项军拿你当个宝了？还有项军说的那个广告配合，充其量也就是在报纸上发条信息，你当他们能怎么样？

变化的，还有我们之间的关系。

一天中午，快递公司来送信，其中有一封是我的。王勇看到，拿起来，萧坤，你的信。

萧坤？原来一直叫萧经理，合着不归我管了，就直呼起姓名了？

我有点儿别扭，但是也说不出什么来。这种事很微妙，说破了没意思。

我接过信，说谢谢了，王经理。王勇冲我一乐，什么也没说。

这更印证了我之前的推断，他果然很势利，而且狡猾。可是，这么狡猾的一个人，怎么会轻而易举地放弃现有的渠道，听从项军的吩咐，义无反顾地投身一个陌生的领域？我觉得有点儿不对，但又不知问题出在哪儿。

按惯例，升职的同事都要请大家吃一顿饭的，丛丽也不例外。

在跟我说话的时候，丛丽的声音很低，不想去，可以不去。

本来我是不想去的，我有一百个理由，但她这么说了，不去的话倒显得不合适。

当酒桌上只剩下我们两人的时候，丛丽忽然笑了。

我有点儿晕，你乐什么啊？

项总还真看得起我，丛丽说，让我收拾这个烂摊子。

烂摊子？我说，怎么能叫烂摊子呢？虽然现在费用降了，可瘦死的骆驼比马大，怎么干不比你原来强？

丛丽摆摆手，就靠现在的这些药，顶多还能维持一年。骆驼再大，它是死的，有什么用啊？

我笑了，不可能，哪有那么惨，再说了，公司肯定会想办法的。

丛丽止住了笑，你最近怎么样？

我知道她想问的是我跟筱悦的事，我不能跟她说实话，如果她再缠上我就坏了。上次的事，到现在我还心有余悸。虽然我不怎么恨她了，但要说再跟她怎么样也绝无可能。挺好的，我说，一切照旧。

那就好，丛丽点点头。日子总要往前看，对吧？来，咱俩碰一个吧。

她竟劝起我来了，我心里有点儿怪怪的，好像我才是整个事件的受害者。

我端起杯子，你真的想得那么开？

她止住笑，眼神分明有一丝凄惶。都过去了，想不开又能怎么样？……你到底喝不喝？

我忙跟她碰了一下，喝，我喝。

丛丽，这个我曾伤害过，也曾伤害过我的女人，现在我们竟坐在一起把酒言欢。

很多残酷的事情，当你身临其境、人在其中的时候，偏偏觉不出残酷来，只由它如一汪清水，静静地淌在心池。待到有一天年华老去你才发现，不知不觉间，它早已酿成了酒，喝一口，便足以烈得你泪流满面。

欧阳给我打电话让我去一趟，听那口气好像有事。到他店里的时候，大概晚上8点多，不是饭点，人不多。跟往常一样，婷婷没在，宁玉洁见到我，热情地打招呼。

我后来发现，女人的美，有时候真的跟外表关系不大。论长相，婷婷长得比宁玉洁好看多了，但接触久了，怎么看怎么别扭，倒是性格好的，越看越舒服。

我想找你借钱。果然，欧阳开门见山地说。

可以啊，你准备干吗？我问他。

欧阳指了指街对面的一个门脸房，看起来比他现在的地儿大多了。

我想把那地儿给包下来，开火锅店。

火锅？我笑了，你懂吗？

有什么啊？我都调查好了，问题不大。

你现在这样不好吗？好歹还有稳定的收入，投资大了，万一赔了怎么办？

唉，欧阳叹口气，现在的收入没有以前多了，你看看旁边。

旁边怎么了？

卖包子的、麻辣烫的都来了，我的生意比以前差了很多。欧阳说，再不想想办法，这么下去可不行。

那房的房租是多少啊？

5000块，一次付半年的。

这就3万块出去了，我说，还没算设备呢。

没关系，欧阳说，设备我找好了，虽然不是全新的，但比较有特色，也便宜。

人工呢？你打算请多少人？

六七个吧，这点上我最不担心，工人的钱都是后付的，没关系。如果生意真不行的话，到时候我就把流水全给他们发了工钱就行了，最不济就是把设备再卖了。

说得这么惨，那还开它干吗？我逗他。

没办法。不动吧，是等死，再开店吧，是找死，后路得先想好啊。

我想也对，我们这拨人都喜欢在做一件事之前先把最坏的结果考虑到，而不去想最好的。

你要多少？

2万块吧，如果紧的话，1万块也行。

我笑笑，我再紧，也得给你拿2万块。给我个账号，明天我打你账上吧。

欧阳点了点头，低声说了句，谢谢。

我心里一热，拍了拍他，我应该谢你才对，咱们是兄弟，没必要这么客气。

欧阳笑笑，如果顺利，我三两个月就能把钱还你，如果不顺的话……

不顺？不顺我就不要了，我说。

欧阳摆手，那怎么行。

我没接茬，这种事说多了，显得太假。看着宁玉洁在里屋忙，我低声问他，婷婷呢？

欧阳的眼神一下子暗淡下来，不知道。

不知道？我有点儿懵，怎么会不知道？

她天天不着家，也不知道去哪儿了，问她她还不乐意。

那她不来店里了？

来，要钱的时候来。欧阳有些无奈。

哦，是这样啊，别太往心里去了，我说，可能她就是这个脾气。心里却骂了句，贱货！

接着，我又一惊，哟，什么时候开始我对她有了这种印象？对于女人，竟然用上了这样肮脏的词语？

这时候，宁玉洁过来，给我们端上来两杯水，我的泡着茶叶，欧阳的则是白水。

我有点儿纳闷，你不喝茶了？

喝，欧阳笑笑，这两天有点儿不舒服，正吃着药呢。

原来如此。这么看来，这个服务员挺细心的啊。

嗯，挺好的，我打算将来让她当领班。

得的什么病啊？我问他。

没什么，肠胃有时候不舒服，老拉稀，这两天好多了。

什么原因啊？查了吗？

你觉得我会去医院吗？欧阳笑了下，其实我身体怎么样我最清楚，整天起早贪黑的，吃饭也没个准点儿，不得病才怪呢。

那更得照顾好自己啊，我说，别将来有了钱了，身体却垮了，那要钱还有个毛用。

没事儿，欧阳说，没事儿。

多年后，小沈阳在春晚上说了差不多同样的话，人生最大的痛苦是什么呢？就是人死了，钱没花完。

但绝大多数人的痛苦，我想还是赵本山后面说的那句话，人活着呢，钱没了。

从欧阳那儿出来的时候，我心里莫名地一阵伤感，原来以为欧阳这儿生意一直不错呢，原来也不如意。不过毕竟要开新店了，多少证明他还是挣了点儿钱的。

我又想起了婷婷，这个女孩对于欧阳这样的人怎么一点儿也不珍惜呢？

十、何去何从

这是我来北京的第三个冬天，树上的叶子已经落光了，凛冽的寒风吹得人脸生疼。这时候，坐在温暖的屋子里，吃上一顿热气腾腾的火锅是再好不过的享受了。

也不知是我的心理原因，还是大夫们真的看透了，与上一次震荡相比，公司的这次降价给市场带来的冲击并不太大。跟大夫们聊的时候，他们的反应也小得多，顶多撇撇嘴，一副认栽了的表情。

数据显示，销售量的绝对值跟降价前差不多，几近持平。可那是绝对值，如果换算成提成发到每个人手里，则是真真切切打了个对折。

于是，有人不乐意了。先是丛丽手下的大李走了，原来他归王勇管。听说去了一家外企，说是给他上三险一金，每月的费用比这儿高出三四倍。

丛丽后来才知道大李是被挖走的，那家公司的人早就在跟他接触。跟我说的时候，丛丽有些生气，这些公司还让不让我们活了？不就有俩臭钱吗？

我说如果他们挖你的话，你去不去呢？哼，丛丽白了我一眼，不去是傻瓜。

还有一个是我片区里的涛子，他的业务能力一般，管的医院也是销量平平，但很稳定。

他辞职后，没有找工作，而是在大钟寺批发市场租了个摊位批水产，刚开始我很意外，但细想也在情理之中。平常他总跟我唠叨说将来最好是自己干，如今也算实现了一个小小的梦想。而且老实说，他不太善言辞，对他来讲，那个工作也许更适合他。

几年后的某一天，我在官园附近一个路口见到了他。当时，他正在等红灯，见到我，停下车，非要拉我去吃饭，我拒绝了。

车是新买的奔驰S600。

我的未来？才懒得去想，现在这样挺好。

这些天，王勇跟项军两人经常在一起谈事，隔着玻璃门，有时会看到项军神情激动，对着他指手画脚的。王勇站在那儿，低着头一句话也不说。

不用猜，肯定没好话。我很小人心态地幸灾乐祸，哼，活该，笨。

真正怀疑自己笨，是有一天晚上看电视。

我租住的房子里有一台25英寸彩电，没事的时候，我爱看一些不动脑子的肥皂剧，中间时段总爱插播一些广告。大家都知道，那可是黄金时段。

不错，我看到了公司新上市的OTC产品广告。

我这才琢磨出味儿来，乖乖，手笔够大的，这可是大电视台啊，覆盖全国的。看来项军没骗我，是有广告配合，这种配合就好比虽然下面是小米加步枪，上面却配的是B-52轰炸机，很牛啊。

这个项军，会不会是故意给我造成这种印象，让我收拾医院的残局，而把新的工作重任都交给了王勇？

不会吧？如果是这样，干吗不用我啊？怎么说我也比他有经验吧？

不行，我得问问。

第二天到公司，我还没开口，项军就来了一句，昨天晚上看到广告了吧？

能没看到吗？我说看了，挺不错的。

嗯，项军点点头，看来这次公司是下了大力气了。我这几天可能都得忙OTC这块儿，医院这边你跟丛丽多盯着点儿，这个节骨眼儿上可别出什么事。

他这么一说，我心里的疑虑全没了。行，我说，放心吧项总，我知道怎么做。

那就好，这两天忙，小事儿就不用跟我商量了，该拿主意你就拿。

我一时有点儿受宠若惊。以前他可从来没说过这样的话，类似的话都没提过，这么说，看来对我是很信任了。我使劲点头，我会尽力的，项总。

项军拍拍我，关键时刻，还是得老人啊。唉，这个王勇，愁死我了。

您可别急，越是这个时候越得冷静。

是啊是啊。项军叹口气，好像突然注意到我似的，噢，行了，没事儿你去忙吧。

我回到办公桌前，打了杯水，点上烟，这才想起来，刚才我想问他什么来着？

对啊，是不是公司这次把重点都放在OTC上了，而医院这块以后会慢慢隐退甚至取消？

算了，别问了，看他刚才的样子，怎么可能呢？

我摇摇头，暗暗笑自己太多心了。好好守着医院这块儿吧，肯定没问题。

没问题才怪。

兑费用的时候，普光中医院的连主任一下子给我报了2000多支。

我说不对啊连主任，我查了药房的单子了，这个月进货总共才1500支，没这么多啊？

这么说是我骗你喽？连主任显得很生气，咱们合作又不是一天两天了，我怎么可能做这种事？这可都是我让大夫们一支一支开出来的。

我很无语。大夫开出来是一回事，但用没用则是另一回事。有的患者是经济原因，有的则是根本不上当，你开出来，我不用，或者我出去买别的，这种事经常碰到。如果少的话，自己就垫付了，我就垫付过不少。

可这次的有点儿多。

我说连主任你看这样行吗？我不管现在药房还剩下多少，我都按1500支给你兑费用。按您开的数，可能公司那边会有点儿问题。

那就算了！连主任一把夺过写给我的单子，1500支，提成才三四千块，还不够我担心的呢，跟你们裹这个乱干吗啊？

这等于是说，是自己嫌少，所以多报了，进了多少他不管，他算计的是他的担心成本。

别啊连主任，我忙赔着笑，可能是药房那儿统计有点儿失误，我再查查，然后跟公司商量商量，好不？您还接着用，以后咱们还得合作。

其实我心里已经下了决定了，给吧，他用的量的确也不少，扔了太可惜。多出来的，就从我的费用里找补。这个节骨眼儿上，就别给项军添乱了。

虽然如此，也不能轻易答应他，要不以后会更麻烦。

连主任脸色缓和了一些，把单子递给我，悻悻地说，老实跟你说，另一个厂家的业务找我好几次了，都让我给堵回去了，就是冲咱们合作这么久，彼此还有信任，要不，哼哼。

是啊是啊，我清楚，谢谢连主任，放心吧，我会尽力解决的。以后咱们多沟通，要不再有误会，对咱们都不太好，您说对吧？

算你会说话，就这么着吧。连主任笑笑，站起身。我一会儿还有手术，你赶紧走吧。

这个连主任，我曾请他吃过好几次饭，送过一块价值800块的手表，可还是说翻脸就翻脸了。我心里骂道，祝你将来得病的时候，用什么药都没有用。

第二天我到公司的时候，发现办公室里来了许多姑娘。

项军告诉我，王勇的部门正在招药店促销员，像点儿样的药店都放一个。

阵势挺大啊，我心说，不过也应该，既然上面有B-52轰炸机，下面的装备也得加强一下。我没太在意，弄吧，看你能弄到什么地步。

项军没问我医院的事，看来他是真想放手了，好，那我就别跟他说这些烦心事了。

欧阳的新店开业了，我跟小平头去的时候是中午，人很多。

饭店很像样，桌椅板凳都是古香古色的，给人的感觉很沉稳。装修虽简洁，却不失典雅，一看就知道是下了番功夫的。不像有的饭店，外面看着挺好的，可里面的桌椅给人的感觉像临时借的，让人一下子就没了食欲。

欧阳正在忙活，不过还好，他已经不在后厨了，因为是火锅，他特意从外面请的人，自己当起了掌柜。

婷婷也在。

这是我来北京的第三个冬天，树上的叶子已经落光了，凛冽的寒风吹得人脸生疼。这时候，坐在温暖的屋子里，吃上一顿热气腾腾的火锅是再好不过的享受了。

欧阳没怎么陪我们，一直跑前跑后地招呼客人，虽然有服务员，但他还是闲不住。我没理他，在单间里，我跟小平头两个人喝了一瓶二锅头。

差不多的时候，欧阳进来，一个劲儿地说抱歉。

欧老板，我说现在该叫你欧老板了，现在鸟枪换炮了。

哪儿啊，欧阳笑。当着小平头的面，他不好说太多。混口饭吃嘛，比不了你们大经理。

小平头乐了，谢谢欧老板款待，我敬你一杯。

欧阳把酒喝了，眉头紧皱，捂了捂肚子。

没事吧？我说，肚子又不舒服了？

欧阳吃了两口菜，唉，还不是这饭店闹得，原来吧，自己当厨子，还能在后厨抓点儿吃的，现在不行了。

挣钱呢，还说这个？我看看外面，婷婷不错啊，能帮上你忙了。

咳，别提了，欧阳叹了口气，不给我添乱就行了。

我和小平头对视了一眼，有点儿纳闷。

这时，宁玉洁进来，欧阳哥，常来的那个朱老板让我给他打折，给他打个9折行吗？欧阳想了想，行，你看着办吧。

宁玉洁点点头，冲我们笑笑，出去了。

借着酒劲儿，我说，这个宁玉洁倒是挺能干的啊。

欧阳笑，行了，打住吧，我知道你想说什么。人家可是黄花闺女，你别逗了。

得了吧，我说，明日黄花吧？

欧阳摇摇头，不理我了，跟小平头碰了一杯，萧坤的朋友就是我的朋友，以后没事常来玩。

正说着，外面一通嚷嚷，欧阳站起身，还没出去，门就开了。

你跟她说可以打折的？婷婷瞪着欧阳。

欧阳有点儿懵，是啊，怎么了？

哼，那怎么不跟我说一声？看得出，婷婷很不乐意。

你别捣乱好不好？欧阳也很生气，没看这会儿正忙呢？

婷婷转过身，拿起衣挂上的外套就往外走。

我跟小平头看得都有些傻了。赶紧追啊，我说。

不理她，欧阳赌气地说，让她走，来，咱们接着喝！

怎么喝啊还？我说，多不好。

欧阳笑笑，说实话，现在，她不在这儿比在这儿强。

宁玉洁走过来，眼泪汪汪的，欧阳哥，我……

欧阳赶紧起来，把她拉到外面。听得出，是在劝慰她。

小平头撇撇嘴，显得很不屑。

回去的车上，小平头问我，你这哥们儿结婚了吗？

我说没有，他倒是想结，婷婷不同意。

结个啥啊，小平头哼了一声，这样的女人要她干吗？

我心里也是这么想的，但我不能说。看我不答话，小平头忙道歉，不好意思啊，我乱说的，你别太介意。

没事儿，我说，谈不上。

小平头这个人虽然有点儿痞气，但没那么多事儿，生活观念很开放，极少跟我聊起我的工作和女人，也几乎没听他说起过自己的事。用很多教育学家的话说，这类人没有多大的责任感和危机感。他的那两个哥们儿，江河和陈建国也差不多，也可能正是因为这个原因，我才愿意跟他们待在一起。

晚上打牌，我跟陈建国输了，一人输了不到1000块。小平头说，总算轮到我请你们吃饭了。

他输的时候多，赢的时候少。江河不乐意，老吃饭没意思，干脆我请你们唱歌去得了。

丛丽说过，不去是傻瓜。

歌厅里的气氛还跟以往一样，不同的是流行的歌曲又换了。

唱到半截的时候，我有点儿尿急，跑去厕所。回来的时候，我刻意放慢了脚步，想透过玻璃门看下别的屋里都是些什么人。

是的，有时候歌厅里那种昏暗的灯光，很容易勾起人的偷窥欲。第一个屋里是四五个男女，女的一看就是小姐，穿着妖艳，趴在男的身上放肆地大笑。男的大概也喝得差不多了，站都站不稳。第二个屋里是一男一女，男的大概有四十多了，秃顶，旁边的女人则很年轻，但不太像小姐，她抚着男人的肩膀跟他对唱，看样子两人很亲密。

等等，她怎么那么像婷婷呢？

我已经走过去了，脑海中这一闪念，又返回身仔细地看了一眼。

不错，真是婷婷。我的火猛地蹿上来，但很快又消了下去。

是婷婷怎么样？就是她跟那男的出轨又怎么样？她虽然不是我的女朋友，但是我好哥们儿的啊。

那也不行，毕竟他俩还没结婚，我能做的就是把这事告诉欧阳。

有时候，冷静也不全是好事。

第二天去公司，发生了另一件事。

我的办公室挪了，不，准确点儿说，是我们医院部的办公室都挪了。

原来公司的办公室分为两个大间，四个小间。小间项军一个，财务一个，另两个放物料和办公用品，后来王勇做OTC，腾出来一个小间。两个大间，一间是我们用，另一间则是会议室。

现在又变了，我们被要求把大的腾出来，让给王勇，把那个装杂物的小间收拾出来，把杂物搬到楼下的一个小平房，丛丽那几个人去小间办公，我们则去王勇原来用的小间。

这让我有点儿难以接受，这么弄，不是变相地宣告王勇所负责的OTC部门成为重点了吗？

是，项军说，总部对这次的产品上市很重视，你没看现在广告打得多猛吗？

我说那也不用把办公室换了啊，我们医院部的人毕竟比他们人多。

现在这些人手还不够，下一步还要再招一些人，项军说，腾办公室主要是为下一步做准备的。

哦，我心里一沉，原来是这样啊，这么说，王勇这个部门还真是要弄大啊？

我还想再说什么，项军电话来了。他接起电话，冲我挥挥手，那意思是你先出去吧。

大家已经开始动手挪了，屋里一片狼藉。我站在办公室里，心下茫然。王勇走过我的身边，冲我笑笑，没说话。

几个手下也都看出了点儿端倪，中午不约而同地找到我，说一起吃个饭。我知道他们什么意思，跟平常缠着我打牙祭不同，这次估计是有点儿慌了。

果然，刚坐下他们就嚷嚷开了：

凭什么让我们挪啊？

就是，干吗不让他们在小屋待着？

这不是明摆着欺负我们吗？

项总是不是准备把我们扔了啊？

他们这么嚷嚷，反倒让我冷静了下来。

不行，不能让他们有这种想法，传到项军那儿，他肯定怪我。

我说你们住嘴，差不多行了啊。没那么严重，不就是换个办公室嘛，有什么大惊小怪的？

几个人收了声，都有点儿不太自然，不知道我还是不是跟他们一伙的。

其实我也挺别扭，我说，不过咱们跟他们的业务又不冲突，他做他的，咱们做咱们的就行。再说了，搁到小屋里，都是咱们一个部门的，以后有什么话更好说了。

是啊，萧经理说得也对，大鹏附和，不就是换个办公室嘛，没什么。

可不，这样也好，大个儿说，省得跟丛丽他们那拨人在一起吵架……

他还想再往下说，有人从旁边捅了他一下。大个儿忙换了口气，哎，菜呢？菜怎么还不来？

我没在意，接着说，他们那个部门想再招些人，怕办公室太小，分成两个小屋又不好，所以跟咱们换一下。项总也不想，不过没办法。

其实，他们更多的是想从我嘴里知道，这次换办公室，对他们来讲意味着什么。他们的态度让我暂时平静了下来，嗯，就换个办公室，没别的。

显然，我说的话，也让他们暂时感觉踏实了一些。

到家的时候是晚上7点多，天已经全黑了，收拾了一天的办公室，我的衣服都脏了。我把脏衣服扔到洗衣机里，到衣柜里找换洗的衣服。

在柜底，我意外地看到了一件红色的女式毛衣。那是筱悦的，刚来北京那会儿穿的就是这件。我这才意识到，自从筱悦走了后，我就没再跟她联系过。可为什么？为什么不联系？因为恨？爱？好像都不是。大概是因为我们的感情已经结束了，我不想再去触碰它。可筱悦不光是女朋友，还是我的老乡、哥们儿。

我拿着毛衣，呆呆地站了会儿，做了个决定。

看看她去。

第二天快中午的时候，我开车来到了筱悦公司。

筱悦看到我，有些意外，但随即笑了，你怎么来了？

怎么，我就不能来看看你？怎么说也是老乡吧？

那倒是，筱悦给我沏了杯茶，最近怎么样啊？

我有点儿伤感，曾经的恋人，现在说话竟这么客气，形同陌路。

没什么，还是老样子，我说，就是有时候回来得更晚了。

哦，筱悦并不接我的茬，那就好。你来有事？

我喝了口茶，不知道是什么茶，真苦。

我拿出那件红毛衣，扔给她，这是你的，我收拾东西的时候找着的，顺路带给你。

筱悦接过来，噢，我说一直找不着，还以为丢了呢，谢谢了。

门开了，赵西风走进来，筱悦，下午有时间吗？跟我去……

他看见我，愣了。我有点儿尴尬，不看他。

筱悦问，去哪儿？

我想……赵西风声音放低了，咱们俩一起去选个窗帘。

好啊，筱悦点点头，去的时候你叫我就行。

赵西风走后，我才发现，自己竟暗暗舒了一口气。为什么啊？我有点儿好笑。

买你们公司的窗帘啊？

筱悦怔了下，没有回答，问我，中午一起吃饭吧？

我想了想，算了吧，面对面太累了。我说，下午还有事，改天再说吧，我走了。

行吧，那你忙你的，筱悦笑笑，打开门跟我一起走出来。

在门口，我说算了，你还送我啊？

不是，筱悦咬咬牙，像是有话要跟我说，我想跟你说件事。

什么事？你说，能办到的我一定办。这是真话，我总觉得有点儿欠她的。

但我没想到，竟是这种事。

筱悦沉吟着，像是下了决心，下个月初八，我结婚，有时间就来吧。

结婚？跟谁啊？刚出口我就知道问的是废话，还能是谁，当然是赵西风啊。

这么说，他刚才说挑窗帘，是给你们自己挑啊？

是，筱悦声音很低，但语调坚定。是给我们自己挑的。

我看看吧，我有些不知所措，有时间一定来。

我慌慌张张地下了台阶，逃也似的上了车，快速地驶离此地。

是，就是逃。如果说我们的分手给我的感觉还相对平衡，那筱悦结婚则让我真正有了被抛弃的感觉。我仔细地回想了一下我们的过去，难道筱悦跟赵西风两个人真的早就开始了？不太可能，筱悦的性格在那儿搁着，她不是那样的人。更大的可能是赵西风一直在追她，而她也一直在有意无意地回避他，她虽有想法，但毕竟是有主儿的人。这么说来，是我的出轨给了她一个机会，成全了她和赵西风？

一定是这样，一定是这样。

可你能赖筱悦吗？人家逼着你好几次说结婚，你都当耳旁风，推三阻四的。你不结，还能不让人家结？活该啊。想到根儿还是在自己身上，我又悲又气，感觉胸口像压了块石板，喘不上大气来。

有句老话，福无双至，祸不单行。这两天，跟小平头打牌的时候，我都在想筱悦的事。她结婚，不去，显得太小气了吧？去？去个毛啊，那我成什么了？我还没大方到那种程度，也没修成有些人的那种境界。

正头疼的时候，欧阳来电话了。声音很低沉，就几个字：萧坤，我让人砸了。

我一愣，什么什么？电话挂了。小平头看我愣神，问，哥们儿，怎么了？

开饭馆那哥们儿可能出事了，我得去看看。说着，我站起身，抓起外套就要走。

别急啊，几个人都站起来，走走走，一块儿去。

我心头一热，谢谢了。

小平头拍拍我，都是哥们儿，说这些干什么，走。

原来，一个当地的痞子看欧阳的饭馆火，就在他附近也开了一家，也是主营火锅。欧阳虽然生气，但毕竟都是做生意，也没怎么样。倒是那个痞子，看欧阳的火锅店不顺眼，找了帮人把他的店砸了。

我们去的时候，宁玉洁正扶着欧阳在椅子上休息，他的眉骨处有血。

屋里的陈设没怎么动，主要是外墙的钢化玻璃碎了一地，里面外面都是。后厨的几个哥们儿看着义愤填膺的，有的人手里还拿着菜刀。可不，这相当于砸他们的饭碗啊。

我问，报警了吗？

欧阳点点头，来了，问了问情况就走了。

我想起王俊东打我之后，欧阳打电话问我的话，觉得有点儿好笑。

他们没说怎么办吗？

没有，宁玉洁显得很悲愤，说，没有证据，让我们等候调查。

那时候听这词很新鲜，后来发现，绝大多数的情况下都是这套说辞，就有点儿想吐了。

没用，小平头撇撇嘴，你们是外地的，那是本地的，又没出人命，没人管。

不会吧？我说，都这样了还没人管？

江河跟陈建国两人都点了点头，没戏，你这算什么事儿啊。

正说着，婷婷跑了进来，欧阳，欧阳，你没事儿吧？

我想起在歌厅看到的那一幕，有点儿恶心。

婷婷走过来，一把拉过欧阳的手，快哭了的样子，欧阳，怎么有血啊？你可别出事啊。

欧阳抽出手，抚着头，没事儿，皮外伤。

唉，原来我想只要一看见欧阳就跟他说这事，现在看来，这事改天再说吧。

这也太欺负人了！

要不要找人收拾丫一顿啊？小平头点了支烟，看着我。我看向欧阳。

怎么个收拾法？欧阳想了想，问。

简单，小平头笑了，管顿饭，一人一包Marlboro就行。

不会吧？我说，这么简单？

我不想把事情闹大，毕竟还得在这儿做生意。欧阳有点儿害怕。

都什么份儿上了，你还君子呢？我说他。

欧阳有些气短，吓吓他们倒是行。

好，小平头说，不过饭、烟还是不能少。

欧阳想了想，点点头。小平头拿出电话，走到屋外。我有种莫名的兴奋，来北京这么久了，还没看过打群架，要是今晚打起来了，倒可以弥补这个遗憾。

唉，这都是什么心理啊！

小平头放下电话大概有半个多小时吧，五辆车载着十几个人过来了。我有点儿吃惊，看不出来，小平头还真有一手。

领头的是一个板寸，一听口音就知道是东北的。东北人打架狠我早有耳闻，不禁有点儿担心起来，不会闹出什么事儿吧？

几个人跟小平头打了声招呼，问欧阳，哪家啊？

欧阳看样子也有点儿怯了，但箭在弦上，他指了指左边的一个店面，呶，就是那家富源。板寸冲手下的人一使眼色，十几个人全奔富源去了。我和小平头在外面看着他们进了饭馆，有些担心，别把事儿闹大了啊。

小平头摇摇头，放心吧，就是吓唬吓唬他们，没事儿。

很久后我才大概知道，小平头那么放心，可能是因为富源的老板是北京当地人，这样的人多半欺软怕硬，如果老板换成外地的，小平头肯定也不愿揽这个事。东北的这帮哥们儿，用现在的时髦话讲，叫正处于上升通道当中，吃饭喝酒倒在其次，最主要的是他们需要一些事件来提高自己的威望，所以这事一拍即合。

很多年后，在一档收视率极高的法制栏目里，我无意中看到了有关板寸的报道，因为犯故意伤害罪，他被判了10年。看样子，他一定把人伤害得很深。

一些食客陆陆续续从富源走出来，看那样子很不情愿。

我冲欧阳说，他们让你做不成生意，咱们也让他做不成生意。

欧阳明显有些不安，是啊，太可气了。

但不久，又有十几个人，分乘四五辆车下来，涌入了富源。

不好，要打起来了！我说，看向小平头。

小平头也有点儿扛不住了，别打啊，这帮人下手狠着呢，出事儿就麻烦了。

他这么一说，我一下子有点儿害怕了。是啊，别说出人命，就是打伤人也没法弄啊。再看看欧阳，大冷的天，竟有汗从额头上流下来。

嗯，他也有点儿慌了。

事实证明，我们的担心都是多余的。

那帮人进去大概有十几分钟吧，还是一点儿动静也没有。打起来了？不像啊。如果要打，怎么也应该有点儿动静吧？没打起来，那他们在干什么？打麻将？斗地主？

正在纠结呢，呼啦一下，那帮人全出来了。不对啊，怎么还谈笑风生的？板寸还跟另一方的一个胖子握了握手呢。

我看看小平头，小平头耸耸肩，那意思是，别问我，我也不知道怎么回事。

这还不算，两拨人都一起过来了。

欧阳有点儿慌，不会反水了吧？那胖子可是富源的老板。正说着，胖子走到欧阳面前，伸出手，满脸堆笑，唉，欧老板，你早说认识二子不就什么事也没了嘛。

欧阳有点儿懵，伸出手，跟他握了握。显然，板寸叫二子。

就是，板寸冲欧阳说，都是哥们儿，人没事吧？

没事。

哦，那成了。他又冲胖子说，你给欧老板把玻璃钱赔了，这事就算了。算给我个面子，咋样？

咋样？还能咋样，还不是你咋说咋行？

成成成，胖子连连点头，包在我身上，你看这真是误会，误会啊。

不用不用，欧阳赶紧摆手，玻璃我自己安就行了，不用麻烦你，大家以后各做各的生意就行了。

胖子有些不乐意，但一听就是装的，那哪成啊？不好。

欧阳还想再说什么，我拉住他，那就恭敬不如从命了。

板寸看看表说，差不多了。

胖子忙接过话，对，走走走，回屋去，到我那儿，让兄弟们都去，一块儿喝一杯。

板寸把小平头拉到一边，说了几句话，然后一招手，这帮人又都回富源了。

回到屋里，我问小平头，这就算完了？

江河挤对我，怎么？没打成是不是特遗憾？

小平头笑，他找的那帮人跟二子认识，都是一起混的，打个毛啊。行了，他们管酒，咱们把烟给他们管了吧，你让欧阳给他们买四条Marlboro吧，我给他们拿过去。

欧阳忙让宁玉洁从柜台里拿出500块钱递给我，你去吧，买5条，剩下的你们抽。

行，我接过钱，你的伤真没事儿？

没事儿，欧阳摆摆手，弄块创可贴贴上就好了。

一场看似剑拔弩张、风雨欲来的战斗，就这样以一种意想不到的方式草草结束了。喜剧？不大对，确切地说，应该是笑话吧。对，整件事就像是一个笑话。自那以后，我跟小平头等人的关系又进了一层。虽然是帮欧阳出头，但毕竟是看我的面子，所以，我跟他们走得更近了，除了嫖不在一起，吃喝赌都在一块儿。我以为，这就是朋友。

这期间，公司发生了不少变化。王勇招了人后，最早招的那四五个人一下子成了各区域的经理，每个人又分管四五个人。这样一来，他领导的团队一下子比我和丛丽的都大了。

有四个人是项军从我和丛丽这边调过去的，他的理由是现在医院的活少了，一个人可以干两个人的活，这样做是人尽其才。

这让人感觉很不舒服。让人感觉不舒服的还不止这些。医院的销量虽然下滑得少，但因为费用和提成都降了，大家整天都无精打采。这让项军很是恼火。

你们这像个什么样子？开会的时候，项军拍了下桌子，就因为收入少了不忿？有什么不忿的？现在能有个工作就不错了。不想干就马上滚蛋，外面没工作的大学生可多得是。

他说的不假，不知道什么时候，没工作的大学生突然多了起来，但如果真让他找大学生来做这个工作，恐怕还真不行。

不是这样，项总，丛丽说，大家可能是心里没底吧。

没底，没什么底？

咱们的OTC部门越来越大，是不是说公司以后要往OTC方向发展，把它作为重点，医院这块儿以后要慢慢舍弃？

好多人都看向丛丽，哇，厉害，她说出了大家都想知道但又不敢问的东西。

项军大概没想到丛丽会这么问，愣了下，什么？怎么可能呢？

他顿了顿，口气缓和了一些，如果大家是因为这个担心，完全没有必要嘛，医院虽然业绩现在没有以前好，但怎么说也都是公司的主要赢利渠道，怎么可能舍弃呢？再说了，就是舍弃，也会提前跟你们打招呼啊，你们怎么会有这种担心，真是！

如果仔细分析他的话，会发现他已经心虚了，他一定在掩饰一些我们不知道的事实。但人就是这么容易被麻痹。

我忙接过话茬，主要还是因为最近降价，工作进展不太顺利吧。

那不是理由！项军声调又变高了，你们就是干这个的，别搁这儿叽叽歪歪的。

没人说话，看得出来，大家都在想他刚才说的话。项军很聪明，他能不知道？不过，至于丛丽刚才提到的那个，他接着说，你们尽管放心，我可以向大家保证，绝不会舍弃医院这一块，而且，只要你们肯努力工作，我也绝不会舍弃你们每一个人。

多好听的诺言。

许久之后的一天，在用五笔输入法打“诺言”这两个字的时候，竟出来两个词组，一个是诺言，还有一个是谎言。我忽然明白，哦，原来它们天生就是在一起的。

给你个新品，你做不做？下楼的时候丛丽问我。

新品？什么新品？公司好像除了OTC之外，现在没有别的新品啊。

笨，丛丽白了我一眼，我是说别的厂家的。

这样啊……我有些不屑，这种事不太道德吧，没有职业操守，我不想干。

多大的官啊，你还职业操守？丛丽说，你爱干不干。

这么说，你现在在做别的厂家的东西？我有点儿不太相信。

如果我说我在做，你是不是想去告发我？

算了吧，我说，我可没那闲工夫，不过，别让更多的人知道就行。

出了大门，一个帅帅的男生挥着手迎面走过来，小丽，这儿呢。

谁啊？我一愣。

哦，介绍一下，我男朋友，小杜。丛丽面不改色，小杜，这是我们的业务经理，萧坤。

小杜忙伸出手，萧哥，你好。

我有些机械地伸出手跟他握了握，你好，你好。

我们晚上一起去看电影，有时间一起来吧。小杜挺热情。

去干吗？当灯泡？不去。

还没等我说话，丛丽就先说了，算了吧你，萧经理现在可是大忙人，没有时间，咱们赶紧走吧。说着，她挽起小杜的胳膊走了出去。

那动作，非常自然，不是装的。

丛丽的男朋友？怎么从没听她提起过？可是，人家凭什么跟你提起呢？我开着车，有些心烦意乱，又有些莫名地失落。身边曾有的两个女人，筱悦快结婚了，不怪她，是我把她推出去的。那丛丽呢，你真的喜欢过她吗？还是你只喜欢被她喜欢的感觉？

绿灯变成红灯，前头的车想闯，但又猛地停了，我的车差一点儿撞上去。

我猛地一踩刹车，身子前倾了一下。普桑的刹车总是这样，太急。但那一刹，我终于想清楚了，是后者，原来我只喜欢被她喜欢的感觉，从来不曾爱过她。我之所以失魂落魄，是因为她找了男友，等于是主动、高调地宣布跟我拜拜，引发我的不平衡。

我又一次被抛弃了。虽然是因为我的错误引起，但这种感觉实在是糟糕。我忍不住看向镜中的自己，萧坤啊萧坤，你真是很失败啊。

跟小平头他们打牌的时候，我有些心不在焉。江河逗我，你丫干吗呢？失恋了？

失恋？我还失身呢，我说，没那工夫。

别装了，江河笑，谁都能看得出来。女人嘛，还不都一个样儿？什么感情不感情的，有钱了叫你爷都行，没钱碰都不会让你碰。

行了，小平头看我脸色不好看，少说两句吧，再说我找一个塞子把你丫嘴给塞上。

这有什么不能说的？江河扔了张牌，男人有钱了，什么样的女人找不来？别说中国的了，外国妞也一样找。他自顾自地狎笑，那可是真正的黄毛丫头啊！

我烦透了，把牌一推，算了，不打了，我请你们喝酒吧。

小平头拿起牌就砸江河，叫你丫贫，叫你丫贫！

十一、进局子

陈建国看向小平头，怎么办？

怎么办？什么怎么办？我一时愣住了。

接下来，我听到了有生以来最让我痛心疾首的一个字：

打！

周日，在跟小平头他们玩了一天牌后，我又输了1600多块。

我觉得有点儿不对，但哪儿不对，还找不着头绪。

我们几个玩牌，不管是小平头输，还是江河和陈建国输，但几乎每次都有我。

粗略算一下，我光打牌就输掉了近6万块。

妈的，不大不小的一笔钱，够付一幢房的首付了（当年的房价还没现在这么夸张）。

刨去借给欧阳的2万块和我平时花的，现在，我的卡里只有不到7000块。

怎么花的？我有点儿慌神，不会吧，那么快？可我也没干什么啊？

不行，得捞回来。

所以，第二天晚上，再跟他们坐到一起的时候，我提议玩大一点儿的。

江河和陈建国撇撇嘴，表示不屑，玩儿就玩儿。

小平头不太乐意，算了吧，差不多得了，咱们又不是靠这个生活，谁输了也不好受。

没事儿，我强打精神，原来50块、100块的，咱们也不玩太大，翻一倍，100块、200块的就行。

行吗？小平头看看另外两人。

行啊，有什么不行的，反正我赢着呢。江河显得很自信。

中间的过程就不说了吧，两个小时后，我输了2000块。

是，比平时快了很多。

我头上有汗落下来，不能再输了，神啊，帮帮我，让我赢回来点儿吧。

我们四个没人说话，除了扔牌、抓牌、洗牌的声音，很静。

江河额上的青筋不时跳两下，陈建国点烟的手都有些抖，气氛一时变得很紧张。

这已经不是玩了，就是赌博。

我忽然想到，他们三个会不会是联合起来玩我呢？

这个念头以前闪现过，但只是一闪，我不相信他们会做出这样的事。

但为什么不能？你只是一个外来的打工仔，他们可都是发小，跟你相比，他们的感情更笃。你跟他们的感情顶多是在一起喝喝酒，吃吃肉，打打牌，还有别的交流吗？

平心而论，你跟他们是朋友吗？除了给欧阳叫人帮架。

我的心一阵冷似一阵，为自己的想法而害怕。

人在最紧张的时候，脑子反而能变得异常清醒。急中生智，大概指的就是这个意思。

我尽力让自己冷静下来，开始暗暗注意，观察他们的举动。

牌桌侧边都有放钱的小屉，侧开的那种，他们的钱都胡乱地放在里面。这不奇怪，奇怪的是，每个人赢钱之前，总会若无其事地把小屉拉开。

从我这里看，搞不清楚他们的手在里面做什么，但只要这样隔一会儿，牌就和了。

有问题，肯定有问题。

在我又输了一把后，我故意把手放到江河面前的小屉上，好家伙，赢了这么多了？

我明显看到江河很紧张，挡开我的手，没多少没多少，接着来。

我说你拿开，我看看你赢了多少钱？

江河一下子愣了，你丫什么意思？

我还很镇静，没什么意思啊，我就是想看看你赢了多少钱？

你怀疑我出老千？江河的声音有些颤抖。

不打自招。我说，对，我看看还不行吗？

你凭什么怀疑我，啊？玩不起滚蛋！江河急了。

陈建国也说，萧坤，你吃错药了吧？坐下。

语调不对，没问题才怪。我一下子抓起他的手，让我看看怎么了？没捣鬼你怕什么？

你别找不自在啊我跟你说，江河毫不示弱。

陈建国看向小平头，怎么办？

怎么办？什么怎么办？我一时愣住了。

接下来，我听到了有生以来最让我痛心疾首的一个字：

打！

那是小平头说的。

我说过，他们是发小，一起长大，街坊邻居的，打不可能是他们之间打。

猜对了，是合起来打我。先是灯被拉黑了，接着我眼前冒起了一串金星。

脸上的痛不算痛，我想的是他们竟真的合起伙来出老千骗我，而且是这么低劣的骗术。

可见我蠢到了什么程度。

我不知道抓到了谁，冲他的脸一顿胖揍。

听叫骂声，是江河。

好，打的就是你。我豁出去了，敢骗我，我的血汗钱啊。

这时候，我才心疼起我的钱来。

但毕竟是三个打一个，很快我就不行了，拳头、腿脚一起往我身上招呼。

我倒在地上，骂小平头，我非宰了你不可！

这句话，招来了更多的拳脚。

不知过了多久，灯打开了。小平头在我面前蹲下来，我的视线被血挡住了，看不清楚他，不过能看到身上有血，不知道是谁的。

他喘着粗气，小子，有本事你现在宰了我。

我捂着胸口，说不出话来。

陈建国也围过来，看着我，小子，还不服是吧？

江河捂着嘴，甩手给了我一个耳光，你丫倒还真能下得去手啊。

哼，我下得去手？你们也没见舍不得啊？

行了，小平头拦住他，把钱收起来，把今天赢他的还给他，让他走。

我勉强坐起来，小平头，我没想到，我一直拿你当朋友，你会这么坑我。

小平头脸色难看，突然笑了笑，朋友？你当你是谁啊？我跟你有关系吗？

我盯着他，突然觉得想吐。

嗵嗵嗵，有人敲门。

小平头他们几个一惊，江河来到门口，问，谁啊？

警察，把门打开。

这下我也惊了，我们这是赌博啊，如果让警察逮着，还不得关个一年半载的？

小平头也傻了，赶紧冲我们说，就说打牌打急眼了啊。

江河已经把钱收起来了，但牌还散落一地，没办法，来不及了。

多大的啊？陈建国忙问。

一二四块的。小平头又回过头，指了指我，记住啊。

把门打开！外面的警察又喊。

江河赶紧把门打开，一高一瘦两个穿制服的警察走了进来。

哟，玩牌呢？高个儿先进来，不错啊，还带武斗的呢。

小平头忙笑，都是哥们儿，没事儿玩两把，这不打急眼了呗。

多大的？瘦子问。

一二四块的，不大。江河说话还是有点儿变调了。

说实话，高个儿不耐烦地摆摆手，说实话！

真的是一二四块的，大哥。江河显得很委屈，但看那样子，他根本不怕这个阵势。

瘦子瞪了他一眼，俯下身看看我，哟，流血了，去医院吗？

我摇摇头，说不用，皮外伤。

警察叔叔，我们知道错了，小平头说，吵着邻居了，这么晚实在不应该。

高个儿看了他一眼，这是谁家？

我家，小平头低眉顺眼地答。

走吧，高个儿说，跟我们去一趟派出所。

还用去吗大哥，江河赔着笑，我们就是小哥儿几个闹点儿误会，不至于吧？

站好！高个儿厉声叫道，别跟我套近乎！

我们几个都不敢说话了。

瘦子这会儿倒显得挺和蔼，走吧，就是去做个笔录，一会儿就回来了。

走吧，都这份儿上了。

我们四个人下了楼，发现楼下停着一辆依维柯，警用的，窗户都用钢条封起来了。

长这么大，还是第一次坐依维柯，我觉得有些好笑，没想到是辆警车。

前面还有两个警察，坐在司机座的那个问，怎么了？

打架。高个儿说。

那人撇撇嘴，不满地下了车，把后门打开。我们四个和高个、瘦子依次上了车。

我看了眼前边不远处我的普桑，心中一凉，完了，这一进去，不知道会怎么样呢。

车开了，外面黑漆漆的，仿佛世界一下子变得黑暗起来。

后来才知道，我们打架的时候，邻居听着不对劲，报的警。

怪不得小平头说吵着邻居了，他那是提醒我们，别乱说。不过当时都吓坏了，根本没注意。窝囊，不过活该。

过程不说了，到凌晨的时候，小平头他们三个陆续被领走了，每个人都交了罚款，他们家里人给掏的。

我原来还指望着他们能帮我说说话，但很明显，没戏。我慌了。

我对高个儿说我想打个电话。我的手机在他那儿。

好吧，跟我来。高个儿领着我进了办公室，指了指桌上的座机，打吧。

我忙不迭地拨通了欧阳的电话，没开机。可不，这可是后半夜，谁开机啊。

不行，不管是谁，一定得让人知道我在这儿。我想，这儿太可怕了，我一分钟也不想待。我没有细想，打通了丛丽的电话。

丛丽一听就急了，你又跟人打架了？

我说是，赶紧吧，想想办法，拿1万块钱过来，我出去就还你。

丛丽想了想，行吧，你等着，我晚会儿过去。

事后我发现，给她打电话是个愚蠢的决定。不过，人既然可以急中生智，肯定也会饥不择食。

很正常。

这期间，高个儿把我的情况做了个登记，然后又让我在外面蹲着。

天已经蒙蒙亮了，经过这一夜的折腾，我有点儿困了，头抵着墙，有点儿昏昏欲睡。这时，我听见丛丽的声音，哪儿呢？

像是在茫茫大海中看到了一个救生圈，我叫，在这儿呢。

不对，除了丛丽，还有一个人，项军。

他走过来，冲我笑笑，没说话。

我的心一沉。

出派出所的时候，天已经亮了，项军直接开车回了公司，让丛丽陪我去吃早点。

钱是项军交的。

我有点儿生气，问丛丽，你怎么跟项总说这事啊？

那我找谁去？丛丽可能没想到我会这么说，很是委屈。我是折子，得天亮了才能取出来，不找他我能找谁？找男朋友？

我摸了摸脸的血迹，都干了，一抠就往下掉。算了吧，我说，是我不对。谢谢你。

用不着，丛丽语气明显不对，是你有本事。

什么意思啊？我一时没明白过来。

都会赌钱了，还没本事？丛丽说，我原来还以为真的是打架，哼！

丛丽把我的手机递给我，我今天跟林主任约好去爬山的，陪不了你了，自己回吧。

说完，她扭头就走。我浑身都没了力气，看着她的背影，一句话也说不出来。

回到家的时候，快10点了。我看看镜子中的自己，嘴唇是肿的，眼圈也有点儿黑。

去不去公司呢？去的话，肯定会有人问的，不去的话，项军那儿又交代不过去。

在派出所里，他一句话也没跟我说过，我得跟他交流一下，知道他在想什么。这样在家待着，我心里没底。

嗯，还是去吧。有些事情，你总是要面对的，跑不了。

我知道，肯定有风波在等着我，但没想到这场风波竟这么大。

项军和王勇他们在聊OTC的事，坐了一屋子人，看到我，都愣了下。

项军不理我，接着说他的。我回到自己的小办公室，倒了杯水，等着他。

会开完了，项军没搭理我。他交代了王勇几句，出去了。

我看了看表，中午了，他可能是吃饭去了。

我一夜没睡了，神经有点儿松，一下子睡着了。

再醒，已经是下午两点了，项军没在。

我猛然想起一件事来，钱！

银行不远，我下了楼，取了5000块，这几乎是我剩余的全部财产。

那我也得给他，剩下的，看项军表态吧，如果坚决，就从欧阳那儿拿，如果不坚决，就先从工资里扣。

再上楼，隔着玻璃门，能看见项军在喝茶。我走到他门口，敲了下门。

项军头都不抬，进来吧。

我走进来，头垂着，项总，对不起。

不敢，项军说，钱呢？带了吗？

我把还带着体温的5000块放到他跟前。

项军一愣，这是多少？

5000块。

那不够啊，项军说，我交了1万呢。

我硬着头皮，项总，我先给您这些，剩下的从工资里扣怎么样？

项军乐了，干了这么多年，你连1万块钱都拿不来？我不信。

我有苦难言，低着头，项总，缓一个月就行。

没戏。项军摇摇头，把钱放到抽屉里，收拾行李，走吧，剩下的我不要了。

收拾行李？项总，您什么意思？

没听清楚啊？你给我走人，你是大爷，我用不起，也不敢用。明白吗？

我脑子嗡的一下，项总，别啊……

行了行了，项军挥手打断我，我不想听你说什么理由，没那工夫！

项总，我错了，我说，能不能看在我在公司工作多年的情分上，给我个机会？

要不是看你好歹干了这么久，我昨天晚上根本就不可能去知道吗？萧坤，我够给你面子了！你当你什么人啊？啊？他的声音放低了些，但很急促，让你给大夫找个小姐，你恨不得弄得全地球人都知道！没那么多钱，你愣充大款，还跟人赌博！兔子还不吃窝边草呢，你倒好，还跟丛丽玩什么感情！你当我是瞎子啊？

闹了半天，我的情况他全知道，可对于他，我竟什么都不知道。

我的脸上热热的，肯定红了。我恨不得从窗户上跳下去。

项军的口气缓和了一些，我也知道你肯干，能吃苦，不过那是以前。你再看看你现在，整个儿就是一废物！你就说吧，你现在一天到晚都干些什么，啊？医院的工作真的非得每天都去？蒙谁啊？还有票据，以前你还挺注意的，现在是越来越过分，我不能再放过你了。

他说的票据是指报销的那些票据，以前我还知道把发票凑齐了，现在，动不动拿收据就往上递。他没怎么说，但看来都记在心里。

我一句话也说不出来。

我无从反驳。

我不知道是怎么走出项军办公室的，只知道我完了。

从今天起，我不再是什么经理，将是一个没有工作的人。

我主动把车钥匙交给了项军，这大概是我唯一能主动做的事。

工资提成？不罚我就不错了。项军说，多少都是它，跟剩下的5000块抵了。

工作上的事，本来现在医院也几乎没什么可跑的，项军让我先走，如果有需要，会让丛丽联系我。

公司里没几个人，正好，我想，赶紧走吧，人多了，更丢人。

我草草地收拾了下办公桌，发现除了一个喝水的杯子，剩下的东西竟都不属于我。

出门的时候，我没有再回头看，只是隐隐有些后悔。

我不应该把那5000块给项军的。

于是，在来了北京近四年后，除了卡里的不到2000块钱和一个马上就要付房租的二居室，我重新变得一无所有。

不，来时还有筱悦，现在，更糟。

我站在路边，初春的夕阳洒下来，街道显得很温暖，而我却不由自主地一阵阵发抖。

十二、归零

很残酷，但现实就是这样。我应该庆幸，没有碰上比这更残酷的。

我躺在床上，脑袋晕乎乎的，有点儿发沉。

我回想了一下在项军公司所经历的，发现自己真够傻的。

要承认自己傻挺难的，但如果真把自己当一个傻瓜，很多事情都会看得格外明白。

你是谁啊？不就是一个小镇来的打工仔吗？比盲流强些而已，什么时候觉得自己人五人六了？

是啊，什么时候开始变了呢？

有钱后？那点儿钱，算钱吗？

有车后？呵呵，真可笑，那车是你的吗？

我穿着衣服，却感觉被剥光了，站在人群里。

来北京之前打算得不多，就是想挣点儿钱，把筱悦娶回来，是什么时候这个目标模糊了呢？

而筱悦，我真的爱她吗？如果爱，为什么还背着她跟丛丽好？

如果爱，为什么她跟你提结婚的时候，你还三番五次地拒绝？

丛丽呢，我当她是什么？

情人？呸，日子都还没过好呢，你还有心思学人玩这个？撑得吧？

爱人？那筱悦呢，你当筱悦是什么？你自己呢，你到底是个什么玩意儿？

这些问题像是一条条藤，不停缠绕着我，越勒越紧，让我感到窒息。

电话响了，是丛丽。你辞职了？她急匆匆地问。

辞职？我让人炒了好不好？但又感觉那样说没面子，我说是啊，没法干了。

怎么也等找好了工作再辞啊！丛丽有些生气，你也太草率了。

这个项军真会装啊，还说我是辞职不干了，明明是他把我给开了。但我懒得辩解，辞也辞了，说这些有什么用啊。

算了，只要你想好怎么办就行，丛丽说，你想好下一步做什么了吗？

想好才怪。我说咳，没事儿，到时候再说吧。

电话那头沉吟了一下，嗯，那好吧，有事儿再联系，我挂了。

一句多余的话也没有。这样也好，我心里想，就这样吧。

我想到了小平头，恨意已经减少了很多。

一个玩拼缝的北京小痞子，认识了一个不把自己当外人的傻帽儿，非和你一起玩牌，还想玩大的，不骗那小子才怪。搁我我也骗。

很残酷，但现实就是这样。我应该庆幸，没有碰上比这更残酷的。

那，合着这一切都是我活该了？

应该也不是，最起码我明白了这些道理。

虽然这些道理很多书里都讲过，很多人也讲过，但要真正明白，还是得头破血流之后。

这就是所谓的人生？

天黑的时候，我醒了，看了看表，已经8点半了。我有点儿饿，但不想起来，觉得浑身没有力气。

没关系，我一遍遍提醒自己，你还年轻，一切都可以从头再来，就当这几年上学了吧。比起那些在工厂里工作了大半辈子，最后又被一脚踢开的下岗工人，你有什么可委屈的？

人就是这么容易原谅自己。

不过回头想想，如果没有这种强大的自我修复功能，恐怕世界上的人大概得去十之八九。

我起了床，泡了碗方便面，想着下一步该怎么办。

找工作？

找个大一点儿的公司或许会好一些，但像我这种级别的不可能，首先学历这一条就给你卡死了。大部分都要的是本科生，虽然很多有学历的并不见得有知识。小一点儿的公司，难免会重复一次之前的经历。

创业呢？欧阳那儿还有我2万块钱呢。

可2万块钱够干什么的呢？如果买馒头，它能买很多，但要做生意，估计添置一套做馒头的设备都不够。

我有点儿沮丧，算了，不想了，先调整两天吧，把自己脸上的伤养好了再说。

总得让我有权利小小地哀伤一下吧？

两天后，我来到了欧阳的火锅店。

脸上的伤恢复得差不多了，到底是年轻人，身体好。

欧阳已经知道了我的事，在电话里，我都跟他说了，一五一十。都已经这样了，没什么好隐瞒的了。

见面后，他拍拍我的肩膀，笑了笑，什么话也没说。

你得振作啊，吃饭的时候，欧阳说，这种事是挺操蛋的，不过日子总得往下过。

我说没事儿，我想通了，该怎么样还得怎么样。

你不会去找小平头他们复仇吧？

我笑笑，不会，放心吧，复什么仇啊。哪有仇？再说了，我就是找到他们，也不见得能占便宜。

这就对了，欧阳说，要不，你来我店里帮忙吧？

我赶紧摆手，不行不行，我来你这儿蹭两顿还行，帮忙就免了吧，我不习惯。

不是不习惯管人，是受不了让欧阳管我。再说，朋友归朋友，一起共事就是另外一回事了，至少目前，我不想改变我们之间的状态。

那你想怎么做？如果做生意的话，我会尽快把那2万块钱还给你。

很明显，他的意思是，现在让我拿2万还你，恐怕有点儿问题。

我说不用，我不是做生意的料，也不想自己弄，我想过了，最保险的还是找个工作吧。

还做药？欧阳问。

不知道。这是真的不知道，一方面，我不知道我还能不能再找到这样门槛的药品公司，另一方面，对于大夫方面的公关，我真有点儿腻了，换个行业也许是好事。

那时候，我还是没有利用医院资源做药的概念。有一个朋友曾谈到过一个词，后知后觉，对，没错儿，很贴切，我一直都这样，后知后觉，有时甚至是不知不觉。

欧阳拿出一个信封，如果你要是不急的话，我就先还你5000块吧。先花着，不够你随时过来就行。

我点点头，拿过来，装到口袋里。

你不点点？欧阳笑着问。

我端起酒杯，来，喝酒吧。

第二天是周五，雍和宫有招聘会，我早早地来了。

没想到人那么多，也没想到来找工作的人大部分都那么年轻。

想想几年前的自己，在月坛公园找工作的时候，跟他们许多人一样迷茫，过了这么些日子，自己竟回到了起点。

我意识到，如果我一旦找到新的工作，就等于是把自己归零了，真的是一切都得从头开始。

这是个飞速变化的社会，可以提供很多机会，但同时，它也不断地在消耗一个又一个青春，所以发展缓慢。

看着招聘台里的一张张稚嫩的面孔，我有些丧气，转了两圈，嘴都没开。

而且我还发现一个问题，自己很不专业，来找工作呢，竟连简历都没写。

出来的时候，我忽然明白，不是不专业，也不是没有合适的工作，而是我还没有做好准备。

在一个单位里干了很久，失业了，再出来找工作，是需要很大勇气的。想象与真正面对之间，有一道深深的鸿沟。

但我必须跳过这一关，在生存面前，尊严什么的一点儿价值也没有。

如果跟丛丽或者林晓联系一下，求他们帮忙，或许会很快就能上班，但我没有。

没到那份儿上，而且，太别扭了。

晚上，我找到一家复印部，打了份简历，把自己的工作经历如实地写了出来。简历上面谈到了我作为经理，领导下属一起把业务做大的简单过程。

我没有意识到，这是一个错误。

筱悦给我打电话，你辞职了？

你怎么知道？

打你手机关机，我给你们公司打的电话。

是，我说，不想干了。

为什么？干得好好的，能挣钱不就行了吗？

我跟她说过欧阳离职的原因，她以为我也是心理上过意不去。

没什么，就是想换换环境了。我尽量轻描淡写地说，老在一个地方待着，人会废的。

随你，只要有想法就好。

你找我，有事吗？

哦，没什么，筱悦说，初八我结婚，想问问你来不来？

今天初六，后天，筱悦就为人妇了。我心里一酸，呵呵，你说我应不应该去呢？

看你了，再怎么说，我们也算是朋友吧。再说，我早就不恨你了。

筱悦，筱悦，我心里说，你不恨我，可我无法面对你。

算了吧，你们大喜的日子，我去算干吗的？我说不去了。再说，我现在这样，去了脸上也没光。

电话那头沉默了，我们手里都拿着电话，没有吭声。

嗯，好吧。终于，筱悦说，那就这样吧，你也尽快找个女朋友，希望我能早日吃上你的喜糖。

好，就这样吧，祝你幸福。我说得有气无力。

筱悦挂断了电话，听着电话那头的忙音，我空落落的。

两天后，初八，我什么也没干，中午的时候，一个人去了小区门口的饺子店，一个人要了8两水饺，喝了多半斤二锅头。

筱悦，我默默地想着，祝福你，你一定要幸福。

那天有雾，隔着50米左右，就看不清前方的路了。

再去雍和宫的时候，我投了三份简历，一家玻璃公司，一家药品公司，一家做会议营销的。

我想的是最好还能做老本行，虽然归了零，但有些经验和套路还是可以拿来用的。如果不行，就去做会议营销，组织人开会，虽然没做过，但感觉应该不难。实在不行，就去跑玻璃业务。

还好，我没想过这些有多难。

先通知我的是那家药品公司。公司在阜成门，挨着华联。面试我的，是一个三十左右的女人。

那个女人给我的印象很深。她戴着一副眼镜，穿着一身套装，显得很职业，就是眼睛有点儿往上看，可能是当经理当习惯了。

你学历不高啊，才大专？看了我的简历，她问。

对。我点点头。

那你凭什么认为我们会用你？

废话，要不是我做过医院，你们肯定不会通知我来啊。还不是因为有经验？

嗯，我觉得对医院的流程我比较熟悉，另外我手里还有一些关系吧，应该可以用得上。

看得出，她对回答比较满意。那你为什么从原公司离职了呢？

唉，你觉得我会跟你说实话吗？我说，因为公司没有兑付应该给我的提成，所以……

哦，是这样啊。她扶了扶眼镜，下面说一说你觉得人生中最难忘的一件事吧。

怎么变成小学考试了？最难忘的事，当然是跟筱悦一起钻玉米地了，可这能说吗？

装一下吧。

我说最难忘的事，应该是接手第一家医院，紧张，兴奋，有成就感。

你的人生目标是什么？

我的人生目标？跟你有关系吗？我有点儿不耐烦，这个话题好像有点儿大，应该是分阶段地说吧。我现在想的是如何找一份好工作，今后的目标，可能会看情况而定，不过最终还是希望能过上好日子，成家立业。

看得出来，对我的低目标、低要求，她有些不高兴。

萧先生，我们需要的是对生活品质有追求的人，如果将来能够合作的话，希望你对这一点有个清醒的认识。

我一时没反应过来，忙点点头，哦，好的。

好了，她站起来，非常感谢你来，等候我们的消息吧。

我握着她的手，很凉，自我感觉非常不好。

她的头还是扬着，仿佛在看着远方，那架势不像是在指挥千军万马，倒像是我欠了她200块钱。

后来，我看到过许多这样的女人，她们看起来大都好像没有经历过什么苦楚，对一切标榜品质的东西趋之若鹜，竭力把自己弄得不沾烟火气。

不对，应该是竭力把自己弄得不像普通人。

或者，不像人。

别猜了，我当然没有被录用。

第二家是玻璃公司，一个钢化玻璃厂，靠近通县那儿，不大，老板叫卢伟，很年轻，比我也就大三岁吧。因为年纪相差不大，我们聊得也比较多，他问了许多医院的事，最后说，哎呀，你就是没做过玻璃，要是做过还好说点儿。

我说这个没关系吧，再怎么样，它也是商品，有渠道吧？

我们这个渠道有点儿特殊，他有些为难，主要是做工程。

我有些不满，不行你一句话打发我走就完了，说了半天现在又来这套？不行，要是拒绝，也得是我拒绝你。

这么说，主要是做关系了？我说，那不正好嘛，我们在医院其实也是做关系。

卢伟想了想，也对，不过，我这儿的工资比较低，你原来做经理的，恐怕接受不了啊。

低？有多低？我说没关系，我在原来公司的工资也不高，主要是拿提成。

对，主要是提成。卢伟说，试用期的工资只有1000块。三个月转正以后，是1300块，提成按工程算，最低3%。

哦，我点点头，心想，1000块你就想收我了？玩去吧！我说这样啊，我能考虑一下吗？

可以，卢伟说，想好了你给我打电话。

好。我嘴上说着，心里却在想，打给你才怪。

不过，这世间就有这样的怪事。

让我对这家玻璃公司重新考虑的原因，是那家会议营销公司的人事经理。

在我们谈话的近半个小时里，基本上都是他在滔滔不绝地讲，应该如何把老头老太太拉来听讲座，如何把东西卖给他们，把公司做大，如何让每个员工将来都买上房子开上车。好像面试的不是我，而是他。

不过，最后他说，虽然你在那家公司做的是经理，但在我这里，你得听我的话。放心，我看了你的简历，你很聪明，将来一定会是一个出色的业务人员。

不靠谱，严重的不靠谱。

去卢伟那儿，意味着我要搬家了，现在住的地方离他那儿太远了。而且，这个行业，我没有从事过，很有可能会失败。

可做什么呢？做药？重新过那种低眉顺眼的日子？还真不大想。

要么去做副食产品，跑商超，拿有数的钱？

我年纪不小了，应该考虑得长远一些。虽然他那儿工资少点儿，但我自己都说了，业务主要是靠提成拿钱的。有一句话不是说，好汉不挣有数的钱吗？

但这条路，可能比做医院艰难得多，你敢做吗？

为什么不敢？我现在基本上什么都没有，比几年前来北京的时候还干净。

三天后，我鼓足了勇气，拨通了卢伟的电话。

我说卢经理，我想去你那儿上班。

十三、玻璃

它的通透，原是经过烈火的淬炼而来。

我带着行李，打了一辆车，搬到了卢伟的厂子里。那有宿舍，两人一间。

房租正好到期了，这样挺好，省不少钱呢。

刚下车，就听见办公室门外一阵吵吵，一个女的，二十来岁，跟泼妇似的。不管，爱谁谁，不知道，谁说的你找谁去！

被嚷嚷的是一个小伙子，一脸的茫然，大概没想到她会这样冲他吼。

这票都什么时候的了，怎么找？你们公司对账关我屁事啊？那女的还不依不饶，忙着呢，少烦我，听见没有？

小伙子讪讪地点头，那算了吧，当我没说。

谁啊这是，挺牛啊，看样子挺清秀的，说话这么鲁呢。女孩子该有的矜持都跑哪儿去了？

这是我第一次看到珊珊，她发火的样子至今还清晰地印在我的脑海。

一切都安置完毕，我才感觉到有些落寞。

这个厂子在城乡接合部，东边是通县，西边是朝阳，只通一路公交车，厂子后面是一片洼地，周围连个像样的饭店都没有。

我怀念起在西八里庄的日子来，那时候多好啊，白天上班，晚上要么接筱悦，要么出去应酬。

甚至在地下室的日子也显得那么美好。玲玲姐妹，那台被抢走的二手电视机……

回不去了。

幸福，大概就是这样吧，只在回忆的时候，才觉出它的珍贵。

舍友叫白晔，天津人，有些矮胖。与我不同，他之前做保温材料的，专跟建筑商打交道，很能说，动不动就叫我伙计。

这次招的新人只有我们俩，此外还有两个老业务，一个叫徐北方，一个叫陈述。这两个人都是当地人，看那样子，业务做得应该不错，都有车。

按照这个行业的惯例，进来后要先进行培训的。前一个礼拜，我跟白晔几乎连门都没出，天天就在厂子里待着，熟悉各道工序，了解与玻璃相关的知识。

不看不知道，一看吓一跳，原来一片小小的玻璃竟有这么多讲究。

它的通透，原是经过烈火的淬炼而来。

玻璃的生产，主要原料是海沙，所以原片厂家一般都靠海比较近。海沙和其他化学材料扔到炉里，加热到两千多度，使它成为液态，淌到平流槽，呈水平状地浮在溶化了的锡液上，凝固后，就成了透明的玻璃。浮法玻璃的称谓，由此而来。

但有一个问题，炉一旦开启，便不能停，停了基本跟废了差不多，那就是一台巨大的吸金机器。所以，国内生产玻璃原片的厂家没多少，旺季的时候，像我所在的这种加工厂得走后门才能拿到玻璃。但要是到了冬天，室外工程大都停工，而玻璃原片厂家的炉子没有停，还在不停地往外出玻璃。所以相应地，价格也会降。

一般的小加工厂只能做钢化，大一点儿的，还能做中空和夹胶，再大一点儿的，还能做防爆、防火和弯钢玻璃。所谓钢化，就是把玻璃加热到一定的温度，使其变软，冷却后，硬度比原来要高出三到五倍。当然，最主要的是它安全，一旦破碎，它会以颗粒状掉落，而不至于伤人。

卢伟是山西人，隐隐听说他岳父是开煤窑的。倒也是，玻璃加工厂看起来不大，但投资不小，没有点儿底子是没法做的。因为人少，没有专设的业务经理，卢伟负总责，尽管如此，还是有排序的，陈述岁数大些，算是卢伟之下，我们三人之上，徐北方岁数小些，次之，下面就是我和白晔。

可能是对我们这些外行看不上，他们两人对我和白晔并没有表现出明显的好恶来，见面也只是点点头，话都懒得说。

也好，比起在项军公司遇到的王俊东之流要强多了。

公司有食堂，老是用现金很不方便，我便想着办张饭卡。

于是有了跟珊珊的第一次接触。

她是财务。

去的时候，她正抱着一摞报表，手指在计算器上不停地点来点去。

我联想起在门口遇到她时的样子，有些好笑。你好，我来办张饭卡。

她头都不抬，冲我摆摆手，意思是别说话，别动。

我回头看看身后的白晔。他笑笑，冲到我前面，又说了一遍，珊珊是吧，我们是来办饭卡的。

珊珊的手停在计算器上面，眉头紧皱。别说话，等等。

她不停地看看账本，又看看计算器，渐渐变得有些抓狂。

肯定是算着算着让我们给搅乱了。不对，是白晔搅的。

让你们等等，看看，都弄乱了，我还得从头算！她生气地瞪着我俩。如果手上有刀，我估计她都敢捅过来。

没想到是这种结果，白晔有些慌，不好意思啊，我没想捣乱。

珊珊眼中含着怒火，说，什么事?

我……我们来办饭卡。白晔平时挺能侃的，这会儿竟有些结巴。

办多少的?

100块的。

带押金5块，一共105块。珊珊不看他，说得比火车还快。

白晔回头冲我撇撇嘴，把钱递给她。

我忍不住问了句，怎么还要5块钱押金呢?

话一出口我就后悔了，她正在气头上呢，这下可好，有的听了。

果然，珊珊很干脆地来了一句，厂里的规定，爱办不办!

话不能这么说吧?我有点儿气，就算是我们打扰了你的工作，可给我们办饭卡也是你的工作吧?

我还就这么说了，你爱听不听。珊珊跟着就来。

我正想张嘴，白晔拉了拉我的衣角，算了，别说了，别说了，对不起啊。

算了，我把100块钱递给珊珊，我充50块的。

珊珊抬起头，狠狠地瞪着我。我看向窗外，没理她。

出了门，我有点儿后悔，唉，跟这种小姑娘置什么气啊。

唉，白晔也叹气，我说伙计，你不应该啊。

是不应该，我说，可她说话也太冲了。

白晔看看周围，俯到我耳边，我听说，这个珊珊跟卢伟是亲戚。

啊?真的?

可不是嘛，也不知是他姑还是他姨家的孩子，昨天我听车间的人说的。

那就更不应该了，我说，她应该向着卢伟才是啊，这么跟同事们说话不好吧。

得了吧伙计，怎么说咱们也是打工的，人家是一家人，说就说吧，又掉不了肉。

想反驳的念头在脑海中一闪而逝。白晔说得没错，人在屋檐下，就得低着头，要不会碰脑袋的。

下午，我跟着陈述出去了一趟。他要去一个工地送检测报告，卢伟说，你带着萧坤先去熟悉一下环境吧。

路上，陈述问了我过去的工作经历，我大概跟他说了一遍。他竟叹了口气。

我说陈哥，怎么叹气啊?

哦，我是在想，多好的工作啊，你怎么说走就走了呢?

我没跟他说我离职的真正原因，只是说觉得不太适应才走的。

没什么好的，挣的钱不多，事儿倒不少。

哼，陈述冷笑了一下，玻璃行业的事更多，比你们做药的麻烦多了。

没关系，只要能挣钱，麻烦点儿怕什么。

挣个屁钱啊，陈述不屑地说，不赔钱就不错了。

什么意思啊？我脑中飞速地转着圈，他想告诉我什么？

做这个，太累。陈述接着说，幕墙公司那边还好说点儿，要是跟甲方做，烦死你。

工程中一般称发包方为甲方，承包方为乙方。我们的东西，一般都是跟幕墙公司合作，由他们做整体报价，但也有甲方直接采购的。

为什么啊，陈哥？

前期做工作，甲方的人你得处处小心，得罪哪个都不行。陈述发起牢骚，就算是好不容易签了合同，也会跟你提好多附加条件，付款更是操蛋。

那不是有合同吗？怕什么？

都按合同就怪了，陈述笑，你还别挑毛病，要是挑毛病，他们倒是能给你挑出一大堆来。

这么说，你做得挺成功的，我得向你学习。

成功？哼，我去年倒是做了几个工程，可现在提成也没拿到呢。

怎么回事？款没结回来？

有的结回来了，有的没有。陈述接着说，不过就是结回来的，我的提成也没拿全。

那怕什么，早晚也是你的钱。

陈述摇摇头，这年头，就是你兜里的钱也指不定哪天会飞了，就更别提外面飘着的了。别说我没提醒你啊兄弟，凡事都留个心眼儿。

他没说卢伟怎么样，但其实已经拐弯抹角地向我暗示：卢伟可能会克扣你的提成。在这里，即使你努力了，也不见得能有一个好结果。

可世间的事不就是这样吗？谁还会相信好人就一定有好报，坏人一定会遭受惩罚？再说了，款没结回来，就不给你发提成，也应当。

可无论如何，他的话对于一个刚入行的新手来讲，杀伤力还是很大的，我的情绪马上有些低落了。

所以说，做这行，就等于是给自己做，太累。最后，陈述总结性地来了一句。

回公司的时候，正赶上吃晚饭的时间。

我一路都在琢磨陈述的话，进食堂的时候终于想通了一点：如果这个行业不行，或者卢伟真的很操蛋，他可能早就不干了，而现在他不仅在这个行业待着，看样子做得还不错，那就证明我还是有机会的。

这么一想，陈述这个人就有点儿可恶了。

算了，我想，他也就是发了一通牢骚而已，如果因为他的话改变你的决定，那是你的问题，毕竟他没有说让你怎么样怎么样。

晚饭我打了两个鸡腿和一张饼，正在吃，一个人在我对面坐了下来，并把饭盆重重地放在桌上。

我以为是白晔，一抬头，竟是那个珊珊。她的脸绷着，眼睛瞪着我。

什么意思？她要干什么？

我还没做出什么反应，珊珊竟忽然笑了。你叫萧坤，是吧？

我有点儿让她搞糊涂了，点了点头。

她还在笑，哎，上午不好意思啊，冲你们发脾气，不应该。

嗯？真的假的？我一愣，赶紧摆摆手，没事儿没事儿，其实我们也不对，不该那时候去。

这事儿怪我，珊珊说，我这人就是个暴脾气，火上来就不管不顾的，你可别跟我一样啊。

哪能呢，我说，不会的，不会的。

真的？

真的。

那就好。珊珊看了看旁边，哎，那个白什么来着呢？

白晔，他还没回来呢。

嗯，那回头你跟他也说一声对不起啊。

我还没回过神来，她就端起饭盆起身走了。

晚上我跟白晔说起了这事，他死活就是不相信，以为我逗他玩。

也难怪，连我自己都不相信。

培训结束了，卢伟让我们先跑跑工地，看能不能通过甲方做点儿业务。天渐渐热了，正是工程大批开工的时候，而且，因为去年刚刚申办下奥运会，形势应该是大好的。

看着北京城里到处耸立的塔吊，我和白晔都很有信心。

事实证明，我们想得太简单了。

我跑的第一个工地是一个军队家属楼，刚打地基。

阎王好斗，小鬼难缠。跑过工地的都知道，最难的不是进去后怎么办，而是怎么进去。如果你老老实实地说自己没来过，一百个保安得有一百个不让你进去，可要说你跟里面的人认识，那好，先打电话吧，让保安核实后才能进。所以，很多人在第一关就趴下了。

你要不是真的跟里面有关系，最好不要装作很有底气地往里硬闯。这样的人，保安见得多了，也许可以让你侥幸逃过一次，但下一次，你就祈祷来的时候不是他值班吧。

我遇到的就是这样的问题，在门口，保安黑着脸，不让进。

看样子他也就二十多岁吧，我跟他拉家常。小兄弟，多大了？结婚了吗？哪儿的人啊？

人心都是肉长的，保安有点儿不好意思，甘肃的，没结呢。

哦，我点点头，心想，看来打同情牌是对的。跟你老实说吧，我第一次来，也是刚刚开始做这方面的业务，你能不能帮帮我，不进去也行，把他们甲方负责人的电话给我一个？

不是我不想给你，是我真的没有啊。保安笑笑。

那要不让我进去问一下，我保证问完就出来。

唉，你进去了我的奖金就没了，保安显得很为难，真的大哥，我也是打工的，你别让我为难。

得，这话说得，没有退路了。

走？那不行，要是碰到下一个工地还是这样，我还接着走？

不行，我得想想办法。我说，那这样吧，你进去帮我问一下，我给你看着门怎么样？

保安笑了，不行，那肯定不行的。

我真发愁了，第一块骨头都啃不下来，不说回去怎么跟卢伟交代，自己这方面就交代不过去。

这样吧，保安看我有些着急，替我出主意，你要是不着急的话，就在这儿等等，看看他们甲方有没有人出来，到时候我指给你，你再跟他们要电话也行。

这倒是个主意，可等到什么时候呢？

那就难说了，保安一摊手，我没别的办法了。真的，我要是知道他们的电话，肯定跟你说。

我坐在他岗楼前的台阶上，摇头苦笑，算了，实在不行就去下一家吧，我已经尽力了。

这时候，保安指着前面，哎，有了，你问问他，这个人是做铝型材的，他跟甲方熟。我抬头一看，一个小伙子挎着一个黑包，正冲我们这边走过来。

那人显然跟保安认识，老远就冲他挥手。

我忙迎上去，递上名片，介绍了一下自己。

那人笑了，哦，只要你不是做铝型材的就好，电话我有，你等等，记一下。

说着，他拿出电话，翻看了一下，说出了电话号码。

我自然是十分高兴，那感觉竟像是成了一单一样。

我以为事情到此就完了，没想到他拿出自己的名片递给我，以后你有工地信息的话，咱们可以互相交换。

我一激灵，赶紧接过来。对啊，也许这个工地的信息，他也是通过这种方法得来的。

我的第一个工地信息就这样拿过来了，当然，业务没谈成。这不重要，重要的是我学到两点：一是千万别随便放弃，哪怕是最后关头；二是要学会与人分享。

徐北方和陈述对我们这种跑工地的方式不以为然，尤其是徐北方。

跑甲方，会不会太浪费了？开会的时候，徐北方问卢伟。

卢伟显得有些意外，哦？你是指哪方面的浪费？

你看啊，徐北方说，甲方做起来周期长，而且这么跑着，效率也低。

嗯，卢伟说，周期是长了点儿，不过，甲方付款比幕墙公司好，而且价格也高啊！你看你们做的那些公司，价格低得离谱，再压款，咱们基本上就是白劳动嘛。

就是，陈述一个劲儿点头，我支持卢总的观点，挺好的。我这边就是现在这些项目跟不过来，要是能跟过来，我也去跑甲方了。

是啊，卢伟接着说，关键不在于咱们通过什么渠道做，而是怎么做的问题。

徐北方挠了挠头，算了，其实我也就是这么一个直觉。

他的直觉挺准。

晚上，卢伟请我们吃饭，来公司后，这还是第一次。

陈述喝酒后话多，跟大家聊起陪朋友去天上人间时见到的小姐，说怎么怎么美。说到兴头处，陈述拍着卢伟的肩膀，卢总，哪天你也请我们去一趟，跟了你这么久，你还没请我们去过呢。

卢伟的脸竟有些红了，你小子喝多了就爱瞎掰，那种地方尽量少去，咱又不是真有钱。

你还没钱？陈述笑了，你老丈人怎么也得趁个千万吧？

卢伟的脸一下子拉了下来，咬了咬牙。

徐北方拉了陈述一把，陈述有点儿清醒了，卢总，喝多了，不好意思啊。

卢伟叹口气，摇头苦笑了一下，没事儿。你们俩都是老人，平时没事儿多带带这俩新人，他们基本上对这行是什么都不懂。

我跟白晔忙端起杯子，来，敬你们。

徐北方忙不迭地，哎，带谈不上，相互帮忙吧。

陈述笑笑，咳，有什么不懂的你们就问，我是知无不言。

好久没喝酒了，我有点儿晕。躺到床上，飘忽忽的。

白晔也喝高了，说你看到没有，咱这老板还挺实诚的，没说两句话，脸还红了。

我不置可否，谁知道是喝酒喝的，还是别的原因。

北方人也行，不装。白晔接着说，倒是那个陈述，感觉有点儿别扭。

跟我的想法差不多。不过，非得了解他们吗？经过上一家公司的你争我夺，对这一套我有点儿烦了。

但没办法，另一个声音告诉我，如果你想在这家公司生存下去，取得发展，就必须对身边的人有个认识，谁可交，谁不可交。说远一点儿，现在看起来我跟白晔是一个战壕里的，但如果我们都发展壮大了，保不齐哪天就会兵戎相向。

我想起徐克的《笑傲江湖》里，不知是谁说的，什么是江湖？有人的地方就是江湖，只要是江湖，就有恩怨，就有斗争。

我有点儿好笑，难道这就是所谓的成熟？

××研究所测试大楼在望京一带，到的时候是中午，保安没在岗。

那就别怪我了，不进去是傻瓜。

甲方办公室里没一个人，我有点儿纳闷，就是吃饭点儿，也应该留个人啊。正想着，一个戴红色安全帽的老头从旁边的屋子里出来，你干吗的？

我赶紧说明来意。老头一愣，哦，做玻璃的，进来吧，我姓邱。

好，看来我运气不错。

工程刚起了4层，计划建19层。这些不重要，重要的是，玻璃的事还没定。

邱工显然对玻璃这方面很感兴趣，我们正在考虑呢，是统一包给乙方还是自己做，你既然来了，就跟我讲讲吧，你们的价格，还有你们的优势。

我很高兴，难得遇到一个这么感兴趣的，把有关的情况都跟他讲了一遍。

邱工不住地点头，并拿出小本，不时记录着，嗯，哦，原来是这样。

行吧，最后他说，我们考虑一下，算一下综合成本，如果要用，我再给你打电话吧。

那哪成？我说，你太忙，事也多，这样吧，三天之后我再过来，咱们碰一下，您看怎么样？

邱工想了想，好，三天后你来吧，这是我的电话。

很少有甲方主动把电话给你的，我心里一喜，忙接过来。

出了门，我兴奋地挥了下手臂，好样儿的，这个有戏。

可惜，我高兴得太早了。

这儿离欧阳的饭店挺近，去的时候，他正在算账。

刚进门，宁玉洁就迎上来，好久没来了，稀客啊。

我冲她笑笑，心中却不由一酸，竟有种回家了的感觉。

欧阳指着一个单间，那意思去里头等着，我一会儿就来。

我看了看屋里，婷婷又没在。

想到婷婷，我心头一凛，坏了坏了，这么大的事，我竟忘了跟欧阳说了。

宁玉洁把茶水端进来的时候，欧阳也跟着进来了。也就不到一个月没见，欧阳看起来明显瘦了许多。

没事儿吧？我问他。

欧阳坐下，给我递了支烟，笑笑，咳，能有什么事啊，还不是钱闹的。

别挣钱没够啊，该注意自己身体得注意自己身体，本钱最重要。

我要能说了算就好了，没办法，操心的命。欧阳苦笑了一下，白天在饭店忙，回去还一脑门子的官司。

我猜，他说的应该是和婷婷闹别扭的事了。

婷婷，我试探着问他，最近怎么样？

还是那样，老是出去玩。欧阳叹口气，哥们儿我这是跟你说，我想跟她分手，可又怕她说我始乱终弃。

可怜的欧阳，你还被蒙在鼓里呢。我沉吟着，有件事我想跟你说一下，你可别生气啊。

说你的，咱俩还说这个？

嗯，那好，我跟小平头他们没掰的时候，在歌厅里看见婷婷跟一个中年人一起唱歌。

欧阳明显有点儿愣了，定了下神，问我，就是唱歌？没干别的？

我端起茶水，喝了一口，这话你让我怎么说呢？

没看错？

我摇摇头，没有。

那你怎么现在才跟我说？欧阳急了，你有没有拿我当朋友？

别急啊，我想跟你说来着，可每次来你这儿都有事，这不是来不及吗？

那人你认识吗？欧阳声音有点儿急促。

不认识，我说，认识的话还用等到现在才告诉你吗？

欧阳脸色变得铁青，这都什么人啊，她怎么能这么对我？

正说着，外面宁玉洁的声音传进来：婷婷，你来啦。

我心里一紧，说的真不是时候。

我看向欧阳，果然，他一把拉开单间的门，冲了出去。我有点儿后悔，看样子欧阳还是挺喜欢婷婷的，要不然不会生这么大的气。

可现在话已经说了，顺其自然吧。

婷婷看着欧阳的样子，有些意外，怎么了？

怎么了？你说怎么了！欧阳声音有点儿抖。

什么意思啊你？

什么意思？我问你，欧阳鼓了鼓勇气，在歌厅里跟你唱歌的那个中年男人是谁？

什么时候？婷婷一脸的疑惑。

你说呢？欧阳板着脸，你跟几个中年男人一起唱过？

婷婷看看欧阳，又看看他身后的我，大概猜出是怎么回事了。

那个人……那个人……是我的一个朋友。

估计婷婷平时撒谎的时候不多，这会儿说话明显底气不足，这更让欧阳和我相信她有问题。

果然，欧阳更生气了，你还跟我不说实话是吧？

我说的就是实话，你爱信不信。

欲盖弥彰，但这一套对于跑业务出身的人来说，太容易识破了。

欧阳显得很伤心，算了，你先回去吧。一会儿我也回去，咱们回家说。

我看向一边，几个服务员，包括宁玉洁在内，全都傻愣愣地看着这一切。

婷婷脸上挂不住了，把肩上的包一甩，欧阳，你还别跟我来这一套，我实话告诉你，我早跟你过够了，看看你那德行，不就开了个饭店嘛，就以为有钱了，开始花心了？哼，你看不上我，我还看不上你呢！

她指了指宁玉洁，你个骚货，别以为你俩背后眉来眼去的我不知道，不要脸的东西——

你住嘴！欧阳火了，出去，你快给我滚！

滚就滚，婷婷毫不示弱，我还不信了，离了你我还活不了？哼！

出门前，婷婷一把把椅子扳倒。我看向宁玉洁，她一脸的委屈，眼泪差点儿掉下来。

得，这事闹大了。

欧阳捂着肚子，弯下腰，脸上有汗淌下来。我忙走过去，怎么了？

欧阳摆摆手，没事儿，老毛病了，原来是拉肚子，现在是不能急，一急就肚子疼。

那就别急，我叫宁玉洁，给他来杯水，喝点儿顺顺气。

看着婷婷的背影，我想，如果我要是不说，他们会不会还能将就下去?

很快我就否定了这种想法，不可能的，这种情况，早散早好。

身上有疮的话，无论怎么治，总是要先把脓挤出来的。

我唯一遗憾的是让欧阳知道得太晚了。

十四、被涮

这就好比一个人告诉你，去车站要左拐左拐左拐左拐，拐了一圈，你才发现，原来他所在的地方就是车站。

住集体宿舍的好处之一，是晚睡早起。

早起，是因为第一个起床的人动静大，吵得你无法入睡；晚睡，则是因为人多，娱乐也多。

珊珊就是其中的活跃分子，不过她不跟工人们玩，倒是经常跑到我们宿舍里打牌。

刚开始，我和白晔觉得还挺好。可不，电视不清楚，也没几个台，乒乓球又不爱打，这种情况下，有人陪着打打牌，再好不过了，而且，怎么说对方也是个异性。

不过，我俩很快发现，与其说是娱乐，不如说是煎熬。与其说是我们一起打牌，不如说我俩人陪她打牌倒更贴切些。

她脾气不好，动不动说这样不行，那样也不行，还总爱耍赖。白晔就逗她，你老这样，小心将来嫁不出去啊。

用不着你管，珊珊说，我做一辈子姑娘也不错。

知道她对我有点儿心思，还是因为一件事。

那天下雨，回来得有点儿晚。一进宿舍门，白晔就问，吃饭了没？

没有，食堂这会儿应该还有吧？

有个屁，白晔说，都这点儿了，你还不在外头吃啊？

附近饭馆不是都关了嘛，我倒想在外面吃呢。

白晔笑了，小子，你有福气啊。

什么时候吃不上饭成了有福气了？我不太明白他的意思。

白晔慢慢从桌子抽屉里拿出饭盒来，颜色一看就不是我俩的。

他打开饭盒，里面是米饭和菜，满满的。我问这是谁的啊？

你猜猜。

我烦这种游戏，不猜，爱谁谁，有吃的就行。

白晔乐了，你肯定想不到，是珊珊的。

她？我倒还真没想到。她给你打的？

去，白晔说，我哪儿有那福气，人家是给你的，说怕你晚上回来没饭吃。

有这事？我笑笑，你逗我玩呢，看，你笑了，肯定是。

白晔摇摇头，伙计，这事儿我怎么能开玩笑呢。

那又怎么样？我边吃边说，骂了咱们那么多次，也该补偿补偿咱们啊。

说归说，心里多少还是有一点儿嘀咕，她这是……难道……

不会，我一个落魄的打工仔，不可能。

可又有什么不可能呢？青年男女，一个未婚，一个未嫁，很正常。

快算了吧，你现在安身立命的本钱还没有呢，谈个屁啊！

所以，第二天，当我把饭盒还给她的时候，态度并不热情。

谢谢了，不过以后不用麻烦你了，我自己会想办法的。

什么意思？珊珊有点儿愣，你是不是嫌我多事？我吃饱了撑的，还给你打饭？

珊珊气呼呼地走了。

嗯，这样就对了，挺好。

但是工作进展却很不好。

甲方的工地跑了不少，但有实质进展的却几乎没有。一是我们跑的工地要么刚开槽，定这个还早，要么就是差不多要竣工的，玻璃已经定了；二是大多数甲方并不懂玻璃这块儿，大都包给乙方了。

邱工那儿也是如此。我去第三次的时候，邱工终于向我说了实情，哎呀，不是我们不想用，是这块我们运作太麻烦，跟上头商量了一下，还是包给乙方了，我问你这些东西，其实也是想看看乙方有没有宰我们。

我心里那个凉啊，邱工啊，你不应该啊，这不折腾我吗？

不过，邱工显然也觉得理亏，乙方找的那个幕墙公司，他们的负责人和电话我可以告诉你，你回头跟他们联系一下。

我转忧为喜，好啊，谢谢了。

这家幕墙公司是河北的，在北京有分公司，我打那个联系人的电话，自报了家门，那头有点儿迟疑。

你是卢伟公司的吗？

我说是啊，如假包换。

你们那儿一直有人跟我联系啊，你不知道？

我上哪儿知道去？谁啊？

陈述，一直都是他跟我联系的，前两天我还找他做报价了呢。

我挂断了电话，尽量让自己冷静下来，在脑中转了一个圈。

我找到甲方，甲方说包给乙方了，乙方又包给了幕墙公司，我找到了幕墙公司，这可是一层层地找下来的，可人家陈述却早就在那儿等着了。

陈述还一直说找甲方是个好办法，力挺卢伟的这项政策。可是他一家甲方几乎都没跑。

这就好比一个人告诉你，去车站要左拐左拐左拐左拐，拐了一圈，你才发现，原来他所在的地方就是车站。

合着是把我们都支开，自己坐车不挤啊。回想起跑工地的辛苦，我的火腾的一下子上来了。

但我不能发作，不能。

别说陈述怎么样，首先，这事是卢伟提议的，根还在他那儿。

晚上，我跟白晔聊了聊。没想到他也有很多家情况跟我类似，不是幕墙公司跟公司有联系，就是陈述和徐北方跟幕墙公司有业务。

当然不全是，也有甲方跟我们在谈，但起码证明了一点，我们只盯甲方的策略是有问题的。这个行业多年养成的规矩，不是说破就能破得了的。

路上明明有车辙，我们不走，非要自己蹚出一条路来，很牛，但也很累。

跟白晔聊了半夜，我们决定第二天找卢伟谈一谈。

睡觉前，丛丽来电话了，问我现在怎么样。

我说挺好的，这儿安静得很，晚上能看见好多星星，以前在城里根本看不到。

你还真会自我安慰，丛丽说，怎么样，还有没有心做药？

什么药？

就我上次跟你说的那个。

算了吧，我说，暂时不想，我先把玻璃看透了再说吧。

也行，哪行干好了都能挣钱。

本来不想问，但实在没什么话题了，我问，公司最近怎么样啊？

乱成一锅粥了，丛丽冷笑了一下，你那几个小哥们儿都快走光了。

走了？为什么？他们挣得不多，可也不算少啊。

别提了，丛丽说，现在医院部连我在内就仨人了。项军说了，OTC是重点，以后医院部要慢慢撤了。

撤了？他不是说留住的吗？

你们男人的话，从来就没可信过。丛丽很不屑，你走得虽然不算光彩，不过也是时候，要是你看到现在这样子，估计也得抓狂。

行了，我挂了，丛丽说，我有点儿累了。

我想了想，说，对不起啊，丛丽。

那边没说话，长久的沉默之后，丛丽笑笑，自己多保重。

挂了电话，我心头五味杂陈，原来项军早有预谋地扶持王勇把OTC做大，然后再将医院部撤掉。这肯定是总部的意思，没有上头的批示，项军不会这么做的。

这么说来，我走，其实也并非全是因为我出事，很大一部分原因是这个部门本身要撤了，项军只不过是顺水推舟罢了。

我的自责感减轻了，但又不禁为当初的愚笨而懊恼。

白晔问我，你小情人啊？

去，我笑笑，朋友。

朋友？你蒙谁呢，伙计？白晔笑起来，黑夜里显得很刺耳。

我没理他，他竟不依不饶，哎，你们崩锅儿没有？

天津人管那事儿叫崩锅，很奇怪的称谓。

我说滚蛋，你睡不睡？

他乐了，肯定有过，对不？你骗不了我。

我有些生气，你要不想睡，我现在就把你被子扔了。

得得得，饶了我吧，睡觉，睡觉。

第二天，我和白晔主动找到卢伟，跟他谈起我们的隐忧。

卢伟好像知道会发生这样的事，显得很平静。

我主讲，白晔在旁边帮腔，在说完了跑甲方遇到的种种困难后，我说卢总，下一步，我们是不是也可以跟幕墙公司接触一下？

卢伟面露难色，也不是不行，可是幕墙公司我是有点儿做怕了，他们压款压得太厉害，价格也特别低，没法做。跟你们说实话，如果要做幕墙公司的话，其实现在他们俩做就行了，我主要是想做甲方这条路。

我说是这样卢总，北京的幕墙公司大大小小得有上千家了，不可能全都跟我们有业务。现在甲方这块儿我们还接着跑，但幕墙公司这边我们也适当接触一下，应该没问题吧？

正在这时候，陈述和徐北方进来了。卢伟忙冲他们招招手，来来来，咱们几个一块儿商量商量。

我看见陈述，想起他以前说过的话，从心底不舒服。

看吧，他肯定不同意。

不行不行。听了我们的话，陈述连连摆手。果然，我猜中了。

为什么不行啊？我故意问他。

是这样，陈述抬起头，看着天花板，眉头紧皱。

憋吧，看你憋出个什么样的屁来。

现在卢总这样安排挺好的，两个人跑甲方，两个人跑幕墙公司，我觉得主要是分配合理。还有，你们以前说甲方资料不好找，可现在我跟北方也给你们找了不少资料了，你们把那些资料跑完再说也不迟。

这倒是，前些日子，他和徐北方不知从哪儿找来一大摞的工程甲方信息，为此我和白晔还非常感激。现在看来，倒更像给我们下的套。等把这些资料上的甲方跑完，这个工程季就完了，冬天都歇工了，你还跑个毛啊。

我说不好吧，这样的话，周期也太长了，老是白拿工资怎么行啊？

其实谁都知道，白拿工资没关系，关键是工资太少啊！

卢伟有些犹豫，显然，对做甲方面临的困难，他估计得还不足。

这没什么冲突的，徐北方终于说，你们跑甲方，该跑跑，幕墙公司也可以联系。我可以把我这边的客户名单给你们一份，我跑过的你们别跑就行了。

陈述很不满，卢总既然定了调子，就肯定有他的想法，是吧卢总？

他不和徐北方谈，把话题又扔给了卢伟。

唉，卢伟叹口气，算了，别规定那么死了，你们该怎么跑就怎么跑吧。他们俩的客户名单我回头给你们一份，别碰那些就行。

貌似是我们胜利了，可是，争取到自己应得的权利也能叫胜利的话，那也未免太荒谬了。

晚饭的时候，珊珊又坐到了我对面。

白晔看架势不对，端起碗就走开了。珊珊则瞪着我。我不理她，吃自己的饭。

算了，我原谅你了，珊珊说，我大人不计小人过，不过以后别这么刻薄。

我有些好笑，原谅我？我怎么你了，你原谅我？

我埋头吃饭，不看她。珊珊很没趣，慢点儿吃，别噎着。

怎么就那么寸，馒头吃得太急，还真差点儿噎着，我赶忙喝了口水。

珊珊笑了，瞧，跟你说了慢点儿吃，你还不听。

我不再绷着脸，你个乌鸦嘴。

这叫先知，你懂什么啊？她还接着笑。

哎，她声音放得低低的，你有没有女朋友啊？

你说呢？

问你话呢，快点儿说。

你不是先知吗？你猜好了，还用我说？

珊珊在桌下踢了我一脚，说正事儿呢。

这丫头，太野了吧？我心想，怎么这么赤裸裸的啊？

我决定逗逗她，没有，你能不能给我介绍一个啊？

嗯，她点点头，跟我想得差不多，可以啊，等两天，我给你介绍一个美女。

还美女？哼，才怪。

不信啊？真的，你看我平时挺没谱的，不过我真的没骗你。

我有点儿含糊了，你别瞎闹啊，我是没女朋友，可也不想现在找。

该找了，你都多大了？再说，就是在一起聊聊，合适再谈，不合适拉倒嘛。好，就这么定了。

我还没来得及反应，她就起身离开，走的时候还不忘冲白晔哼了一声。

这哪像个会计呢？整个儿一小毛孩儿啊。

可就是这个小毛孩儿一样的丫头，把我整惨了。

我联系的第一家幕墙公司在亚运村附近，独立的办公楼，很是气派。

我想好了，跟甲方合作，固然有许多好处，比如价格，比如付款，但周期太长，最短的也要半年，长的就更没谱了。要想收效快，还是得找幕墙公司。况且卢伟也说了，可以联系，那就赶紧吧。

业务经理姓周，年纪跟我相仿。等我说明来意，他顿了顿。你们5+5的白玻中空得多少钱？

5是指5厘的玻璃，5+5是指两片5厘的玻璃合成的中空，白玻就是最普通的透明玻璃。

跟工地的人相比，他们问的问题简洁多了，直奔主题。不像甲方的人，从玻璃是怎么做的，一直问到外国有多少品牌，最后才说，哦，原来是这样，你回去等消息吧。

什么胶啊？我尽量平复了下心情，问他。

中空玻璃的用胶也有讲究，一般都用结构胶，结构胶里又分国产的和进口的两种，次一点儿也有用硅硐的，现在不多了。

当然是国产的。

哦，我大概算了一下，按照卢伟给我的最低价加了两块报给他，并告诉他，因为没有尺寸，这是按85%的出材率算的。

周经理点点头，哦，差不多，你等等啊。

说着，他转过身，在办公桌里翻来翻去，拿出一张图纸。

你按这个尺寸，给我优化一下，再报个价，差不多我就跟你那儿做了。

啊？这么顺利？我有点儿意外，这图纸我能拿回去吗？

能啊，你拿走吧，别弄丢，回头还得还我呢。

我心里一阵激动，好，放心吧，没问题。

出了他们公司的门，我掐了下自己，太顺了吧？怎么可能？

心情不错，回到公司，我立刻找生产部的人做了优化，出材率达到了90%。

我跟卢伟说了这事，卢伟问我，付款方式你们怎么谈的？

坏了，我太高兴了，没谈这块儿呢。

陈述在一旁泼冷水，唉，没戏，肯定是压款，不信你打电话问问。

他说得没错，的确是压款，周经理说，我们一直都是这么操作的。

我有点儿慌，说公司原则上不压款的，您能不能先打点儿预付款？

不行，周经理说，我跟多少家都是这么做的。

我没有立刻回绝他，说那我考虑一下吧。

刚刚升起来的希望小火苗转眼就被倾盆大雨给浇灭了。

白晔则显得很高兴，哎，老萧，我那个富国园的工地给信了。

富国园是白晔跑的一个工地，跟甲方直接做的，他在原来公司时就盯上那个工地了，保温材料没做成，倒把玻璃推进去了。

怎么说的？

他们副总看了我做的报价，挺满意的，让我明天过去跟他聊聊呢。

副总？我有点儿犹疑，你没找他们材料部？

咳，别提了。那个材料部的郑经理甩都不甩我，后来我一打听，原来他们跟另一家玻璃厂有联系。我也是死马当活马医，找他的领导去了，没想到还真有门。

哦，原来是这样，你还挺能想辙啊。

没办法，都是给逼出来的。白晔乐了，咱得挣钱啊。

岂止是挣钱啊，这个工地有十几幢高层，那要是谈下来，光提成恐怕就得几十万啊。白晔不轻易下结论，看他的样子，对方应该对他挺满意，这事有谱。

我不禁有些嫉妒起来，几十万白花花的银子啊，要是谈成了，车、房就都有了。

钱有时就离你这么近，可惜，不是你的终究还不是你的。

白晔的事加上我的事塞了一脑子，让我在床上翻来覆去，怎么也睡不着。

到后半夜的时候，还是没有睡意，反而更清醒了。

这让我有了对周经理的分析。

如果他对我的价格没兴趣，按他的行事风格，在公司的时候就会一口回绝了。从他的谈吐和把图纸给我的行为看，这个单子应该挺急，乙方现在在催他也说不定。今天打电话他说不行的时候，也没有提让我把图纸给他送回去的话。

这么看来，不是不行，是他想利用今天的时间再找一找别的厂家。

但玻璃的加工和玻璃的生产差不多，工程季里，加工的活儿多，大厂子甚至得预约，也就是我们这种中不溜的厂子生产还不够饱和，得出去揽业务。所以，他想在一天之内找到下家的概率会很小。我还有机会，需要做的是再跟他联系一下。

感谢跑工地的时候得来的经验，即使到了最后关头，也不要放弃。

第二天跟他打电话的时候，他显然有些意外，是你啊。

是我，我说这样吧周经理，付款方式，公司要求付30%，但我想交你这个朋友，你可以付20%，这是我能够接受的底线了。如果是闲的时候，压款没问题，但现在公司活儿太多，没办法。

我是想告诉他，我知道现在旺季，大家都很忙，你这活儿我不做也没关系。

周经理踌躇着，哎呀，没这么干过啊。

我没搭茬，问他，这个活儿要得挺急的吧？

可不，周经理张嘴就来，10天后就要求供第一批货……

话一出口，估计他就后悔了，他紧接着说，不过，你们的条件太苛刻了。

哼，还装？我说周经理，中空连做带风干最快也得一个星期，对方要求10天后出第一批货，已经够紧了。不知道别人怎么样，就是咱们现在签了合同，让我们公司做的话，估计也得连轴转才能出来。

周经理有些气短了，哎呀，那你价格再给我低点儿吧。

能低吗？当然能低，但现在不能低，这不是价格的事儿。

我说周经理，价格已经是最低了，咱就别谈这个了。我说了，想跟你交个朋友，也想跟贵公司合作，这样吧，预付款我可以再让你5个点，你付15%就可以了。成的话，我随时过去，咱们把合同签了，我好赶紧安排生产。

电话那头沉默了一下，嗯，我考虑一下吧。

考虑？是找台阶吧？

我挂了电话，忙跟卢伟把这事说了，因为之前他说过，必须要求对方30%的预付款。

我说周经理给我打电话了，但只能预付15%，您看能做吗？

卢伟想了想，能做，当然能做。他说跟你签合同了吗？

他想让降点儿价，我没降，他正在考虑呢。

嗯，卢伟点了点头，其实，以前跟幕墙公司谈，一般顶多也就付10%的。

原来如此。正想着，电话响了，是周经理。

后来的事情就比较顺利了，签合同，安排生产，送货，收货款。

这是我的第一笔业务，提成挣的不多，才4000多块，但主要是增强了我干下去的信心。

跟周经理熟了后，他告诉我，算你运气好，那天他打电话问之前的合作伙伴，都想做，但活儿太多，排满了，才便宜了你。

我嘴上说是是是，心里却有点儿好笑，这家伙还嘴硬呢。

白晔的活儿也成了，跟甲方他们副总签的合同。据白晔说，价格比材料部经理报上来的低了近10个点，副总很痛快就签了，付款也还行。

那可是一大片小区啊，我心想，白晔发了。陈述不无醋意，小白你得请客啊。这时白晔乐得合不拢嘴，一定一定，等活儿完了。

徐北方倒还是一如既往，没有表现出怎么样的高兴或嫉妒。

有一次我跟他一起出去，聊起了业务方面的事。我说白晔运气不错啊，这个工程做下来，两年不用干活了。

两年？五年都行啊！徐北方乐了，他挺有能力的，不过，你也别灰心，这行就是这样，一年不开张，开张吃一年。

可是碰上这样的甲方太不容易了，跟中彩票差不多。

没关系，幕墙公司也一样，逮着一个好的幕墙公司，比做一个甲方强。

他说这个没错，好的幕墙公司不用多了，一年从你这儿走500万的业务，你就可以了，最主要的是这种合作是持久的，不像甲方，基本上是一锤子买卖。

说得是，我说，这些道理我们现在知道了，可我就不明白，为什么当初我们提找幕墙公司做的时候，陈述老是反对，这不明摆着玩我们吗？

话一出口，我有点儿后悔，说这些干吗啊。要是他俩是一伙的，徐北方回头把这话告诉陈述，我成什么了？

不过据我观察，他俩不像是一路人。唉，说就说了吧，正好试试他的反应。

徐北方摇摇头，不能这么说，政策毕竟是公司定的，陈述他就那样，嘴上不饶人，心不坏。再说了，跟幕墙公司做，的确事儿多，你们刚开始来，恐怕还真应付不了。不过，现在应该没事了，呵呵，你们都上道了。

我暗叫一声惭愧，说是，如果没有前期的铺垫，后面可能还真挺不过来。

后来看中央二的一档招聘节目，设置了这么一个情境，说三个下属去老总家里吃饭，老总的女儿和她男友也在座，但这个男友表现得很粗俗。出的题目是，如果你是三个下属中的一个，你会不会在他们走后，跟老总说他女儿男友的不是。

应聘的是包括一个外国人在内的三个人，其中两个中国人都说会向老总指出他女儿男友的不是，唯独那个外国人说不会。

主持人问他为什么，他竟来了一句中国的俗语，叫当面说人坏，背后说人好。

看到这里的时候，我想到了徐北方。

很简单通俗的道理，但为什么我做不到？

从那天以后，我把徐北方当成了朋友，我们的友情一直持续到现在。

韩日世界杯开始了，我不懂球，但喜欢跟大家在一起凑热闹，看他们眉飞色舞地讲关于足球的一切，能让我暂时从工作的压力中解脱出来。

电视在食堂，晚上吃完饭，我正等着中国队踢第一场球。多少年了，这是第一次进世界杯啊。

比赛开始不久，珊珊在门口叫我。

我刚出门，她就把我拉到一边，哎，恭喜出了单子啊。

我摇摇头，那点儿钱，不提也罢。

开了头就好了。珊珊眨眨眼，有些神秘，你上次不是说没女朋友吗，我给你介绍个怎么样？

行啊，我想看看她到底玩什么花招，没关系，你要说介绍自己，我正好奚落奚落你。

珊珊指了指在屋里看电视的一个工人，看，那个花儿怎么样？

花儿是中空组的，身高155厘米，体重也差不多155斤。

逗我玩是吧？我冷冷地看了看她，没事儿赶紧洗洗睡吧，我还得看球呢。

别走啊，珊珊拉着我，到底行不行啊？给个话啊倒是？

我看着她的眼睛，想看出她到底是在开玩笑还是玩真的，不过没看出来。

我说你可以侮辱我，但别侮辱花儿，你这样，很让人看不起。

说完，我撇下她，反身走进屋里。

屋里一阵躁动，原来是孙继海给抬下场了。

跟上一家公司不同，在这儿，人际关系要简单得多。这也跟我们单打独斗的工作方式有关，除了每周两次例会，也就是我跟白晔见面的时间多一些。

当然，还有卢伟。他在市里有房，不过回去的次数并不勤，一个月里基本有15天都在公司住。偶尔，他也来我们宿舍坐坐，聊聊天。

不过他并不善于跟人打交道，经常是问我和白晔几个问题后就没话了，然后尴尬地笑笑，行了，你们睡吧，我走了。

这时白晔就会乐，你看见没有，刚才他又脸红了。

有时候我会奇怪，这样一个人，怎么能做起来这样一个厂子呢？

可不，他很敦厚，也没什么心计，同时不善言辞。比起项军的聪明劲儿，他可差出老远。

没办法，家里太有钱了。

他只比我大三岁，可算是同龄人，但我知道，我们的人生，从出生的时候就已注定不同。

巴西踢中国4：0的那场比赛，我是在宿舍看的。白晔是个球迷，实在受不了在食堂里跟人抢台，索性买了一台电视。

罗纳尔多被替换下场的时候，欧阳来电话了，说筱悦找你。

来玻璃公司的时候，我把手机换了，号也换了。好多人都说了，唯独没有通知筱悦。

我问欧阳，她找我干什么？

不知道，说找你有事儿，你最好给她回个电话。

挂断电话，我有点儿纳闷，会是什么事呢？

当然是工作上的事，筱悦的声音很沉稳，我听说你现在在做玻璃是吗？

是啊，我说，你听谁说的？

那你就甭管了，是就行，我们公司现在要装修，要用玻璃，是那种幕墙玻璃，你能做吗？

是玻璃幕墙，不是幕墙玻璃，我说，当然能做，我们公司就是专做这个的。

那太好了，筱悦说，你这两天抽时间来一趟吧。

找谁？你老公？

不是，筱悦叹口气，你找工程部的罗工，说我介绍的就行。

她一定是觉得，如果让我找她老公的话，我不一定会去。

但是，我会的，见谁我都会去。

白晔正在破口大骂米卢，抱怨他为什么不带上李明，要不然不可能输那么惨的时候，珊珊进来了。

白晔只穿着一条大裤衩，看她进来，吓了一跳，忙跳上床，把被单披上。你倒是敲下门啊？

珊珊倒一点儿没事儿，笑盈盈地，看球呢？

我说有事儿吗？

没事儿就不能进来啊？真是！珊珊瞪了我一眼，明天有时间吗？

我看看白晔，白晔把头扭向一边，不看我。

行了，我又不是巫婆，怎么都不理人啊？

我没答话，白晔忍不住问她，干吗啊？

没事儿，我想请你们俩吃饭，怎么样？

有事儿啊？

没事儿就不能跟你们吃顿饭了？去不去？

白晔扭头想了想，不行，明天我得去工地送货，要不你请萧坤吧，他明天没事儿。

我说我有事儿，明天我也得去工地，没时间。

那就后天，怎么样？她竟一点儿也不生气。

白晔想了想，好啊，后天就后天，请我们吃什么？不会是削面吧？

拉倒吧，你呢？珊珊又问我。

我不想搞得太僵，怎么说她也是公司的会计，还是个女人。

好啊，我去，我说，不过最好别太远了。

那好，就这么定了。

等珊珊出屋，白晔重重地叹了口气，唉，这孩子，太疯了。

后天你不忙了？我问他。

咳，你还没听出来？她那是请你，我跟着干吗去？白晔笑笑，伙计，我不傻。

我脸上一阵热，好吧，我傻，是我傻。

见到罗工的时候，快中午了。我向他说明了来意，并说是筱悦让我来的。

罗工推了推黑边镜框，哦，筱经理介绍来的？你等等啊。说着，他转身打了个电话，不用问，肯定是找筱悦核实情况。

放下电话，他好像轻松了许多，脸上也挂起了笑容，来，坐坐。

有熟人就是不一样。

他们公司是想把外墙换成幕墙装饰的，主要是为了提高档次。

我把各种玻璃的报价和颜色都跟罗工讲了一遍，他边听边记。末了，他说，嗯，下午我跟我们副总说一下这事，估计很快就得定。

我说行，差不多了，走吧罗工，中午我请你吃顿便饭。

使不得使不得，罗工连连摆手，我们都有纪律的。

呸，纪律个屁，还不是怕我跟筱悦说什么。不对，那也不至于这么紧张啊？

我试探着问他，你们副总贵姓啊？

姓赵啊。罗工有些纳闷，就是筱经理的爱人。

真是赵西风，丫都当上副总了，怪不得罗工这样呢。

但如果我就此放松警惕，以为事情万无一失，那就错了，他是他，罗工是罗工，千万不能因为这个让罗工觉得自己没有被重视，否则死都不知道怎么死的。

我说那也行罗工，我留个您的手机号吧，晚上我给你打电话。

罗工大概明白是怎么回事，笑了笑，给了我一张名片。

中午饭是筱悦请的。好久不见，她变得成熟了许多，一眼看去，就是个标准的职业女性，根本看不出她原来的样子。

她边给我倒茶，边问我，最近还好吧？

我笑笑，还行，新单位没那么多事。你呢？

我挺好的，就是工作有时候太累了，老加班。

谢谢你啊，我说，给我介绍工程。

相互的，他们也怕生人瞎要价，熟人多少还是好点儿，不过你得有点儿心理准备。

准备什么？

这个工程不光是你一个人在争，还有一家，是另一个部门经理介绍的。而且，老总的意思是到时候竞标，谁合适给谁做。

嗯，我就知道，从来就没有天上掉馅饼的事。

其实你也不用怕，这事西风负总责，到时候怎么操作，我会告诉你。

她一口气说完，自信的样子让我一瞬间有些恍惚，这是以前的那个筱悦吗？

对了，她说，你个人的事怎么样了？

我摇摇头，没怎么样呢，不着急。

还不着急？前阵子我回家，家里好多人都问你呢。

这种事，急是急不来的。我赶紧转移话题，那个罗工平常有什么喜欢的吗？

那天，我们聊了许多，气氛很温馨，像是许久不见的老朋友。

回去的时候，我坐在车的最后一排，看着窗外不停后退的街景，心里暖暖的。

筱悦，你过得幸福就好。

可惜，我错了。

晚上，我给罗工打了个电话。我说罗工，这事虽然是筱经理介绍的，我们也认识，不过行内的规矩我知道。我拿你当朋友，跟你直说了吧，这事儿成了，我不会亏待你的。

咳，我也是照章办事，没什么亏待不亏待的，罗工说，你别想太多了。

我没理他，接着说，报价我做好了，回头给您送去，其中有3个点是给您留的。

其实报价根本没做，没有对方支持的话，做了也白做。

那头沉吟了一会儿，哎呀，3个点，是不是少点儿啊？

有门，我说您的意思呢？

我也不瞒你说，这个工程现在有好几家在争，3个点太低了。

这样吧，我说，咱们也可以不按点说，我先把报价给你拿过去，你先看看，高了低了，咱们再调。我可以给你个底价，多出来的都是你的，怎么样？

罗工想了想，那你先把报价拿过来我看看吧，最好是做两份，好吧？

这分明是告诉我做一份真的，再做一份掺水的。

想想这家伙胆子也够大的，我给他打电话，他竟直白地告诉我3个点的回扣太低。

可后来我发现，就跟医生要回扣一样，整个行业就是如此，不想要或者不敢要的，寥寥无几。

十五、意外

要是提前知道有那么多的苦难在前面等着你，你是否还有勇气一路前行下去？

白晔在富国园的成功让卢伟很是兴奋，开会的时候特意表扬了白晔一番。

看来走甲方这条路是对的，卢伟好像在给自己正名一样，我建议大家在跑幕墙公司的时候再跑跑工地，如果能再成一个这样的，我请大家出国旅游去。

徐北方笑了，卢总，咱们就是接着单子了，恐怕也做不了啊，现在的活儿已经够多了。

没关系，卢伟一挥手，咱们厂子地方大，不行我再上两条中空线，再招工人，不怕钱烧手。

我心里暗暗叹气，唉，卢总啊，说话也太没水平了吧？你就不会说是扩大生产规模，提高生产能力吗？

卢总，不对吧？陈述插话说，去年你就说完成多少多少就让我们出国旅游的，结果不是还没去成？

卢伟愣了下，是吗？

可不，你仔细想想，说过这话吧？

卢伟有些急，皱着眉头想了想，去年你们没有完成任务吧？

嗯，陈述笑了，所以我说是结果没去成嘛，我可没说你不守信啊。

卢伟松了口气，去年年景不太好，今年应该问题不大，你们加油吧，我说话算话。

我跟白晔不由得对望了一眼。相信我们想的一样，这个陈述，也太不拿卢伟当回事了。

珊珊把我拉进饭馆的时候，我以为白晔也在，但是没有。

我说白晔怎么没来啊？

珊珊把我摁坐下，他爱来不爱，我又不是专门找他的。

这么说，你是找我喽？

废话！珊珊说，但马上又道歉，不好意思啊，说习惯了。

她给我倒了一杯酒，也给自己斟上。我有些纳闷，你想干什么啊？

她端起杯子，我向你道歉，上次的事真不是故意的，要是伤害了你，你一定要原谅我啊。

不用说，她是指把花儿介绍给我的那件事。

我有点儿意外，看来她还真往心里去了。既然她拿出诚意了，我也就算了吧，况且本来也没太当回事。

我逗她，知道错了？

珊珊使劲点头，错了，我知道错了，您老人家放心，以后我再不会拿您开涮了。

那还差不多，我说，来，再给我倒一杯。

她忙不迭地给我倒酒，小声嘀咕着，唉，没想到一个大老爷们儿那么小心眼。

声音很清楚，她是故意说给我听的。

我说你说什么？

她堆出一脸的笑，说着玩的，没什么。

哼，还装。我抿着酒，看来白晔说得没错，你要还这样，将来指定找不着婆家。

她嘴一噘，眼睛忽闪忽闪地看着我，我给你当女朋友怎么样？

酒很烈，一下子呛着我了，辣得我涕泪直流。

珊珊赶紧给我递餐巾纸，来，快擦擦。你说你，不同意就不同意呗，也用不着这样自残啊？

你一定以为珊珊顶多算是古灵精怪，甚至还有一些可爱。

嗯，我当时也是这么想的。后来看到电视剧《奋斗》，我有时还会不由自主地觉得米莱跟她真有点儿像。

只是一点儿而已，她才没那么天真。

再去罗工那儿的时候，我拿着两份报价。

嗯，罗工大概看了看，行，搁这儿吧。

我看看表，罗工，这次你可不能推了，咱们俩得找个地儿吃点儿饭去。

罗工笑了，行，你先出去吧，一会儿路口见。

跟林晓一样，罗工也爱吃鱼，要了一大锅的水煮鱼。

也好，我爱吃里面的豆芽。

在饭店里聊就放开多了，我问他，投标什么开始啊？

还得半个月吧，罗工说，要说也挺紧的，你得办几件事。

你说。我心里一紧，又怎么了？

现在除了你之外，还有一家也参与了，这一家也有关系。

筱悦跟我说过，看来罗工没骗我。

罗工接着说，但就你们两家做，把标给你，太明显了，你得找几个陪标的，老总那儿也说得过去。

我有些疑惑，半开玩笑地来了一句，到时候老总不会心血来潮，随便点一家吧？

罗工显得有些不屑，喝了口茶水，老总不信任我们，我们也不会在这个位置，可面子上的活儿还是得做的，对不对？

是，罗工，我知道了，放心吧，我尽快办。

没想到找垫背的也那么麻烦。

既然是投标，怎么也得像点儿样，但一般的公司不太愿意把自己的企业资料随便透露给外人。周经理倒是愿意帮我一把，可只这一家，显然不行。

卢伟让陈述找一个，陈述听了直摇头，不行，那帮家伙你又不是不知道，他们找人陪标行，别人找他们，没戏。

我很不地道地想，哼，恐怕是我找你才没戏吧？

卢伟看向徐北方，徐北方点点头，我这儿倒是有两家。

行，那你回头把资料给萧坤吧。

陈述揶揄他，还是北方能力强啊。

徐北方笑笑，一语双关地来了一句，其实还是南方强，对吧？

冲这个，我得请北方喝酒。

夏天，门口不远处就有大排档，我们点了两个凉菜，要了几瓶啤酒，喝了起来。

我说这次我得谢谢你，要不还挺麻烦的。

不用，都是朋友，北方说，做这行，一个人成不了事，以前别人也帮过我。

是，我说，以后需要我帮忙的地方，尽管说。

北方笑了，来，都在酒里了。

他和陈述都是北京人，差距怎么就那么大呢？

这个行业其实不错。现在基建这方面政策好，对咱们有利，北方说，好好干吧。

嗯，就是卢总，有点儿那个……要不然，咱们厂子可能会更好。我不好再说下去，但这也是心里话。老总要是强的话，员工能少走好多弯路。

老板有两种，北方想了想说，一种是特别强的，没有员工努力，他也一样能成事。还有一种，是自己没多大本事，可是对员工不错，能形成凝聚力的那种。咱们卢总，应该就是后者。

这种理论之前知道，他这么一说，更清晰了。不过，他沉吟了一下，老总再好，产业也是人家的，你再怎么样，也是给别人打工，将来最好还是自己干。

真理。我笑笑，如果你要自己干，一定要拉上我。

好，他拿起杯子，如果你要自己干，也得叫我。

白晔这些天忙得很，但兴头挺足。也是，搁谁挣那么多钱都会兴奋。

洗澡的时候，他跟我打趣，伙计，跟她怎么样了？

谁啊？我一时没明白过来。

装什么傻啊？当然是珊珊啊。

我说你快算了吧，我俩什么事儿也没有。

没有才怪。白晔说，其实珊珊这姑娘也不赖，除了脾气不太好，长得倒还行，你也别太挑了。

我瞪了他一眼，没理他。

白晔接着问，伙计，好久没崩锅儿了吧？我就不信你不想。

这家伙，说起这事儿来跟抽烟一样自然。

我烦了，滚，谁跟你似的，猪一样，老想着那事儿。

白晔竟叹口气，唉，人要跟猪一样倒好了。

不能跟他扯这类话题，一扯他就没边没沿了。

可是，为什么这次他提起珊珊的时候我没有反感了呢？

在把三份标书送给罗工之后，我见到了赵西风。不是约的他，而是在门前巧遇，他胖了不少。

我有些发愣，但事已至此，躲着肯定不行，显得太小气。我上前，跟他握了握手，说你好，我来谈业务的，谢谢啊。

别客气，筱悦都跟我说了，你跟罗工接触就行，他说，那是自己人。

跟原来相比，他说话更有居高临下的感觉。

另外，他看了看四周，有事还是打电话吧，咱们最好少见面。

是的，无论是避嫌，还是我们这种别扭的关系，别说少见面，不见面才好呢。可这不是碰着了吗？

我说行，你忙吧。

看着他走进电梯，我有些酸酸的。

夏天的北京是闷热的，在喝了两瓶啤酒后，更闷了。

不过，身体有一个地方却是燥热的。

有时我就想，如果男人能控制好下半身，可能会成就许多事，这世上也就不会有那么多痴女怨妇。我甚至想，怪不得古代有那么多太监能够爬上高位，原来就是因为了却了最大的羁绊，心无旁骛。

有一个办法可以让我冷静下来。

想想珊珊。

这个看起来疯疯癫癫的丫头，其实性格挺可爱，敢说敢做，却也不失温柔。

我也拿她跟筱悦和丛丽比。筱悦更像是一个伙伴，或者朋友，即使现在她已做人妇，我们还是朋友，而且是一生的朋友；对于丛丽，我则是欲望的成分更多一些，如果有爱，也不是爱情。

那珊珊呢？为什么一想起她，我就没有了那种欲望，反而有些牵挂？

坏了坏了，不知不觉间，我竟有点儿喜欢她了。

可是因为什么呢？她的性格？她城里人的出身？还是兼而有之？

她跟卢伟还真是亲戚，不过有点儿远，她是廊坊人，虽然是二流大学毕业的，但好歹也是个本科。

而我，在她看来，就是一个乡下人，祖传三代都是，学历更别提了，三流大学的专科，如果几年前看到我，可能她会捂着鼻子绕行的。这么想一下，她如果真有心的话，我们其实还是可以交往的。

我得承认，在这方面，我想得比较猥琐。

一个念头说，可是看样子，我不配，至少，现在不能谈这方面的事。

那又怎么样？又一个念头说，什么配不配的，你未婚她未嫁，喜欢她就跟她说呗，错过了，有可能会后悔一辈子的。再说了，有几个男人是功成名就后才娶妻生子的？你怎么知道那个时候女人看上的是你的钱还是你的人？

可她是不是想涮我啊？根据之前的经验，有这个可能。

不过又有哪个女孩子用这个涮人的？

这些东西在我脑海里上下翻腾，弄得我心烦意乱。

不行，哪天我得找她谈一次。

罗工那边的进展比较顺利，过些日子就能定，让我少安毋躁。

可以不躁，但不能闲下来，趁这个时候，我联系了一家大的幕墙公司，上海的，在北京有分公司，暂且叫它黄河吧。别看是分公司，业务却大得很，之前陈述和徐北方都去过，但后来都不了了之了，没有建立任何业务关系。

一个多月前我就问过卢伟，他俩为什么没有谈成。卢伟只是摇摇头，费劲呗。

我以为是谈业务费劲，没想到从联络开始就费上劲了。

在打了无数次的联络电话后，他们的业务主管终于肯见我一面了。

业务主管姓支，支强，很少的姓，也好，好记。

唉，令我感觉失败的是，他也很年轻。

我带了几块样片，就是那种切成小块儿的玻璃原片，他拿在手里反复地看。

你们也做色玻？色玻就是有色的玻璃，绿蓝灰三色为主。我说当然做啊。

夹胶也能做？夹胶是指两片玻璃粘在一起，安全等系数更高。能做。

5+5的白玻，两层胶片，一平多少钱？

我报了价，支强考虑了一下，点了点头，多久能出货？

一般是10天后供第一批货，我说这是惯例。

支强笑了，不行，我们这儿要求不能超过一个礼拜。

如果赶得急，一个礼拜，虽然有些紧，但也可以做，您要多少？

三片，支强说，一个礼拜，你能做出来吗？

我心里暗骂，绕这么大弯子，才三片，别说一个礼拜了，4天我就能给你出来。

我刚想说话，支强又来了一句，这是样片，如果甲方检测合格的话，得2000多片吧。

原来如此，我点点头，可以，一周内，我给你送过来。

别送这儿，支强拿过一张纸片，写上地址，送到这个地方。

付款方式呢，先跟您说一下，我接过纸片，公司是需要预付款的。

这个我知道，你们要求付多少？

我心里迅速地转开了圈，这个人没有跟我绕弯子，几乎没有废话，如果我再拿对付周经理那套对付他，肯定不行的。

这里好不容易才敲门进来，我可不想一下子让他给轰出去。

我说公司的惯例是不低于30%。

他明显不屑地轻笑了一下，证实了我的判断。不过，我紧接着说，对于像你们这样的大公司，我们也有政策，但最低不能低于10%。

我想了，如果这样都不行，那也不能说死，回去再跟卢伟商量对策。

但支强没有说不行，他想了想，嗯，这个我考虑一下，你先把这三个样片做了吧。

我有些犹豫，不知该不该跟他提预付这三片钱的事。

就三片，总共就1000块钱，你不会也要预付款吧？支强显然意识到了这点，问我。

好，你意识到了就好，怕就怕你把我当傻瓜。我装作大方地拍了下大腿，好疼啊。行了，这三片就不说了，真等你要那两千多片的时候，咱们再说。

回来把这事一说，徐北方没说什么，陈述先嚷嚷上了。

哪有这么办事的啊？三片本来就少，你不让他把钱全交了，还自已垫，真行。

是啊，卢伟说，三片，不是不能做，不过也太少了，有可能是陪标啊。

可不，他说这话我信，既然我们能找人陪标，别人也有可能找我们陪标。

问题是这家公司办事太操蛋了，陈述说，我也是因为他们结款太麻烦才不跟他们打交道的。

得，照他们这么说，我跟上了一大当似的。我的心顿时凉了半截，为随口答应支强感到些微懊悔。

但，也只是些微，我想过了，大不了也就是1000块嘛，赔就赔了，可要是成了，那可是一大笔买卖啊。

有点儿赌博的成分，可是之前跟小平头他们不也是赌博嘛，输得还多呢。

自始至终，徐北方都没说一句话。

我要是知道后来那么多的麻烦事，可能当时就给支强打电话推了。

不过，也幸亏不知道后来的过程，要不我可能也坚持不下来。

人的一生呢，是不是也这样？要是提前知道有那么多的苦难在前面等着你，你是否还有勇气一路前行下去？

夏天天黑得晚，吃完晚饭天还亮着呢，刚出食堂的门，就看见珊珊迎面走来。

她冲我笑笑，哟，吃完了？

是啊，我说，晚上有没有时间？

干吗？显然，她有些没捉摸过来。

不是请你看电影，我说，没事儿来我们宿舍打牌吧。

哦，行啊，不过那也得等我吃完饭了。她有点儿明白了，但可能还不太相信。一会儿吧。

看着她的背影，我竟有些紧张，哎呀，白晔还没回来呢，要是她吃完饭白晔还没回，她肯定知道我是在约她，不会笑话我吧？

看吧，男人不能认真，一旦认了真，便会紧张。而且，你越是认真，女人越不把你当回事。

又是后知后觉。

在宿舍里，我一会儿看看电视，一会儿看看窗外，坐立不安。

我试图告诉自己，你都过来人了，装个毛啊？可，真不是装的，很紧张，像是跟筱悦第一次钻玉米地。

手机响了，是珊珊。我尽力装作若无其事地问她，吃完了？

吃完了。打牌没意思，珊珊说，走吧，咱俩出去转转吧。

不太好吧？我说，人都能看见，不好。

哟，你还害怕了？有什么啊？真是。我在门口等着呢，你来不来？

来，谁怕谁啊！

厂子的后面是一大片待开发的别墅区，野花遍地，鲜有人烟，站在那里看落日，是很美的享受。别墅起来后，反倒没法看了。

我和珊珊绕着厂子走了差不多一圈，用了大概两个多小时，平常的话，20分钟足够了。聊的内容天南地北，很多，但大多都是珊珊问，我答，有点儿像是老家相亲时的那种问答方式。不同的是，这次，心慌的是我。

珊珊很活跃，不时说两个上大学时的笑话，讲她们怎么治班上的捣蛋男生，怎么整蛊老师，甚至讲到她的初恋男友。

我男朋友是班干部，挺帅的呢。她说，不过，他也被我骂过。

你们为什么分手了呢?

珊珊语气还带着调侃，唉，毕业了呗，小孩子的恋爱，有几个成正果的?

你现在也不大啊，我逗她，整个儿一小孩儿脾气。

谁说的?告诉你，我现在好多了，以前我都脏话连篇的，说出来你都不信。

我信，我说，我信。你那个男朋友现在干什么去了?

我比较关心这个。

哦，人家出国留学去了，珊珊有些失落，斯坦福。

斯坦福，我知道，我说，也就一民办大学嘛。

珊珊愣了愣，哎，就是啊，我还没意识到呢，你这么一提醒，我才想起来，可不嘛。

我俩哈哈大笑。

回来的时候，天已经完全黑了。

在大门口，我让她先进去，她冲我笑，哎，别说，没灯的时候看你的脸，还挺好看的。

回到宿舍，我才琢磨出来她这是损我。我给她发了一条短信，闭上眼看你，你更好看。

够幼稚吧?算了吧，掉进去的，有几个不幼稚的?

白晔问我，跟谁调情呢?

我说调什么情啊，跟客户商量饭局的事呢。

白晔笑，你就装吧。

装就装，这种事儿，不说为妙。

给支强做的三块玻璃出来了，因为太少，公司不愿意拉，我在门口找了辆面的，给拉到了支强指定的工地。

快到的时候，我给接货的人打了个电话，说我快到了。

接货的说，你直接开进来吧，我在主楼前等你。

在门口，面的司机有点儿为难，兄弟，不好进啊。

我心说都这会儿了还说这个干吗啊，能进就进吧。

司机虽不情愿，但还是开了进去。

一进去我就有点儿后悔。因为是工地，车颠簸得厉害，我本来就在后面扶着玻璃，生怕它倒了，现在更得小心了。这都是钢化过的，最怕磕碰到边角，赶上寸劲儿，一下子就全破了。

好在司机够小心，我们总算到达了目的地。

接货的还想让往里头送，我说就这儿吧，咱们往里抬就行，别走了，再走我怕就碰了。我和接货的工人一起往下抬玻璃，一块儿，两块儿。到第三块的时候，他的手机响了，忙转过身去接电话。

司机看到，忙走过来，来来，我帮你抬。

我小心地把玻璃放下，但紧跟着嘭的一声，手中一震，好像有什么东西被释放了出来。

夹着胶的两片玻璃，有一片破了，但没有掉落，看起来像是雪花整齐地落在了上面。

接货的愣了，看向司机。司机呆呆地看着我，不知所措。

接货的小伙子先反应过来，走到司机身边，俯身看看。

你……你怎么搞的，不懂你别乱动啊，这下好了。

我走过去才看明白，司机拿的那一个角放的时候没把握好，直接给放地面上了。

我说过，这种钢化玻璃最怕磕碰到边边角角，这下好，玻璃破了事小，耽误事儿可就麻烦了。司机明显有些不知所措，哎呀，没注意，你看这……

接货的很愤怒，直接打电话给支强，支经理，破了。……什么破了？玻璃破了，人家马上要验收呢，怎么办？

我把电话接过来，支经理，不好意思，出意外了。

支强更愤怒，如果他在现场，可能要骂上了。你怎么搞的？哪有这么弄的，你这不是拆我的台吗？

我也不想啊，可就是这么寸，你看怎么办？

怎么办？你问我，我问谁去？支强平复了一下心情，再有三天人就得验收了，你让我怎么办？

三天，你对自己可真好，这时间留得可真够富余。我说你等等啊。

我拿出自己的手机，把情况告诉了卢伟，请他帮忙三天内再赶出一块玻璃。

这点儿破活儿，三片本来就够少了，卢伟很不愿意，你还做一片，没法做。

我急得头都大了，不行，卢经理你一定得帮忙啊。

卢伟叹口气，唉，瞧你揽的这活儿。

我又赶紧跟支强联系，我说，这样吧，三天后我把那块玻璃给你送过来，这两块儿你不用先给钱，等那块玻璃来了，你再一块结吧，如果没送来，玻璃算我送你的。

这事很丢面子，不过我现在能做的也就这些了。

事情到了这一步，支强显然也没有办法了，行行行，也只能这样了，不过你得赶紧的啊。

人的要求都是这样，随事情的发展而不断变化，原来我还想着来了把货安全卸下，跟支强谈后面的事，现在看来，别说后面的事，不招他们骂就是万幸了。

司机也一样，也许刚才还想着这一趟活儿能挣多少钱，现在，他很茫然，也许在盘算着得往外掏多少钱。

我说这样吧，这块玻璃值300块，咱们俩抬的，责任在咱们俩，一人出一半怎么样？

司机连连点头，估计这样的损失低于他的心理预期，好好好。

司机掏出150块，有些犹豫，我知道他在想什么，说车费50块，你扣下，给100块就成了。

回到厂子里，徐北方在，看我愁眉苦脸的，他在那儿乐。

我说很好笑是吧？

咳，你这算什么事儿啊。我给人送货，进工地的时候颠了一下，赔了3000多块呢。

不是钱不钱的事，我说，我怎么就那么倒霉呢。

谁都有倒霉的时候，这也算事啊？徐北方扔过来一根烟，再说，卢总这不也安排生产了嘛，行了，过两天我带你冲冲喜去。

冲喜？我说你结婚啊？

他摇摇头，我妹结婚，到时候咱们一起去，我带你去沾沾喜气儿。

没听说你有妹妹啊？我有点儿纳闷。

我姑家的孩子，表妹。徐北方像想起了什么，愣了下，哦，对，她老公也是做药的，跟你以前是同行。

晚饭的时候，珊珊跑到了我对面，听说今儿挺不顺的？

消息传得可真快。我苦笑了一下，咳，早晚要碰到，无所谓。

就是，想得开就好，再说，业务多着呢，又不是跟他们一家做。

道理没错，可如果碰上一家有问题就不做，那就干脆都不用做了。

我说是啊是啊，不着急，该是我的怎么样都是我的，不是我的，我再急也没有用。

这就对了。珊珊笑笑，凑到我耳边，吃完饭，我在后头等你。

原来劝我是假，约我是真。

那就去吧。

大概7点，我走到了厂子后头，珊珊正在玩手机，见我来，收起手机。

走向她的时候，我脑海中竟出现了项军骂我的画面，你以为你做的事我不知道？

没有不透风的墙，更何况这墙还是个篱笆墙。

我说珊珊，你说实话，是不是真的喜欢我，想跟我做朋友？

她可能没想到我会这么直白，愣了下，忽然笑了。

你说呢？

得，又来了。我不知道，所以才问你呢。

咳，都什么年头了，你还这么老土，那好，我也问问你，你喜欢我吗？

我想了想，说不知道，不过，你挺吸引我的。

珊珊想了想，那，我也一样吧。

我有点儿失望，哦，那是不是喜欢我呢？

她急了，哎呀，你不要问这么无聊的问题好不好？

是啊，我心里暗暗笑自己，你可真够无聊的，人家都跟你暗示得这么明显了，你还这么问，太老土了。

我挺了挺胸，那就好，我不怕什么了。

那晚我们又聊到很晚才回去，但我连她的手都没拉，不是不敢，是我根本就没有欲望。说酸点儿的话，在我眼里，她非常纯洁。

我甚至认为，拉她的手，对她是一种亵渎。

我甚至认为，这就是爱情。

不错，是爱情，是我的爱情。

可不是她的。

十六、革命就是请客吃饭

经验告诉我，经验这东西，只在用得着的时候才有用。

白晔出事了。

前面说过，富国园的工程，白晔是跟对方的副总签的合同，而绕过了工程部的人。我们都以为此招高明，实则犯了大忌。

对，工程部经理急了。实际上，问题在合同签订那天就有了，工程部的经理一直在找白晔的碴儿，但一直苦于没有机会。

可不嘛，为什么跟他谈的那家价格比白晔高了近10%？那还不是对方的回扣。白晔绕过他，跟他的上级签合同，实际上就是断他的财路，不找你碴儿才怪。

如果白晔能明白这一点，平常跟这个经理打点打点，应该也不至于闹得太僵，毕竟还要给副总面子。

如果我们有谁能提醒一下白晔，告诉他平常防着点儿那个经理，多注意一下产品，也不会有把柄落到他手里。

如果……算了，没有后悔药。

钢化玻璃对破碎后的颗粒有一个标准，大概为每平方厘米不低于30个颗粒（大概如此，具体的数据真记不住了）。那个工程部经理非要砸一块儿白晔送去的货，说要验一验是不是这么回事。

欲加之罪，何患无辞？我估计那个经理也是权衡之后才想的此招。你数吧，过关了，行，怎么说我也羞辱你一顿了，如果不过关，那就没什么好说的了。再说，过不过关先放一边，我得先砸你们家的玻璃解解气。

怎么就那么巧，他砸的那块儿偏偏没有钢化完全，分成了好几块儿。

注意，是好几块儿，不是好多颗粒。

要是没有前面的那些事，也许罚酒三杯，或者顶多罚个千儿八百的也就过去了。可对方是专找你碴儿的，这就相当于在球场上，对方的前锋直接面对你的空门。

先是副总被调离，接着跟我们厂子的所有合同作废，并且，根据合同，对方还要追究我们厂子的责任。别说要这批的货款了，包括之前的货款也一并冻结。

提成？先想想你得赔多少钱吧。

白晔傻了。

不光白晔傻了，卢伟都傻了。

可能是没遇到过这样的事，卢伟在屋里一个人闷着抽烟。陈述和徐北方也知道了，赶过来，一起商量着怎么办。

不行就跟他们打官司，又不是所有的玻璃都是这样的，陈述说，不给钱反正不行。

关键是你不想打都不行，我说，人家拿着合同让你赔，你不赔人家还得告你呢。

徐北方也是一脸的愁容，丫够孙子的，这没法弄啊。

可不，卢伟说，别说赔钱了，就是现有货款结不回来也够我喝一壶的了。

我还指着这个项目能挣点儿钱，没想到狐狸没打着，反倒惹了一身臊。说话的是白晔。我们看向他，想安慰他两句，但什么话也说不出来。

碰上这种事，倒霉啊。

倒是卢伟来了句，白晔，这两天你先不用出去跑了，在公司待着吧。

白晔愣了下，好吧。

卢伟的意思很明显，事情解决好了你可以上班，解决不好，需要赔钱的话，你可能得负担一部分。虽说是公司产品质量的问题，但是你负责的，你有责任，这方面，公司有规定。

我跟徐北方对视了一眼，他表情复杂。相信我们想的差不多，同情白晔，但没办法。

晚上，我陪白晔喝了不少啤酒，一向大大咧咧的他显得很安静。

我说其实也没什么大不了的，顶多是不要提成了呗。

有那么简单就好了。白晔眼睛发直，今天你们走了以后，卢伟问我要家里的地址呢，我没给他。

要你家的地址干什么啊？

白晔没好气地，还能干什么啊？

我随即醒悟过来，他那是准备跟你要钱，怕你跑了啊。

是，白晔显得病怏怏的，不过我没告诉他。

白晔再有不是，也不至于这么早做打算啊，卢伟也太急了。

也难怪，近百万的货款，他是得急，那也不能这么对白晔啊，说来说去，还不是玻璃质量的问题？我心头涌起一股悲凉，哼，没事儿的时候怎么都好，一遇到事，人的本性立马就出来了。

不行，我暗暗咬牙，将来一定要自己干，自己当老板。

我们这样高不成低不就的，跟谁干都不行，全世界都一个熊样。

再次把玻璃送到工地的时候，支强也在。

还好，这次没有破。

得了，他把支票递给我，你走吧，没你事了。

我说这个单子大概什么时候能有结果啊？

支强笑了，是那种冷笑。如果出了结果，也不能保证是我们公司中标，就是我们公司中标，也不能保证非得由你们公司来做，我话就说到这儿。

还能说什么呢？话很明白了。

我说那得，你忙，回头电话联系吧。

嗯，再说吧。

“再说”的意思，大家都知道，就是别再说了。

我很郁闷，中午的时候去了欧阳那儿。

夏天，生意不太好，不过还有七成座是满的。宁玉洁看到我，有点儿不好意思，来啦。她回头叫，欧阳，欧阳！

欧阳有点儿瘦了，可能跟换了衣服有关。见我来，开了一瓶啤酒给我。

筱悦那边的工程，进展顺利吧？

还行吧，让等信儿呢，我就等着吧。

欧阳面露难色，哎呀，这话我好像不应该说啊。

我说你装什么啊？有话就说。

筱悦不会是对你又……

别逗了，我说，我们不可能了，现在就是朋友，怎么说我们也是发小啊。

那就好，欧阳松了一口气，我想说的就是这个，你能这么想，最好。

放心吧，我喝了口啤酒，我有目标了。

真的？哎，那得说说，干吗的？欧阳一下子来了兴致。

我们公司的会计，我说，人长得还行吧。

那就好，有目标就好。

你呢？我想问他跟婷婷怎么样了，但转念一想，还是别直接问了，让他自己说吧。

我？欧阳指了指宁玉洁，我们俩想国庆结婚。

真的？我这才想起进门的时候宁玉洁看我的眼神，够快的啊，那得恭喜你们了。

咳，凑合过吧。

那婷婷呢，她现在干什么？唉，还是没忍住。

不知道，听我一哥们儿说，在歌厅里见过她，好像在干那个。欧阳有点儿低落，别提她了。

我有些震惊，虽然有心理准备，但还是很意外。

外面的诱惑实在太多了，男的如果掉进去了，爬上岸，或许没多少人在乎，但是女的掉进去，可能就爬不上来了。

我承认这种看法很自私，可这个世界本来就是这样不公。

也许，人们喜欢城市，就是喜欢这种可以选择生活方式的自由吧？

出门的时候，欧阳塞给我一沓钱，这是1万，你先拿着，剩下的5000块，我会尽快还。

我说我可不是来找你要账的。

欧阳乐了，得了吧，你要是要账，我还不给你呢。

回去的路上，我想着欧阳的这些年，再对比自己，不由得暗暗惭愧。

那时候，他做小饭馆，我还有点儿看不上，可现在，生意做大了，走上了正轨，虽然挣的钱不见得多，但起码不用每天听别人的使唤。

可自己呢？这些年做了什么？得到了什么？除了一大堆的经验，没有，我什么也没得到，反倒失去不少。

经验告诉我，经验这东西，只在用得着的时候才有用，而且，这些经验的代价，也未免太大了。

这个世界才不管你懂得多少，它只在乎你拥有多少。

筱悦跟我打电话，问我进展情况，我说罗工让我等信儿呢。

哦，筱悦想了想，这样吧，你有时间的话再请罗工吃顿饭，加深一下感情，虽然有这边的关系，但该做的动作还得做。

我明白，我说我请过他了，不过看那样子，他不怎么爱跟别人聊天。

那是你没跟他聊透，筱悦说，罗工这个人其实挺爱说话的。

既然你这么说了，好，我这就跟他联系一下。放下电话，我立马拨通了罗工的手机。

果然，他没怎么推辞，让我下午过去找他。

虽然刚刚有了笔小钱，但我还是在想，怎么能让他吃好又少花钱。

没办法，不比以前，客情这些事，公司是不怎么管的，要报也得拿到合同再报。

想了半天，嗯，他爱吃鱼，上次请他吃的水煮鱼，这次请他吃酸菜鱼吧。

在一家商场的5楼，我找了家做鱼比较有名的菜馆，订了个单间。

罗工带了两个同事来，看那样子，他比较高兴。

那就别愣着了，倒茶，上菜，喝酒，聊天，招呼着吧。

但如果就这么吃完抹嘴走了，未免太亏了。趁着酒意，我问他，罗工，您平时有什么爱好啊？

罗工摆摆手，什么爱好？我都这岁数了，还能有什么爱好啊。

旁边的小青年嘴快，我们罗工平常就喜欢诗。

罗工笑笑，唉，老了，现在看得少了。

那您是喜欢古诗还是现代诗啊？

这话我得问问。古诗，除了上学的时候学的那几首外，我还真没有研究，你要说现代诗，我还能跟你侃侃。

古诗不错，不过，我更喜欢现代诗。

是吗？我装作很感兴趣，我也是，我也比较喜欢现代诗。

哦，那不错，你喜欢谁的啊？罗工问。

我说我比较喜欢顾城和北岛的，还有食指的，跟我大概也差不了多少岁嘛。

其实还有不少，席慕蓉，郑愁予，聂鲁达，叶芝……

很奇怪吧？

没什么奇怪的，谁没有过少不更事的时候，扯呗。

罗工点点头，那徐志摩的呢？

我说他很有才情，不过出名的东西不多，好像除了《再别康桥》和《我不知道风》之外，代表作并不多。

罗工有点儿不太高兴，我觉得他的那首《致橡树》也不错。

《致橡树》是舒婷的成名作，两人根本挨不上，敢情他是叶公好龙。

我脸一下子红了，看向他的那两个同事。他们正冲我举杯，来，我敬萧经理一杯，感谢款待。我赶紧举起杯，别客气，你们能来是给我面子，我得感谢你们。

喝吧，喝了脸再红就没事了。

我放下酒杯，对罗工说，对，那首也不错，非常不错。我差点儿忘了。来来，先吃点儿菜。

那晚除了这个小插曲，其他方面我们聊得不错，很深入。

临出门的时候，罗工深有意味地拍着我的肩膀，老弟，你挺聪明，我没看错你。这个工程，虽然有副总和老总盯着，但说白了，拿主意的还是我。

那当然，我说我知道，我又不是跟他们打交道，我只认你。

他笑了，用手指点了点了我，行，走了，你等我电话吧，用不了一周。

以后再见到罗工，我们聊天的时候，竟再没有聊起过有关诗的任何一句话。

天气很闷。

白晔更闷。

跟富国园的事情依然没有任何进展，卢伟去了几次，让人轰了出来。

没用。像这种玻璃没有钢化完全的情况，哪个厂家都有，但像这样寸的事，还真是少有。所以白晔一直想不通，天天在宿舍里喝闷酒，也就是我没事儿跟他唠几句。

不让上班，不让出门，也不说让不让他负责，负多少责。这样下去，他肯定要崩溃的。

跟珊珊又出去的时候，我说起了这事，珊珊显得很不以为然。

该他倒霉，别人的怎么就没出事呢？

女人看问题，跟男人是不一样的。她们更多的是根据自己的好恶来判断，才不讲什么道理。我说你这话说得也不对，要是钢化车间的人当时注意点儿，也就不会出这样的事。

那两个看炉的都是农村来的，要钱没钱，要人没人，你让他们赔，他们赔得起吗？再说了，说一圈还是白晔自己的工作没做好，就是没有这事也会有别的事出来。

这话倒也对。想找你毛病，太好找了。可如果这事落在我身上，她会怎么看？

我没敢想。

明天休息，我说，我请你看电影怎么样？

不行，珊珊摇摇头，我明天得回家，我得给我妈过生日呢。

哦，用我跟你一起回去吗？

你去？珊珊看看我，你干吗去啊？

没想到她会这么问，我不知道该怎么回答。

珊珊笑了，算了，这是我们的家，你就别操心了。

也是，我心里想，我们现在的关系还不到那份儿上呢，她这么说无可厚非。

回屋的时候，白晔已经躺下了，我轻手轻脚地来到床前，刚要脱鞋，白晔来了句，回来了？

原来是还没睡。我说哦，打乒乓球去了。

这种谎话瞒不过白晔，但他没心思说这个。

有烟吗？我扔给他一支，白晔翻身起来，点上。

好几天没刮胡子了，他看起来竟有些沧桑，我心里一酸。

伙计，他吐了口烟，你说人的命是不是早就安排好的？

咳，别多想，我说，大不了就是不干呗，还能怎么样？

他摇摇头，刚才卢伟找我了，说钱有可能要不回来了，要让我负担一部分。

那车间的人呢？

车间的人没钱，答应在这儿给他白干两年，农村来的小伙子，实诚。

看来，这是要动真格的了。那，我小心翼翼地问他，要负担多少啊？

10%，20多万吧。

啊？这么多？

是啊，白晔叹口气，我爸妈就是平头老百姓，现在都退休了，家里也就一套房子，要是让我赔，就只能把家里房子卖了，我还想着怎么孝顺他们呢，谁知道弄成这么一个结果。

我说那也不至于这么多啊？

不是多少的事儿，白晔说，我觉得这就不应该我赔。

是啊，我也这么想，可我们说了不算。

我说要不打官司呢，说不定能要回来一些钱。

白晔苦笑了一下，打官司？你想得太简单了，伙计。

不是我想得简单，是实在没别的办法了。我早知道，医院和法院这两个地方，一辈子不进去我都不会遗憾。

我们不再说话，默默地上床睡觉。

睡得着才怪。

白晔的事，他可能有责任，但从另一个方面看，厂子的东西，质量堪忧。

这个行业，我既然选择了，最好能坚持下去，而且据我观察，发展前景也不错。

那么我是不是应该多留一个心眼，平常也接触一下别的厂家，对比一下各自的优势，如果有我们厂子做不了的活，可以在外面做？

我为自己的这个想法打了个冷战。

早上起来，白晔的床铺是空的。

这家伙不用上班，不可能起那么早，肯定是去厕所了，我没有多想。

发现事情不大对劲是在食堂吃早点的时候。

白晔没来，平常他不这样，去哪儿了呢？

这时卢伟进来，拿着手机，一边打一边问我，白晔呢？

我一时有点儿懵，不知道啊。

不知道？卢伟有点儿不太相信，你俩住一屋，你能不知道？

贝克汉姆还跟我在一个地球上呢，他昨晚住哪儿我是不是也应该知道？我说，我真不知道，他怎么了？

卢伟放下手机，很沮丧。怎么了？跑了！看，手机关机。

跑了？跑哪儿了？

卢伟瞪了我一眼，又看向一旁的工人，你们谁看到白晔了？

大家你看看我，我看看你，却没人说话。卢伟跺了跺脚，转身走了出去。

做饭的师傅后来说，早上他买菜回来的时候，曾看到白晔出门，穿着一身单衣，手里什么也没拿，当时他没在意。

白晔就这样走了，这看似凄惨，却可能已是最好的结局。

北京又有多少人，是倒在类似的坎上？而迈过去的，是否又真的找到了幸福？

我回到宿舍，看着白晔没有来得及叠的被子，没有拿走的衣服和洗漱用具，一时间有些恍惚。

珊珊也听说了，进来后东看看西看看，直撇嘴。胆小鬼，至于吗？

我没说话，心里却在想，卢伟不会怀疑是我给他出的主意吧？

见我没搭理她，珊珊有些无趣。这下倒好，这宿舍成你一个人的单间了。

珊珊扒拉一下桌上的东西，拿起一瓶洗发水，这是白晔的？

我点点头。

太好了，我的正好没了。

徐北方表妹结婚那天，很热，气温大概得三十五六度。

我曾很龌龊地想，这天儿，分开都觉得热，还往一块儿凑，真是找病。

不过，怎么说也是我来北京后第一次参加婚礼，感觉还不错。饭店不大，但布置得很温馨。

上礼是肯定的，不多，200块。

我们到的时候，人已经不少了，大概有20桌吧。婚礼还没开始，新郎新娘还没来。我剥着糖，心里在想，筱悦的婚礼是否人也是这么多，也是这么热闹？

除了徐北方，我谁都不认识，时间长了，我很自然地问，你妹多大了？

哟，徐北方皱了皱眉，你还真把我问住了，有二十七八了吧？

那结婚可不算早。

还说别人，那你呢？徐北方笑笑，你也快三十了吧，不也一样没结婚呢。

是啊，让他这么一说，还真是，要是在老家，我的小孩儿现在应该会打酱油了吧？

你上次说，她老公是做药的？

对，跟你以前是同行，不过他做得还行吧，现在自己做代理呢好像。外地的，不过刚买了房子，徐北方压低了声音，要不然我妹怎么可能嫁他呢？

刚说完，徐北方突然意识到不妥，拍拍我的肩膀，兄弟，我没别的意思啊，没拿你当外人才跟你说这个。我笑笑，嘴上说着没事儿，心里却一紧。

外地的，呵呵，虽然我们自己好像有意无意地在淡化这种身份，可你不得不承认，它已经像一块烙印，刻在我们身上。回到老家呢？发没发现，你的习惯变了，你的圈子变了，甚至你的口音都变了。

没错，在老家，你同样会被看作是一个外地人。

那，哪里是家呢？

婚车在饭店门前停下，鞭炮响了。虽然禁放了，但这种场合，还是睁一只眼闭一只眼的好。

大家纷纷站起来，看着小两口走上台阶。新娘很漂亮，我是真的这么认为，再丑的女人，只要穿上了婚纱，都是漂亮的。

新郎一身黑色西服，看起来很是意气风发。但，怎么那么眼熟呢？

不会吧？我问徐北方，那男的叫什么？

徐北方挠挠头，就在嘴边上，怎么想不起来了呢？

我走到大门口，仔细看了一眼。

没错，那人还真是林晓。这世界忒小了吧？

林晓显然也看到了我，先是一怔，接着热情地走过来，握了下我的手。

你怎么来了？

我指了指身后的徐北方，我是女方的娘家人。

林晓笑了，回头聊，回头聊。

徐北方有点儿愣，凑过来，你们俩认识啊？

认识，岂止认识，还很熟呢。

徐北方伸出手，打了一下自己的嘴，我刚才可什么也没说啊。

婚礼很热闹，也很乱，跟我的脑子一样乱。

人生真是无处不相逢啊，本来以为跟林晓没什么瓜葛了，没想到我们竟以这种方式遇上了。想起之前林晓曾力邀我去他待的公司被我拒绝，我多少有点儿别扭。说起来，倒是林晓看得比较开，如果当初把我放到林晓的位置上，我可能对自己恨都来不及呢。

所以，当林晓和新娘来敬酒的时候，我很痛快地喝了一大杯。

人走得差不多的时候，林晓又过来了，没说话，先抄起筷子吃了一圈菜。

可怜孩子，饿坏了。

听说你现在自己做代理了？等他坐稳后，我问他。

嗯，林晓说，从原来的公司出来了，自己干。

那不错。

不错什么啊，现在的药厂太孙子了。林晓一脸的怨气，他们学精了，现在会招标了。

怎么个招法？

谁出的保证金高，这个区域就由谁来做，林晓叹口气，利润比原来差好多。

你现在还做着，就证明这个行业还行啊。

不干这个，我干什么去？林晓笑笑，看看徐北方，不过，总的来说，还过得去吧。你呢？

一般吧，也是混口饭吃。刚进这行，得慢慢来。

我不太愿意聊这个，问他，最近跟公司的人联系了吗？

没有，林晓摇摇头，我出来后，就很少跟他们联系了，不过前两天倒是碰到丛丽了。

她？她现在怎么样？

也是自己做药，跟男朋友一起。

那她也离开公司了？

不光她离开了，林晓说，整个医院部都撤了。

我知道这是早晚的事，但还是有点儿诧异，为什么啊？

这块儿改革了，承包出去了，公司现在主做OTC市场。林晓好像想起了什么，对，项军也撤了。

啊？他怎么也撤了？

林晓别有深意地笑笑，一朝天子一朝臣，公司主方向调整了，空降了一个老总，他能不走吗？

真的？

真的。听我一个哥们儿说，他现在也在找产品，准备自己干呢。

那王勇呢？

林晓喝了口茶水，那小子现在牛大了，北京区的副总，手底下现在加上促销员得有三四百号人呢。

世道真是变得快，项军也算是老谋深算，到头来竟是这样一个结果。

王勇，但愿他能把握好吧。

古话说，铁打的营盘流水的兵。如今看来，流水的，不只是兵，将也一样会走。

都是过客。

回宿舍的时候是下午4点多，我倒头就睡，直到珊珊把我叫醒。

我睁开眼，天竟已经黑了。

珊珊站在床边，哟，挺有本事的啊，睡到现在。

我揉揉眼，几点了？

9点了，珊珊有些不乐意，还想喝吗？我再去给你买一瓶？

我笑笑，不好意思，高兴了就喝多了。

高兴也不能这么喝啊。珊珊把打好的饭拿过来，都凉了，赶紧吃点儿吧。

我心头一暖，谢谢啊。

少来，珊珊噘了下嘴，以后不会再有这种好事了。

饭是蛋炒饭，加了两根鸡腿，很香。

吃饭的时候，珊珊搬了个凳子，坐在床边，就那么看着我。

一种久违了的温暖浮上心头。以前，跟筱悦也有过这样的感觉，可她现在已为人妇，恐怕不久就要为人母。

珊珊，我在心里说，我想对你好。

怎么样，好吃吧？珊珊歪着脑袋问我。

好吃，真好吃。

珊珊笑了笑，傻样儿。接着她压低了声音，吃完饭到我房间去吧，我那儿有更好吃的。

一直到洗完脸，我还在琢磨她这句暧昧的话。

什么意思啊她是？是说她那儿有巧克力？还是说我们可以……

不可能，她那么乖巧可人，不可能说这么粗俗的话。

可就是说了，她也是那个意思，又怎么样？她是乖巧，但也泼辣啊！

不好吧？虽然都是成年人了，可我现在还不想，而且之前的经验也告诉我，酒后开车是不灵的。

那是指什么呢？算了，去了不就知道了嘛，瞎想什么啊？说不定她就是要我先纠结一阵子，等我一进门就给塞个糖豆，说这个就是更好吃的，然后哈哈大笑。

果然，刚一进门，珊珊就拿出一块芝麻糖，来，尝尝这个。

我又好气又好笑，你说那个更好吃的就是这个？

珊珊装作不解的样子，是啊，你以为呢？

我笑笑，你说呢？

你想什么呢？她脸有些红，真下流。

我盯着她的脸，你还是笑起来好看点儿。

撒谎。

我没有说话，凑过去，在她脸颊上轻轻地吻了一下。

珊珊竟没有躲，反倒歪着脑袋看着我，流氓。

你才是——话还没说完，珊珊的唇就凑上来了。

虽然曾想过这一幕，但真来的时候，我竟浑身不由自主地颤抖。那一刹那，我整个人都晕乎乎的，不敢相信这是真的。

珊珊拉了灯，我们摸索着上床，亲吻了好久。

受不了了，有驾照，有车，喝酒了也得开，上车。

珊珊伸手拦住了我，喘着粗气，不行。

为什么？

不为什么，珊珊说，我说不行就是不行。

我以为是车预热不够。好，可以，那就再预热一会儿。

我感觉发动机很热了，想启动，珊珊又伸出手。

看得出，她快受不了了。别，萧坤，我不想。

不想？我心里一冷，不想你干吗这样啊？但还是没有停手。

她一下子放弃了，手一摊，既不配合，也不拒绝。

不好，她生气了，我忙停止动作。珊珊，你生气了？

她有些委屈地看着我，你们男人是不是都要这样啊？

不，不是。我慌了，忙坐起来，不是的，我看你那样，才想……

我怎么了？珊珊很不满地问。

没什么，没什么。我不知该怎么回答她。

算了，她说，我今晚不想。

我忙吻了她一下，不想就不想，其实，我也不太想。

真的？

真的，真的。

珊珊竟伸手抓住了“车钥匙”，笑了，骗谁呢？都这么硬了。

唉，白晔说得没错，她就是一疯丫头。

我拨开她的手，点了下她的鼻子，拿你没办法。

我暗暗发誓，珊珊，我一定要对你好，一辈子。

十七、卑贱的爱

我不知道，我喜欢的，更多的是自己爱上一个人的感觉。

所谓爱情，大多如此。

支强来电话的时候，我正拿着合同给罗工一条条地讲解。

他让我过去谈一下。

我有点儿意外，因为从上次给他送玻璃的情况看，我基本已经不抱希望了。这种情况下找我，肯定是跟合作过的伙伴出了问题。

即便如此，也不能掉以轻心，更不能拿对付周经理的那一套跟他谈，毕竟瘦死的骆驼比马大。

到黄河公司的时候，快中午了，我有点儿纠结，请不请支强吃饭呢？

按理说，应该请，可是他上次跟我说话的态度让我很不爽；不请吧，又有点儿说不过去。正想着，支强看见我了，热情地迎上来，萧坤，吃饭了吗？

我随口就说，没呢。

那正好，支强冲身后招呼两个同事，二子，老六，走，一块儿吃饭去。

我有点儿纳闷，怎么忽然间变得这么热情了？

席间，支强跟他们介绍，这位是××公司的萧经理，这两位是我一个部门的同事。

两人忙跟我握手，谦卑的神态让我肯定他们都是支强的下属。

支强告诉我，那个2000多片的合同签下来了，但是原来合作的厂家干的活儿令他们非常不满意，所以想找我再商量一下。他没有告诉我的是，因为欠的货款太多，原来跟他们合作的厂家不愿意再跟他们合作了。

这样的大公司虽然高高在上，但对于伙伴的选择，眼光也有局限。当然，如果没有前期的那些接触，他也不可能找到我。他本想找人应付应付，可能也没料到最后竟弄假成真。

供货没问题，我说，付款呢？白晔的事出了之后，我对这块儿特别敏感。

预付5%，剩下的货到付款。

那，我说，估计每次的送货金额不能超过你的预付了。

什么意思？

比如这批货值50万块，你付5%，是2万5，那我每次送货都不能超过2万5这个数。

支强不满地啧了一下，这哪成啊？这比例也太少了，不行。

我说没办法，现在公司这块儿卡得特别严。

什么啊，还不是你们老板怕压钱吗？跟你说，我们这么大的公司，怎么可能说话不算数？再说了，咱还有合同，到时候不按这个来，你可以告我们啊。

我心里骂，当我三岁小孩儿啊？不好意思，支经理，这块儿恐怕是改不了的了，不过咱们也可以变通一下，要么把首付比例提高一下，要么咱们也可以一次少要点儿货。

如果没有白晔的事，我可能已经答应了，但现在，不可能。从这个角度上讲，我很感谢他。

看我态度强硬，支强一时有些恼火，唉，做生意嘛，怎么那么死性啊？我跟你说，门口排队找我合作的人多了去了，我找你，是因为看你这小伙子还行。

越说越暴露。我笑笑，是，这我承认。咱们都退一步吧，我回去跟老板商量一下，你也回去商量一下，看除了这个之外，咱们还有没有更好的合作方式。

我举起杯，支经理，谢谢你给我这个机会，我想跟你合作，不过，有些事情我做不了主啊！

这事，卢伟也很纠结，做吧，有风险，不做吧，那也算一笔不小的买卖，而且，说不定可以就此与黄河公司合作了。

陈述很不以为然，摆明了那就是一个套，做了哭都来不及。

我承认有风险，但他说话的口气很有点儿吃不着葡萄说葡萄酸的感觉。

卢伟直皱眉，不好弄啊。他的优柔寡断让我更加没底，我说实在不行就算了，电话回了他得了。

别啊，卢伟说，我再想想。

那你想去吧，我暗暗下了决心，不帮他出任何主意，省得以后出事找我的后账。

很窝囊，但碰上这样的合作者，没招儿，得想办法自保。

合作者？嗯，对。基于我们的工作性质和隶属关系，我更愿意把他看作是一个合作者，而非老板。

但这么一个客户如果从我手里放过去，那不成了罪过了吗？所以，我不能闲着。

我找到了徐北方，把这事从头至尾跟他说了一遍，请他帮我出出主意。

徐北方一时也犯了难。主要是怕钱结不回来，他说，不过话说回来，黄河公司结款也分人，你追得紧，他们就给你结得顺，要是不紧，他们也是能拖就拖。黄河公司不是一点儿信誉没有，要不然也不可能做这么大。

我鼓了鼓勇气，问，那有没有对这块儿卡得不是特别紧的厂子呢？

徐北方一愣，马上就明白了我的意思。没有，他笑了，谁跟钱过不去啊？

他吐了口烟，像是在想什么。

不过，他终于开了口，我一哥们儿的厂子最近活儿不多，这样的条件他们应该能做，而且，价格可能还能低。

我心里一动，哦？

徐北方笑了，是，以前有过合作。这等于是告诉我，他背着厂子在外面揽过活儿。

陈述也一样，徐北方接着说，不太道德，不过没办法，卢伟这边卡得太死，如果都按他说的做，我们都得喝西北风去。当然，凡是符合公司政策的活儿，我基本上都是在公司里做的。有些东西，不能太过分。

原来是这么回事。我心中庆幸，亏得找你说道说道，要不然，我还被蒙在鼓里。

既然一切都说开了，事情就好办多了。我们商定，徐北方先跟他的哥们儿联系一下，看能不能做，我这边则等卢伟和支强的信。如果卢伟愿意做，那我们就还在厂子里做；如果卢伟不同意，而徐北方的哥们儿愿意做，那就把客户拉到他那儿去，利润，我和徐北方一人一半。

不道德？呵呵，如果出了问题，我跟徐北方可是一人担一半风险的。

给罗工送第一批货的时候，珊珊给我打电话，萧坤，你在哪儿呢？

我在送货啊。

你旁边有卖电话卡的吗？

什么电话卡？

IP电话卡啊，你这个笨蛋。

我看看旁边的报亭，有。

赶紧给我买一张，把卡号告诉我。

你要那玩意儿干什么？我有些纳闷，公司里的电话有长途功能啊？

少管，赶紧买。

好好好，我买，我买。

要是我知道她要这个干什么用，肯定会一口回绝。

跟罗工他们签的合同很不错，预付30%的货款，一周后开始供货，每次货物总价值不高于预付款。到底是有关系，我想，要是没有筱悦和赵西风的话，这活儿我可能连入围都入围不了，更别提可以签下条件这么好的合同了。

我是获益者，按理说应该高兴，可我怎么也高兴不起来。

是的，我情愿大家光明正大地在游戏规则内比试，即使是输，我也毫无怨言。

吃晚饭的时候，珊珊显得很高兴。我特意坐到她对面，今儿碰上什么好事了？

没什么，珊珊犹豫了一下，今天我跟美国的朋友通电话了。

哦，这么说，那个IP卡是打美国长途的啊？

是啊。珊珊说，对了，那100块钱我还没给你呢。

算了吧，我说，算我赞助的。

那怎么行？她说着，从兜里掏出100块钱扔给我，呶，还你，两清了啊。

我一时不知说些什么，按她的行事风格，不应该这样。

不对，她是不是有事瞒着我？

我想了想，问，你说的那个美国朋友，是不是你的初恋男友啊？

她点点头，是。

我心里一激灵，你还挺痛快啊。

他在美国好吗？我故作轻松，是不是也在饭馆刷盘子啊？听说那儿刷盘子一个月都挣1000多美金呢！

滚，珊珊瞪了我一眼，少说风凉话，那可是我男朋友。

我有点儿愤怒，他是你男朋友，那我算什么？

珊珊不屑地甩了下头，行了行了，还吃醋了，是不是男人啊？

那你跟他……

老同学叙叙旧也不行啊？珊珊嘟囔了一句，真是。

我的心平复了下来，真的没什么？

珊珊瞪着我，爱信不信。

我信，我当然信。我赔着笑说，相信那表情用一个“贱”字形容应该也不过分。

信才怪。晚上躺在床上，我分析着珊珊的举动。

他俩又好了？不太像。如果他俩旧情复燃，她应该不会跟我说什么吃醋之类的话。那为什么说他是她男朋友？

口误？看她的着急样儿，也不太像啊。

夜越来越深了，我竟睡意全无，最后索性坐了起来，抽着烟，看向不远处昏黄的路灯。

也许，像这样的女孩子，天性就是这样，她不会属于谁，只在乎自己的想法。

要断的话，现在还来得及，我陷得还不算深；要是想继续跟她走下去，就必须包容她的一切，包括她的缺点。

我有没有这样的决心呢？

差不多凌晨的时候，我终于做了一个决定。就是这个决定，让我一头栽了下去。

我给支强打电话，问他还能不能把条件放宽点儿。支强很干脆，没戏，就这样，你能做就做，不能做没办法。

卢伟左右权衡，最终还是没有同意支强的条件。

我理解他，白晔的事弄得他害怕了。但我不同意他的做法，现在富国园方面已经答应可以分期支付之前的货款，两年，虽然时间长了一点儿，但毕竟这件事有了一个结果。而且，怎么说它也是一个偶发事件，做好后期的工作，很多事情还是可以避免的。

人啊，就是好了伤疤忘了痛的主。

也难怪，那么多的伤疤，不忘记，怎么能活得下去？

我和徐北方一起，又去了支强那里一趟，我说徐北方是我们分厂的经理，你们俩可以谈谈。

因为心里已经有底了，所以谈的过程很轻松。支强说，我不管你们总厂还是分厂，我就这条件，你们觉得能行，咱们就合作。

对于我们的担心，他也看出来了，对此，他很不屑。别说这点儿玻璃，就是再大的工程，我们也是这么操作的，再说了，我们这么大的公司，怎么可能赖账啊？

算了吧，没赖过账，你们能成为这么大的公司？

合同签订那天晚上，我跟徐北方两个人在他哥们儿那个厂子外面的大排档吃了顿饭。价格是按原来的价格签的，不过量少了一半，他原来说有2000多片，为的是压我们的价格。

那也不错了，如果卢伟做，我拿提成，能拿1万多，但在这儿做，我们至少一个人能拿3万块。两个人都有些高兴，又有些担心。高兴的是，终于成为这家有名公司的合作者，担心的是，如果将来要不回账，我们的麻烦就大了。

我说北方，如果将来出了问题，我是不会像白晔那样一跑了之的，我就是当牛做马，也一定会负该负的责任。

徐北方微微一笑，这点上我要信不过你，也不会跟你一起做，不过话说回来，也不至于，给他们供货的时候总量上咱们控制一下就行。

哦，怎么控制？

好说，我跟哥们儿说了，合同上不是写一批货不低于5万块吗，那就按这个标准给他们送，到5万块就找他们算账去，爱谁谁。

他们要是不给呢？

不给就给丫停了。

能行吗？

有什么不行的？徐北方说，这个过程咱们得控制，不能让他们压着。

他喝了一口酒，退一万步说，真出事了，咱们也就是赔点儿钱呗。

支强给了2万块的预付款，那也就是说，如果一旦出现问题，我们扛的，顶多也就是一人1万5。这样的雷，我们都还扛得起。

就是，我举起杯，来，为了咱们自己吧，干一杯！

徐北方挺了挺胸膛，干！

我深信，人是需要相互支撑的，这事儿要是让徐北方自己去做，或者我自己去做，恐怕都不成，但现在，我们两个不仅做了，而且看起来暂时也没什么大不了。

注意，我说了，是暂时。

欧阳来电话，让我过去一趟，带上尺子。火锅生意现在不是很好，他想把桌子改成普通的菜桌，上面放上玻璃，显得干净。

见到他时，吓了我一跳，他瘦多了，脸色发黄，眼圈也显得黑黑的。

怎么搞得？

忙得呗，欧阳说，唉，天天累得要死。

我逗他，宁玉洁再好，你也不至于天天跟她那个吧？

欧阳捶了我一下，得了吧，我正事还忙不过来呢。

那也算是正事啊，我偷偷看了看宁玉洁，哎，怀了吗？

欧阳摇摇头，我倒是想，可是没有。

这时宁玉洁吼他，欧阳，过来过来，这手机怎么充不上电啊？

语气有点儿别扭，跟之前的温柔完全不一样了。

唉，女人啊，是不是一旦跟男人有了亲密关系后，都这样无所顾忌？

回厂子的时候，是傍晚，天快黑了。在外面的大排档，我意外地看到了珊珊。

她正一个人喝啤酒，看那样子，应该是有心事。

不会那个在美国刷盘子的又给她打电话了吧？

喝闷酒呢？我走过去坐下，给我也来一瓶，我陪你喝。

她抬头看了看我，什么闷酒？我喝着玩呢。

好啊，那我也喝着玩呗，反正也没吃饭呢。

珊珊不屑地噘了噘嘴，一边玩去，我烦着呢。

看看，我就说是闷酒吧，果然。说起来，我还没看见过你喝多是什么样呢？要不咱俩划划拳怎么样？

行啊，珊珊想了想，不过，要是我输了，只喝一口，你要输了，得喝一杯。

为什么？

因为你是男的啊。

也好，我说，今天我豁出去了。

这场没有来由的酒，从傍晚一直喝到差不多快9点。珊珊有些醉了，死活不肯回厂子里去。我扶着她来到厂子后面的路边坐下休息。

人多眼杂，我还是有顾忌的。

她头歪着，靠在我身上，眼睛直直地看着天。

安生会儿吧，我说，早知道这样，就不应该让你喝。

我乐意，管得着吗？珊珊小声嘟囔。

夏夜的天空很干净，能看到好多好多的星星。我指着北斗星，说你看，那个北斗星，原来我在家看的时候，大概更偏北一些，现在感觉近了。

瞎扯，珊珊说，感觉而已，不过，要是在美国看的话，应该会不一样。

得，她还在想着他。我泛上一股酸意，是啊，外国的月亮都比中国的圆，说不定他们那儿的星星也比咱们这儿亮。

去，珊珊还看着天，我在想啊，他是不是跟我一样，现在也在看着星星。

接着，她又笑了，哼，我真傻，人家那儿现在是白天，怎么可能看到星星呢？

我无话可说，那就别说了，听她说吧，喝多了，让她说说也好。

他怎么能说走就走呢？珊珊自顾自地讲着，连个招呼也不打，我又不是非缠着你，可你总得有句话吧？把我当什么了？大爷的！她骂了一句，趴在我背上，终于哭出声来。我什么都给你了，可你拿我当是什么啊？

很明显，当初两人有过那个，而那男的冲着更好的前途，什么也没跟她说就走了。

混账男人，我心里骂，但随即想到了丛丽。对她来说，我不也是一样的混账吗？这么一想，心里的怒气稍微又下去了一些。

我说算了吧珊珊，他不是给你打电话了吗？

这句话问得很卑鄙，其实是想套珊珊的话，看对方都跟她说了什么。

珊珊止住哭泣，抬起头，自嘲地笑了笑，却什么也没说。

我拉起她的手，珊珊，既然都已经过去了，那就让它过去吧，以后的路，我陪你走，好不好？

珊珊盯着我的脸，你？

是啊。

她摇摇头，你人不错，可咱俩不一路。

不一路？这话怎么说呢？但旋即，我明白过来。

她是城里人，大学毕业，前程似锦，而我，一个乡下来的穷小子，上无片瓦，下无立锥，这个差别太明显了，她不明说，是怕伤我自尊吧？

可现在都什么时代了？有胳膊有腿，两个人只要好好干，发达不敢说，总是能过得下去吧？

回过头看，我的想法可是够天真的，就好像当初有朋友介绍，让我花2万块钱买北京的小城镇户口，说将来小孩儿上学能占便宜，我拒绝了一样。拒绝的理由是，我还没结婚，等将来小孩儿入学的时候，国家肯定早已实施了改革，不可能再让这样的难堪局面继续下去。

事实证明，我错得厉害。实际的情况是，好些年过去了，政策不仅没有放松，反而进一步收紧了，再回头找2万块的小城镇户口，已经没了。

这点上，珊珊看得比我透多了。

你不明白的，她说，我们不可能在一起。

不可能在一起？我心里有些慌，不可能在一起你当初那样对我干吗？

珊珊不再说话，背过身去干呕起来。我的心一疼，忙上前扶着她。

人真的很贱。

如果当初珊珊还是一个劲儿地挑逗我，说不定我早没了兴趣，现在倒好，跟我真真假假地玩了一阵子，我已经下定决心要跟她过一辈子，她突然又说不行。我接受不了。

不行，我一定要想办法让她喜欢上我，接受我。

珊珊，珊珊，我躺在床上，心中默念，我会对你好的，我们也一定会好的。

我一厢情愿地认为我们会有好结果。因为我对她的爱真的很纯洁，这可是我第一次这么死心塌地、毫无保留地喜欢一个人。

我不知道，我喜欢的，更多的是自己爱上一个人的感觉。

所谓爱情，大多如此。

支强那儿果然出了岔子。

结账很顺利，但支票是延期支票，往后延了差不多一个月。

有点儿悬啊，徐北方说，到时候支票不能兑现就麻烦了。

真是道高一尺，魔高一丈，我们还想着用总货款压他呢，他倒好，用延期支票来推我们。不能惯他们，我说，明天我就找支强去。

找我也没用，支强说，都这样，再说，公司现在账上也没钱。

那当初你可是答应得好好的啊，货到就给钱。

是啊，支强眼一瞪，指了指支票，我这不是给你结了吗？

我有点儿急了，不能这么办吧？

看我着急，支强乐了，行了行了，你放心，一分钱都不会少你的，公司向来都是这么操作的。说实话，是有点儿那个，不过，到时候肯定能到账。别说你这几万块的货款了，就是上百万的，我们也都是这么做的。

他的轻松让我心里多多少少安定了一些，也是，如果这几万货款都骗，他们也太那个了。

我只好回来，跟徐北方说，现在没钱，只能再等等了。

那……货还发吗？他问这话的潜台词很明显，如果再发，出了问题，可就得你负责了。很没情义，但合乎规矩。

是啊，发不发呢？不发，那如果一旦僵住，跟黄河公司可能就撕破脸了；发吧，的确又有风险。

大不了再受几年穷呗，又不是没穷过。

我说发，不过总数别超过5万就行，出了事我兜着。

徐北方想了想，点了点头，行，那我跟他们交代一声。

给欧阳送玻璃的时候，天已经有点儿凉了。做了5块圆的，8块方的。

我和欧阳抬着一块儿玻璃，把它安放到桌子上，我边调整边问他，哎，你们拍婚纱了没？

欧阳笑，拍了，刚拍完。

饭店订了吗？我话一出口，又笑了，唉，我忘了，你就是开饭店的，还订什么饭店啊？

对头，欧阳说，虽然咱这小店不大，可承办我这样的婚礼绝对没问题。

位置调好了，欧阳冲宁玉洁做了个手势，宁玉洁把钱拿过来，递到他手里。

我说不急，等会儿再说吧。

那哪儿行？欧阳把钱点了点，一码是一码，这是货款。

我接过钱。欧阳又把一沓钱递过来，这是欠你的钱。

他舒了口气，终于还清了。

我说我现在还有钱，你真的不用着急还。

得了吧，这就够不好意思了，欧阳拍了拍我，谢谢你啊。

那我就拿着吧，我问，婚礼的时候，你爸妈来不来？

来，当然得来，我打算在这儿办一次，再回家办一次。

我点点头，刚要说话，却看着欧阳不大对劲儿，他捂着肚子，表情痛苦，豆大的汗珠从额头上冒出来。接着，他扑通一声倒在地上。

我吓了一跳，欧阳，欧阳，你没事吧？

宁玉洁也跑过来，看这情形，脸都白了，欧阳，你怎么了？

欧阳抬起头，脸色是从未有过的蜡黄。没事儿。他咬着牙，从嘴里挤出这两个字来。

还没事呢。我扶着他，赶紧去医院吧！

不用，欧阳摆摆手，轻声说，忍忍就过去了。

都这样了，还不去医院？我冲宁玉洁喊，快，出门拦个车，咱们去医院。

好在医院并不太远。

内一科的周副主任看见我，一时愣了，咦，你怎么来了？不是说你走了吗？

我心里骂，还是得赔着笑脸，周大夫，今儿来是看病的。

他看看旁边的欧阳，一愣，噢，坐吧，哪儿不舒服？

欧阳吃力地指了指肚子，这儿疼。

周大夫让他伸出舌头，看了看，表情变得严肃起来。

多久了？

欧阳没说话。

周大夫又问，有一年了吗？

欧阳点点头。

他想了想，迅速地开了个单子，先去化验吧。

宁玉洁和欧阳两人出去了，我问他，周大夫，他这病不严重吧？

周大夫摇摇头，不好说。

我心里一沉。

果然，在经过一系列的检查后，欧阳住院了。周大夫说，他的肝部长了个瘤子，得做手术。

唯一的好消息是，还没确定是良性的还是恶性的。

十八、死亡气息

我当时曾想，如果我得了这个病，肯定会自杀的。后来跟朋友聊起此事，他说，你错了，人活着跟死了是不一样的，哪怕这个人是残废，甚至是植物人，但只要这个人还在，他就还能给家人和朋友希望。

罗工那边的事也进行得不顺利，先是送货的时候车颠了一下，玻璃碎了两块，接着是结账的时候对方把支票抬头写错了，弄得我来回跑了两三趟。

不过，跟支强那边的事比起来，这些都是小事，

他食言了。

支票将要入账的前两天，他打电话告诉我，先别入，账上没钱，你要入了，我们这边会被罚的。

这招相信很多公司都用过，很无耻。

我算了算，连同之前送的货，总计差不多有10万块的货款没给我们结回来了。

我慌了，和徐北方一起去找了支强，说这事你得赶紧想办法解决啊。

支强先是赔笑，哎呀，真不好意思，没想到会这样。后来让我给说急了，一翻白眼，你说，我们这么大的公司能赖你那点儿账吗？几百万的都结了，还差你这点儿？

反复就这几句话，你累不累啊？我心说，就是因为金额大，你们才赶紧给人结的，他们的重要性肯定要强过我们，你们赖的，就是像我们这样的小公司。

我也不想弄僵了，说那你定个日子吧。

支强想都没想，下个月一起结吧。

我想起有一年春晚上赵本山拿起一串乌龟蛋说扯淡的情形，心中一阵愤怒。

不行，下个月还有一张支票得结呢，你这么弄不是等于压了两批货了吗？

你就先送着吧，支强说，到时候一起给你结。

不能急，不能急。我压了压呼吸，说支经理，我一直把你当朋友，非常相信你，才愿意跟你合作。我们是小公司，比不了那些大公司那么有钱，就靠这些货款周转，你这么弄的话，我真的没法跟你合作了。

支强看了看我，又看看徐北方，点了支烟。

可能是这番话让他有所触动，他沉默半晌，终于叹了口气，行了，我跟财务打个招呼，下礼拜四你来吧，不过尽量早点儿，来晚了可能钱又没了。

回去的车上，徐北方苦笑，看见没，不是没钱，是不想给罢了。

是啊，我说，哪个企业都一样，怎么都爱看人下菜碟呢？

对了，徐北方说，前天我看见林晓了，让我约你呢，改天没事儿一起喝点儿？

好啊，不过，可能最近不行。

是啊，徐北方叹口气，先把这事儿弄利落了再说吧。

我说不光是这事，我一哥们儿最近还住着院呢，回头我得去看看他。

欧阳的病房在3楼，楼道里就放着床铺，那都是陪床的，或者护工住的。

来办业务是一回事，但有朋友在这里住院你来看他，则是另外一回事。

上楼的时候，我就开始惴惴不安，欧阳啊欧阳，你不会有事的。

同时，我也告诉自己，千万照顾好自己啊萧坤，别把自己弄得跟这里的病患一样，如果你生病死了，会有人替代你，娶你的妻子，住你的房子，花你的钱，没人在乎你。

店里的生意还是要做的，所以宁玉洁并没有在这儿守着他。

还好，他的脸色看起来要好一些。我问他，结果出来了没有？

欧阳摇摇头，还没，说是下周出来。

看得出，他有点儿怕。

能不怕吗？另一个床上是个老头，挂着尿袋，打着点滴，昏迷不醒，呼吸还动不动就暂停。那声音，别说他，我听着都心颤。

我拿出一个橘子，故作轻松，别瞎想，顶多就是脂肪肝，或者酒精肝什么的。让你喝酒，这下傻了吧？

欧阳笑笑，很勉强。

对了，我说，要是做手术没钱的话，我这儿有，你还我的钱我还没动呢。

不用。欧阳拿过橘子，自己剥了起来。

他看了看我，像是想说什么，又止住了。

怎么了？你想说什么？

欧阳咬了咬牙，其实，我当初开饭店，钱是够的，没想找你借。

我有点儿摸不着头脑，什么？

欧阳看了看我，摇了摇头。

我紧接着问，那为什么？

其实也没什么。欧阳说，看你当初很得志，整天跟一些不三不四的人混，花钱也大手大脚，我就想着能从你那儿要点儿钱存着，等将来你用的时候再给你。

我想起了跟小平头他们在一起胡吃海喝的日子，心里一阵难受。

可是，怎么证明你不是得便宜卖乖呢？

本来不想跟你说这些的，欧阳接着说，不过，我怕以后就没机会跟你聊了。论能力，其实你比我强，一直都是，你也用不着谦虚。

他顿了顿，可你吧，一顺就容易忘形，当然，人都这样，我也一样。这点儿上你还是比我厉害。可咱们出来打工，图的是什么啊？说好听点儿，是能把日子过好，说白了就是钱嘛。跟城里人咱没法比啊！咱俩是好朋友，很多话我不能说，我怕说了就不再是朋友了。可我也不能看着你这样不管啊，所以才找了这么个由头。

我们俩之间还从来没有这样说过话。也是，两个大男人，说这些太酸了，受不了，相信如果欧阳不是这样了，他也绝不会跟我说这些。

火锅店的生意一直都还行，欧阳说，你的那些钱我没动，我就想着等哪天你用得着了，或者有事的时候给你拿出来，这样，你好歹还有个退路。

我回忆了一下他还钱的时间，可不，是分三次给的，第一次还，就是在我刚刚被项军撵出门的时候。

别怪我啊萧坤，欧阳拍了拍我的手，我不是有意要骗你的，实在是哥们儿没别的能耐。

我笑笑，拍了拍他的肩，没事儿，我理解。

回去的车上，我的胸口扯着疼。我心里反复地念叨着一句话：欧阳，你可千万不能死，我跟你，还有好多年的兄弟要做。

心情不好的时候，遇见的事基本也好不到哪儿去。

珊珊这几天明显在疏远我，路上碰到了，也是看着天，当作没看到我。

这让我心里很不是滋味。晚上，我来到她的宿舍，说最近是怎么了？没事吧？

我能有什么事？她口气冷冰冰的，来干吗啊？

不干吗，来看看你都不行？

我有什么好看的？珊珊眯着眼看了看我，忙了一天你也不觉得累啊？

不累，我笑笑，看到你就不累了。

少贫了，赶紧想着怎么挣钱娶媳妇吧。

我心里很不舒服，你想要多少彩礼啊？

什么啊？她笑了笑，看我的认真样，脸绷紧了，我不是跟你说了咱俩不可能吗？

你那是喝多了啊，我想了想，摇头，不算。

她在床边坐下来，唉，让我说你什么好啊。

我走近她，你说什么都行，反正我是铁了心了。

还铁了心了？珊珊乐了，语气也变温柔了，我这人脾气那么坏，你说你喜欢我哪儿了？

我也不知道，反正就是喜欢你，就想跟你在一起。

我轻抚着她的肩，她的手搭到我的手背上，感觉真好。

我真的不值得你喜欢。珊珊说，你应该找个更好的。

不，我一阵激动，你就是最好的。

她笑了，又贫。

不管男人女人，被人喜欢认可，总不是件坏事，逢场作戏倒也无妨，反正将来又不是真的跟你在一起。我估计珊珊当时就是这个想法，这跟当初我和丛丽多么相像。

周四的时候，我早早地赶到了黄河公司。

没想到人那么多，都拿着单据，眼巴巴地等财务开门。

我问旁边的一个哥们儿，是来结账的吧？

他点点头，你也是？

嗯，我说，看这阵势不小啊。

可不，你签字了没？

签字？签什么字？

那哥们儿跟看外星人似的看着我，得他们老总先签字再过来结账，你不知道啊？

我脑子嗡的一下，啊？支强也没说啊？

那你们都什么时候签的字啊？

昨天。

那他们老总今天还在吗？

他笑了，那谁知道，你自已看去呗。

是啊，别扯了，赶紧去看看吧。

果然，丫不在，支强也不在。我火了，给支强打电话，你是涮我玩儿呢？

支强先是沉默了一下，说你等着，我跟老总打个电话，问问他在哪儿呢。

过了一会儿，支强把电话打过来了，哎呀，老总在外面过不来，要不你明天再来吧。

我说不行，都说好的事儿了，再说，明天来你又说没钱，我怎么办？

支强可能也觉得这事有点儿过分，你明天来，我一定给你结，行吗？

我没直接回答他，你什么时候来公司。

一会儿就到。

那好，我等着你。

你等我也没用啊，关键是老总不来，签不了字，谁也不敢给你钱。

见面再说吧。

支强看见我，老远就笑，真不好意思，又让你跑一趟。

我压着怒火，没什么不好意思的，今天你把钱给我就行。

他一愣，我不是跟你说了吗，得老总签字啊。

好啊，我说，反正我今天没事，就在这儿等老总。

唉，他叹口气，老总都不知道来不来，你等也是白等。

哦，要是这么说，你怎么保证明天一定能把钱给我结回来？

他显然没想到我会这么问他，一时间不知道说什么好，脸色也变得难看了。

我拍拍他，赔着笑，既然必须得老总签字，那怎么说也得我来啊是不是？

那行，你要想等就等着吧，他要是来了我跟你说一声，不过，他要是不来，你可别怪我啊。

谁怕谁啊？我心说，当我不敢等？哼，我还就耗上了。

说归说，真做起来，是另外一回事。

相信大家都有过等人和等车的经历，心如猫抓啊。

可好歹你知道要等的人或者车大概什么时候来，心里多少有点儿谱，可我这样等，基本上是守株待兔，全凭运气。

在院子里转悠到快中午的时候，我受不了了，想去找支强说一声，不行就下次再来。没想到支强竟先出来了，伸出手，你票呢？

我递过去，这儿呢。

他一把拿过来，你跟我来吧。

我心里一喜，有门。

果然，支强走进了老总办公室，不一会儿拿着签好的票据走出来。

行了，把这张支票给财务就行，他们会给你换的。

我隐隐记起来，那个老总好像早就来了，一直在屋里。

这么说，刚才我跟支强是在比忍耐力啊，要是我就此走了，明天再来，百分之百还是结不到钱。支强啊支强，我心里骂，你丫够黑的。

我笑笑，下次不会这样了吧？

支强摇摇头，可真有你的，放心吧，以后不会了。

这句话倒相对靠谱，从那以后，结账顺利多了，就是延期支票也延不了多长时间。

如果没有三番五次像胶水一样黏着他追账，肯定不会这么痛快。

可我还是想不通，本来就属于自己的权益，为什么非要再拼命争取才可能获得？

如果一个行业出于利益考虑看人下菜碟还情有可原，那整个社会都置规则于不顾，会不会很危险？

扯远了。

保险公司的活儿完了，上头催得紧，他们得赶紧完工。账也结了，给了罗工5万块，我和卢伟两人一起去兑的，外送他和他的同事们一顿饭和一场卡拉OK。

我？刨去各种开销，挣了1万8吧。

不行，得请筱悦吃饭。我有点儿犹豫，赵西风呢？要不要请？

按理说应该请，毕竟他可是真正的后台，可我们仨坐一块儿能说些什么呢？

太尴尬了，还是算了吧。我跟筱悦说，我请你吃饭吧。

筱悦倒没客气，好啊，不过，去欧阳的饭馆请我吧，我也好久没见欧阳了。

欧阳啊，他住院了。

啊？住院了？什么病？

不知道，我说，结果还没出来，说是肝上长了个瘤子。

是这样啊。筱悦的语气有些震惊，那我得去看看他。

也好，倒也应该，我说，那你休息的时候给我打电话，我们一块儿去。

珊珊跟我的关系越来越僵，这全拜她在美国的前男友所赐。

两人顶多隔一天就打一次电话，不知道聊些什么，但看珊珊的表情，很兴奋。

我很撮火，你说你都去美国了，就在那儿找一个吧，哪怕是黑人呢，还回头凑什么热闹啊。高姿态？或者让自己心里好受点儿？你肯定不可能跟珊珊再续前缘了吧？那就别装孙子啊。

我想跟珊珊谈谈，但她总推说有事，一次又一次。

我竟白痴地把这看作是她对我的试探。

我跑到珊珊的宿舍，很不要脸地跟她说，珊珊，我爱你，真的，能不能给我个机会，咱们的将来肯定会很好的。

这之前，她还会婉言谢绝，再讲讲道理，但现在，则省事多了：

你烦不烦啊？出去！

别这么冲动啊，我说，那个刷盘子的要真对你好，当初他就不会扔下你不管，甚至连招呼都没打就走了。

她扭过头去，不看我。

那我就接着说，也许我各方面都不如他，但我相信通过努力，我们会好的。

她扭过头来，你真的喜欢我？

是啊，我心里一喜，骗你的话，天打五雷轰。

那就放手吧，我不喜欢你，你这是何必呢？

我不信，我说，如果你不喜欢我，怎么会跟我那样？

哪样啊？珊珊急了，我跟你可什么事儿也没有，听见没有？

我慌了，对不起啊，珊珊，是，什么事儿也没有，是我说错话了。

说错了也不行，珊珊说，以后不准瞎说，听见没有？

我……我从来也没跟别人说什么啊。

我问你听见没有？

好好好，我听见了。

我心里一阵疼，珊珊，我是真的想对你好。

不稀罕，她说，再说了，我又没说让你对我好。

你又试我，是不是？没关系，我会坚持下去的，直到你肯接受我。

那跟我没关系。

……

唉，算了，不提了，当时的贱样想想都替自己脸红。

不过，说起来倒也正常，这个世界既然有男人玩弄女人，就一定有女人玩弄男人。

我和筱悦去看欧阳的时候，化验结果出来了。

恶性的，还是晚期。

以前看电视上，一般患者得了重症，医院都会瞒着病人，把病情告知家属，我当时颇不以为然，有什么啊，不就一死吗，告诉患者又怎么了？

我承认，我错了。现在，我宁愿大夫没有告诉欧阳。

但显然，欧阳预料到了，他表现得很平静。

这就是命吧。欧阳说，可能是时候到了。

我劝他，没事儿，现在医疗技术这么发达，肯定能治好的。

话说得软绵绵的，连我自己都不信。

欧阳笑了，别忘了，我做药可比你早。

宁玉洁给他掖了掖被角，吹吧你就。

欧阳看向筱悦，呀，筱悦，你瘦了。

筱悦的泪一下子涌出来，不敢看他。

说归说，你哭什么啊？我心想，你这一哭，我也受不了，对欧阳打击更大。

别哭啊，欧阳说，没什么，谁都会有这么一天的。他低下头，沉默了一会儿，不无懊悔地捶了下床，这几年光顾着挣钱了，有病老扛着，你将来可别学我。

这么多在外奔命的人，又有多少不是如此呢？再说了，没有挣到钱，你拿什么治病？

我的心一个劲儿地往下沉。

筱悦问他，医院说怎么治了吗？

咳，还不就是那些招吗？欧阳叹口气，放疗，化疗，不过估计希望不大。

我说，做移植呢？

欧阳摇摇头。

我忙说，钱你不用操心，咱们大伙一起凑。

谢谢你们了，不是那么回事，欧阳说，排大队不知得排到什么时候去呢，没戏，想都别想。

欧阳的吊瓶快打完了，护士走进来，差不多行了啊，病人得休息。

对了，宁玉洁说，你们还没吃饭吧？我请你们怎么样？

哪还有心思吃饭啊？出了医院门，我再也忍不住，泪水一个劲儿往下掉。

筱悦抚了下我的背，轻声说，我先回去了。

我无力地点点头，你走吧，我先坐会儿。

死亡，影视作品上看得多了，总以为很遥远，有时甚至觉得很潇洒。等它终于有一天来到你的身边时，你才发现，它竟那么恐怖，无情得让人不寒而栗。

欧阳不该那么快就离开，他还很年轻，人品也好，一切都才刚刚开始，但看样子，对于盘桓在他头上的死神，我们都无能为力。

像欧阳这样的人竟留他不住，没有道理。

欧阳的病，加上跟珊珊的不清不楚，搅得我头昏脑涨。

但这个世界从不会因为个人的悲伤而停滞不前。

徐北方签了一个单，不大，但可能因为好久没聚了，卢伟晚上主动请我们吃饭。

天凉了，没去外面，厨房做的，很丰盛。我们四个，加上厨师和珊珊，一共6个人，卢伟竟拎了两瓶二锅头和一箱啤酒。

一箱就是24个啊。陈述笑，卢总，我们晚上还得回去啊。

让小萧送你们，卢伟说，你们就敞开喝吧。

敞开喝我也喝不了多少，陈述说，北方跟萧坤是主力，得让他们多喝。

你是看酒不是好酒吧？徐北方揶揄他，说谎都不打草稿的，上次请人吃饭，一瓶五粮液，你喝了多少，你自己说？

陈述笑笑，咳，那酒不是度数低吗？

珊珊也跟着起哄，就是，陈哥，咱俩喝啤酒。

我心情不好，喝了半斤二锅头，又喝了十几杯啤酒，三杯一瓶的那种。

平常，这点儿酒应该还能保持说话不冲动不激动。

但我说了，那晚心情不好。

醉了？嗯，不过除了徐北方，大家都醉了。

快散场的时候，珊珊突然哭了，呜呜地哭。

徐北方和陈述都愣了，卢伟则有些脸上挂不住。怎么了？好好的，哭什么啊？

我乐意，你管得着吗？珊珊跟他嚷嚷。

她脾气上来，谁说也没用。卢伟叹口气，看看，喝多了。

陈述凑过来，好妹妹，跟哥说，谁欺负你了，我抽丫挺的。

真的？珊珊看着他。

陈述挺了挺胸，哥说话算数。

珊珊把满满的一杯啤酒放到他面前，那你把这个喝了。

陈述一咬牙，不信是吧，你看着。说完，他端起来，一仰脖，一口就给喝干了。

徐北方偷偷乐，直点头。

说吧，陈述打了个酒嗝，谁欺负你了？

没有人，珊珊说，是我自己想不开。

陈述还想问，我说得了，别问了，因为她男朋友的事儿。

陈述笑，你怎么知道的？

徐北方在桌子底下拉我，示意我别往下说了。我拨开他的手，人家珊珊男朋友在美国，现在她想过去，可走不了，是吧珊珊？

卢伟看着我，眼有些发直。徐北方忙端起酒杯，来，卢总，他们聊他们的，我陪你喝。

就是，卢伟也说，小孩的事，我们不掺和。

珊珊急了，萧坤，你说什么？

我摊开手，我说的，你都听见了。

你混蛋！珊珊骂我，你知道什么啊！

人不能一直压抑，否则情绪哪一天爆发出来，会失去控制。我有点儿类似这种人。想起我们之前的种种，我的火气上来了。

你才混蛋呢！我回敬了她一句，我什么都知道！

珊珊脸上红一阵白一阵，你……你瞎说。

我没瞎说，我声音大了很多，你不就想着跟你前男友鸳梦重温吗？好啊，可是你为什么那样？

卢伟和徐北方放下了杯子，脸上很无奈。陈述则看着我俩乐，哟，怎么个意思啊？

我哪样了？珊珊站起来。

我也站起来，你……你哪样你知道。

我不知道！

你就装吧你，我告诉你，没有这么办事的！

珊珊的眼泪在眼眶里打转，你……你给我滚！

我不滚！我端起酒杯，又喝了一大口。豁出去了，不要脸一把。

珊珊跺了下脚，转身走了出去。

得，徐北方说，看见没，都喝多了。

陈述有点儿傻了，看看我，又看看门口，不知道是怎么回事。

这时候，卢伟一低头，哇的一口吐了出来。

回宿舍的时候，我还特意到珊珊的宿舍门口听了听。

里面有轻轻的抽泣声。我心里很不好受。

你个死洗盘子的，既然都去美国了，为什么不去见上帝呢？

醒来的时候，已经是第二天上午9点多了。

睁开眼的第一件事，就是回忆昨晚发生的一切。

想到我竟在卢伟的面前做出那些荒唐的举动，心里不由得咯噔一下。

好在卢伟是个开明的老板。见我后，他先乐了，哟，酒醒了？

我低着头，不好意思，昨天喝多了。

嗯，他颇有意味地说，我也喝多了，什么都不记得了。

我心头涌上一阵感激来，为了掩饰，拿起水杯一个劲儿地喝水。

陈述也起了，昨晚他没走。他显得很狼狈，揉着眼睛说，卢总，你这不对啊，这不是让我们犯错误吗？

得了，卢伟说，今天你们都休息休息吧，别上班了，不差这一天。

也应该，我心里说，你要让我出去跑业务，估计我也得请假。

头疼，我又回去接着睡了。

大概到中午的时候，我醒了，是珊珊进来叫我。

吃饭了，她敲了敲门，快起吧。

我忙坐起来，哦，谢谢啊。

珊珊看看我，摇摇头，什么话也没说，走了出去。

在食堂里，我鼓了好几次的勇气，终于走到珊珊跟前坐下。

对不起啊，昨晚喝多了。

你不用道歉，珊珊说，都是同事，没关系的。

她的语气不对，我的心直往下沉。

不至于吧？我强挤出一丝笑，那么恨我啊？

谈不上，珊珊端起碗，咱们俩又没什么关系，我恨你干什么？

看这样子，她是想跟我断了。

我一时慌了，别啊，我承认昨晚是我不对，但你也用不着这样啊。

我哪样儿了？珊珊竟笑了，你看你这人，不是跟你说了没关系嘛。

那……你是说昨晚的事没关系，还是说咱俩从今往后都没关系了？

珊珊想了想，脸拉下来，你说呢？

我感到一阵难受，端起碗走了出去。

整整一个下午，我的脑子都是昏昏沉沉的。

不是酒的原因，是珊珊。

筱悦离我而去的那种感觉又一次袭来，我的心一阵阵地抽搐。

又让人抛弃了。上次是我不对，我认了，可这次，我明明用了心，却还是一样的结果。我曾想过就此放手，但当时给否了，不过这样下去的话，眼见着是没好结果的。

对影视和小说里那种死缠烂打的爱情桥段，我曾极其憎恶，人家明明不喜欢你，你还追个毛啊，真没有自尊。

可现在的我，跟那里面的追求者多么相像。

我情愿把自尊扔下，只要珊珊愿意跟我在一起。我已经错过了筱悦，伤害了丛丽，不想再错过她。

可怎么办呢？我如同站在冰原上，往哪边走都是白茫茫一片，没有边际。

男人，非得经历多少次的挫折，才能称为男人吗？

天快黑的时候，我清醒了一些，还有一件至关重要的事。

我给宁玉洁打了个电话，问他欧阳的情况。

准备做放疗，宁玉洁的语气很沉重。

这个时候，你得挺住啊，我说，不行我回头请假陪欧阳去。

不用了，她说，他爸妈都来了，真的不用。

太残忍了吧？我放下电话，心里想，这两位老人怎么承受得了啊。

不过，这说不定就是最后一面了，他们又怎么能不来？

几天后，我去了趟医院，看到了欧阳的父母。

两个人都没到60岁，但看起来却像是70岁了。

他们想把欧阳接回老家去，我知道，按照老家的风俗，如果万一了，最好是死在家里比较好。欧阳不同意，说太折腾了，再说这儿的医院条件好，回去的话，这一路上身体也吃不消，老两口最终妥协了。

可能是悲伤过了，他们看起来相对平静，顶多只是显得苍老。

但欧阳就不同了，放疗的副作用让他的头发掉落得差不多了，不能揪，一揪成把地往下掉。面色也由原来的姜黄变成了黑色。

他原来的同屋，那个老人，已经去世了，现在又换了一个，是个不到15岁的小孩儿，胃癌。

死亡气息弥漫着整个病房，压得人喘不上气来，唯一让人感觉温暖的，就是窗前放着的一盆小仙人球。那是宁玉洁带来的，她说这个生命力强，欧阳会跟它一样，能挺过来。

但欧阳和我都是跑药的，知道肝癌是癌中之癌，得了这个病，基本上就是判了死刑。

我当时曾想，如果我得了这个病，肯定会自杀的。后来跟朋友聊起此事，他说，你错了，人活着跟死了是不一样的，哪怕这个人是残废，甚至是植物人，但只要这个人还在，他就还能给家人和朋友希望。

我承认，他是对的。

我想安慰欧阳几句，坐在床边，却一句话也说不出来。

欧阳也不说话，静静地看着天花板。

不行，得说句话，要不我会受不了的。我问宁玉洁，饭店现在怎么样了？

关了。她说，都这样了，还怎么营业啊。

缺钱吗？

钱倒还有，现在放疗，钱够用。宁玉洁说，不过要是将来有了供体，做移植的话，恐怕就不行了。

没关系，我说，我这儿还有点儿，不够的话，我还可以再筹，实在不行，咱们还可以募捐，钱的事你放心。

说是这么说，但其实对于所谓的募捐，我一点儿信心都没有。现在得病看不起需要救助的人，实在太多了，连我自己看媒体报道都看得麻木了。

不过如果真的需要，我愿意尽我最大的努力。

不用，欧阳说话了，放疗还是有点儿效果的，我能坚持下去。

显然，他是在宽父母和朋友的心，同时也在鼓励自己。

对，会好的，我说，你肯定会好的。

嗯，欧阳竟笑了一声。

你笑什么？

没什么，他说，我是在想啊，原来还琢磨着要买房子，买汽车，现在竟然是只要活下去就行了，真是。

活下去。是啊，人的要求，到头来竟会那么简单和原始。

可最简单原始的，也是最奢侈的。

得知欧阳去世那天，我正跟徐北方一起从他哥们儿的厂子里出来。刚拿到了几千块的提成，我们俩正商量着到哪儿去庆祝一下，电话响了。

我一看号码，是宁玉洁的，心头涌起一种不祥的预感。

我赶紧接起电话，怎么了？

那头宁玉洁在抽泣，欧阳不行了，我跟你说一声。

我放下手机，眼泪一下子涌了出来。

徐北方有点儿慌，忙停下车，怎么了哥们儿，没事吧？

我说，我一朋友死了，我得去医院看看。

哦，徐北方想了想，哪个医院？走吧，我送你去。

欧阳走之前，先是眼睛看不见了，眼前全是黑的，接着他喊冷。

宁玉洁给他把被子裹上的时候，他浑身都在发抖，接着就昏迷了。

医院进行了急救，但还是没能救过来。

没办法，大夫说，这种情况，即使救过来，也只能是维持几天的生命。

我不怕死，但死亡被描述到这么具体的时候，我还是有点儿怕了。紧接着，便是巨大的哀伤。

欧阳啊，你经历的该是怎样的一种痛楚？

算了，不说了。

大概一周以后吧，欧阳的父母带着他的骨灰返回了老家。

一米八的大个子，到最后，竟就是那么一捧灰。

欧阳的离去让我一直没缓过来，他的父母都回去一周了，我还冷不丁地想，呀，是不是该去看看他了？

筱悦知道我难受，给我打电话，说想开点儿吧，他是时候到了。

是啊，我还能怎么想？既然无力改变，那就只能学会接受。

再说，我们将来又不是不能见面了，我也会有这一天的。

饭馆关了，因为给欧阳治病，基本上没剩下什么钱。宁玉洁把它留给了欧阳的父母。他们本来是来办喜事的，没想到却办了件丧事。

人世间的悲哀，莫过于此。

这件事，让我开始反思跟珊珊的关系。

我不得不面对的一个事实是，她现在急于跟我撇清关系，见了面基本连招呼都不打了。除了公事，我们之间并无别的沟通。

不管她出于何种原因，是因为我的身份，还是因为不爱我，还是因为我的身份而不爱我，都不重要了。

换一个角度看的话，她做的也并没有什么不对，寂寞的时候找个伴安慰一下自己，感觉不合适就撤，人嘛，趋利避害是本性。

但我跟她不一样。不是城里人与乡下人的区别，而是男人与女人的区别。女人，可以把爱情当作自己的全部，自己再怎么不是，将来找个好老公，一切OK。但男人不行，除了爱人，你还得有事业，有朋友，将来有了孩子，你还要对儿女负责。

所谓的爱，只能是建立在人格相互认可的基础上的，而我们，现在走样了。

她不是坏人，我也不是，坏的是我们在错误的地点、错误的时间，遇到了一起。

她也曾说过我的现状，什么也没有，将来没法生活。

是啊，我这种状况，如果放在老家的话，女方的家长首先就不愿意。

我以为在城里，人们的思想会相对开放些，可我错了，全天下都一样。

自怨自艾有个屁用？如果再这么下去，我就废了，跟苦情戏里哭哭啼啼的男主角一个熊样。

我可不想那样，我想，最起码，我没有资格那样。

那是一个傍晚，我坐在厂子后面的空地上，看着夕阳慢慢地降到地平线下，心里跟外面的空气一样凉。

在感情上承认并接受失败的确挺难的，但如果过不去这一关，我就无法轻装前行。人生，说起来很长，其实又很短，前面还有很多风景等着我去闯。

抽到大概第八支烟的时候，我问自己，你丫有自信扛过这一关吗？

我咬了咬牙，告诉自己，能行。

那你能平静地对待珊珊吗？

我能行。

我不信，你做不到。

我能做到。

那好，如果你能做到，就把烟戒了，如果可以把烟戒掉，我就信你。

我狠了狠心，最后猛抽了两口烟，像举行一个仪式般，把它掐灭，摁到烟盒里。

烟盒里还有几支烟，我把它们使劲揉成一团，朝着太阳落下的方向，死命地丢出去。

珊珊，我在心里默念，再见了。

还有我的爱情。

如果，它算是爱情的话。

烟盒在空中划出一道长长的弧线，掉在一条沟里。

从初中一年级的时候我开始抽烟，抽了十几年。但从那天过后，我再没抽过一支烟。

晚上，我躺在床上，竟想起了丛丽。

不能不想起她。这个女人当初跟我在一起的时候，岂不是跟我现在追珊珊一样？

与男人相比，她还承受了更多生理上的创伤。

打电话？算了吧，我没那个脸。我只是在心里默念，丛丽，对不起。

一遍又一遍。

十九、难忘的“非典”

在记忆里，这还是北京地区的人第一次被所有人像瘟神一样躲着。

日子过得很快，转眼就快过年了。

这期间，我和珊珊一直保持着正常的往来，我再没跟她谈起我们之间的任何事。当然，刚开始很别扭，但慢慢就习惯了。

工作上倒是有了一些进展，我接了两个不大不小的活，但没挣到多少钱。

真正挣到点儿钱的，是和黄河公司的合作。除了之前的那个工程，后来又供了一些货。提成挣了差不多10万块，我和徐北方两人一人分了4万多块。

这样，加上我原来的钱，手里又有了差不多8万块。

我给家里邮了1万块，又买了辆车。二手的捷达，前后一共花了5万块出头。

经常出去跑业务的人都知道，开车与不开车出去，给人的感觉是不一样的。而且，开的车越高级，给人的感觉越好。尤其是看门的保安，看你的车差，可能根本就不让你进。这也是我哪怕选择二手捷达，也不会买一手夏利的主要原因。

家里来电话问我回不回去过年，我说不回去，这儿还有业务。

其实冬天很多活儿都停了，哪还有什么业务，是我自己不想回去。

是真的不想回去。

这个城市有很多不是，交通拥挤，住房紧张，人与人之间钩心斗角，你争我夺，没完没了，空气也很脏，但不知道从什么时候开始，我已经有些离不开了。

记得《肖申克的救赎》里，老摩根曾这么说过监狱，起初，你会不习惯它，厌恶它，后来，你会慢慢接受它，喜欢它，最后，你会发现，你已经离不开它了。

这样类比似有不妥，但细细想来，两者之间的差距并不很大。

这中间，我、徐北方和林晓曾一起吃过一次饭。

因为有徐北方的这层关系，我和林晓都放得很开，说了很多之前在公司的事。

其实刚开始我们是不错的，但后来越走越发现不对，我俩才掰的。

林晓说得很直，他还告诉我，当初在公司，项军曾跟他说过不少次我的坏话，说我做假账、不出工什么的，但他没有接茬。

林晓知道，项军也曾在我面前说过他的坏话。

这样的人，林晓说，我知道跟不长，他很会钻营。

不过，我也挺佩服他的，我说，他挺有职业精神。

敬业是必需的，林晓说，我俩也一样，也很敬业，这是一条基准线，但仅仅这样是不够的。作为一个领导，他还要对我们负责，这点上，他显然太小肚鸡肠了。

倒也是，林晓的发展对他有威胁了，他就想办法赶林晓走，我对他有威胁了，就要赶我走。

一项事业，除了天才，很少有一个人能完成的，林晓接着说，不过没办法，现在的公司绝大多数都这样，一个德行，所以我才自己干。

能挣钱就行，我说。

那倒是，不过有机会的话，还是想找几个合适的哥们儿一起干，自己做，还是做不大。

人生，有时候很奇怪。

我和林晓原来在一个公司里，开始是上司与下属，到后来成了对手，现在阴差阳错，竟坐在一起把酒言欢。

奇怪得很。

好啊，徐北方说，回头咱们仨可以一起干啊。

哦？林晓看了看他，干什么？

买个钢化炉，做玻璃啊。徐北方很不以为然，一个炉才200万，你掏190万，剩下的10万块我跟萧坤两人凑凑，你放心，一年绝对回来了。

我和林晓都笑了，喝多了你是。

徐北方也乐，开个玩笑，其实要做，还是你们做药的好，本下得不大，利润不小。

现在也危险了，林晓说，卫生系统现在也开始查了，像我这种做得早的还好说点儿，现在刚进来的，基本上没什么戏，医院的大夫根本就不认你。

为什么啊？徐北方有点儿不大明白。

药监局和卫生局的那帮人贼着呢，现在都穿着便衣，要么装成患者，要么装是推销的。上个月，林晓喝了口酒说，第二医院当场就揪住了好几个跑药的，把他们的手机全收了，查里面的号，看有大夫的，就找大夫谈话，都吓坏了。

这么严了？我有些吃惊，那你们现在怎么跑啊？

想办法呗，林晓说，紧的时候基本上就不去医院，电话联系就行了。不紧的时候再约出来玩一玩。

不好办了啊这么说。

咳，其实也没什么，那帮人做事也就是三分钟热度，过了这阵子，你想找他们还找不着呢。

运动式的？这词用得好。徐北方乐了，等这次运动完了，我辞职给你打工去。

他当然是开玩笑这么说的，但珊珊是真辞职了。

她走那天，刚好下完新年的第一场雪。

她在市里找了一份工作，听说是白领类的职业。

我有点儿意外，但并不惊讶。她那样的人，不可能在这里待一辈子。

我也一样，早晚都要走，先后而已。

陈述和徐北方下楼去送她，我没有下去，站在楼上，隔着玻璃窗看着她上车，走远。

我曾幼稚地想，等将来我有了钱，事业有成了，一定会让她后悔。但后来想明白了，既然她已经做出选择，就肯定做好了面对所有可能的心理准备。而我，当事业有成的时候，可能也早已记不起现在的恨。

人对待别人，可能会很残忍，但对自己，都是善于原谅的。

珊珊，一路走好吧。我心里默念。

那她有没有和她的前男友重修旧好？还是有了别的男朋友？

我不知道。我已经不想知道，也不再关心了。

真的，一点儿也不关心。

我在通县租了间独居，开始了真正的单身生活。

房里的东西，除了电脑外，配得倒是挺齐，白天上班，晚上回来就看看电视，听听歌，想自己做饭就自己做点儿，不想做就楼下饭店吃点儿，倒也怡然。

除了应酬，我很少再去歌厅之类的娱乐场所，为此徐北方没少说我装。

没别的，腻了。是的，我想重新开始我的生活，我还没到30岁，调整一下再上路，还来得及。

再说，又不是真正的掉轨了。

不过，计划永远赶不上变化。

因为猫冬，幕墙公司和工地的活儿基本都停了，只剩一些内装的工程还在做。

徐北方说，往年这个时候基本上就是收收尾款，跟客户走动走动就完了，没别的活儿做。

那不行啊，我心里想，你可以那么做，你现在车房都有，闲人一个，但是我还差得远呢。

可该做的活儿已经做得差不多了，尾款该收的也收了，支强这样级别的客户我们也请了，下面做点儿什么呢？

干什么都行，别歇着。

公司现在不用天天报到了，我的时间比较充裕，于是我开着车，开始在城里转悠，找工地，尤其是那种刚开槽的。

也别说，开着车去工地，比走着去爽多了，连保安见面都是满脸堆笑。

不能说他们戴着有色眼镜看人，跟很多人相比，他们更容易相处，你只要给他们足够的尊重就可以。所以，我一般都是直接说明来意，如果碰上一两个装的，不让进，那也没办法，认倒霉吧。

我知道这么找，有点儿撞大运的感觉，但回头想想，刚开始进这一行的时候，还不如现在呢，怎么说现在还有辆车吧？

一开始，我就想找用玻璃的，直到一件事让我产生了别的想法。

那是一座16层的酒店式公寓，刚起了4层，我去的时候，他们的甲方负责人姚经理正在打电话。

我静静地坐下，等他把电话打完，然后说，你好，我是××公司的。

哦？他愣了一下，你们是做弱电的吧？

弱电？我愣了下，不是，我递上名片，我是做玻璃的，建筑玻璃。

“玻璃”这个词，我记得好像在哪部影片里被指是同性恋的代名词，这让我很反感，所以我一般在介绍的后面都会再强调一下，是建筑玻璃。

这样啊？他看了看我的名片，放到桌上，只做玻璃？

也不是。我想说，我们除了玻璃，还做幕墙。

但没等我开口，他又来了句，弱电你们能做吗？

我一脸茫然，弱电？什么是弱电啊？

就是防盗对讲、监控什么的。

他这么一解释，我听明白了，以前也有别的工程人员问过我同样的话，但当时就让我回绝了。

这次我留了个心眼，我说有朋友是做这个的，我们做不了，不过我可以介绍他过来。

他显然有些失望，哦，那就算了吧。

算了？那哪成？

出了工地，我脑子里飞快地转开了圈。

既然我是跑工地的，为什么就不能多了解一些其他跟建筑有关的门类的知识？他们可能不需要玻璃，但会需要别的，比如钢材，比如铝型材，再比如今天这个弱电。

当然，太杂了也不行，对方会没有安全感的。那么，就要讲究随机应变，或者有所取舍了。

那么，为什么不可以从弱电这方面先下手试试？

我跟徐北方打了个电话，问他是否认识弱电这方面的人。

有啊，他说，我叔就是做这个的，他有队伍。

我骂他，你丫怎么不早说啊？

徐北方笑，你也没问啊。

徐北方的叔叔不是亲叔，只是一个亲戚，姓鲍，有四十多岁，一副久经风霜的样子。最早他是做卫星接收器的，就是俗称的大锅，现在则卫星、监控、布线一把抓，什么都干。一般的工地，也都会把这些项目统一发包。

这里面，卫星相对简单一些，找准位置，调好信号就行，监控和布线则要稍稍麻烦一些，不过，在北京有很多生产监控和安防设备的公司驻扎，只要你选用了他们的设备，基本上他们都会派人来帮你做技术指导。

唯独消防他做不了，他说这块儿利润太大，一般人接不下来，都是谁验收谁来。跟我们做玻璃的差不多，跟工地打交道的时候，也得请人吃饭，给人回扣。

不过，比我们相对麻烦的是，除了这些，他们还要跟一些垄断部门打交道，比如某些信息产业部门。因为涉及地面信号接入的问题，每个项目他们还要给那些人上供。

不说不知道，一说吓一跳，敢情这块儿比我们做这个的还黑。

我有些怵，说这个项目你去谈吧，我不去了。

嗯，老鲍沉吟了一下，其实你去合适，不过我估计要是你去的话，可能会让人问住，还是我去吧。不过，这种项目他们一般不会交给外人的，估计也就是询询价，或者找个陪标的也说不定。

老江湖就是老江湖，一眼就能看出问题的本质。

他笑了笑，话说回来，如果项目成了，亏不了你的。

这种话就当没有听吧，基本上我对此是不抱什么希望的，还是做自己的工作要紧。

可是我没想到，自己的工作眼看也要做不成了。

大概在跟老鲍说了这事一个月吧，开始有了风言风语。

首先是陈述。一天早上，来公司后，他神秘兮兮地跟我们说，以后工地少去，医院更别去。

卢伟有些纳闷，怎么了？

怎么了？陈述直撇嘴，我一个在医院的朋友说，最近他们医院收治了好几个得怪病的，有一个已经死了。

怪病？

可不，还是传染病，可厉害呢，现在没药可治。

什么啊？徐北方乐了，不就是肺炎吗？广东那边早报了，叫什么非典型肺炎。

对对对，陈述说，就是这个，要了亲命了，你们可千万注意，别得上这病，这病没法治。

得了吧，别制造恐慌气氛，徐北方说，谁说没法治，顶多是传染得厉害，多洗手就是了，没什么大不了的。

但他错了，很多人都错了。

错得厉害。

“非典”的来势汹汹的确让我们很多人始料未及，没几天，路上的车和人都少了许多。刚开始我还觉得挺好玩，来北京这些年，还从未见过路面这么宽敞，行人这么少。但这种感觉很快就消失得一干二净，小区进出都要消毒，甚至查身份证，商场里原来放水和方便面的地方现在也成了空的，等到我意识到自己也需要买一副口罩的时候，药店里已经断货了。

上班？快算了吧。卢伟说，工资照发，你们赶紧回家待着去。

我有些慌，正想给家里打电话，问一问家里的情况，家里来电话了。

母亲问了我的身体情况后，说了一句话，孩子，你现在可千万别回来，回来就给隔离了。

那得了，什么也别干了，就在家待着吧。

在记忆里，这还是北京地区的人第一次被所有人像瘟神一样躲着。

我买了支温度计，天天量体温，生怕自己的体温哪一天突然高了。

看着报纸和电视上的报道，我心里一遍遍地祈祷，千万别得上这种病，得上了，生不如死啊。

我跟徐北方打电话，问他现在老鲍进展到什么程度了，徐北方一句话就给我憋了回来：

工地现在都隔离了，还谈个屁啊。

是啊，都这种程度了，肯定是停了。

干活儿？干不了，没活儿可干。出去玩？也别想了，哪儿都不让进。

开车出去？更不行。卢伟想开车回趟山西，过一个路口就检查一遍，再给车消一遍毒。走到河北的时候，车里的味道已经让他受不了了，想回来，结果，又是同样的程序，又来了一遍。

在瘟疫面前，人类那么脆弱不堪。

我感到有些煎熬。这种煎熬感直到买了电脑，装上宽带，才稍稍好些。

我不怎么喜欢聊天，但那段时间实在是无聊透顶，不在网上聊，没的可干。

也就是因为这个原因，我认识了灵儿。

她是东北人，公务员，在某机关工作，跟我年纪差不多。

跟所有搞网恋的版本差不多，也是从一两句话开始，一直聊到家庭、人生，乃至国际形势。

聊了十几次吧，她突然说，等这段时间过去了，我一定过去看看你。

我说，你见了我肯定会很失望的，咱们就这样网上聊聊挺好。

失望也无所谓啊，她说，毕竟我们见过面啊。

可你见我干什么啊？

她那边沉默了一会儿，说，你的谈吐给我一种安全感，我就想找一个这样的男朋友。

男人，是最禁不住女人夸的。

我有些激动，但马上给压了下去。说最好还是这样吧，始于网上，止于网上，也许最好。

那……要是我非见你不可呢？

那就来呗，我打出一个笑的符号，来了我请你转一圈，什么长城啊，故宫啊，圆明园什么的，我都还没去过呢，正好一起去看看。

她也笑了，好，这可是你说的，不准反悔哟。

我没太当回事，虽然刚刚接触网络，但对网恋这回事，我并不感冒。

打一个不太恰当的比喻，这有点儿像让一个经历过朝鲜战争和越南战争的老兵去玩《CS》和《红警》，他的兴趣肯定不大。

新闻很透明，传染的病人数字也越来越多，我开始有些恐惧，是心底的那种恐惧。

如果我得了这种病，死的时候连看我的人都没有，太悲凉了吧？

想到这儿，我甚至有些羡慕起欧阳来，你小子有福啊，最起码，想见到的人你都见了。当然，现在看起来，这么想不大地道，但那个时候，真是有这样的想法。

灵儿也很关注，时不时提醒我，注意加减衣服，别着凉了。

我说放心吧，这点上我很小心。

能不小心吗？感冒不要紧，害怕的是体温上升啊。

那段日子没别的可干，我留起了胡子，自己跟自己较劲玩。

小样儿，看你（非典）待的日子久，还是我的胡子留得久。

我以为，这种病，这种日子，如果是大自然对人类的一种警醒一种惩罚，一生经历一次也就够了吧？

又错了。

后来看到了一条新闻，标题是：中国去年甲流死亡648例，疫情向农村蔓延扩散。

只要你活着，就没个够。

大概是6月初的样子吧，天气稍稍热了些的时候，有专家说疫情基本上消退了。

那就赶紧出来忙吧，要不然快没得吃了。

但一上班，就是一个坏消息。

卢伟告诉我们，“非典”期间的工资发不了全资，只能发200块生活费。

原因？当然是没活儿干，还养着一帮工人，整天往里贴钱不说，还不能解散。钱都花得差不多了。

我和徐北方虽然很不乐意，但还是接受了。

都不容易，再说，我们也不指着这个挣钱。

就别提什么《劳动法》了。别说你没告，就是告了也不见得赢，倒不如卖个人情。

有意见的是陈述，他很不满，先是跟卢伟商量，接着便跟卢伟吵了起来，声音很大。

我们进去把他给拉了出来，他还是愤愤不平。

不应该啊。徐北方劝他，都这么长时间了，怎么会为这点儿事撕破脸？

什么叫这点儿事啊？陈述说，这是原则问题，哪能这么干？

我说算了吧陈哥，都不容易，卢总这边现在也往里填着钱呢。

他填钱那是应该，那是他的厂子，可跟我有什么关系？陈述还是很生气。法律规定我们的工资不能少就是不能少，他这么做就不行！

卢伟推门出来，冲他嚷嚷，老陈，你也别太过分了，现在公司有困难，大家相互帮衬一下又怎么了？再说，你干的事，别以为我不知道。

不用说，肯定是指陈述背着他在搞外单的事。

陈述脸红脖子粗，我干什么了？你知道什么了？你一个厂长，工资都开不出来，你臊不臊？还是不是站着撒尿的？

你你你……卢伟气得说不出话来。

本来他的口才就不怎么灵光，现在这种情况，就更不灵了。

眼见这么吵下去，两人只能越闹越僵，我跟徐北方赶紧把陈述拉走了。

对于陈述的反应，我和徐北方多少有些诧异，之前卢总卢总叫得最甜的就是他了。反过来想，这种事当然是卢伟不对在先，开不出钱来，那你就早点儿说，也不至于闹到现在这种地步。

晚上，陈述破天荒地跟我们一起喝了顿酒。

丫怎么能这样啊，陈述说，又不是咱们想歇，这不是没办法嘛。再说了，国家规定工资照发的。

咳，算了，也没多少钱，徐北方劝他，都在一起这么长时间了，不至于。

别管多少钱，那也是咱们自己的钱啊。他一口一个“咱们”，显然是想把我们也拉到他那一边去。

其实现在他也挺难的，我说，既然他说出来了，我们就体谅体谅他也无妨。

真傻，体谅他？那谁体谅我们啊？陈述说，你还少点儿，我跟北方，两个多月的工资，差不多1万块啊，得卖多少块玻璃才能出来？再说，你没看白晔是怎么走的吗？当初他要是体谅一下白晔，他至于跑得到现在都不敢回家吗？

后面这句话杀伤力很大，弄得我心里不由得一动。是啊，那个时候，白晔被他逼得也差点儿走投无路啊。

种下什么种子，必然会结出什么样的果子。

可这事徐北方都不张罗，我的工资比他们低一半呢，我还张罗什么啊。

我没有搭话，只是一个劲儿地劝酒。

反正这事儿没完。最后，陈述像是做总结性陈词一样，来了这么一句。

没有问题的时候一团和气，有问题的时候，立马兵戎相见，恐怕也是很多国人处理问题的主要方式。

晚上上网的时候，灵儿已经在线了，她问我上班了没有。

当然上了，我说，你呢？

我们也在上班，她说，不过，过些日子我想歇年假。

歇年假就歇年假呗，我心里想，跟我有什么关系，公务员就是好啊。

我想趁那个时候，她接着说，去北京找你去。

啊？我一愣，有些窃喜，你得有心理准备，我可不好看。

我又没说找老公。在网上聊得多了，话也比较放得开，她说，我只是想找个男朋友。

那丑话先说前头，我没房子，也没有北京户口，你如果想钓金龟婿的话，趁早死了这条心。

她打出了一个愤怒的表情，外加两个字，庸俗！

她能这么说，要么是真纯，要么是装纯。两者，我都不敢碰。

我没理她，过了一会儿，她又主动打过来一行字。

还在吗？

我说我在啊。

那怎么不理我？

不是不想理你，我实在不知道该跟你说些什么，你太纯洁了。

小子你行啊，她说，骂人都不带脏字的。

我笑了，算了吧，不贫了，你要真想来也行，把照片给我传过来一张，我看下，这样接你的时候也好认。

少来了，你是想看看我漂不漂亮吧？她说，要是还行，就去接我；要是不行，连面也不见了，对不对？

唉，你厉害，我叹口气，全让你猜着了。

说归说，她还是把照片传过来了。景有些远，人看得不太清楚，一看就知道是故意逗我。

我说不行啊，你传张近景的，这张太远，我看不清楚，接错了怎么办？

照片就这一张，你凑合看吧。她说，接错了的话，只能证明咱们俩没缘了。

这么说，要是接对了，你就跟我走？

那头沉默了，过了好大一会儿，打过来三个字：可以啊。

按说这应该是一段看似浪漫爱情的开始，男主人公还是我。我上初中的时候就曾幻想有一天可以有一段这样的爱情，可现在它貌似来了，我竟一点儿也兴奋不起来。对于灵儿，我竟还有点儿恨铁不成钢的意味。你知道我谁啊，就想跟我走？吃错药了吧？上这么多年学，都白上了？神经病！

第二天刚到公司，徐北方就把我拉到一边。老鲍来信了，活儿谈成了。

我一愣，什么活儿？谁是老鲍啊？

“非典”之前的事跟上个世纪似的，都忘差不多了。

徐北方有些诧异，盯着我，我猛然想起来，你是说那个弱电项目吧？

是啊。

好事儿啊。我心里有些酸酸的。

他打你电话没打通，让我跟你说一下，有你2%的提成。

我又一喜，真的？

当然是真的，估计有一两万吧。

我表面上不动声色，心里却迅速地算开了，光是给介绍个活儿就有一两万的收入，太划算了。这么看来，这个行业利润不小啊。

徐北方拍了拍我的肩膀，小子，回头得请客啊。

那当然，我说，这钱有你的一半。

得了吧，我就是搭个桥，你请我吃顿饭就行了，再说了，就是要，我也不能找你要。

我笑了，行，那我就不客气了。

陈述没来公司，卢伟问，他跟你们说什么了吗？

当然说了，不过，不能把所有的东西告诉他啊。

他这样子，你就让他在家歇两天吧，这样子也上不了班啊。

也是，卢伟有些沮丧，没想到为了这点破事儿弄成这个样子。

赖谁呢？我心想，没有金刚钻，那就别揽瓷器活儿啊。

跟老鲍一起吃饭是两天后。老鲍很高兴，特意拿了两瓶存了5年的二锅头。

我问他，那个姚经理还行吧？

别提了，老鲍说，那家伙贼着呢，预算给他留了差不多8个点才答应，另外我还给了丫一块浪琴，还不算我送他的烟酒什么的。

噢，原来是这样。

老鲍可能觉得有些失言，忙捂了下嘴，这话就咱们仨知道，出去可别乱说啊。

徐北方乐，得了吧叔，我们跟谁说去啊。

唉，不管怎么说，工程是拿下来了，老鲍说，要不这钱就全打水漂了。

既然他收了东西，肯定应该能成吧？我说。

那是以前，现在，老鲍摇摇头，东西照收，成不成的，就得看造化了，都这样。

他端起酒杯，来来来，我得感谢你啊。

如此热情，我有些招架不住，别那么客气，我也不过是给个信而已，我还得谢谢你呢。

老鲍一撇嘴，现在什么最值钱，还不是信息吗？以后你跑工地，要是还有这样的活儿，你还找我。

一定，我说，就冲您这仗义劲儿，我肯定还找你。

其实我心里没有多少感激。因为如果没有以后，他肯定不会再找我。

酒正喝到兴头上呢，手机响了。我一看，是老家那边的电话，便起身走到屋外。

来电话的是华子，我一个半生不熟的朋友，比我小四五岁，问我，坤哥，现在忙吗？

我有点儿意外，平时交往不多，这个时候给我打电话，肯定有事儿。

我敷衍着，问他，你怎么样？

不太好啊，他说，家里现在没事儿干，想去北京找点活儿去，就跟你打个电话问问。

你当北京是什么地儿啊？我有些不快。但想到自己，当初不也是这么过来的吗？

我脑子一热，说有活儿倒是有活儿，就是不知道你愿不愿意干了。

真的？听他的口气，很兴奋。

我有点儿好笑，在家待着不挺好的嘛。你才多大啊，出来你爹妈不担心啊？

就是我爸让我给你打的电话，跟你说实话，前两年还能跑跑运输，现在家里的煤窑都停了，没挣钱的门路啊。

我们那儿出煤，原来有好多小煤窑，老是发生事故，国家一纸禁令，全都停了。从大处说，这是好事，却苦了当地的人，原来都靠煤窑吃饭，现在没出路了。

可不停又怎么办？因为挖煤，河里的水早就干了，原来家里的压井还能压出水来，现在机井得打一二百米才能见着水。

一个是等死，一个是找死。但没办法，你生在那儿，没法选择。

如果搁往常，这种事我肯定推了，但我喝酒了，正在兴头上。

我给你问问厂子吧，我说，你别着急，不过，你要真想来，得能吃苦啊。

放心吧坤哥，再苦的活儿咱也能干，能挣点儿钱就行。

回到屋里后，我有点儿后悔，他要来了，好好干还行，要是嫌这嫌那，我还没法轰他走呢。

算了，兵来将挡，水来土掩，没关系，大不了撕破脸呗。

不过，我暗暗发誓，就这一个，再有这样的事儿，我不管了。

晚上，我又接到一个外地电话，不过，这次是灵儿的。

你猜我是谁啊？她的声音有些妩媚。

还谁呢？你的区号在那儿摆着呢，还用猜啊？

但不能这么说。

我说我猜不出来，你告诉我好了。

她笑了，我是灵儿呀。

哦，我故作惊讶，原来是你啊。

是啊，那头沉吟了一下，你的声音跟我想象的一样。

可不，都是男人的声音。我说你的声音跟我想象的也一样，怎么想起打电话来了？

啊，对啊，再过几天我就要去北京找你了，不跟你打个电话确认一下，我不是白跑了？

我有点儿吃惊，真来啊？

可不真来吗？她笑了，但马上又止住，你……是不是已经结婚，或者有女朋友了？

没有没有，我说，真的没有，我就是没想到你这么快来。

那就好，记得到时候一定要去接我啊。

行，你提前通知我，我进站里接你去。

灵儿沉默了一会儿，又说，如果你认出我了，能不能给我一个拥抱？

姐姐，你也太直白了吧？

我心里一震，犹豫了一下，说好，没问题。

那晚我没睡好觉，竟又开始幻想起来。

是啊，能不遐想吗？两个从网络里认识的人，彼此没有见过面，到时拥在一起，那种感觉应该很奇妙吧？会不会真的由此诞生出一个美丽的爱情故事？

想得太美了，我摇摇头，最有可能的是，她来北京，我陪她转一圈，过两天她又回去了。

那种事？有可能会有吧。别太当真，一时激情而已，单身生活太枯燥，偶尔调剂一下也无不可。这种事，应该不会有结果的。

如果那时我就知道了后面发生的事，肯定会拿头撞墙的。

毫不犹豫。

二十、悲催的巧遇

抱她的时候，估计她肯定特纳闷，不过是朋友许久不见，不至于这样动感情吧？

等等，抱她的时候，她刚开始是有些犹豫的，但后来，她也是紧紧抱着我的。

哎呀，坏了坏了，这事儿不对。

公司刚刚恢复生产，正是忙的时候，所以当我跟卢伟说起能不能招进一个人时，他很痛快地答应了。

我跟华子打电话，说能来，但一定要带好各种证件，公司有宿舍，来了就能住下，被子嘛就不用带了，来了买一床就行。

尽量不要跟其他人说是我让你来的，我再三叮嘱他。

放心吧坤哥，华子说，我不会给你惹麻烦的。

华子的父亲接过电话，一再跟我道谢，并说这孩子没出过远门，让我照顾他。

怎么说也是二十多岁的人了，谈什么照顾不照顾的啊。

我有点儿别扭，但还是跟他客气了两句。

徐北方问，是不是老家要来人啊？

是啊。

他笑了，不无酸意地说，现在是外地人来北京，北京人去纽约啊。

不过，紧接着，他叹口气，没办法，谁让中国穷呢。

我逗他，谁说中国穷？咱们经济增速可是世界最快的呢。

别扯了，他又笑了，那跟你丫有什么关系？

陈述还是没来，卢伟有些坐不住了，开始给他打电话。

陈述没接。卢伟又给陈述的客户逐一打电话。

不打还好，一打查出问题来了。陈述前些天刚从一家幕墙公司拿了一张2万货款的支票，而这边根本没有入账。

事实明摆着，陈述觉得自己亏，截留了货款。

知道他不会就这么完了，没想到他还会来这一手。

卢伟这个气啊，在屋里直转圈。

他这是想干吗啊?!

这种事，跟原来我在医药公司时虚报客情用品一样，可大可小。往大了说，那是职务侵占，算犯罪；往小了说，只是一般的财务纠纷，甚至连纠纷都算不上，因为陈述根本没说要把这钱私吞了。

可这种情况下，你也别指望他乖乖地把钱拿回来。

徐北方多少也有些意外，卢总，要不，我给他打电话问问吧？

卢伟想了想，点点头，估计现在你们的电话他可能还接。

徐北方拿出手机，走出门外，不一会儿就进来了。

脸色不对。卢伟很着急，怎么样怎么样？

钱是在他那儿，徐北方说，不过他说那是他的钱。

卢伟拍了一下桌子，什么叫那是他的钱？那是公司的钱！你没跟他说吗？

说了，徐北方有些犹豫，可他……

他说什么？

不好说，徐北方笑笑，要不回头还是您跟他说吧。

有什么不好说的！卢伟声音大了，看了看我，你说，没事儿！

徐北方定了定神，他说，除了“非典”期间的工资，你去年还答应他有年终奖，后来没给他，有这事儿吗？

卢伟一下子泄了气，来回走了几步，无力地坐在椅子上。

呵，还有这样的承诺？我跟徐北方可从来都不知道啊。好你个卢伟，看着挺老实的一老板，怎么还跟我们玩这一套？

不过，再想想也不奇怪，劳方和资方嘛，本来就是这样。

老板在喝汤，你就别想着吃肉，只有他吃上肉了，你才有可能喝上汤。

是，卢伟点了支烟，去年我是这么跟他说过，不过我想的不只是他，还有你们。

且当真的听吧，我跟徐北方对视了一眼，都轻笑了一下。

可去年不是添了设备嘛，资金紧张，我就想着等钱宽裕点儿的时候再说，谁想到又来了“非典”，一下子弄成这样。

弄成这样又怎样？正常的工资你都不想发，还能给我们兑现本来就不存在的承诺？

我说是啊，都怨“非典”，弄成现在这个样子，不过，陈哥应该不至于把钱私吞了，肯定也是暂时的心理不平衡，等过去这阵儿就好了。

等过去这阵儿，钱就让他花光了，卢伟说，那支票没写抬头。

不是怕花，是怕他拿着不给你吧，还装呢。我有点儿好笑，说，哦，原来是这样啊。

可不，卢伟又问徐北方，那他有没有说什么时候把钱拿回来？

徐北方摇摇头，没有。

卢伟烦躁地把烟掐灭，站了起来，他不仁，就别怪我不义了，这事儿我得报警。

报警？我和徐北方两人又对视了一眼，都显得很惊讶。

怎么说卢伟在当地也是个纳税的企业主，政府肯定要保护的，他要是报警了，肯定要出警的。再说，陈述是当地的，有住址，一找一个准儿。

企业欠员工的钱，员工必须要走很多道手续，折腾得精疲力竭才有可能要回来，而员工欠企业的钱，就要出动警察？

这样不对。徐北方说，报警不好，怎么说陈述也在这儿干了好几年了，没有功劳也有苦劳吧？

对于陈述，我平时有点儿意见，但现在卢伟要去报警，我是绝对不支持的。所以我也说，最好别报，他是当地的，你们闹翻了，恐怕以后对谁都不好。

卢伟没说话，气鼓鼓地坐下，那你们说怎么办？

不行的话，徐北方试探着说，我去找他，劝劝他吧，看能不能解决。

看来也只能这样了。卢伟说，你可以跟他谈，告诉他我的想法，如果谈不成，我就报警。

爱报不报。

我们跟陈述转达卢伟的话时，陈述很不屑地来了一句。哼，还报警？报什么警？有本事你让他来抓我试试，哼，除非他不想在这儿混了。

徐北方笑笑，现在不是置气的时候，其实我看卢伟特别生气的倒不是你拿走了他的钱，而是打电话你不接。

不是不接，是我跟他没法沟通。

有什么不好沟通的啊？徐北方说，你就直接跟他说，卢总你答应我的钱，还有我的工资，我都拿了。了不起再说两句软话，不就结了？何必搞得这么僵，是不是？

陈述咂巴了下嘴，其实我没想弄成这样，怎么说也在一起好几年了，还是有感情的。

对嘛，徐北方趁热打铁，没必要，卢伟你又不是不知道，顺毛捋的人。

行，陈述点点头，让我想想，晚上我给他打个电话，看他怎么说。

他还是有些愤愤不平，他还想报警？吃错药了吧？

看事情有了转机，我和徐北方都松了口气，起身要走，陈述给拦了下来。

别走啊，好不容易来一趟，吃点儿饭再走，我弄俩菜，一起喝点儿。

算了吧，我说，我们还开着车呢。

他一脸的不屑，放心吧，这儿没警察。

没警察也不行，徐北方说，我们得回去，他一会儿得去亚运村，我得去草桥。

我有些纳闷，亚运村？我什么时候说我要去那儿了？

但话已经说出来了，陈述也不好阻拦。行，那下次吧，谢谢你俩了。

印象里，这还是他第一次跟我和徐北方说谢谢。

回公司后，我问徐北方，你下午去草桥哪儿啊？

草桥？我去那儿干吗？徐北方眼一瞪，我是怕咱们在那儿待久了卢伟起疑。

他凑过来，小声地说，他走了，咱们还得在这儿混呢。

我点点头，恍然大悟。

华子来的那天正下着雨。我们家里的那趟车，已经从北京站挪到了西站。

我没有把他带回家，而是直接从西站开到了厂子里。

华子很兴奋，一路上不停地问我关于工作的事。我说很简单，就是裁玻璃，你刚来，磨边和钢化还不能上手，就从最简单的开始吧。

不过，我说，你可一定要注意安全，这活儿看起来简单，但是也挺危险。

嗯，华子一个劲儿点头，坤哥，你放心吧，一定。

但愿吧。我看着他黝黑的面庞，心里却在想，小子，你可千万别给我惹事儿啊。

跟管人事的老马打了招呼后，我直接把华子领到了职工宿舍。

原来也在厂子住，但那是我第一次进工人的宿舍。

虽然有心理准备，但还是有些吃惊。一句话，很脏，跟我原来在厂子里住的那种宿舍差好多。

看得出，华子也有些失落。我想，这跟我第一次来北京，欧阳带我穿越灯红酒绿，最后来到臭水河边的低矮小平房时，心情差不多。

学着忍受吧，要不你就走。没人强迫你来，都是你自愿的。

我装作没看见，说把你的床铺好好整整吧，有事儿给我打电话。

嗯，华子强装笑颜，谢谢你了坤哥，麻烦你了。

没什么，我跟他比画了个打电话的手势，有事儿就打我手机。

开车回去的路上，看着外面滴落的雨水，我突然有些莫名的伤感。

如果没有当初的一时意气，跑到北京，我现在应该已经结婚生子，工作也可能已经转正了。

可是，等等，如果这些都成真了，我会感觉幸福吗？

大概不会，我可能还会后悔当初为什么没有跑到北京来闯一闯。

我又想了想，对，肯定会的。既然是这样，那你还有什么后悔的呢？

是啊，为什么？

好吧，我没后悔，我只是伤感。

那你为什么伤感？

不知道，真的不知道。

但我就是伤感，真滑稽。

罗工来电话的时候，我多少有些惊讶。可不嘛，这么长时间了，茶早就该凉了。

后来我想，可能跟我兑现了承诺有关系，要不然他不可能还找我。找一个老相识，远比开发一个新朋友风险要小。

他一个朋友，是一家宾馆的工程部负责人，想把卫星电视系统换了，问我有没有这方面的人。

我心里一动，说，有，我哥们儿就做这个。

那好，哪天你来，咱们面谈一下吧。

去的时候，我想带上老鲍，后来想想，还是自己去吧，这事儿不定有谱没谱呢。

跟罗工刚谈了两句话，我就后悔了，真应该带老鲍来。

他说的很多专业名词，我根本就没听过。

罗工看出来了，不过还好，因为之前的交易，他并不为意，转而问一些关于老鲍的事。

这是我的强项，我能说。

罗工点点头，嗯，要是这样的话，他应该能做，你带他去××宾馆找李工，说我介绍的就行。

行，我说差不多中午了，咱们找个地方吃饭去吧。

罗工摆摆手，算了吧，我一会儿还要开个会，咱们就别客气了。

出了罗工的办公室，我才发现额头上竟有一些汗。

那是给紧张的。

既然来了，就看看筱悦吧。我给她打电话，约她一起吃顿饭，她犹豫了一下，说好，让我在上次吃饭的地方等她。

我去了上次我们吃饭的饭馆，挑了个靠窗的位置，点了几样菜，等着她。大概过了十多分钟吧，远远地，筱悦走来了。

她烫了发，看起来更成熟了。看她现在的样子，绝对想不出她原来就是一村姑。

我心里隐隐有些酸意，这么好的姑娘，我当初怎么就没珍惜呢？二货啊！

进门的时候，我冲她招手示意，筱悦冲我笑了笑，走了过来。

今天怎么那么清闲啊？她坐下，问我。

我刚想说罗工让我来的，一想不对，这种事儿，还是越少人知道越好，就说路过，正好中午了，就想跟你吃顿饭。

筱悦笑笑，不再说话。我看着她，说，你变了。

什么意思，变老了吧？

不是，变漂亮了，我说，气质也不一样了。

少贫了吧，筱悦瞪了我一眼，你的终身大事怎么样了？

哦，我最近谈了一个，我犹豫着说，是东北的，不过，还没见面。

没见面？筱悦有些惊讶，网恋吧？

是啊，不过，可能过些日子就能见了吧。

这种时髦你也赶，筱悦哼了一声，小心见光死。

应该不会吧，我说，她把照片都让我看了。

长得怎么样？

我想了想，说实话，没看太清。

筱悦摇摇头，突然想起了什么似的，问我，我给你介绍一个怎么样？

谁啊？

宁玉洁啊。

我一愣，她？她不是回老家了吗？

没有，筱悦说，她现在在我公司做保险呢。

我看着她，真的？

是啊，我让她来的。

我暗叫一声惭愧。欧阳走后，也许是不想再回忆与他有关的事，也许是因为宁玉洁是女人，总之，跟她就没联系过。

走的人是了无牵挂了，但活着的人，却还是要奔命的。

我心里一阵不好受，说那让她也过来吃饭吧。

她这会儿上着班呢，不行，筱悦说，你要真有心，可以一会儿去看看她。

她又笑，她性格挺好的，我看你俩合适。

我有些生气地白了她一眼，净瞎说。

我愿意跟她成为朋友，如果她有困难，我想我也会伸手，不过，让她做我女朋友，却是肯定不行的。

绝对不行。

为什么不行？筱悦哼了一声，人家哪点配不上你？你当你是什么人啊？

我有些脸红，说不是配不配的问题，她是欧阳的女朋友，你这也太扯了，再说，我现在又不是没有目标。

快算了吧。筱悦笑了，好好的真人你不找，非要搞网恋那一套。

再说下去恐怕就远了，我忙拿筷子给她夹菜，来，赶紧趁热吃。

趁她吃饭的工夫，我把话题岔开了，你跟老赵怎么样，该要孩子了吧？

筱悦的脸一沉，摇摇头，没说话，低头吃菜。

不太对啊，我心说，是不是他俩有什么事发生？

没事儿吧你们？我小心翼翼地问她。

没事儿啊，筱悦故作轻松地说。

但她没有瞒过我，没事儿的话，她不是这种表情，毕竟我们在一起生活过，我很了解她。不对，我说，你们吵架了吧？

没有，筱悦显得有些生硬，真的没有。

那怎么这样啊？

怎么了？她很不自然地笑笑，你哪儿看出我们吵架了？

我也不知道，就是觉得你俩可能有事儿。

没事儿，真的没事儿。

她越这么说，我越觉得有事儿，但是什么事儿，我猜不出来。

会是什么呢？回去的路上，我一直在想。

吵架？打架？或者是嚷嚷离婚？两口子大多不都是这样吗？

可是不太像，如果是一般的问题，筱悦不会显得这么沉重，她肯定撒谎了。

忽然间，我觉得有点儿好笑，她再怎么样出问题，那也是家庭问题，我这儿可连个女朋友都没有呢。

我想明白家庭如果出了问题才是大问题，是在成家以后了。

很多道理你不去亲身体会，听别人说一百遍也不会明白。

到大北窑的时候，我停下车，到路边的报刊亭买了份报纸。

但凡出去，我都会买份报纸，上午一般是《晨报》，《京华时报》出来后，就看《京华时报》，中间也看过一阵子《信报》，感觉没劲，就换了。下午则是《晚报》，后来出了《法制晚报》，就一直看它，直到后来有了智能手机。

我拿着报纸，边看边往车那儿走。一个身材高挑，长得很清纯的姑娘从我身边走过，我不禁看了她一眼。

没想到，那个姑娘竟也回头看我。

现在的女孩太胆大了，我想转移目光，但那个女孩竟直愣愣地冲我走过来。

坏了，不会骂我吧？正这么想着，那个女孩走到离我两三米处，上下看我。

在确定她没有恶意之后，我冲她笑笑。

不想女孩也笑了，指着我，你是萧坤？

我一愣，谁啊？你认识我？

是啊，认不出我了？

天，不会是灵儿吧？我脑子嗡的一下，声音竟有些颤抖，你……是灵儿？

女孩笑了笑，是啊。

我曾在脑海中反复演练过我们见面的方式，也想过很多次她真实的面容到底是怎么样的，但怎么也没想到，我们竟然在街上偶遇了，而且她还认出了我。

不过也难怪，我给她的照片可是近照。

我想起她曾问过的，如果我们见面的话，可不可以给我一个拥抱？

这么漂亮的女孩，这么简单的要求，我能不答应吗？

我走上前，一把把她抱在了怀里。

她轻轻地挣扎了一下，然后，也紧紧地抱住了我。

说实话，那种感觉真好。真想就这样，一直到世界末日算了。

但实际上，我们只抱在了一起两三分钟。

分开后，她的脸红得像是刚刚擦了粉，低着头，没说话。

我拉起她的手，问她，你怎么来也不给我打个电话啊？

打电话？她愣了下，为什么打电话？

我笑了，我好去接你啊，咱们不是说好的吗？

说好的？她有些疑惑，有些诧异，甩开手，问我，你到底是不是萧坤？

我说是啊，当然是我。

她拍了拍胸脯，哦，那就好那就好，是你就好。

我愣了，你什么意思啊？没事儿吧？

没事儿没事儿，她显得很局促，不过，就是你刚才说的话我没听明白。

可能是太激动了吧？我笑了，也难怪。

我指着她，又指指我，说，你不是灵儿吗？我是萧坤，咱俩不是说好的，你来北京的时候我去接你？

她盯着我不说话，像是在质疑我的真实性。

你不是长春的吗，公务员？我接着说，我是跑玻璃的那个，萧坤。

她咬着牙，歪着头想了想，突然笑了。

弄错了，我不是你要等的那个灵儿，我是玲玲。

我一时还没反应过来，谁？

玲玲啊，她说，你忘了？地下室住的时候，我们是邻居。

啊？我脑子又嗡了一下，玲玲？

这下糗大了，我一阵慌张，你是玲玲？

是啊，她盯着我，唉，看来你是忘了。

没有，我说，我没忘，哎呀，怎么是你啊。

为什么不能是我？她笑了，我去后头一家单位面试。

我轻轻用手打了下脸，不好意思不好意思，你看这事儿闹得。

我是真不好意思，如果有地缝，我肯定钻进去。

玲玲轻轻笑了笑，没事儿，只要你是萧坤就好。

这话说得我更不好意思了，低着头，不敢看她。

那个灵儿是谁啊？

她，咳，网上认识的朋友，说这几天要过来，我还以为你是她呢。

可不，灵和玲，音是一样的，你把玲玲叫成灵儿，亲昵，还挺好听的。

你来面试？心情稍微平复了些，我问她。

是啊，这家公司想招一个老师，我来应聘的。

如果刚才是不好意思，那么现在就是吃惊了。

可不嘛，玲玲最早是坐台的，怎么现在当上老师了？什么老师啊？

我早就出来了，她大概看出了我的怀疑，说，前两年一直在学英语，这不，刚刚过了六级。

厉害啊。

没什么，也就是门语言吧。看得出，她的脸也很红。

我当的这种老师是外教。她不自然地笑笑，接着说，就是专门教外国人汉语的那种。

哦，那是厉害。我说，我现在连英语多少字母都忘得差不多了。

没什么，其实也挺简单的，主要是自己喜欢吧。

我边听她说话，边打量着她。几年不见，她完全变了，跟之前相比，她现在无论是说话的神态，还是身上的穿着，俨然已是一个都市小资，跟以前的玲玲简直是两个人。

以前说知识改变命运，现在看来，改变不改变命运不敢说，但它的确能改变你的气质。

简单聊了十几分钟各自的近况，她看了看表，我得走了，要不该迟到了。

好好好，我像刚意识到似的，你赶紧去吧。

其实我心里倒隐隐希望她能多和我聊一会儿，但想到刚才的事，又尴尬得要死，巴不得她赶紧走。

她走了两步，又转过身，对了，把你电话给我留一个吧。

我拍了下脑门，一般这话都是我说的，今天反过来了。

看来我被吓得不轻。

在回去的路上，我不停地掐大腿，刚才那事儿是真的吗？

嗯，是真的。

我不禁有些好笑，电影电视上估计都没出现过这样的巧合吧？

抱她的时候，估计她肯定特纳闷，不过是朋友许久不见，不至于这样动感情吧？

等等，抱她的时候，她刚开始是有些犹豫的，但后来，她也是紧紧抱着我的。

哎呀，坏了坏了，这事儿不对。

二十一、坐救护车也是要钱的

卢伟打断她的话，递过一张100块的，行了，别说了，这是100块，找钱找钱。

胖护士咽了口唾沫，不情愿地拿出10块钱，递给卢伟。

瘦子瞪了卢伟一眼，小声嘟囔，没见过这样的人。

我想告诉她，我也没见过她们这样的人，但想了想，终于还是没有说出口。

我和老鲍去李工那儿的时候是中午，推开门，就看见一个四十多岁的胖女人，手里拿着烟，正在跟手下的人讲着什么。

我赔着小心，问，你好，我找李工，哪位是？

胖女人上下看了看我，我就是，你干吗？

我多少有些纳闷，罗工可没提过李工是个女的啊。但嘴上没敢停，您就是李工啊，我姓萧，是做卫星的。人多，我没敢说是罗工介绍来的。

李工一挥手，外头等着，没看我正忙着呢吗？

那就去外头等吧。

我和老鲍来到门外的走廊，待了有10多分钟，那女的才打开门，进来吧。

等屋里的人陆陆续续走得差不多了，我说，是罗工介绍我们来的。

哦，李工顿了一顿，罗工介绍的？

嗯，是啊。

他跟你们什么关系啊？李工显得很小心。

我们以前合作过。

明白了，我们这儿的活儿说大不大，说小不小，老板原来说是要招标，不过我嫌麻烦，没同意。

听这话，她比老板还牛啊，我说也是，招标太麻烦了。

可不，不过，她话锋一转，我这儿好说，主要还是领导那儿，得他点头。

是是是，我忙点头。

既然是罗工介绍来的，你们应该还可以。李工大大咧咧地坐下，其实呢，不瞒你们说，有几家做工程的都来过了，老板也跟他们聊过，但总体上不是特别理想，你们还有机会。

她的意思很明显，要上贡。

明白，我说，这样吧李姐，今天我们来呢主要是见个面，算是认识了，工程上的事，今天先不谈，您看要是有时间的话，中午咱们一起吃个饭怎么样？

中午啊？她眯着眼想了想，恐怕不行。要不这样吧，给我留个电话，等这边工作安排得差不多了，我再跟你们联系。

我和老鲍相互看了看，点点头。也好，那就留我的电话吧。

上一次应该带老鲍的，没有带；这一次带他来了，竟没有用上。

在车上我问老鲍，你看这事儿靠谱吗？

老鲍直嘬牙花子，哎呀，不好说啊。听她的话，应该还可以，不过，没有在一起坐，还是感觉不踏实。

他的标准很简单，就是对方肯收他的钱，拿他的东西，这样的话才算八九不离十。要想把事儿做成，势必要多找几个蚂蚱，跟自己拴在一条绳上。

做了这么些年的工程，他早看透了。

不过，事情远非那么简单。

为了赔罪，周六的时候，我打电话约了玲玲，请她吃饭。

第二次见面，我可以大大方方地看她了。

唉，女人的变化真是太大了。想想原来在地下室住的时候，她整天涂脂抹粉的，虽然对她的为人印象不错，但总感觉怪怪的，不太符合自己的审美观，可现在再看，青春靓丽、清纯可人这些词用在她身上一点儿也不过分。

也是从那时候起，我才开始相信，丑小鸭是会变成白天鹅的。

饭是在亮马桥附近的一家饭馆吃的，火锅，她点的。

那顿饭应该是我有记忆以来吃的时间最长的一顿，从中午断断续续地边吃边聊，一直到下午5点半。这中间，服务员过来三次，都是欲言又止地回去了。

我们聊了许多，我说了我和筱悦后来发生的事，她很感慨地叹气，但没怎么说话。

变了，她的确变了，如果搁以前，她肯定会指着鼻子骂我：你们男人都不是好东西！

不过，话又说回来，说不定她早就骂过我了，跟丛丽在一起的时候，她又不是没看见。

后来我想，她变化的原因，除了自身的原因外，很大程度上是因为我们曾紧紧地拥在了一起。

那种情感，太微妙了。

她也问了我灵儿的事，笑着说，你还挺前卫啊。

我知道她在挖苦我，就说算了，这个话题就此打住，说说你姐姐吧，她最近在干吗？

回家了。

北京待着不挺好的吗？我有些诧异，怎么回家了？

北京再好，也不是家啊。玲玲的眼神一下子变得落寞起来，最起码，它不是我们的家。

我有些不好受，接着问她，她在家干吗呢？

结婚，生孩子。玲玲又笑了，你不知道，我那个小外甥可逗了。我手机里有好多他的照片呢，你看看。

说着，她拿出手机，凑到我跟前，让我看。手机上，阿美抱着一个小家伙，站在一所略显破旧的平房前，正冲着镜头笑。

这是在她家里照的，玲玲指着后面的房子说。

记得当初阿美曾开玩笑地跟我谈起她的理想，说想找个有钱人，在北京落下脚。

现在看来，这真是她开玩笑的话，按她的条件，如果想找人包养，应该不是难事。

可过惯了北京的生活，回到老家，她还能行吗？

还好，从她的笑容来看，她应该过得很幸福。

这一点上，我很敬佩她。

聊到5点多的时候，我们还意犹未尽。玲玲说，这样吧，中午你请我吃饭，晚上我请你吧。

还吃？我笑了，不好吧？再吃有点儿那个了吧？

要不，我请你喝点儿饮料吧。

其实，就是再吃饭，我也能坚持，美女的要求，我怎么能拒绝呢？

于是，我们出了门，又来到了附近的一家茶餐厅，要了两杯饮料，又聊了大概一个小时。

回去的路上，我想，看样子玲玲对我有点儿意思，我们有发展的可能。

可不好吧？倒不是原来她做过小姐，那个无所谓，我才不在乎。只是原来我想的是灵儿，现在再跟玲玲那个，显得我也太没情义了吧？

而且，就算是我反过来追求玲玲，她会不会因此看低我？

很快，我的脑子就乱了。

真操蛋。

陈述最终还是辞职了。也是，都闹到这份儿上了，再不走，显得也太没骨气了。

不过，和当初林晓从医药公司辞职一样，他马上去了另外一家玻璃公司，把原有的客户全都给拉了过去。这让卢伟大为光火，除了对陈述的做法生气，可能他也意识到了原来这家伙一直在做外活儿。

为了防止这种情况再次发生，他迅速采取了措施。那就是，跟我和徐北方签订竞品禁止条约。

可能很多人听说过这个，简单说，就是你在这家公司从事的是玻璃行业，如果辞职的话，在三年内不得再从事与玻璃有关的行业。有的公司可能时限更长。

这招挺损的，弄得我跟徐北方有点儿措手不及。签了的话，我和徐北方肯定要受制约，可不签的话，显然卢伟也不答应。

我心里暗暗骂陈述，你小子走就走吧，怎么还弄得我们跟着你陪葬，真不地道。

但事情在那儿摆着，容不得你多想。

我和徐北方权衡之后，还是签了。没关系，你不是不让我们做玻璃行业吗？不明着做不就行了，我们有客户，挂靠别的厂家，不露面总行吧？

当然，这只是最坏的想法，其实更多的还是想利用卢伟这个平台，把客户资源培养起来。签不签是态度问题，但执行不执行则是方法问题。

再说了，我们又不是没有做过外活儿，不是一样没有被卢伟察觉？

签完合同的当天下午，我们在办公室外聊天，徐北方问我，你跟老鲍一起谈的那个活儿怎么样了？

我这才想起，光顾着跟老鲍联系，还没跟徐北方提起过这事儿，肯定是老鲍告诉他的。

我说还行吧，听那意思，想让我们上点儿贡。我笑笑，不好意思啊，忘了跟你说这事儿了。

没事儿，他说，前两天碰见老鲍了，聊起来这事儿。你别多想，你的活儿就是你的活儿，我也就是问问。

那就别多说了，再多说反而显得有些假。

我点点头，这活儿有点儿把握，但不是太大，成了再说吧。

我的潜台词是，我知道老鲍是你介绍的，如果成了的话，不管是从我这儿还是从老鲍那儿，肯定能给你分点儿。

我知道他的性格，不会轻易占人便宜，但也不愿轻易吃亏。

我愿意跟这样的人打交道，这样的人有什么话都说到明处，有原则。如果换成别的人，恐怕当初也不会让老鲍给我回扣。

他笑了笑，转移了话题，你知道老鲍现在玩什么呢？

什么意思？玩什么？

唉，算了算了，我都不好意思提，他又笑，还是我叔呢。

怎么了？我一头雾水，声音放低了，他不会是去嫖了吧？

那倒没有。

那你有什么不好意思的呢？

我告诉你，如果再见面，看到他旁边有一个年轻女人，最好什么都不要问。

哦，我恍然大悟，你说他养小蜜吧？

这可是你说的，我可没说。

我乐了，想不到老鲍还好这口啊。

也难怪，徐北方说，老婆不在身边，肯定也有点儿那个，理解他点儿吧。

倒也是，我说，理解，理解。心里却在骂，理解个屁，还不是那俩钱撑得。

正说着，车间那边跑出来一个人，奔到办公室门口，大叫，出事了！出事了！

卢伟脸色马上变了，噌地站起来，怎么了？

卢总，是切割组。小伙子声音有些发颤，玻璃下来，刮着人了。

我心里一紧，坏了坏了，别是华子吧？他就在切割组，如果他要出点儿什么事，那我可就麻烦了。

我顾不得和徐北方说话，忙跑向车间。

刚跑到车间门口，就见几个人抬着一个小伙子往外走。有人拿衣服捂着小伙子的腿，血还是止不住地往外冒。

还好，不是华子，他站在不远处的切割台旁，有点儿发愣。显然，是给吓得。

我走过去，问他，你没事儿吧？

华子摇摇头，咂巴了下嘴，我没事儿。

那就好，我说，先到外头等会儿吧。

外头，徐北方正在打电话，卢伟问他，怎么样？什么时候来？

得20分钟吧，徐北方直撇嘴，这救护车也太慢了吧？

20分钟，还顶个屁用啊？卢伟说，算了，你开我的车，赶紧把他送医院去吧。

徐北方接过钥匙，行，那我先去。

你等等，卢伟又跑回财务室，一会儿又跑回来，手里拿着一沓钱，这是2000，你先拿着，我把厂子安排一下随后就去。

这种事宜早不宜迟。徐北方打开车门，让两个人把那个小伙子抬上来，前面又上了一个，开着车奔医院去了。

卢伟看了看围观的工人，有些不满，怎么弄得?! 切割组的人，跟我过来！

华子看了看我，我说走，我也去看看。

事情很快弄清楚了，玻璃被放在切割台上的时候，一边使力往上抬，而对面的人没有注意，一下子冲他滑下来，冲腿就割下去了。

玻璃平时看起来很光滑，但没有磨边的玻璃，比刀锋还锐利。

卢伟脸色有些发白，看得出，他也很害怕。

你们，他指着惹祸的那两个当班的，声音有些颤抖，跟你们说过多少遍了，一定要注意安全，一定要注意安全，你们就当耳旁风！看着吧，要是没大事还好，要是有事，我饶不了你们!

切割台旁边，就是破的那块玻璃边上，还有一摊血。华子直愣愣地看着，毫无表情。

唉，这孩子给吓坏了。我正想着，外面有救护车响的声音。

我走出来，看到两个穿白衣的护士走过来。

怎么了？被扎的人呢？稍胖一点儿的那个护士问。

我说什么被扎的啊，是被割的。人已经送医院去了。

哦？送医院了？

对啊，等到你们来，估计小伙子就悬了。

胖护士脸上有些不好看，送走了也行，那谁把我们的车费出了啊？

我一愣，你们出来还要车费啊？

废话，你还当我们是义务服务啊？

我摇摇头，别跟我说这话，谁打的电话你找谁去。

她显然没想到我会这么说，一时有些语结。倒是那个瘦子走过来，那你们的领导呢？我们跟你们的领导要去。

我刚想再噎她一句，卢伟气冲冲地走过来，行了行了，多少钱？

两个护士相互看了看，大概没想到卢伟这么问。

90块。胖一点儿的说，我们这可是——

卢伟打断她的话，递过一张100块的，行了，别说了，这是100块，找钱找钱。

胖护士咽了口唾沫，不情愿地拿出10块钱，递给卢伟。

瘦子瞪了卢伟一眼，小声嘟囔，没见过这样的人。

我想告诉她，我也没见过她们这样的人，但想了想，终于还是没说出口。

那个小伙子的伤并无大碍，虽然流了不少血，但还好，伤的不是动脉。即便如此，他也有一个月不能下床了。

医药费是卢伟出的，看得出他很不情愿，不过没办法，那两个当班的当晚就跑了。

可以理解，本来就是因为穷才出来打工的，再让他们赔偿，还不如让他们割伤了算了。更何况，这事并不全赖他们。

卢伟为此暴跳如雷，甚至声言要找到他们老家去，让他们出这笔医药费。

这让我担心，如果有一天我在工作中出了什么事，卢伟会不会袖手旁观。

答案是很有可能。

试想一下，有一天你出去谈业务的时候，被一个抢劫的人捅了一刀，以现在的风气和人们的自危意识，恐怕不会有人施救，就算是警察来了，叫来了救护车，好不容易到了医院，单位的老板联系不上，或者联系上了，可老板不愿意出钱，你还是很有可能死在医院的走廊上。

不能细想，这些东西想深了让人恐惧。我告诉自己，人心嘛，总是肉长的，不会出现这种事的。

恐惧的不止我一个。

大概两天后吧，我刚打电话约好李工和老鲍晚上一起吃饭，华子找到我，跟我说，坤哥，我不想干了。

为什么？我其实大概明白他的心思，只不过我实在没别的可说的。

不为什么，就是觉得这活儿太危险了，华子没有掩饰，而且，我也不太适合干这个。

不适合？那你觉得你适合做什么？

我想跟你一样，做业务去。

华子的话让我有些好笑，你做业务？你普通话都还不标准呢，怎么做业务？

没关系啊，他说，我可以学。

算了，我想，我刚来的时候不也一样吗？而且，如果他在这儿做，说不好下次出事儿的就会是他了。

也好，你要想好了也行，问题是我怕卢总不答应啊，你一点儿经验都没有。

不不不，华子摆摆手，我不在这儿做，从这个厂子里出来，再回到这个厂子里做，不好，他说，我想自己出去找找。

这更让我惊讶，你自己找？我笑笑，怎么找？

那您就别管了，不过坤哥你放心，我不会给您惹事儿的。华子接着说，我想好了，只要对方管住，能学点儿业务上的东西，我就干。不过……

不过什么？我说，你说吧。

他不好意思地笑笑，我要是一时找不着活儿的话，可能得在您那儿住两天，不知道行不行。

我顿了一下。倒不是不行，我怕我答应快了，他会觉得一切都太容易。

可以，我说，你既然想好了就行。

那我今天就辞职，明天就去找工作。华子想了想，我就说买票回家，好在这儿多住几天，您别跟卢总明说就行。

这小子，没想到脑子转得还挺快。

我说行，我配合你。

晚上，我和老鲍如约来到了一家位于西四环附近的饭馆。是李工指定的，她说那儿她常去，离她们家也近。她还带了两个人，一个姓田，是宾馆的副总，看样子有四十多岁，还有一个是二十多岁的小伙子，她叫他小五，应该是她的助手之类的。

田总看起来挺有派的，从李工对他的尊敬可以看出，他应该是管事的。

吃饭大概吃了一个小时，中间的过程就不细说了，主要就是跟田总和李工拉关系，拣他们爱听的说。

倒是快散场的时候，老鲍觉得还不保险，就说，李工，晚上要是没事儿，咱们去歌厅坐坐怎么样？

李工看了看田总，田总说算了吧，太晚了吧？

如果不是反问句，那估计十有八九是不想去，但后面的尾音翘起的情况下，多半是不好意思。

我说这才几点啊，去吧，田总，小坐一会儿咱们就走，不会耽误您事儿的，好不好？

田总想了想，掏出烟盒，看了看，哟，没烟了，小五，去给我拿盒烟吧。

我不抽烟了，对这个还真不太敏感。老鲍忙叫服务员，给我拿盒中华。

李工悄悄在他耳边说了两句话，老鲍忙又改口，拿一条中华。

在车上，我问老鲍，她刚才跟你说什么了？

能说什么啊？老鲍撇撇嘴，就是让我多拿点儿，讨好一下他们田总嘛。

怎么还有这么要的啊？

咳，她要就要吧，给了她东西，心里还能踏实点儿。

这倒也是。我问他，咱晚上准备给他们花多少钱啊？

三四千块应该差不多了吧，老鲍说，没关系，这你就别管了。

我们在歌厅找了个包房，刚坐下，服务员就问，您喝点儿什么？

啤酒最好，不贵，但有李工在，得问问她。

这一问，问出毛病来了。

我不习惯喝啤的，李工说，田总也是，我们一般都喝洋酒。

洋酒？你还猪酒呢。好，老鲍硬着头皮说，那咱们来白兰地还是威士忌？

李工看看田总，摆了摆手，来瓶干邑吧。

那就干邑。老鲍冲服务员，听见了吧？

服务员笑笑，又问，我们这儿有两个牌子的干邑，轩尼诗和人头马，您要哪个牌子的？

干邑是什么，我不太清楚，但轩尼诗和人头马这两个牌子我是知道的。在这儿喝这个，等于是跑燕莎或者赛特买袜子，等着挨宰吧。

但事情已经到了这个份儿上了，你能怎么办？

老鲍没怎么犹豫，李工，那您看要哪个？

李工想了想，田总，要不咱来个人头马吧？

田总点点头，你们看着办吧。

那行，李工冲服务员一摆手，那就来个人头马吧。

服务员看看老鲍，老鲍咬了咬牙，看什么，赶紧拿去啊。

趁上厕所的时候，我问老鲍，那玩意儿多少钱一瓶啊？

8000多块，老鲍直嘬牙花子。

啊？我不禁叫出了声，这也太贵了吧？

算了算了，老鲍说，反正买都买了，就别说了，咱们不是有求于他们吗？

我嘴上说是啊是啊，但心里不由得一紧。

回到包房里，我看着那瓶人头马，心里暗骂，得，不就一瓶酒吗，竟顶得上很多人一年的工资了！

李工啊李工，你们也太黑了吧？这是罗工介绍来的，要是不认识的，你是不是还要让他们给你买套房子啊？

那瓶酒我没怎么喝，只尝了一小杯。一是因为李工要的，二是没怎么感觉好喝。

怪怪的，感觉很不好。

那天晚上，一共花了小1万块，老鲍刷的卡。

他没说什么，毕竟对于他来说，这是必须要花的钱，只不过花超了些，将来还是有可能赚回来的。再者说，是经过我介绍的。

可我感觉却不太好，或者说，很不好。我可以给，但你不能明目张胆地要，这样的人不是很有把握，就是在欲盖弥彰。

不行，这事儿我得找罗工再问问，别回头让人卖了还帮人数钱呢。

不过，毕竟有上次合作的事在前，我有些犹豫。

晚上，我把这事儿在网上跟灵儿说了，让她帮着分析分析。

我觉得没什么吧？听我把事情讲了个大概，灵儿说，我们科每到年底都有这样请客送礼的，不奇怪。

哪能跟你们比啊，我说，你们多大气派，政府部门啊，我们是什么？小老百姓一个。

她笑，你得了吧，别贫了，我过两天可真要去北京了啊。

我心里竟一阵莫名的惆怅，来吧，我去接你。

那头沉默了一会儿，飞来几个字，你想我吗？

我想说，要是上次抱的是你该多好，可现在，我有点儿想玲玲。

华子走了，他找工作找得倒是挺快，两天工夫就找着了，说是在一个水站送水。

其实只要不挑，在北京找个工作并不难，难的是你喜欢，还能满足你的生活所需。这点上，华子想得倒是挺开，他说，我不图别的，只要能管我住就行。

我知道，他是怕麻烦我，关系再好，住在一起时间长了，也会很别扭。

我开车给他送过去的，老板很年轻，比华子大不了几岁，看人鼻孔都朝上看。

水站不大，除了老板和老板娘两个，还有几个送水工，负责给附近的居民和写字楼送桶装水。北京写字楼或者大型居民区的附近都会有这样的小店，很不起眼，但老板挣得一点儿也不少。至于怎么挣的，还是听后来华子说，才明白了个大概。

这是后话。

嘱咐了华子几句，我就走了，我还要找罗工。

这个李工，我还真不太熟。听我问起李工的事，罗工推了推眼镜，好像在努力地想什么。

我也是跟一个朋友一起吃饭的时候认识的她。罗工说。

哦。我点点头，就到这儿吧，下面的不好再问下去了。

很有可能的是，李工和他那个朋友也是通过别的朋友介绍认识的，他朋友请李工吃饭，顺便叫上了罗工，就这样认识了。

罗工这种人是比较精细的，当他知道对方有工程的时候，就找上了曾经合作过的我，毕竟有过交往，知道如果事成了，我不会亏待他。

但现在，我一开口，他就知道我的意思，所以赶紧把自己先撇干净了。

我有些好笑，这人还真会见风使舵。但跟着，又是一惊。

这么看来，我的猜测并非全无道理，那个李工真的有些可疑。

如果真是那样，老鲍的钱不就白花了吗？而且，我的信誉不也受损了吗？

不会的不会的，我仔细地回忆着和李工、田总他们在一起吃饭谈天的画面，如果是假的，他们不可能会这样要东西的，况且，听他们的谈吐，他们对工程方面的事情还是很在行的。

我边想边出门，心里有点儿乱，以至于没听到宁玉洁叫我。

萧坤。宁玉洁跑到我跟前，一把扯住我，怎么了？叫你都没听见。

我这才意识到她叫我，问她，是你啊。

是啊，筱悦不是跟你说了吗？

对对对，我忙不迭地点头，不好意思啊，上次来没叫你。

没关系，她笑笑，你当时也不知道我在这儿啊。

你当班吗？

刚好下班，她说，走，我请你吃饭去吧，正好跟你聊聊天。

得了吧，我有些尴尬地笑笑，我去找筱悦，我请你们吧。

筱悦不在，她今天休息。

哦，我愣了下，那就算了吧。

我和宁玉洁来到之前我和筱悦一起吃过饭的饭店，刚坐下，宁玉洁就急匆匆地问，筱悦跟你说过她要离婚的事吗？

我脑子嗡的一下，什么？

宁玉洁意识到可能失言了，愣了下，哦，她没跟你说过啊？

没有，我问她，怎么说她要离婚呢？

没什么没什么。宁玉洁显得有些慌乱。

别装了，一定有事儿。我跟着问，我还真不知道，跟我说说吧。

她叹了口气，唉，我还以为她跟你说了呢。

没有，怎么回事啊？

其实也没什么，她沉吟了一下，筱悦说，是他们俩性格不合。

两个不同生活习惯、文化背景的人放在一起肯定有矛盾，可那也不至于离婚啊？

是啊，我也是这么想的，宁玉洁说，你俩毕竟以前……而且还是老乡，你回头劝劝她吧。

她没往下说，但我知道她的意思。

我有些茫然地点了点头，嗯，我回头问问她吧，怎么也不能离婚啊。

回去的路上，我想起来上次见筱悦时她的表情，怪不得跟平常不大一样，原来是有这档子事。

筱悦的个性很强，也很传统，一旦结了婚，她不大可能轻易提出离婚。

这么说来，应该是赵西风提出来的。

可为什么？仅仅是性格不合？不太可能吧。两人在一起工作那么久了，性格合不合早就能看出来，要是不合，也不可能结婚啊。

一定是有别的原因。

我掏出手机，犹豫了一下，还是给筱悦打了个电话，问她最近怎么样。

挺好的呀。出乎意料，筱悦语气很轻松，像是没事人一样。

总不能问她你是不是打算离婚吧？我说上次工程的事，我还没有当面跟你们家那位道谢呢，你回头跟他说一下，看什么时候有时间，我带你们去密云爬山吧。

那头沉默了一下，哦，算了吧，我们最近都挺忙的，改天再说吧。

我明白，再说的意思往往就是不要再说了。这最起码证明，他们俩之间肯定有事儿发生。

我还想再说点儿别的，筱悦就推说忙，把电话给挂了。

那就算了吧，她既然不想说，那就先不要问了。

二十二、借钱

卢伟？他肯定有钱，可难道让我跟他说，老板，我做了外单，现在欠人钱，想找你借点儿钱应急？

跟谁张这个口呢？我想了一天也想不出个头绪，心里乱透了。

有点儿心焦，等李工的电话等得。

已经把报价送过去了，她说让等几天，有了结果就给我们打电话。

做工程的朋友大概都知道，最让人焦虑的就是这段时间，有点儿像坐牢的人等待法院判决。

其实吃枪子并不可怕，可怕的是你不知道枪什么时候会响。

电话终于来了，不过不是李工。玲玲说，她在网上约了一个算命的，让我陪她去看看。

这让我多少有些吃惊，好歹也是见过世面的，怎么还信这一套啊？

是啊，其实我也不太信这个。不过，她说，那个人在网上说得还挺有道理的。

好吧，我有些无奈，反正我现在倒是有点儿时间，就陪你去吧。

约的地点在西单，玲玲说这样对方即便有恶意，也不敢怎么样。

在我看来，这更像是找个由头跟我约会。无论怎么样都好，关键是有美女在侧，我无所谓，我好奇的是，那个所谓的算命的究竟想干什么，是想骗玲玲的色，还是想骗她的财，抑或二者兼收？

我和玲玲在广场的大排档要了两杯喝的，等那个人来。

她穿得很时尚，还戴着一顶帽子，看起来很养眼。

我问她，他怎么找上的你？

咳，就是网上瞎聊聊起来的。她说，我听他说得有点儿道理，就有点儿信了。

那约出来见面，是你提的还是他提的？

当然是他提的了，玲玲笑了，哪有女孩子主动提出来这个的？

那他提，你就答应了？

是啊，我觉得没什么，再说了，我们是在这儿见面，他要是坏人，应该也不敢吧？

我暗暗叹了口气，怪不得现在因为约见网友而出事的人那么多，连玲玲这样有社会经验的人都被拽进来了，遑论那些浅薄无知的寂寞少女？

我想逗逗她，问，那你还叫上我干什么？

她脸竟一下子红了，声音也低了，叫你来，不是保险点儿嘛。

正说着，她的电话响了，她接起来，左右看看，是我啊，我到了，就在大排档这儿，你在哪儿？

后面，一个瓮声瓮气的男声响起，我在这儿呢。

我回过头，看到一个穿着夹克衫的小伙子站在桌子后，冲玲玲招手。

可能是没注意我，光看到玲玲，他不由得笑了，那样子，非常猥琐。

看得出来，对将要展开追击的猎物，他很满意。

我有些好笑，算你倒霉了。

玲玲过来，跟他握了握手，然后指着我说，这是我哥，我们一块儿来的。

他明显一愣，大概没想到玲玲还来这手，有点儿慌，冲我伸手，你好你好。

我坐在那儿没动，也没伸手，问，你会算命啊？

是，我……会一点儿。

说话都结巴了，没鬼你怕什么啊？

我冲他笑笑，算吧，你给她算算，算好了我请你吃饭。

他犹豫着坐下，看看玲玲，看看我，那眼神，用贼眉鼠眼形容一点儿也不过分。

玲玲大概也看出点儿端倪来，问，怎么个算法啊？

算法，呵呵，这个……很简单。

大概是明白心里的那点儿小伎俩让人看破了，夹克衫说话有点儿语无伦次。

我心里骂，就你这道行，还学人家泡妞呢。

还没等我开口，他突然站起来，呀，我刚想起来我还有点事儿，要不今天先到这儿吧。

玲玲很纳闷，你还没算呢？

是啊，他边说边往外走，不好意思啊，今天就这样吧，回头再联系。

说着，他逃也似的就往外走。

我又好气又好笑，叹了口气，摇了摇头。

玲玲扭过脸，很不高兴，乐什么乐？本来挺好玩的事儿，小伙子多老实啊，让你给吓跑了。

我和玲玲聊了一下午，天南海北，什么都聊。

谈起为什么转行的时候，她有些黯然，说再不转行，说不定得死到那里头。

怎么说也是藏污纳垢的地方，肯定乱，我自己就见过不少在歌厅里打架的，全是因为一些屁大的小事儿，逞能，但说死到那里头，感觉多少有点儿耸人听闻。

你是不知道，玲玲说，做这个的也分派，后面都有流氓、地痞撑着，不光他们打架，我们之间也打架，唉，就不是人待的地方。

不过，也有人喜欢那种生活，不愿意走的。玲玲接着说，还有啊，我们那儿有一个，好像大学还没毕业，长得挺漂亮，刚去没多久就让人包了，好像还给买了幢房子，也算修成正果了吧。

那不错啊，我说，也算出头了。

她看了看我的眼睛，快算了吧，你撒谎。

是，我是撒谎了，我并不觉得一个人买了房有了车，就算是修成正果了，我们是人，是灵物，除了这些，我们还应该有点儿别的追求，虽然我还不知道应该追求点儿什么。

可现在这个社会，如果你跟人说这个，要么会被当成二百五，要么就会让人说是吃不着葡萄说葡萄酸。

我笑了笑，算了，别说这个了，咱们说点儿高兴的吧。

傍晚了，西单广场的人逐渐多了起来。灯也亮了，更给暮色中的广场添了几分暧昧。

也许是这种暧昧的氛围感染了玲玲，也许是本来她就心有所想，在我指着天边的彩云跟她说像什么时，她一下子扑到了我怀里。

这是我没想到的，我的心跳一下子加速了。

那种感觉，在第一次和筱悦接吻时也曾有过。

我都不知道说些什么了，脑子飞快地在转。

看来她已经当我是男朋友了，这样的动作，情侣间才可能有。

可我就这样接受吗？毕竟我们的开始只是一个拥抱，后来证明还是抱错了。如果就这样接受，她不会说我见异思迁吧？

再说，最早跟我聊的可是灵儿，不是玲玲，她还说过两天要来北京找我呢，要是她来了，看到这种情形，我怎么跟她解释？我不成了陈世美了吗？

还有一个声音在说，灵儿还没来，你面都没见呢，见见再说吧，也许她比玲玲还漂亮呢，再者，人家好歹也是公务员啊，身世也清白。

我承认，促使我下决心的，更多的是最后一条。

很龌龊吧？

不，是非常龌龊。

我轻轻地拥着她，尽量不去看她，说你饿不饿？

不饿，玲玲声音很低。用余光，我可以看到她抬起了脸，并闭上了眼睛。

傻子都知道，那是想让我吻她。

但我脑子里的一根弦坏掉了，愣是装作没看见，说，我有点儿饿了，咱们去吃点儿饭吧。

大概在跟玲玲约会后的第三天吧，支强那儿出事了。

没别的，一句话，没钱，该结的账拖了仨月了。

支强他们公司包的那个楼，工程做到一半，开发商跑了。按理说，我们这钱他不应该欠，但他们自己投进去了不少，给套住了，一时拿不出钱来。

我给支强打电话，他说现在跟银行贷款呢，得等些日子。

得多久？

怎么也得半年吧？支强咂巴咂巴嘴，现在真是紧，等着吧。

我一下子慌了，那怎么行？别说半年，俩月我都等不了啊，我怎么跟徐北方和他的哥们儿交代？

不过，既然是生意，肯定不会只有赚的时候，该承担的风险，你得承担。

我迅速冷静了下来，再催支强恐怕是没用了，他跟我的关系，现在基本是有什么说什么，不会有所隐瞒。看这情形，跟他嚷嚷没有用，反而可能让他厌恶，影响以后的合作关系，毕竟他们也是受害者。

可那怎么办？这边还催着呢。

实在不行，只能咱们自己往里垫点儿了。跟徐北方商量对策的时候，他抽了半支烟，憋出了这么一句话。

垫倒不是不可以，我算了，5万多块的账款，我和徐北方一人一半的话，一人也就2万多块。

可关键不是现在没钱嘛，挣是一点一点地挣，可花那是大把大把地花啊。

我说能不能想想别的招？我现在钱不够啊。

徐北方有些好奇地看了看我，不会吧？你会不够？

是啊，干了这么久，这点儿积蓄都没有，是人都不太会信，再说，你不是还有车呢吗？

可我是真没有，不过我也意识到，这个时候说没有，难免会让人看作是推脱责任。我笑了笑，外面飘着点儿账，要一要还是够的，不过，能不能跟你哥们儿说说，缓一缓再给？

唉，徐北方叹了口气，能说我早说了，朋友之间办事就是这样，很多话不能说明，咱不是还得要个脸面吗？你没看打电话催账，他都找的是你，从来不找我。

他是对的，如果徐北方跟他朋友说情，有可能会缓一缓，但以后，我们就没法再跟他这儿做了。我们之间没有协议，全凭嘴那么一说，但我们都明白，这比协议更有约束力。

那好吧，我点点头，就这么办吧，咱俩一人一半，先把他的饥荒堵上，回头再跟支强那儿要账。

徐北方苦笑了一下，摇摇头，要是要不回来的话，咱们算是全白干了。

不会的，我安慰他，支强那儿将来肯定没问题。

其实我也是在给自己鼓劲，有没有问题，鬼才知道。

我算了一下，一共5万6的欠账，分开来，我和徐北方一人2万8。

我现在银行里还有不到1万块，除了这辆捷达，什么都没有了。那意味着，要想堵上这个窟窿，我要么卖车，要么借钱。

卖车只是一闪念，好不容易买上的车，怎么可能卖出去呢，那可是脸面，不到万不得已，绝不能出手。

那就只有借钱一条道了，可跟谁张口呢？

徐北方？快算了吧，太不地道了，没这么办事的。

筱悦？不好不好，我混得好，可以让她看到，但现在这个样子，我是绝对不能让她知道的。

卢伟？他肯定有钱，可难道让我跟他说，老板，我做了外单，现在欠人钱，想找你借点儿钱应急？

跟谁张这个口呢？我想了一天也想不出个头绪，心里乱透了。

大概天快黑的时候，我脑子里突然蹦出一个人来。

林晓。

不好，我马上又否了。

可还能找谁去？我们是有过节，但毕竟都过去了，现在我们的关系谈不上很好，但普通朋友还是算得上的。再说，还有徐北方这层关系。

也不好，也许在他看来，正是有徐北方这层关系，他才愿意跟我接近呢。说不定对于之前的事他还怀有芥蒂，借机羞辱我一番也并非没有可能。

应该不会，他不是那样的人。

一个个理由成立，又被一次次推翻，折腾了一个小时，我终于下定决心，跟林晓说说这事，让他帮我次忙。他不放心的话，我可以在借条上写明，如果不按时归还的话，车就是他的。

现在想想挺傻的，难道林晓就不会说，车又不是抵押在我手里，你自己偷偷卖了，谁知道啊？

也许，问题的关键是我并没有想去那么做。

给林晓打电话的时候，他正在饭店跟大夫结费用。现在他基本都不去医院了，一是惹眼，二是没必要，这些人跟他早都熟了。

我简要地说明了情况，末了问他，能不能先从他那儿借点儿钱应急。

林晓问，要多少，你说个数。

我说得2万块吧，差不多半年还你。

林晓咂巴了下嘴，2万块？

我说是，到时候如果还不上你的话，你可以把我的车开走。

电话那头林晓笑了，快算了吧，你什么时候过来拿？

我没想到事情会那么顺利，一时有些激动，谢谢你了林晓。

得了吧，林晓说，你肯给我打电话，证明你拿我当朋友，朋友的忙，我能帮肯定是要帮的。不过，他话锋一转，笑了笑，如果放在两年前，我肯定不会帮你。

两年前，还是我们在医药公司的时候，那时的我们明争暗斗，你来我往，谁能想到现在变成了这种关系。

我不禁暗暗为当时的所作所为感到后悔，早知道林晓是这样的人，也许那时很多事情都不会发生。

不过话又说回来，如果再来一遍，我们估计还得那么做。没有当初的兵戎相见，应该也不会有今天的冰释前嫌。

说到底，还是怪自己的眼睛不够亮，很多事情没有看透。

也许，所谓的成长就是这样吧。

剩下的事情就好办了，我和徐北方很快一起把凑好的钱送到了他哥们儿的厂子里。他哥们儿没在，明显是躲着我们，会计倒挺会说话，一个劲儿跟我们赔不是，说些没有办法之类的话。

徐北方跟他熟，骂他，你丫要再说，这钱我们可真拿回去了啊。

货票我们拿走了，薄薄的几张纸，那可是我们用5万多块换回来的。

徐北方怕我多心，说让我拿着，因为毕竟将来结账还是要回来开发票的，他跟这头熟。

我说不用了，我现在住的房是租的，而且我这人老爱丢东落西的，还是你拿着吧，放你家里还踏实些。

徐北方逗我，你就不怕我拿着这个偷偷去把账结了？

我瞪了他一眼，你爱结不结。

晚上，灵儿又打电话来了，说她想去买票，问我早上到好，还是晚上到好。

她老是说来啊来，但总不见行动，心里的那点儿幻想已经在一点点地消逝。再加上中间碰到了玲玲，我心里烦，就说随时，你随时来都行，你方便就行。

你怎么了？她大概听出有些不对劲儿，问我，是不是我招你不高兴了？

我不由得一愣，没有啊。

没有？那为什么听你说话口气这样啊？

我苦笑了一下，声音变缓和了，没事儿，真的没事儿。

那就好，她说，买上票我再跟你联系。

挂上电话，我以为我会欢喜，但，没有。我又想起了玲玲。

其实坦率地说，如果没有灵儿这一出，玲玲应该是个不错的女孩，除了漂亮、身材好，最主要的是她的个性很好，独立，要强，虽然在那种地方工作过，但这并不妨碍她成为自己想成为的那种人，所以，现在的她更值得尊敬。

而且，正因为有过那样的经历，这样的女孩说不定会更珍惜来之不易的情感。

这种东西有点儿像天花，你经历过，便会免疫，如果没得过，又没打过疫苗，说不定哪天它就会找上你，不管你岁数多大，又不是没见过五六十岁的老头老太太搞婚外恋。

我越琢磨越觉得应该跟玲玲说点儿什么。

我拿起手机，给她发了一条短信。玲玲，最近过得怎么样？忙吗？

等了大概一个小时，手机也没动静。

我想给她打过去，但想想，说些什么呢？

算了，不回就不回吧，估计现在她加班也说不定。

大概12点吧，我快睡着的时候，玲玲回复了。不多，只有两句话，却让我一下子睡不着了——我不想成为谁的替代品，让我们就此结束吧。

我一阵茫然，说不上痛苦，也谈不上伤心，只是没想到会是这么个结果。

还能说什么？说什么都是多余的，她那么聪明的人，我的这点儿小心思早就看出来了。

如果当初我吻了她，一切都会不同。

可我没有，我是吃着碗里的看着锅里的。

活该。

现在我大概明白，如果重来一遍，估计我还是不会吻下去。不是因为想着灵儿，而是从长远看，我们不太可能走到一起。

既然如此，早早散了对彼此都好。我们的相遇只是上帝打了个盹，让我们在错误的时间，错误的地点，错误地拥抱在了一起……算了，我承认，上面的话都是安慰自己的。

当然，她的主动拒绝是我没有想到的，这直接影响了后来我和灵儿。

灵儿还没打电话，关于李工的电话倒是等来了。

不过，不是李工打的，是老鲍，声音很轻，但听起来很沉重。

出事儿了。他说。

出事儿？出什么事儿了？我一激灵。

那个姓李的进去了。你没听说？

哪个姓李的？我一时没回过味来。

李工啊，让咱们去做卫星的那个。

啊？你说她进去了？去哪儿了？

老鲍没说话，我马上回过味来，因为什么啊？

具体我也不太清楚，大概听说是个骗子，让人告了。

怎么可能？

是啊，不过这是同行告诉我的，应该错不了，要不你再打电话问问。

我来不及多想，挂上电话，马上拨了罗工的号。

不过没有拨出去，我又挂了。不行，就这么打电话问，显得太唐突了，我得想想。

这事应该跟他关系不大，毕竟我们曾合作过，而且上次他也跟我说过他是在什么样的情况下认识的李工，实际上已经是在告诉我，如果我和李工出点儿什么乱子，跟他没有关系。如果李工真是骗子，按罗工现在的情况，不可能跟她有太多牵扯。

算了，别打电话了，还是先去李工所在的宾馆看看吧。

尽管我有心理准备，但到宾馆的时候，还是吃了一惊。

李工原来所在的房间已经贴了封条，隔着玻璃窗可以看到，里面除了几张桌子，空空如也。

宾馆的人对李工的事讳莫如深，只字不提，怎么问都说不知道。

我悻悻地往外走，一个拿着手包的中年人也跟着出来。

等等，刚出门的时候，他叫我。

我站定，回过头，那人走过来，问，你也是来找李工的？

是啊，我看看他，你也是？

可不嘛，来来来，聊聊。

他递过来一支烟，我推了推，谢谢，我戒了。

原来，他也是听别人说这里有卫星工程发包，过来找的李工。

跟我们一样，李工也让他们请吃饭，然后去唱歌，同样花费了差不多1万块。

知道吗，他说，丫跟那个歌厅的都认识，拿的那酒都是兑水的。

我心里这个气啊，第一次喝洋酒，竟还喝了兑水的，怪不得没喝出什么味道来。

烟，茶叶，我们都没少送，老跟我说等等等等，其实就是想拖时间跑。

那她那个副总呢？是宾馆的人吗？

是个屁，是就好了！那人一脸的怒气，都是一伙的。

这么说来，他们演得倒挺像啊。

是啊，不像怎么能叫骗子呢？

他越说越气，而我却觉得身子一个劲儿往下坠。

因为我想到了老鲍花的那些钱。如果这事儿成了，花就花了，应该的，但现在情况变了。那意味着，我得承担一部分责任，最起码也得垫个四五千，对他也算有个交代。

可我刚刚垫付了徐北方哥们儿厂子的货款，哪还拿得出这些钱啊。

我想起跟李工打交道的种种，一切都是真实的，还时不时给你来个欲擒故纵。

当初怎么就没看出来她是个骗子呢。

也难怪，骗子让你看出来，那还能叫骗子吗？

没钱归没钱，但事情总要向老鲍说的，要不太那个了。

没想到啊，我说，那女的还真是骗子。这样吧老鲍，你花的那些钱，回头我掏一半吧。

得了吧，老鲍笑了，那点儿钱算什么啊。我跟你说这事可不是跟你要钱的。

他越这么说，我越觉得过意不去，我说怎么说这人也是我介绍过去的，钱还是要掏的，算是我的学费吧。

行了行了，老鲍说，再说下去，真跟我朝你要钱似的，说不要就不要。

他顿了顿，就说她不是骗子，这活儿也不见得咱们就能拿下来啊。呵呵，这种事常有，碰上了算倒霉，别提了啊，再提伤感情。

我不再说了，是啊，说什么，话都到这份儿上了。

以前不太明白老鲍这样一个近50岁的土老帽儿为什么能成功，但现在，通过跟他打的这两次交道，我大概明白了。

说实话，跟他相比，很多地方我有不及。

但后来发生的事，改变了我的看法。

二十三、传说中的灵儿

世间有些事可能就是这样吧，不做，后悔；做了，可能会更后悔。

灵儿终于来了。

在等了很久之后，幻想了很久之后，她终于来了。

但我却没一点儿兴奋的感觉。

不是因为她胖，也不是因为她矮。如果当初在街上叫出我名字的是她的话，我肯定还会毫不犹豫地拥抱她。

但那个人恰恰不是她，是玲玲。所以，这次我并没有拥抱她。

大概是在车上有一搭没一搭地谈话让她察觉到了什么，一进屋她就问，是不是我不该来啊？

没有没有，我忙笑着解释，可能是因为这两天忙，有点儿疲惫。

真的？

真的，骗你干吗？

实际上我是在骗她，可人家千里迢迢地来了，你总不能给人脸子看吧，出于最基本的礼貌，不高兴也要装出高兴的样子来。

她笑了笑，扑到我怀里，说，那为什么不在车站拥抱我啊？

人多嘛，不好意思。我拍拍她，先去洗把脸吧。

她去了洗手间。看着她的背影，我有些恍惚。这就是那个跟我在网络上相恋的女人？我说她怎么不把近照拿给我看，只给了我一张远景照，原来是怕我看了近照后不跟她交往啊。

我有些后悔，早知道这样，就跟玲玲好了。

可我也知道，碰上这种事，很多男人大概不撞到南墙是不会回头的。

我现在不仅撞上了，而且显然，撞得还不轻。

可见，所谓的网恋，真的是存在高风险的。

晚上，我带她在楼下吃了顿火锅。她显得很兴奋，有种终于逮着猎物的感觉。

也是，我身高一米八多，体重中等，看起来也不丑。

可我怎么也高兴不起来，满脑子想的竟都是玲玲。

这很操蛋。

我不禁要了些酒，虽然我知道可能晚上要开车，但我情愿把神经钝化些。

少喝点儿吧，她说，对身体不好。

我说没事儿，又不常喝，偶尔喝点儿没关系。

她凑近了些，问，我不在的时候，你有没有想我？

我苦笑着点了点头，没说话。

她有些不乐意，噘着嘴，不行，我要你亲口说。

这么大人了，怎么跟小孩儿似的？再说，你要是性格单纯，摆出这副样子也好，可问题是，我知道你不简单。

我有些别扭，说，想啊。

怎么了，看起来那么不情愿啊？

没有啊，我忙解释，真的挺想的。

她有些疑惑地瞪着我，我看不像，你有事儿瞒着我吧？

再这样下去，我非摔筷子走人不可。

我忙夹了口菜，放到她碗里，我能有什么事瞒着你啊，在网上都告诉你了。

她咧开嘴，笑了，我逗你的。

吃完饭后，我们回到屋里。有阵子没喝酒了，我有点儿晕，趁着酒意，我说你先睡吧，我去洗洗。

她看了看我，没说话。

我来到洗手间，捧着水洗了把脸，看着镜中的自己，暗暗摇头。

唉，晚上怎么睡呢？难道我真要跟她那个？

可她的确跟我想象中的那个灵儿有差距，我不太想。

也许女人看男人，更多的是看他钱财、地位等附属物，但相信绝大多数男人看女人，还是要看脸蛋的。哪怕她在社会上的地位有多么高，多么地让你崇拜，但在床上，你还是愿意看到一个让你赏心悦目的女人。

我很正常，属于大多数男人那种，所以，很纠结。

想起了玲玲，我有些好笑，哼，后悔了吧？该。

不知道什么时候，灵儿走了进来，从后面轻轻地抱住了我。

我回过味儿来，想，要不算了吧，好歹我们在网上聊了那么长时间，她对我又是老公，又是男朋友地叫，还千里迢迢地从外地赶过来见我，哪怕是一个普通朋友，也应该满足她的要求。

可是这种事毕竟不一样啊，又不是帮朋友买白菜，这……这是那个啊。

我的犹豫，灵儿看在眼里，她松开手，冲我笑笑，要不……晚上我睡客厅吧。

如果她抓着我不放，我可能会拒绝，但现在这样，反而让我有点儿不好意思。

不用不用，我回过身，有点儿慌，你睡卧室，我睡客厅吧。

话很明白了。灵儿想了想，点了点头，那也行，你洗完了吗？

我哪洗了？我点点头，洗完了。

那好，她笑笑，你出去吧，我想洗个澡。

我躺在沙发上，怎么也睡不着，心里有些愧疚，又有些失望，还略有一些伤感。

大概12点的时候，我才有些昏昏沉沉地将要睡去。

这时，我听到卧室的门响了，接着，灵儿走了出来。

没有开灯，但我依然能感觉到她只穿着一件睡衣。

我不由得一阵紧张，不要啊，都坚持到这份儿上了，还是算了吧。

我保持着原来的姿势，尽量把呼吸放缓，等着她的下一步动作。

她轻手轻脚地走到离沙发不远的地方，站定，看了看我。

那一刻，大概有两个小时那么长。

终于，她转过身，进了洗手间。

我这才发现，心咚咚地跳得厉害。

那一夜，她再也没有走近我。我们都知道，我们之间彻底完了。

她没有再待下去，第二天就走了。我想送她，她说不用了，你忙你的去吧，我想一个人去天安门看看，然后就回去。

我没有坚持，这种情况下，就这样分开，也许是最好的结果。

我说也好，走的时候给我个信，让我知道一下。

她又笑了，不必了。

我唯一的一次所谓网恋就这样无疾而终了。

这还不算完。

很多不好玩的事情，在做的时候是意识不到的。后来想起这件事的时候，我觉得自己挺浑的。所以在她走后的大概一个月吧，我给她打了个电话，想跟她道个歉。

喝多了，要不是喝多了，估计我也不想这样做。之前都是她给我打电话，我还没有主动给她打过。

电话那头是一个小孩儿的声音，奶声奶气地问，你找谁啊？

我说出了她的名字，小孩儿大声地说，妈妈，你的电话！

我听到这儿，立马挂断了电话。

世间有些事可能就是这样吧，不做，后悔；做了，可能会更后悔。

真操蛋。

飘第一场雪的时候，我和徐北方终于从支强那儿拿回了货款。

这个过程实在太过漫长，以至于钱到手的时候一点儿兴奋的感觉都没有。换句时髦的话说，成功来得太晚，快感都打了折扣。

我马上还了林晓的钱，虽然他说并不急。实际上，是我急。欠朋友钱的那种感觉真有点儿如坐针毡，吃不好饭，睡不好觉，几乎每天都要想好几遍。

我没有说谢谢，因为在心底，我拿他当成了哥们儿。我知道，如果将来他碰上什么难题，我肯定也会义无反顾地伸出手。

这中间，我去了趟华子那儿。几个月不见，这小子变得洋气多了，跟之前刚来的时候的那个低眉顺眼、说话都不敢大声的华子简直判若两人。

他非要拽着我请我吃饭，我说不用了，下午还有一个工程要谈，我就是过来看看你怎么样。

挺好的，他上了我的车，显得有些兴奋，我觉得我比较适合干这一行。

那就好。我心里说，可你也不能一辈子给人送货啊。

他好像看出了我的心思，当然，我不是说适合给人送货，他说，我是说，将来自己做个这样的小买卖也不错。

水站投资多少，我不太清楚，但看那样子，应该得不少钱。我说那你就好好攒钱吧，想法不错，比我强，我们现在怎么跑也是给人打工的。

您可别这么说啊坤哥，打工的跟打工的也不一样，要是我有你那能耐，也去做业务了。

我笑了，摇摇头，问他，开这么个水店，应该不少钱吧？

没多少钱，华子不屑地噘了下嘴，你看东西不少，其实都不值钱，最贵的就是房租了。

水呢，进货总得要钱吧？

华子摇了摇头，十桶水，有两桶是真的就不错了。

什么意思？我一时没听明白。

说是纯净水啊，矿泉水啊，其实没那回事，华子说，都是骗人的，大客户有时候还能喝上点儿纯水，像一般的小户，我们都是直接上自来水。

我有点儿不太相信，自来水？喝不出来吗？

你天天都喝一样的水，怎么喝得出来？华子接着说，其实北京大部分地区的自来水都是可以直接喝的，完全够卫生标准。我们也是钻了这个空子。

我想起医院里的那些事，不由得一阵苦笑，看来哪个行业都不干净。

就是有一点儿不好。华子说。

怎么了？我问他。

其实也没什么，就是这个老板挺混蛋。

老板都这样，我说，但他是你老板，就一定有比你强的地方，现在什么也别说，好好学点儿经验吧。

华子点点头，嗯，放心吧坤哥。

我还想说点儿什么，电话响了。

是筱悦，问我干吗呢，我说没事儿，跟华子聊天呢。华子来的事儿，我曾跟她说过。

她问了两句华子的近况后，说，后天有时间吗？

有啊，我说，什么事？

那就过来吧，宁玉洁后天结婚。

这我倒没想到，忙问她，跟谁啊？

你不认识，我们公司的，我介绍的。

我调侃她，你不是说要把宁玉洁介绍给我吗，怎么介绍给别人了？

筱悦哼了一声，快算了吧，你真愿意跟她好？

我不再说话，什么都让她看穿了。

婚礼就在她们附近的一家饭店举行，很隆重。新郎是宁玉洁的同事，当地人，很帅气的一个小伙子。因为亲戚多，他们把整个餐厅二十多桌都包了。

像宁玉洁这样的女孩子，也应该有一个现在看起来还算不错的归宿，要不老天就真是瞎了眼了。

我衷心地祝他们幸福，同时想，如果欧阳泉下有知，也应该感到欣慰吧。

我和筱悦坐在一桌，看着宁玉洁穿着婚纱的样子，她很兴奋，说总算好人有好报。

但很奇怪，赵西风没来，不应该啊，这是公司员工的婚礼，而且还跟筱悦有关。

我问筱悦，你们家那位呢？

筱悦明显不太愿意回答，顿了下，哦，他出差了。

我脑中闪过上次宁玉洁跟我提过的事，悄悄问她，你们没什么事儿吧？

筱悦不理我，喝了口酒，问，玉洁怎么跟你说的啊？

我笑笑，没什么，她也就是那么一提。

筱悦笑得有些凄然，叹了口气，我们正在办离婚手续。

尽管有心理准备，但听到她亲口这么说，还是感觉有点儿突然。

为什么啊？

咳，还有什么啊？就是感情那点儿事，不说也罢。

我迅速想到，是不是赵西风出轨了？这种男人，这个年纪，很有可能啊。

是不是他在外面……我没往下说，她明白我想说什么。

那倒不是，你别瞎想了，筱悦摆了摆手，他是好人。

都这时候了，还说他是好人？筱悦啊筱悦，你的心可真够大的。

莫不是……我一激灵，指了指她，小声说，不会是你吧？

筱悦不再说话，只是摇了摇头，行了，别问了，喝酒吧。

那天筱悦喝了不少，我开着车，本来也不敢多喝，看筱悦这个样子，更不敢喝了。

下午两点多的时候，人陆续开始撤了，筱悦要回去，看她有点儿晕，我说，我送你回去吧。

筱悦说不用，我有车。

她有一辆宝来，好像是新买的。可她这样子，开车跟自杀差不多。

我一阵疼惜，算了吧，就你这样子，还开车呢。走吧，我送你。

大概是喝酒的原因，筱悦有点儿迷糊，斜躺在后座，看着外面的车流，眼睛也有点儿直。

没事儿吧？我问她。

她摆摆手，示意我开车，别理她。

我递过一瓶水，喝点儿水吧，不高兴归不高兴，但也不能这么喝啊。

谁说我不高兴了？今天宁玉洁结婚，我能不高兴吗？

那你还喝那么多？

我乐意，管得着吗？筱悦倔劲上来了，拧开瓶盖子，连着喝了好几口，又来了句，我乐意。

这句话很轻，更像是说给自己听的。

接着，从后视镜里，我看到有泪从她的眼里流淌下来。

我有些慌，筱悦，怎么了？

没你的事儿，开你的车吧。筱悦掏出纸巾，擦了擦眼，想止住哭泣。

但没有用，泪水还是不停地往下流。

那泪水，看得我心疼，但我没说话。

我不知道该如何开口劝她，但能猜到，她肯定是因为和赵西风离婚的事而伤心，不管是因为什么，婚姻破裂比失恋要糟糕多了，恐怕她还接受不了这个事实。

她是一个骨子里很传统的女人，也非常要强，否则的话，她不会当初因为我出轨而如此决绝地离开我。

想到这儿，我一激灵，会不会是姓赵那小子在外面胡搞了？他有那个条件，也有那个资本。

可即便如此，跟我也关系不大吧？

筱悦跟我顶多算朋友，他们可是夫妻，难不成让我因为这个去抽他一顿？你算老几啊？你同意，筱悦还未必同意呢。

算了吧，我摇摇头，不说了，她想哭就让她哭吧，如果这能让她感觉好受点儿的话。

从那天后，连着有一个礼拜，我的心情都不太好。

不好归不好，业务不能停，工作还得干，我还没有资格忧郁。

可不，看看身边的人，筱悦虽然马上要离婚，但现在工作稳定，薪水不少，有车，即便将来离婚，房也应该有她的一份；宁玉洁，嫁了一个不错的老公，物质上精神上都暂时稳定了；徐北方，更别说，好歹是当地人，也是车房俱备的青年才俊，没有后顾之忧；丛丽虽然很长时间没联系了，但就分别时她的做派，也可以猜到，她现在应该过得不错，最起码，还有一个人跟在她左右；还有林晓，虽然做得不大，但那也是自己的事业，再加上娶了一个本地媳妇，算是成家立业了。

我呢？首先是没钱，至于爱情，更是孤家寡人一个。

所以，我不能停。

支强那儿的货还在出，但数量明显少了，倒是从公司里（也就是卢伟这儿）出了几单，不大，但苍蝇也是肉，比没有强。

不过，我的心思并不完全在玻璃上。

没错，我还在想着与弱电相关的项目。

尽管经历了上一次的骗局，可我还是不死心，相反，这更让我相信这个行业充满机遇。老鲍曾说，那些钱算是交了学费吧，既然是交了学费，那就应该学到点儿东西并用上它，要不，这学费不是白交了吗？

我承认，这对卢伟来说并不太公平，也不太符合职业道德。可问题在于，这边的事我并没有耽误，就卢伟给我的这个平台来讲，我已经做得不错了。

那就别傻等着老板吩咐你去做什么了，自己给自己找找出路吧。没有老板会替员工的将来考虑，除非他是你的老子。

在一个起了10层的酒店工地，我还真见到了这么一位员工。

他姓左，是甲方工程部的经理，不大，三十多岁，戴副眼镜，显得很斯文。

微妙的是，这个酒店的投资人也姓左。

会不会是有关系啊？当我小心翼翼地向他求证时，他并不隐讳，很爽快地告诉我，哦，那是我叔。

怪不得。他问我，你们都能做什么啊？

我告诉他，楼宇对讲，监控，卫星，都能做。对了，还有消防。

这期间，我把这方面的东西研究了不少，看了不少的书，也跟老鲍通了好多次电话。虽不能说精通，但对于一些常规的技术问题，我基本上都能对付得过去。

不懂不成啊，人说前门楼，你说和尚头，还谈个屁啊。

消防恐怕不行，左经理笑笑，将来验收是个事儿，这块儿我们得留着给专人做。

不过，他又说，现在监控和卫星电视还没定，你先给我做个报价吧。

这样的话，在跑工地的过程中我听过不少，也做过不少报价，但鲜有成功的，劲头也从刚开始的兴奋渐渐变得无味了，甚至对于某些工程报价，让我做我都没做。

没别的，知道不靠谱。我说可以，但我得拿图纸回去。

他笑了，费那劲干吗，你有邮箱吗，我给你发一份过去不就完了。

出了门，我给老鲍打了个电话，跟他把情况简单说了一遍。

老鲍说可以做，不过报价得等两天，现在有一个工程正在收尾，挺忙的。

我说行吗？这边还催着呢，我怕等时间长了，夜长梦多。

老鲍直嘬牙花子，哎呀，其实也没事儿，不在这一两天。

他说的是对的，很多甲方在后面催你要这个要那个，其实他们都预留有时间差，稍微耽误点儿时间也没关系。

我没怎么当回事儿，说那行吧，图纸在我邮箱里，你回头看看吧。

我说了我的邮箱名和密码，挂了电话，想到了一个问题，很严重的问题。

老鲍人不错，很讲信誉，从上次他给我提成的事就可以看出来。可我不能就这样把什么工程都给他啊，他给我的终究是提成，虽然比做玻璃的提成高，但毕竟是小头，表面上看，我是自由职业，可说白了，还是拼缝，还是给人打工。

我的优势在于掌握信息和与人打交道，老鲍的优势则在于技术。当然这不是说老鲍就没有信息，不会跟人打交道，而是相对而言，他在技术方面比我更强。

不行，如果下次有谈成的工程，我得跟老鲍一起做，把整个工程都捋一遍，以防万一。

二十四、世界很小

此时，是初春。

一个年轻女人站在街上，正旁若无人地痛哭，孤单的身影，像风中的落叶。

卢伟最近很不得意。

先是玻璃原片涨价了。每每到天气暖和的时候就开始涨，基本成了惯例，但与以往不同的是，今年涨得更厉害，卢伟一个劲儿埋怨自己当初没有多备些原片。接着，是他父亲病了，看那样子还挺厉害，他不得不赶紧回山西老家看望，公司的事则暂时由徐北方处理。

说是处理，其实根本没什么事。本来就各司其职，安排得好好的，更何况卢伟恨不得一天十个电话打回来指示这个指示那个，基本上没徐北方什么事。

这倒给了我一些时间，通过跑工地期间认识的同行，我找到了一家南方做监控的厂家在北京的分公司，说想跟他们合作，但首先我得了解一下相关的专业知识。

这样的公司在北京有不少，他们只销售设备，并不安装，只是配合施工，相互之间竞争也很激烈。为了抢夺市场，他们很乐意跟你讲解自己产品的优势和相关的专业知识，那意味着，将来你揽到活儿，很可能会优先选择他们的产品。

接待我的小伙子叫刘大伟，是他们销售部的助理，戴一副金边近视眼镜，很斯文的样子，一口广普。听了我的来意，他先是一怔，说，那正好，明天开始，我们有一个为期三天的客户培训，你要有时间，正好可以来听听。

这种好运不常有，我说当然有时间，收钱吗？

他笑了，不收钱，不过也不管饭。

卢伟不在，我不用再跟他那儿装样子了，早上起来，跟徐北方打个电话说一下，我就往刘大伟公司跑。

徐北方调侃我，说好歹我现在是代理经理，你丫得跟我当面请假，要不我不批。

我说快算了吧，谁让你批了，你以为我打电话是跟你请假呢，我那是怕你睡过头了，叫醒你呢，你个傀儡。

我曾让他一块儿去听听，他说对这块儿不太感兴趣，就作罢了。

其实我也不感兴趣，奔命啊，没办法。

后来总结，多数北京当地人都没有野心，小富即安，即便困顿，也鲜有拼出一条血路的勇气和决心。倒是外来者，因为背水而战，成功的可能性反而要大一些。

不过，话又说回来，拜政策所赐，很多人一夜暴富，外来者也只有羡慕的份儿。

也该羡慕，有些款项，比如拆迁款，是很多人穷其一生都未必能挣得来的。

课快结束的时候，我接到一个电话，一看，号有点儿熟。

怎么样，报价做完了没？

我一听，哎呀，是左经理啊。

是啊，别人的都送来了，就差你们家的了，是不是不想做了啊？要是不想做的话就明说。他有些不高兴。

这倒让我很高兴，因为这证明他不是拿我开涮。我说还差一点儿就做好了，现在我们老总正因为这事跟会计那儿核价呢，做好后我马上就给你送过去。

听我这么说，左经理的口气明显缓和了些，哦，那好吧，你快点儿吧，两天之内给我送过来啊。

我没有放下电话，直接给老鲍打了过去，上次我跟你说的那个监控和卫星的报价，你做好了吗？

哪儿的？什么时候说的？

我一听就急了，老鲍啊老鲍，我说你怎么能忘呢，就是上次我跟你说的那个啊。

哦，老鲍想了想，那个好像还没做完呢，你后来没再追，我还以为不做了呢。

那坏了，我说，人家刚才跟我催呢，我说马上就做完了，明天给他送过去。

他催的你？老鲍有点儿不相信。

我说是啊，要不我怎么着急给你打电话呢？

哎呀，你看这事儿闹得，老鲍也急起来，你答应明天给他送过去的？

是啊。我说，明天不送过去，这事儿就算完了。

老鲍沉吟了一下，语气重了，行，我来办吧，我想办法尽量今天晚上给做出来。

我说尽量吧，不知道这家伙是真是假，不过他打电话过来催，咱们总得试试。

是啊是啊，老鲍说，这事儿赖我。

不赖你赖谁啊？赖我？

对，也赖我，如果我能做报价的话，也用不着事事求着他了。

挂了电话，我突然觉得有些好笑。

刚才两个电话我都撒谎了，跟左经理说什么核价，跟老鲍这儿说只差一天。

这不可笑，可笑的是，他俩也有可能在跟我撒谎：左经理那儿，不可能别人都把报价送去了，而且应该不止两天时间；老鲍那儿，报价也不太可能做到一半放下了，很有可能是没做呢。

第二天早上还没起床，我就接到了老鲍的电话，说报价做好了，让我去取。

看来，他是真下了劲儿了。

为了活计，倒也应该。

到老鲍那儿的时候，差不多快中午了，我打电话，说你下来吧，中午一起吃个饭。

老鲍想了想，行，不过我得带个人。

行啊，我说，不就多双筷子嘛。

如果真是那么简单就好了。

我在离他家最近的一家饭馆要了几个菜，等着他来。

远远地，我看见老鲍走过来了，一个年轻漂亮的女人挽着他的胳膊，不时跟他说笑两句。我想起徐北方曾跟我过的话，这个女的大概就是他的小蜜了。

老鲍啊老鲍，我心里说，你哪儿都好，就是这方面管不住自己。年纪一大把了，还学人家搞这个。

可在这方面，有几个男人管得住自己的？

老鲍走进来，把一沓打好的报价单递给我，说，昨晚上一宿没睡。

我笑笑，恐怕不只是做报价吧？

老鲍也笑了，把在他身后的年轻女人拉过来，指着我说，来，认识一下我的小兄弟。

女人闪出身，冲我摆了摆手。

我冲她点点头，接着，不由得一愣。

那个女人，是婷婷。

我脑中突然冒出一句歌词，这世界说大就大，说小就小。

许久不见，她变得更漂亮了，以至于刚才我愣是没认出她来。

她也认出了我，脸上的表情一下子变得很僵硬。

老鲍看看我，又看看她，你们认识吧？

我勉强笑笑，认识。

婷婷也苦笑了一下，点点头，你不是萧坤吗？

那挺好啊，看来我不用介绍了。老鲍说，来来，坐坐，菜点了吗？

点了，我把菜单递给他，不过可能不够，你再看看。

老鲍看了看，够了够了，就这样吧。

婷婷坐下，明显有些不自然。

我心里那个别扭啊，怎么会是她呢？怎么想也没想到是她啊。

我忆起在歌厅里看到婷婷跟一个老男人在一起的场景，估计当时的那人就是老鲍。

我看看老鲍，又看看婷婷，心里开骂，但我搞不清楚骂的是谁。

跟她说话显得跌份儿，再说也没什么可说的。可不说话，气氛又太尴尬。

原来是你在跟老鲍一起做事啊。

正犹豫着，婷婷先开口了，你不是做玻璃吗？怎么也做起这个来了？

管得着吗？你算老几。我说是啊，玻璃不是不挣钱嘛。

婷婷端起茶杯，喝了口，尽量装出自然的样子，又问，欧阳呢？他最近怎么样？

我心里五味杂陈，看来她从跟欧阳分手后就再没跟他联系过，要不然绝不会这么问。

我说，他去世了，你不知道？

婷婷有点儿慌，你开什么玩笑？哪有这么咒人的？

没有咒人，我说，他真死了，肝癌。

婷婷愣住了，呆呆地看着我，过了好一会儿才问，什么时候的事？

快两年了，我说，你中间一直没有跟他联系过？

婷婷摇摇头，有些木然，没有。

老鲍问我，谁是欧阳啊？

一个朋友，我指了指婷婷，又指了指我，我们都认识的一个朋友。

哦，老鲍点点头，真是得肝癌死的？

我点点头，想起欧阳在病床上的样子，心里一阵难受。

怪可惜的。老鲍叹口气，不过这病没法治。

正说着，婷婷突然站起来，往外走。

老鲍一愣，你去哪儿啊？

婷婷没理她，头也不回地走出门去。

老鲍冲我笑了笑，我出去一下啊。

隔着玻璃窗，我看到婷婷掏出手机，在打电话，应该是求证这件事。

不一会儿，婷婷合上了电话，接着，双肩抽搐，明显在哭泣。老鲍在一旁想劝她，却被她一把甩到一边。

抽搐的幅度越来越大，后来，她干脆俯在树上，号啕大哭。

老鲍搓着手，站在她身边，有些不知所措。

此时，是初春。

一个年轻女人站在街上，正旁若无人地痛哭，孤单的身影，像风中的落叶。

报价里，给左经理预留了3个点。

给左经理送报价的时候，我问他，什么时候有时间，我想请你出去坐坐。

左经理笑了，摇摇头，说不用，我不搞这套的，把你们自己的活儿做好了就行了。

我说活儿得做好，但是该放松咱也得放松啊。

他看看四下，周围的人都在忙自己的事，没有人注意到我俩。他压低声音，跟我说，听着，这活儿是我亲戚的，咱们就别来这套了，那样你累我也累，明白吗？

本来想跟他说那3个点的事儿，可现在看这情况，没法说出口了。

这样的人不常有，但总会有，今天让我碰上了。

对付这样的主儿，得另想办法。

报价送过去的第三天，我给左经理打了个电话。

他有点儿不满，你这价也太高了吧，怎么净玩儿虚的啊？

高？不高能挣钱吗？我说现在原材料和人工都在涨，这个价已经是核过的了。

不行，他说，你再做一份吧，把你能接受的最低价给我报一份。

就怕这个，什么叫我能接受的最低价啊？这分明是想摸每家的底，然后拿最低的价格跟别人谈。

博弈的妙处就在于，你不知道他的底线，他也不知道你的底线，双方都在猜。

猜对了，你就成了；猜错了，只能出局。

不过，既然他这么说，那这个价格可能跟同行比确实是高了。

我跟老鲍说，这个价格太高了，你再做一份吧。

老鲍沉吟了一下，价格好办，不过，你能不能约那个左工出来坐坐，咱们当面交流一下。

我知道他的意思，他是怕不保险，可是左经理也说了，不吃这一套。

我跟他说过，不过他不愿意，别强求了。

老鲍想了想，嗯，那也行，我再做一份吧，不过，你还得请他，费用我来出。

我隐隐感到一丝不安，直到现在，他还没有跟我说如果这个工程成了，利润怎么分。

还按之前的做法，给提成？看现在的样子，他应该是这么想的。

那我还费这么大劲干什么，你自己忙去就是了。

可我除了跑跑腿，还有什么能拿得出来的东西？

不行，这样可不行。

我没再去找左经理提请客的事，而是找到了刘大伟。

图纸、报价都在，我说，你帮我看看，这个报价高了低了。

刘大伟大概看了看，笑了，卫星这块儿先不说，我不太懂，不过，监控这块儿也太高了。监控的硬件用的是另一个厂家的，刘大伟说，他们的价格我都知道。他们的老总最早还是我们厂子里的技术员呢，无论是口碑还是质量，都不如我们家的，可你看他的价格，比我们还高。

原来还有这么一回事，我说那用你们公司的东西，价格能降多少？

他想了想，差不多10个点吧。

不止吧。虽然10个点已经不少了，但我还是想再套套他。才10个点？

起码吧，他换了一个说法，起码应该是10个点，不过具体的还得细算算。

我说那好，卫星这块儿你不用管，你把监控的报价做一个吧，如果这活儿成了，我用你们的产品。

刘大伟显得很兴奋，好，什么时候要？

尽快吧，那边催着呢。不过，我拍了下他的肩膀，到时候用你的东西，你可得给我做技术指导啊。

没问题，他笑了，那还用说吗？

老鲍那儿在做调整，但我估计他的报价肯定还是高于刘大伟的，毕竟倒了三四道手。而且，他也不可能轻易让我知道底牌。

这时候，刘大伟的报价就很有意义了。

当然，我不可能拿着刘大伟的报价直接给左经理，肯定还要加的。

如果老鲍的报价调整幅度有限，我可以考虑单独把监控这块儿拿出来做，让老鲍做卫星。有困难，但有刘大伟公司的技术支持，能差到哪儿去？

很多事，不见得要等到条件成熟了才去做，赶到那儿了，你就得去做。

促使我产生这些想法的，除了我能做到之外，还有一个原因——婷婷。虽然从那天后，我和老鲍谁都没再提与婷婷有关的事，但我们都知道，我们的关系不太可能跟以前那样了。

老鲍报价做出来的第二天，刘大伟的报价也出来了。

监控这块儿，老鲍的要高出四五万。就一个总价一百多万的工程来讲，这点儿差距并不大，可是别忘了，老鲍用的东西可不如刘大伟的东西。所以，他的水分还是很大。

但我没有跟老鲍讲明，而是把报价又送了过去。

为什么不报最低价？那样不是更有竞争力吗？

吃错药了才会那么做。

在电话里，我说左经理，这里面给您预留了3个点。

他听了，既不高兴，也不拒绝，嗯，好的，我知道了，我先看看再说吧。

只要不拒绝就好办。

可能是看这样子有点儿戏，老鲍开始追问我，能不能把左经理约出来见个面。

我说不着急，咱俩先见个面吧。

大概是觉出了有什么不对，一见面，老鲍就冲我乐，嘿，这身衣服真够帅的啊。

我也冲他笑笑，那边的事还得再等等，我请过他，不过看那样子，他不乐意。

也是，老鲍点点头，其实也就那点儿事，还是直接塞钱来得痛快，你跟他说那3个点的事了吧？

说了，不过听那意思，他还不太满意。

哦，老鲍想了想，不行的话，我可以再让让，不过有限。

那……我半开玩笑半认真地说，如果这事儿成了的话，咱俩怎么算啊？

老鲍听了这话，显然一愣，但随即反应过来，你说，我听听你的想法。

让我说，那我就不客气了，我说这两天除了你这儿，我还找了两家，说实话，报价都比你低，而且东西用的比你的都好。我之所以还用你的报价，是因为咱们之前合作过，别管怎么说，我特意加重了语气，在这方面，我还是信得过你的。

老鲍沉吟了一会儿，嗯，你找谁做的报价啊？

我笑了，我都跑了这么长时间了，别说找两个做报价的，就是领着队伍自己干都没问题啊。

老鲍故意试我，你不行，没有技术啊。

这有什么技术啊？我说，用谁的东西，让谁出技术呗，找个有资质的公司挂靠一下，出点儿管理费不就齐了。再说了，我就是包下来不做，转手不也能包出去嘛，干这活儿的一抓一大把。

老鲍也笑了，直点头，也是。

他大概没想到我会这么直白地告诉他这些，多少有些尴尬，行啊兄弟，既然你都明白，咱就不多说了，如果这活儿成了，利润咱们半儿劈。

我相信，如果没有这样的说辞，他肯定不会跟我说半儿劈，顶多两三个点。

嗯，我说行啊，那就这么定了，左经理那儿你等我信儿吧，现在我先跟他打着交道就行。

老鲍苦笑了下，行，那我等你信儿。

对了，我说，你回头把设备的底价给我一份，我心里好有个数，以后跟别人谈也能用得上。

看得出，老鲍很不情愿。不情愿归不情愿，但现在既然是合作，你就得拿出态度来。

行，过两天吧，我把手头的事忙完了，给你发邮箱里一份。

可千万别让别人看到了。末了，老鲍还特意嘱咐我。

其实有什么啊，这种价格打个电话到他们公司就能查出来，我只不过是不想费那劲罢了。再说，弄清利润额只是其一，很重要的一点，是我要拿他的底价和刘大伟的作比较。

这些事忙得差不多的时候，我想起了筱悦。有阵子没见了，不知道她和赵西风的关系怎么样，恢复了一些，还是离了？

我给她打了个电话。

离了，筱悦的声音听起来有些憔悴，我们散了。

我不由得心里一紧，真的离了？

是啊，她说，我还有事，先忙去了。

挂断电话，我一时有些茫然，怎么会这样啊。

原来的童话故事里，不都是讲两个人先是怎么样怎么样，后来幸福地生活在一起了吗？怎么现在都变了？

可见，童话毕竟是童话，生活在一起也未必幸福。

即便幸福，也未必长久。

不行，听她的口气，她很焦虑，我得找时间去劝慰劝慰她。

别误会，我从没想过有朝一日会和她复合。错过了，未免遗憾，但如果重修旧好，可能会更不堪。

我不想再回头，包括玲玲。

卢伟回来了，这几天没事儿就催问工程款。他父亲的病暂时稳住了，但因为是中风，留下了后遗症，生活不能自理。

回去的这段时间让卢伟感慨很多，说还是家里好啊。在家里我哪儿都有关系，过得挺滋润的，当初干吗抛家舍业，跑到北京来发展，真是吃错药了。

我心说，又是一个得了便宜卖乖的，没人让你来，是你自己愿意来的。

倒是徐北方调侃他，那你回家开厂子得了。

你当我不会呢，哼，卢伟说，你们再不好好干，说不定我还真把厂子卖了，回家待着去。

那行，徐北方说，你要是卖的话，就卖我得了。

卢伟眼一瞪，徐北方接着就乐，放心吧，我们一定会好好干的，再怎么说，北京的钱还是好挣点儿。

好挣才怪。

一个礼拜了，左经理那儿还没给信儿，我有点儿着急，又去了一趟。

这次，他的脸色明显缓和了一些，可能是跟他说那3个点的作用。

与以往不同，除了问了一些技术性的问题外，他还详细地问了我和公司的背景。

老鲍挂靠的是一家国企，名头还是可以的，对此左经理比较满意。

我心里暗暗揣测，看来，对于报价，他还是比较认可的。

跟上次相比，这次的报价缩水了10多个点，但即便是这样，还有不少下降的空间。如此看来，工程跟医院一样污秽不堪。

他抬着脸看了看外面的车，问我，这是你自己的车还是公司的？

自己的，我笑笑，该换了。

哦，他略微点点头，车嘛，有的开就行，就是一工具。

他咂巴了下嘴，你上次跟我说是3个点是吧？

我没想到他会当面讲出来，一时有些尴尬，但看看四周，除了我们，没有其他人在场，就说，是。

他没说话，而是苦笑着摇了摇头。

我以为他要生气，可不嘛，请客都不去，你还好意思跟人提点数？

但我错了，他接下来的一句话是，太小气了吧？

我又好气又好笑，不知道该怎么接这话，说，要不，有时间的话，我让我们老总过来，一起见个面，谈谈这事？

他摇摇头，算了吧，你应该能看出来，我不爱跟人打交道，烦。跟你聊就是跟你聊，你要说话管事，咱们就谈，要是不管事就算了。

我不禁为刚才的失语懊悔不迭，忙点点头，管事，当然管事。这事好说，不过，我故意装出思考的样子，现在的报价咱们这边能接受吗？

要么你得便宜，要么公司得便宜，你不能两头都占啊。

但显然，他不愿意那么快就亮底牌。那是我的事，他说，你不用考虑。你回去算一下吧，就现在这个价，最多能出到多少点。

这下有点儿被动了，报得多，怕利润白白浪费掉；报得少，又怕被他一脚踢出门外，就此失去这个机会。

我没有马上跟老鲍说这事，我得好好想想。

在此之前，老鲍和刘大伟的底价我都拿到了，刘大伟的明显要低一些，想来老鲍还是留了一手。对此我也有预料，曾问他，这个价格是不是最低的了？

老鲍说是。

是才怪。

我打电话直接到厂子里核实，结果有点儿失望。跟刘大伟公司的产品价格差不多，总价也持平，也就是说，老鲍虽有隐瞒，但并没有隐瞒多少。

想想其实也应该，毕竟他是施工的。

按老鲍的报价算，除去给左经理的3个点，总利润在30万块左右，也就是说，如果再给左经理扣点的话，就得从这30万块里扣了。

3个点少，给5个点？可如果5个点人家也嫌少怎么办？

那给10个？

也不行，太多了，而且，如果对方原本只想要5个点呢？

可也不是不可能，这是他叔的工程，他才不怕多要呢。

这个度太难把握了，弄不好就前功尽弃。

让老鲍再跟他谈谈？目前看来是不行了，他话说得很明白，不想跟过多的人接触。

我很头疼。原来看起来颇有正义感的人，一旦黑起来，手段竟如此决绝。

不服不行。

可这样下去，总不是个办法。

到了第三天，我终于想通了。

这本来就是一桩捡来的生意，相当于大年三十的兔子，有它更好，没它也行，就是不成了，丢了又能怎么样？外面还有那么多兔子呢。再说了，你有什么可丢的啊？怎么说你也长了经验了吧？

这么一想，也就无所谓了。我抄起电话，拨通了左经理的手机。

是你啊？他问我，怎么样，算好了没？

还没，我说，左经理，我倒是想问问你，你想要多少个点？

大概没想到我会这么直接，左经理一时没说话。

你不说，我也不说，就这么等着吧。

那头吁了口气，终于开了口。

10个点，他说，就按现在的价格算，低于这个点，你们就别做了。

真够狠的，一下子要去10多万块，这还是他负责的众多工程中的一项。

能做吗？

当然能做，但绝不能痛快地答应他，那样的话，他肯定后悔。

合适的买卖，一定是双方都觉得目前的价格是对方所能接受的最低价。

嗯，我没有直接回答他，明白了，我再核一下，尽快给你回复。

能做，听了我的话，老鲍说，当然能做，不过你得跟他说，一切都得按合同来。

他指的是结款方面，我说如果他不给咱们钱，咱们也不可能给他啊，这个弯他还是能转得过来的。

嗯，老鲍沉默了一会儿，签合同的时候，得我去签。

肯定是你签啊，我笑笑，给他钱的时候，也得让你知道。不过，这人的工作由我来做。

老鲍点点头，行。

剩下的事就简单多了，查资质，签合同，预付款，接着是设备进场，开始施工。设备没有从刘大伟那儿进，用的还是老鲍找的，一是怕再生周折，二是我不想因为这个让老鲍产生别的想法。

但是后来，我倒是从刘大伟那儿用了不少设备，这是后话。

这次合同的签订之所以印象深刻，倒不是因为这是我挣的第一笔大钱，而是因为从头到尾，我没有请对方吃过一次饭。包括完活儿后，我请他去玩，也被他一口回绝。

比较诡异。

二十五、走吧

前面等着我的，仍旧是一座满是绝壁的高山。

我明白，翻过这座山，那边还是山，一座连着一座。

我不知道会翻过几座，但我知道，只要活着，我就不能停止攀登。

筱悦瘦了。

在离她公司不远的那家饭店，我请她和宁玉洁吃饭，她显得有些憔悴。

我想起上次她喝完酒后的样子，逗她，还喝酒吗？

去，筱悦笑了笑，少来，以后再也不喝了。

宁玉洁问我，最近怎么样。

就那么回事吧，我说，反正能过。

我看看筱悦，你跟那人的事都弄利落了？

算是吧，她说，我们没什么可争议的东西。

哦，那就还好，家里都知道了吗？

知道，筱悦苦笑了一下，都不同意。

是啊，我脱口而出，家里都不同意，你怎么还——

宁玉洁拿眼瞪了瞪我，我没敢往下说。

咳，日子过得好不好，又不是给别人看的，筱悦说，这是我自己的事。

这倒符合她的一贯性格，自我，独立，有主见。男人还好，可一个女人，这样的性格难免会让人感觉难以接近。

你总这样，算了吧，来，吃饭吧。

宁玉洁看看这个，看看那个，有点儿犹豫，哎呀，这个我不知道能不能吃。

怎么了？我说，你不是不挑口的吗？怎么现在变成这样了？

筱悦笑笑，人家现在怀孕了，当然得忌口了。

我一愣，哇，可以啊，几个月了？

宁玉洁有些不好意思，刚三个月。

好啊，那你还上什么班啊？回家歇着去得了。

没事儿，宁玉洁摇摇头，我身子骨硬，这才哪儿到哪儿啊？

筱悦的脸上掠过一丝不自然，行了，这些菜你都能吃，看书上说，怀孕的时候不应该忌口，除了生冷的东西，其他的都能吃。

宁玉洁笑笑，拿起筷子，说得也是。

你俩……为什么离啊？快吃完的时候，我终于还是没忍住，问了筱悦这句话。

没什么，筱悦笑笑，就是性格不合呗。

别逗了，我说，不可能是因为这个。

筱悦有些不快，咱们能不能不说这个？

宁玉洁看了看筱悦，唉，要我说啊，你俩这事都欠考虑。

筱悦叹口气，不说话。我看向宁玉洁，等她接着往下说。

她瞪了我一眼，想听我说啊？

我说是。

她假装板着脸，这是人家的私事，我说这干吗？

我有点儿泄气，算了，不问了，我去结账。

出门前，趁筱悦去洗手间的时候，宁玉洁把我拉到一边。

没事儿的时候多给筱悦打打电话，劝劝她，她最近情绪可差了。

我趁机问她，那筱悦跟那人到底是因为什么啊？

咳，两口子的事，我们哪知道？说完，宁玉洁想了想，改口说，算了，我还是跟你说了吧，筱悦不能生育。

什么？我有点儿不相信自己的耳朵，筱悦怎么了？

她不能生育。宁玉洁有些无奈，说是有病。

这时，筱悦已经从洗手间走出来了，宁玉洁忙低声跟我嘱咐，别说是我说的啊，她不让我告诉别人。

我迷迷糊糊地点着头，嗯，行。

我转过头，看着筱悦走过来，心底涌起一阵悲凉，这么一个健美的身躯，竟然不能生育？

能要，不想要，那是时尚，是先锋，但想要，不能要，就是悲哀了。

造物主也真会开玩笑。

开一个两个玩笑也就罢了，没见过这样的，谁的玩笑都开，没一个放过的。

混账得很。

接下来的几天里，我做什么都有点儿心不在焉。

徐北方问我怎么了，我说没事儿，就是觉得做什么都没有意义。

他笑，你丫少贫，失恋了吧？

我想反驳他，但想想，还别说，这种感觉跟失恋差不了多少，就没再答话。

有所不同的是，失恋只是对爱情失望，而我现在，则是对整个人生感到失望。

晚上，我给筱悦打了个电话，说我都知道了，你没去医院看看啊？

筱悦愣了下，马上明白了我说的话。

宁玉洁告诉你的吧？她叹口气，跟她说了别乱讲，她还说。

别怪她，我说，是我非逼着她说的。

得了吧，筱悦笑了笑，口气变得坦然了许多，其实也没什么，说了就说了吧。

她顿了顿，医院说没法治，即便手术，成功的概率也近乎于零。

就因为这个他把你甩了？

别那么说，筱悦说，他的压力很大，没有办法。

他能有什么压力？我有些不满，都是借口。

那是因为咱们都出来了，没有在家，如果你在你父母身边，家里又只有你这么一个儿子，碰到这种情况，你会怎么办？

我让她给噎住了，如果放在以前，我也许会说些大话，但现在，我知道说和做是两码事。

不知道，我说，我还真不知道，不过，应该不会分吧。

算了吧，筱悦苦笑了一下，撒谎都不会撒，难怪到现在你还没有女朋友，我挂了。

我默默地挂断电话，躺在床上，听着石英钟哒哒地走，一动也不想动。

电话突然又响起来。我以为筱悦又打回来了，拿起一看，是个陌生号。

坤哥，是我，华子。

声音有气无力，我心头一紧，不会出事儿了吧？

怎么了？

没事儿，我现在在朝阳医院呢，你能来一趟吗？

能啊，我赶紧起来，你出什么事儿了？跑医院干吗去了？

没出什么事儿，就是跟人打架了。

这小子，什么都没学，先学跟人打架？听他那意思，伤得还不轻。

这要是有个三长两短，他父母还不得骂死我？

我不敢怠慢，简单收拾了一下，赶紧出门。

到医院的时候是10点钟左右。

走廊上有几个或头或胳膊刚做完包扎的人，看起来像是刚打完架。

医院里总有这样的人。

我来回看，想从里面找到华子，但没找到。

我有点儿紧张，他伤得不会比外面这些人更严重吧？

说实话，我不关心他，我关心的是如果出了事，我怎么跟他家人交代。

这时，一个头上和胳膊上都缠着绷带的人从手术室里一瘸一拐地走了出来，冲我叫了声坤哥。

华子？

对方点点头，是我。

怎么搞得？怎么成这样了？看着他的样子，我不由得一阵火起。

没事儿了，他说，大夫说没事儿，死不了。

他咧开嘴笑笑，刚才我以为我快死了呢，才给你打的电话。

什么意思，合着给我打电话是想留遗言啊？你以为死是那么容易呢？让谁打的啊？

没谁，我原先的老板。

原先的老板？你又辞职了？

是，他说，我想着也开一家水店，他就领着人来揍我。

那你怎么没报警啊？我脱口而出。

哪来得及啊？他苦笑了一下，不过没事儿，那帮人让我打跑了，他伤得比我重。

没看出来啊，原来在厂子里连别人划伤都害怕的人，竟然还有这一面。而且，这就想着自己创业了？开玩笑吧，他才工作多长时间啊。

我问他，水店开了吗？

没有，都准备好了，华子有些沮丧，看来得往后拖一阵子了。

你哪来的钱啊？

他摇摇头，用不了多少钱。

真是初生牛犊不怕虎，什么都敢干啊。不过话又说回来，如果等到什么都懂了，估计什么也干不了了。

我看看他的腿，你腿没事儿吧？

没事儿，追他们的时候扭的。大夫说歇两天就好了。

缺钱吗？

不缺不缺，我刚才是有点儿怕了才给你打的电话，不是缺钱。他笑笑，这事你可千万别跟我爸妈说啊。

我叹口气，说这个干什么啊。

送华子回去的时候已经是午夜了。华子的新店离原来的水店不远，租的是一处民房，一楼是商铺，上面几层是住户的那种。离原来他打工的那家水店大概也就两条街，怪不得他原来的老板不乐意。

屋里的灯是亮的，有人在忙碌，从身影上看，是个女孩。

既然都可以创业了，那有女朋友也没什么奇怪的。

我冲华子笑笑，行啊，有女朋友了？

华子有些不好意思，唉，非跟我一块儿，没办法。

珍惜吧，我说，能这时候还跟你在一起的人，要好好待她。

华子点点头，坤哥，你还进来坐会儿吗？

反问句，那意思其实就是你最好赶紧回去吧。

我说算了，不早了，没别的事儿，我回去了。

嗯，也行。

小心点儿，我说，他们可能会再回来找你事儿的。

华子有些不屑，来了又能怎么样，没事儿，你甭管了。

什么话啊，我说再有事儿你就报警，听到没有？

行，听你的，华子点点头，我报警。

我冲他挥挥手，开车走了。

我后来才知道，屋里的那人是原来华子所在店面的老板娘。

又是一年的冬天，叶子黄了，开始大片大片地掉落。

左经理那儿的活儿干完后，老鲍给我拿了10万块，其实从账面上看，给我8万多块就可以了。

我没有推辞。

厂子这边，除了常合作的支强外，也做了几个工程，赚的钱差不多也是这个数。跑活儿很辛苦，但拿到钱的一刹那，你会觉得所有的辛苦都是值得的，没有白费。

你得承认，绝大多数人活着的价值，都是以拥有多少财产来计算的。

可惜的是，它不能抻长你的寿命。

这倒也应该，要不然的话，现在早应该是王八的世界了。

华子打过来几次电话，开始说他的水店开张了，后来说生意不错，再后来就说让我过去坐坐，但我一直没去。

不想动。

倒是卢伟，终于想要动动了。

他想回家。倒不是因为他思乡心切，也不是因为父亲刚刚去世，而是他的岳父让他回去一块开煤窑，说现在政策好，利润高，赶紧进来。

如果他能预知未来，一定不会回去。

打死也不回去。

可他没有。

他跟我和徐北方长谈了一次，说想把厂子留给我俩打理。

我俩先是兴奋，接着又有些迟疑，怎么个打理法？

如果是外人，我就正常卖了，他说，如果给你们俩的话，我可以便宜点儿。

便宜点儿是多少啊？别的不说，光那炉就老鼻子钱了。

这么说吧，卢伟一指车间，那台钢化炉，我买的时候差不多200万块，就说现在是旧的，少说也能兑出去个百八十万块。

这话我不反对，能兑出去，不过可能得碰。我想听的是他下面的话。

如果是你们俩做，50万块给你们得了。卢伟说，连场地带设备，总价。

那……徐北方问他，咱们这场地还有多长时间到期啊？

租金还有半年，跟大队签的是10年的合同，还有4年呢。你们大可放心。

这儿的地皮归附近的一个村子管。这个我们都知道。年租10万块，老实说不算高。

卢总，我半开玩笑地问，这么便宜，您可吃着亏呢。

算了吧，他说，什么亏不亏的啊。你们好歹跟了我这么久了，也没挣多少钱，你挣的那点儿钱还是靠在外面跑别的业务赚的。

没打算瞒他，但这事儿让他说出来，我脸上还是有些挂不住。我说对不住啊卢总，就是想多挣点儿钱。

卢伟笑了，没什么，可以理解，出来打工，不就是为多挣点儿钱吗，没什么不对的。再说，这边你也没耽误，要是耽误了，我也不会让你留到现在。

唉，他叹口气，这次父亲去世，让我明白了不少东西，以前很多想不通的，一下想通了。人啊，就短短的几十年，说没就没了，揽再多的东西也没有用，走的时候你一样也拿不走，都是别人的。要是陈述那事儿出到现在，我不会怪他的，可惜了。

看来，他是真想明白了不少。想来，陈述现在肯定也不无后悔。

不过话说回来，如果重来一遍的话，说不定他们还会那么做。

很多事，往往是经历过后才会明白。

怎么样，卢伟问，你们愿意接吗？

徐北方看看我，我看看他，相互点点头。

现成的厂子，现成的设备，现成的工人，还有相对成熟的渠道，白痴才不接。

接，卢总，我们愿意接。徐北方说，不过，我们得先筹一下钱，毕竟是50万块，不是小数，给我们点儿时间。

好，不急，卢伟点了点头，那就这样，这事咱们就这么定了，年后咱们办手续。

卢总，徐北方问他，如果我俩再找别人入股的话，你会同意吗？

卢伟迟疑了一下，可以，不过一定得有你俩。

我没注意听这话，只是迅速在心里盘算着，我有差不多20万块，相信徐北方也应该有这么多，再借一点儿，肯定能拿下。可问题是，我们还得准备生产经营的钱啊，工人开支，原片周转，这方面起码得准备十几万吧。

这钱从哪儿出？

这一想，我不由得一阵阵紧张。

不行，得跟徐北方好好谈谈。

当天晚上，我去了徐北方家。认识这么久，还是第一次去。

一个很整齐的院子，大概有十几间房，都是他一个人住。

他跟我说起过，他的父母在他很小的时候就去世了，有一个姐姐，已经结婚了，住在他前院。

这样家庭出来的孩子，基本分两种，一种是特懂事，一种是特不懂事。

好在他是前者。

刚沏上茶，他就问我，你现在能拿出来多少钱？

这个时候，没必要再遮掩。我想了想，20万块吧。

他笑了，跟我差不多。

他坐下来，你想过没有，50万块咱们要是凑的话能凑出来，我现在想的是，这钱只是买厂子的钱，咱们要是生产的话，最少还得再准备十几万的现金。

我点点头，当然想过，差不多得准备这些吧，我现在也为这事儿犯愁呢。

你想没想过，咱们再找一个人合股？

我想起他问卢伟的话，心里一动，你觉得谁合适？

他乐了，你说呢？

你不会说是林晓吧？

徐北方笑，为什么不会？

他要说是别人，没准儿我不会同意，但是林晓没问题，他是我俩共同的朋友，虽然跟我相比，他俩可能会更近一些。不过，尽管之前我们在一起聊过与此有关的话题，但时过境迁，他还会有想法吗？

我有些迟疑，他愿意吗？

简单，徐北方拿起电话，问问他不就完了吗？

当着我的面，徐北方把事情跟林晓说了一遍。

显然，林晓先是很吃惊，几乎不相信这事儿，接着是犹豫，最后听他在电话里说，我去你那儿，咱们当面谈吧。

剩下的事情，你应该能猜到。

当天晚上，我们聊到12点才散。最终的结果是，林晓答应入股，我们三个人，每人拿出20万块，50万块给卢伟，余下的10万块作为流动资金，如果不够，我们随时往里添。

事情就这么谈妥了。

卢伟知道我们的决定后，说没问题，只要你俩同意就行，现在跟厂子有关的事，你俩说了算，我得回家过年了。

他还真够急的。

回吧，我也回。

我想趁着这个时候回去一趟，看看家里人，过了年怕是没时间了。

上一次回去，还是在医药公司做的时候，开着车回去的，装得很。

这次，我把车留在公司了，准备坐车回去。

没别的，省钱。

我没去窗口排队，而是让筱悦在她们单位帮我给订了张票。她曾说过，他们公司有关系，可以轻松地买到票。

筱悦说我，你还真能算啊，是不是故意的？

我一时没明白过来，说怎么了？

筱悦顿了下，我今年也想回去。

那好啊，我以为她开玩笑，就说，那就买两张挨着的，咱们一块儿走。

得了吧你，她笑，回去让家里人看见该怎么说你啊？

我说我都不怕，你还怕什么？

她想了想，行，那咱们就一起回吧。

我这才意识她没开玩笑，问她，你怎么不开车回去？

没那胆，她说，我怕路上出事儿。

我有些不屑，能出什么事儿啊，净瞎想。

但另一方面，我得承认，害怕是好事儿，人，总得有所敬畏。什么都不怕的，恐怕是非人类。

北京西站，进站口。

寒风料峭。

筱悦拎着一个不大不小的包，穿着件羽绒服，来的时候，徐北方刚跟我通过电话，嘱咐我回来的时候带点儿家里产的酒。

筱悦走过来，看看我，有些不好意思地笑笑，等很长时间了吧？

没有，我说，也是刚来。

她把包递给我，来，帮我拿着。

和筱悦一起来北京多年后，这还是我们第一次一起回老家。

真是好笑。

回首刚来的时候，我们只是想挣点儿钱，把婚结了，但后来发生的事，完全改变了我们各自的人生轨迹。

看着对面的筱悦，我一时恍若梦里，产生了一种时空错乱的感觉。那些经历过的事，经历过的人，竟在眼前一一浮现：

欧阳、丛丽、项军、林晓、婷婷、宁玉洁、陈述、罗工、支强、小平头、江河、陈建国，还有玲玲。

他们现在过得都怎么样？是否找到了自己的幸福，有了暂时的安宁？无论是在天上，还是在人间。

而我，走了这么远，还是没有找到我的幸福和安宁。

前面等着我的，仍旧是一座满是绝壁的高山。

我明白，翻过这座山，那边还是山，一座连着一座。

我不知道会翻过几座，但我知道，只要活着，我就不能停止攀登。

无论等待着我的是什么命运。

回家的人还真不少，人流不断地涌过来，不时有车站的工作人员拿着喇叭让大家保持秩序。

我冲筱悦伸出右手，拿过她的包，又伸出左手，轻轻拉起她。

手有些凉，也有些颤抖。

我笑笑，说，走吧，回家。

（全文完）